REŠOKETŠWE MANENZHE

WIR ZERRISSENEN

Roman

Aus dem Englischen
von Dorothee Merkel

PENGUIN VERLAG

Die Originalausgabe erschien 2020
unter dem Titel *Scatterlings*
bei Jacana Media, Johannesburg.

MIX
Papier | Fördert
gute Waldnutzung
FSC® C014496

Penguin Random House Verlagsgruppe FSC® N001967

1. Auflage

Umschlaggestaltung: Sabine Kwauka
Umschlagabbildung: © shutterstock/Alenini
Gesamtherstellung: GGP Media GmbH, Pößneck
Printed in Germany
ISBN 978-3-328-60270-5
www.penguin-verlag.de

Meine liebe Selina,

ich wünschte, Du hättest überlebt; aber da Du das nicht hast, möchte ich gerne glauben, dass dort, wo Du jetzt bist, die Sonne niemals untergeht. Ich schicke Dir diese Worte, damit Du weißt, an welcher Stelle die Geschichte für eine gewisse Zeit zum Stillstand gekommen ist. Sie ist noch nicht zu Ende, aber ich denke, dass der Zauber der Sonne auch mich ein wenig verwandelt hat.

Ich wollte mich nur bei Dir bedanken und werde jetzt Deine Ruhe nicht weiter stören. Die Sonne wird bald über den Horizont steigen, deshalb muss ich zu meiner Geschichte zurückkehren und sie zu Ende führen.

Ihr Heimatlosen, ihr Flüchtlinge,
schwere Lider, müde Stirne,
sucht Zuflucht in der Nacht.

Johnny Clegg & Savuka, *Scatterlings of Africa*

Erster Teil

Kinder der ersten Götter

Die Sterne der Milchstraße

Es war das Volk der San, das diese Geschichte zum ersten Mal erzählte: wie ein Mädchen in pechschwarzer Nacht eine Handvoll brennender Wurzeln und Asche aus einem Lagerfeuer nahm und in den Himmel warf. So wurden die Sterne geboren. Ein Weg war durch den Himmel gebahnt, und die Jäger, die sich verirrt hatten, fanden nun mit seiner Hilfe nach Hause.

Die San waren ein sehr altes Volk. Vielleicht waren sie sogar das allererste Volk. Und während der Wind ihre Geschichte durch die Jahre trug, flüsterte er immer wieder neue Dinge hinzu. So erzählten die Basotho, dass die Kinder der ersten Götter diesem Weg durch den Himmel folgten, um an den Ort des Sonnenaufgangs zu gelangen, wo Molalatladi, der Blitzvogel, bis in alle Ewigkeit ruhte.

Das war lange her. Damals setzten sich die Menschen zusammen ans Feuer und riefen sich die Vergangenheit der Welt in Erinnerung. Jetzt hatte niemand mehr Zeit dafür. Jetzt erzählten sich die Leute ihre Geschichten im Vorübergehen.

Und was das Mädchen anging, das die Sterne erschaffen hatte, so erinnerte sich heute niemand mehr an sie. Inzwischen hatte man zudem den Himmel unterteilt: Der Ort, wo die San und die Basotho lebten, lag nun unter den Sternen des Südens. Es war ein Ort der Dürre, für endlose Meilen nichts als Dürre, denn wenn die Sonne nicht gerade die Sterne zu sich rief, die zur Erntezeit am Himmel standen, brachte sie den Tod. Es war ein Ort unermesslicher Weiten, ganz anders als Amsterdam, wo zahllose Boote die Flüsse zerschnitten oder fleißige Hämmer gewaltige Schiffe erschufen, und ebenso wenig ähnelte der Ort dem gehetzten, in stetigem Lärm versunkenen Gewirr der Stadt London.

Die San waren ein Nomadenvolk, das von der Erde nur das nahm, was diese zu geben bereit war. Dann zogen sie weiter, um sich andere Ebenen und Täler zu suchen, und bevor die weißen Siedler sie unwiderruflich in die Wüsten und Fast-Wüsten des Landesinnern vertrieben, war ein Teil ihrer Stämme auch an den Küsten unterwegs. Dort färbte ein fremdes silbriges Licht die Welt, wo der Himmel, dessen Endlosigkeit mit dem Meer verschmolz, noch blauer als sonst wirkte. Die Basotho hatten sich weiter im Innern Afrikas niedergelassen. An diesem Ort erstrahlten die Ebenen im goldenen Licht der Sonne, denn dort schien die Sonne heller als andernorts.

Doch die Jahreszeiten waren ein tristes Einerlei. Sie gingen ineinander über wie eine Melodie, die träge zwischen der Halbwüste Karoo und der Savanne hin und her tanzte. Sommer und Winter unterschieden sich kaum. Vielleicht war das der Grund, weshalb die Kolonialisten glaubten, sich zum Besitzer dieses Ortes aufschwingen zu können: dass es dort trocken und heiß war und alles tot zu sein schien. Und weil sie nicht wussten, dass kein Ort jemals tot ist, hissten sie eine Flagge auf irgendeinem Hügel, nahmen ihn für ihren König in Besitz und sorgten dafür, dass die uralten Namen, die von den Felswänden widerhallten, in Vergessenheit gerieten.

Das reiche, großzügige und bescheidene Afrika ließ es widerstandslos zu, dass man sein Antlitz in unzählige Splitter zerschlug, ließ zu, dass man Ngola zu Angola verformte, dass man die Goldküste und Johannesburg aus seinem Schoß heraustrennte, duldete das Aussterben der Quaggas, das Begraben seiner Götter und vieles mehr. Vielleicht war das ein weiterer Grund, warum die Kolonialisten glaubten, das Land gehöre ihnen. Afrika hatte sich mit Leichtigkeit beugen lassen. Die Rebellion Äthiopiens gegen Italiens Annektierungsversuch blieb die absolute Ausnahme. Im Großen und Ganzen erwies Afrika sich als unglaublich gefügig.

Als das Jahr 1927 kam, hatte Afrika – möglicherweise um überhaupt überleben zu können – längst damit begonnen, sich so weit zu verbiegen, dass ihm nur noch die Flucht in die Ironie blieb. So erzählte es zumindest Alisa van Zijl, die ihrerseits ihren eigenen Namen verbogen hatte. Ursprünglich hatte sie nur Alisa geheißen, sich dann jedoch Alisa Miller genannt. Jene Alisa erzählte ihren Töchtern, wie einst ein Säugling von der Brust einer Gott-Frau gerissen wurde, sodass deren Milch in einem gewaltigen Schwall aus ihren Brüsten und in den Himmel schoss. So wurden die Sterne der Milchstraße geboren.

Hier endete diese Geschichte.

Und nun folgt, wie sie begann.

Intermezzo des Schweigens

Es war einmal ein Wahnsinniger, dem der Krieg durch die Adern floss. So erzählte man es sich zumindest. Sein Großvater hatte im ersten Burenkrieg gekämpft, sein Vater im zweiten, und er selbst übertrumpfte sie noch, indem er in einer fatalen – oder auch triumphalen – Steigerung dieser Flugbahn im Großen Europäischen Krieg mitkämpfte. Falls es einen erneuten Versuch geben sollte, die Witwatersrand-Minen zu befreien oder falls in Europa ein weiterer Konflikt ausbrechen sollte, so war anzunehmen, dass ein etwaiger Sohn dieses Mannes das blutige Vermächtnis fortführen würde, das seine Vorfahren so erfolgreich weitervererbt hatten.

Aber am 29. März des Jahres 1927, einem sonnenlosen, von zahlreichen düsteren Vorboten begleiteten Tag, hatte dieser Mann noch keinen Sohn. Man konnte nur hoffen, dass die Welt und Südafrika sich noch eine Weile beherrschten und keine weiteren Revolutionen anzettelten, damit besagter Mann genügend Zeit hatte, um jenen vom Schicksal verdammten Sohn zu bekommen und großzuziehen und auf diesem Wege seine irdische Bestimmung zu erfüllen.

Der Name dieses Mannes war John Ashby. Meistens war er in der Stadt zu finden, in der Nähe des Auktionshauses oder an der Ecke der Burg Street, wo er den Passanten Zeitungen verkaufte. Dort suchte ihn Abram van Zijl auf. »Und was sagt der Generalgouverneur heute?«, fragte Abram.

»Guten Morgen, Mr van Zijl.«

Abram besann sich auf seine guten Manieren und rang sich einen Gruß ab. Daraufhin las der Verkäufer von dem Plakat ab, das er zuvor noch durch die Luft geschwenkt hatte. »Verabschiedung des Unsittlichkeitsgesetzes. Das Parlament verbietet den Geschlechtsverkehr zwischen Europäern und Eingeborenen.«

Ein Automobil raste um die Ecke und wirbelte eine Staubwolke auf, sodass sich mehrere Fußgänger über die Rücksichtslosigkeit des Fahrers echauffierten und den allgemeinen moralischen Verfall beklagten, unter dem die Stadt zu leiden hatte. Abram hatte sich vor Schreck die Hände an die Brust gepresst, fasste sich jedoch im nächsten Moment wieder.

»Lassen Sie mich mal sehen«, sagte er und holte ein paar Münzen aus der Tasche. Im Gegenzug reichte ihm John ein Exemplar der Zeitung, und Abram begann sofort, sie durchzublättern, bis er endlich zu Seite 14 kam, auf der folgende Schlagzeile zu lesen war: *FÜNFTES GESETZ VON 1927. HIERDURCH WIRD DAS VERBOT DES GESCHLECHTSVERKEHRS ZWISCHEN EUROPÄERN UND EINGEBORENEN IN KRAFT GESETZT, SOWIE DAS VERBOT ANDERER, DAMIT IN VERBINDUNG STEHENDER HANDLUNGEN.*

Mit diesen wenigen Worten wurde Abrams Leben von einem Moment auf den anderen ins Chaos gestürzt. Die düsteren Vorahnungen, die in letzter Zeit immer häufiger aufgetreten waren, stürmten unerbittlich auf ihn ein, als hätten sie die Geduld verloren. Und so kam es, dass Abram dort am Straßenrand neben einem Wahnsinnigen stand, der zu ihm sagte: »Ich habe gehört, dass der Generalgouverneur eine Guillotine herbringen lassen will.«

Die Stimme des Mannes kam Abram wie ein Echo vor, als würde er sich an einen Traum erinnern. Einen bösen Traum.

Einen Traum, aus dem er unbedingt aufwachen musste. »Danke, John«, sagte er, schüttelte den Kopf und hob grüßend den Hut zum Abschied. »Ich mache mich dann mal auf den Heimweg.«

»Es war mir eine Freude, Sir«, sagte John und lüftete seinerseits den Hut.

Abram überquerte die Straße und ging zu Farouk hinüber, einem seiner Arbeiter, der mit dem Auto auf ihn wartete. »Wo soll's hingehen, Sir?«

Es war immer noch recht früh am Morgen, und Abram hatte eigentlich vorgehabt, zum Parlament zu fahren. Aber er hatte nicht die Kraft dazu. Jetzt, da ihm das Herz gebrochen worden war, konnte er der Welt unmöglich gegenübertreten. Doch es war auch nicht ratsam, sich furchtsam in eine Ecke zu ducken, an einem Ort, wo ihn die mitleidlosen Blicke etwaiger Beobachter treffen könnten. Also: »Nach Hause.«

Farouk nickte und startete den Wagen.

Die Stadt breitete sich vor ihnen aus wie ein Geschichtsbuch. Die Gebäude glichen Kapiteln, ein jedes erzählte von einer anderen Ära der Einwanderung und der Mode. Zusammen mit den Menschen, die aus der Alten Welt nach Kapstadt geströmt waren, hatte sich auch ihre Architektur eingefunden: die neugotischen Kirchen, die Hotels, deren Fassaden das viktorianische London nachahmten, und die farblosen Parodien des holländischen Baustils, die so rasch charakteristisch für das Kap geworden waren. Sie säumten die Stadt wie Anschauungsmodelle in einem Museum, als wollten sie Vorschläge machen, wie man die hier aufeinanderprallenden Kulturen miteinander versöhnen könnte. Kurz gesagt: Die Stadt wirkte wie eine Ausstellung zur menschlichen Evolution.

Der Weg über die Main Road wäre sicherlich schneller. Er hatte weniger Kurven und bot weniger Anlass zu profanen Sorgen. Aber der andere Weg wäre ruhiger. Dieser führte am Castle of Good Hope vorbei zum Fuß des Devil's Peak, zu der Stelle, wohin die Universität von Kapstadt umgesiedelt werden sollte, und dann weiter über Mosterts Mühle bis zu ihrem Ziel im Constantiatal. Auf diesem Weg war die Gefahr geringer, irgendwelchen Bekannten zu begegnen, weshalb er weniger Anlass zu existenziellen Sorgen bot. »Farouk«, sagte Abram. »Nicht über die Main Road.«

Farouk hatte nichts dagegen einzuwenden. Er fuhr los, ließ den Tafelberg rechts liegen und lenkte das Auto in die kleinen, steilen Hügel hinauf. Der Berg ragte eindrucksvoll in den Himmel, als wollte er sich zum Verkünder seiner eigenen Pracht aufschwingen. Von Südosten kam Wind auf, und mit ihm zog eine Wolkendecke heran, die sich über der Ebene ausbreitete. Wenn in der Dämmerung das erlöschende Licht der Sonne vom Berg herabglitt, würden sich seine Umrisse dunkel vor dem Himmel abzeichnen. Seine kieferbestandenen Hänge würden hinter einem Nebel aus Dingen verschwinden, deren Name und Funktion nur Wissenschaftlern geläufig waren. Der Berg würde den Eindruck erwecken, als wäre er nur noch eine Silhouette, als zwänge ihn ein unabänderliches Schicksal, sich gemeinsam mit dem Tag zu zerstören. Abram lebte bereits seit über zwei Jahrzehnten in Kapstadt, doch dieses simple Wunder flößte ihm noch immer Ehrfurcht ein.

Im nächsten Moment fuhren sie über eine Bodenwelle, und er wurde aus seinen Träumereien gerissen. Es gab Momente, da kam es ihm so vor, als sei das Auto ein lebendiges Wesen, als würde es sich ärgern und protestieren, doch sie fuhren ohne

Unterbrechung weiter. Während der Fahrt bildete Abram die ganze Zeit Sätze, zerstörte sie und setzte sie wieder zusammen – Sätze, die er zu seiner Frau sagen könnte. Alisa war zu einer schwierigen Frau geworden. Ganz gleich, was er sagte, sie würde es als niederträchtig empfinden. Und noch viel wichtiger waren die Dinge, die er nicht sagte, oder vielmehr die Dinge, von denen sie wollte, dass er sie sagte. Also bildete er Sätze, zerstörte sie und bildete sie wieder neu.

Das Auto schlängelte sich durch das üppige Grün am Fuß des Constantiabergs. Hier, wo sich die Welt von der Spitze des Berges zu den zerstreuten Farmen hinabsenkte, war eine einzigartige Vegetation entstanden, eine scheintropische Flora, in der es von Pflanzen wimmelte, die sich nirgendwo sonst fanden. Aber der Schein ist eben nicht dasselbe wie die Wirklichkeit und weist notwendigerweise Mängel auf, die ihn vom Original unterscheiden. Das Tal am Fuß des Berges bildete da keine Ausnahme. Es regnete nahezu ausschließlich im Winter, und im Sommer war es heiß und trocken. Daher war die herrliche Vegetation, die sich in diesem seltsamen Winkel der Welt ausgebreitet hatte, gezwungen, sich auf die ein oder andere Weise anzupassen. So hatten sich zum Beispiel die Fynbospflanzen, die widerstandsfähiger waren als der Rest, in den verschiedensten Variationen aus Gebüsch oder Heidekraut ausgebreitet.

Vom Constantiaberg aus bog das Auto nach Osten ab und fuhr an einer langen Reihe von Weingütern entlang, die die Berghänge säumten. Fast am Ende dieser Reihe schmiegte sich das Anwesen der van Zijls in den Hang. Die Auffahrt, die zum Herrenhaus führte, wurde von imposanten Eichen flankiert, deren Schatten in der Mitte des Weges miteinander verschmolzen und die Strahlkraft der Sonne ein wenig abschwächten. Als die in makellosem Weiß erstrahlenden, von seinem Schicksal nichts ahnenden Mauern des Gutshauses vor Abram aufragten, wusste er immer noch nicht, was er zu seiner Frau sagen sollte.

Alisa saß im Schatten der Trauerweide, ganz, wie er es erwartet hatte. Doch entgegen seinen Erwartungen war sie nicht damit beschäftigt, in ihr Tagebuch zu schreiben. Sie hatte den Kopf an den Baumstamm gelehnt, das Gesicht den Weinbergen zugewandt, die Hände im Schoß verschränkt, die Augen geschlossen. Es sah fast so aus, als würde sie schlafen, doch als sie ihn hörte, drehte sie sich um, und ihre Blicke trafen sich.

Damals, als sie sich kennengelernt hatten, war die braune Farbe ihrer Augen viel kräftiger gewesen, sie hatten gefunkelt, wenn sie lächelte. Über die Jahre schienen die endlosen Tränen, die sie geweint hatte, die Farbe ausgewaschen zu haben, als wäre sie verdünnt worden. Übrig geblieben war ein bleiches, müdes und stumpfes Braun, in dem sich sofort jede Verletzung widerspiegelte. Abram schluckte und ging zu ihr hinüber.

Sie stand auf und sagte fast lächelnd: »Das Gesetz wurde verabschiedet, nicht wahr?«

Abram nickte. Alisa sank auf die Knie, und die Tränen stiegen ihr in die Augen. Auch Abram ließ sich auf die Knie nieder und ergriff ihre Hände. »Sieh mal.« Er öffnete die Zeitung zum zweiten Mal und zeigte auf Seite 14. »Sieh mal, Paragraf 5 besagt, dass man uns keine Schwierigkeiten machen wird, wenn wir beweisen können, dass wir verheiratet sind.«

Alisa las den Absatz, auf den er zeigte. Dann schüttelte sie den Kopf und zeigte ihrerseits auf einen anderen Absatz: »Hier steht, dass man uns für unverheiratet erklären kann, wenn wir nicht beweisen können, dass wir verheiratet sind. Darauf stehen fünf Jahre Gefängnis für dich, vier für mich, und die Kinder …«

Hier versagte ihr Verstand. Sie sackte noch mehr in sich zusammen und brachte nur noch amorphe Sentimentalitäten heraus. »Oh, die Kinder, Bram. Die Kinder …« Ihre Äußerungen wurden immer unverständlicher, und ihr Weinen immer unkontrollierter. Aber am bemerkenswertesten war die Art und Weise, wie sie Abram umarmte. Sie ließ sich in seine Arme sinken, lehnte den Kopf an seine Schultern und weinte und weinte.

Es war sehr lange her, dass sie ihn das letzte Mal berührt hatte. Ihre Haut, die ihm früher so vertraut gewesen war, fühlte sich jetzt fremd und spröde an. Alisa zitterte heftig. Und als hätte sie Angst, sich an Ort und Stelle aufzulösen, umklammerte sie ihn noch fester. »Oh, Bram«, sagte sie.

Verblüfft über diese Überfülle an Zuneigung, mit der seine Ehefrau ihn überschüttete, erwischte Abram sich dabei, wie er sich zu ihrem Echo machte und auch seinerseits nur noch Sentimentalitäten von sich gab. »Es wird bestimmt alles gut werden, Alisa.« Als das nicht zu genügen schien und sie nur noch heftiger zitterte, fügte er hinzu: »Sie werden uns unsere Kinder nicht wegnehmen. In dem Gesetz steht nichts über Kinder. Sie werden sie uns nicht wegnehmen, mein Herz. Den Kindern wird nichts geschehen.«

Vielleicht, weil er nicht wusste, was er sonst tun sollte, ließ er sich zurück in das Land der Erinnerungen gleiten und fiel in altvertraute Gewohnheiten zurück. Er legte das Kinn auf ihren Scheitel und murmelte ihr Versprechungen zu, versicherte ihr, dass er sie und die Kinder beschützen werde. Und was noch törichter war: Er begann, von einer Versöhnung zu träumen. Er begann zu hoffen.

***

Nachdem die Sonne am Abend unter- und am nächsten Morgen ohne Verzug wieder aufgegangen war, gelangte Abram zu der Überzeugung, dass sein Leben durch etwas so Abstraktes wie das Unsittlichkeitsgesetz nicht so leicht aus den Fugen geraten könnte. Und das wiederum führte dazu, dass er sich in weiteren, äußerst unvernünftigen Illusionen erging.

Er machte zusammen mit Alisa einen Spaziergang den Pfad hinunter, der von ihrer Trauerweide aus durch die Weinberge führte. Die Vertrautheit, die gestern zwischen ihnen geherrscht hatte, war verflogen. Sie hielten Abstand voneinander, und doch kam es Abram so vor, als sehnte sich Alisa nach seiner Nähe. Aber ihr Stolz erlaubte es ihr nicht, sich ihre Zuneigung einzugestehen. Schließlich konnte sie ihr Verhalten heute nicht mehr mit einem eben erst erlittenen Schock rechtfertigen.

Sie hielt die Arme hinter dem Rücken verschränkt. Von Zeit zu Zeit warf Abram ihr einen verstohlenen Blick zu und lächelte in sich hinein. Alisas Blicke blieben jedoch einzig und allein dem Erdboden vorbehalten. Zudem versperrte ihm der breitkrempige Hut, den sie als Schutz vor der Sonne trug, den Blick auf einen Großteil ihres Gesichts. Vielleicht trägt sie den Hut ja auch aus modischen Gründen, dachte er. Tatsächlich übte das Kleidungsstück eine bemerkenswerte Wirkung aus. Das blasse Rosa des Hutes und das Weiß der Blumen, die auf der Krempe ringsherum aufgenäht waren, verliehen seiner Trägerin etwas Sanftes, geradezu Zahmes.

Die beiden Spaziergänger ertrugen dieses Intermezzo des Schweigens fast eine ganze Minute lang. Dann war es wie immer Alisa, die die Stille unterbrach. »Es besteht wohl nicht die Möglichkeit, dass das Parlament das Gesetz wieder rückgängig macht, oder?«, fragte sie.

Abram schüttelte den Kopf. »Nein. Aber wir müssen uns keine Sorgen machen. Das Gesetz gilt nur für Personen, die nicht verheiratet sind. Das trifft auf uns nicht zu. Ganz ehrlich, wir haben nichts zu befürchten, Alisa.«

Sie verfielen erneut in Schweigen, und Abram bewunderte derweil den goldenen Farbton der Berghänge, die sich vor ihnen ausbreiteten.

»Darauf können wir uns nicht verlassen«, sagte Alisa. Sie blieb stehen und wandte ihm ihr Gesicht zu. Er sah sich gezwungen, ebenfalls stehen zu bleiben. Ihr Gesicht hatte einen flehentlichen Ausdruck, und unter dem Schatten des Hutes konnte er ein Aufblitzen der Angst in ihren Augen erkennen. »Wir müssen irgendetwas tun, Bram. Wir können unmöglich hier rumsitzen und gar nichts tun! Wir können nicht einfach hoffen, dass schon alles gut gehen wird.«

Das also war der Grund, warum sie so plötzlich in sein Zimmer gekommen war. Sie hatte nicht einfach nur spazieren gehen wollen. Sie hatte über die Auswirkungen dieses sogenannten Unsittlichkeitsgesetzes sprechen und ihn mit ihrer Panik anstecken wollen, von der sie sich so bereitwillig hatte vereinnahmen lassen. Nun, wenigstens war er auf diese Weise in den Genuss eines Morgenspaziergangs mit ihr gekommen – eines Spaziergangs, um den sie ihn selbst gebeten hatte, auch wenn sie dabei ganz offenbar Hintergedanken gehabt hatte. Er hatte sogar die schweigsamen Intermezzi genossen, denn es war ihm so vorgekommen, als habe währenddessen ein gewisses, wenn auch recht unterschwelliges Gefühl des Zusammenhalts geherrscht.

Aber ganz ähnlich, wie sich die Weinberge in scheinbar endloser Abfolge zum Gutshaus hin- und von ihm fortzogen, hatten auch Abram und Alisa unermüdlich immer wieder denselben

Weg beschritten – einen Weg, der von angespannter Freundlichkeit gekennzeichnet gewesen war. Mittlerweile konnte Abram jedes einzelne der Argumente vorhersagen, die sie anführen würde, denn sie hatte ihm ihre Sorgen unzählige Male aufgezählt. Er überließ sich dem törichten Gefühl der Hoffnung, das ihn seit gestern durchströmte, und nahm ihr die Worte aus dem Mund, die sie als Nächstes vorbringen würde. »Wir müssen fortgehen«, sagte er. »Wir müssen das Kap verlassen. Wir müssen Südafrika verlassen. Wenn du Angst hast, Alisa, dann müssen wir fortgehen.«

»Und wo sollen wir hingehen?«

»Wohin auch immer du willst«, antwortete er schlicht.

Ohne auch nur über ihre Antwort nachzudenken, oder so kam es Abram zumindest vor, sagte Alisa: »In die Sowjetunion.«

Mittlerweile schien der Erdboden wieder eine große Faszination auf sie auszuüben. Sie schaute nicht auf und konnte daher auch nicht sehen, wie sich ein Schatten über sein Gesicht legte. Diese Art von Unachtsamkeit war typisch für Alisa – sie kam nicht auf den Gedanken, ihn zu fragen, wohin er denn gerne gehen würde.

Die Sowjetunion. Dieser Vorschlag war ihr so leicht von den Lippen gekommen, als wäre sie in Gedanken bereits dort, als hätten die Worte längst darauf gelauert, ausgesprochen zu werden, und das Einzige, was noch fehlte, war, dass er diese Frage stellte, damit sie aus ihrem Mund strömten wie sehnsüchtig erwarteter Regen. Ach, so groß war ihre Unachtsamkeit. Und vielleicht war der Umstand, dass sie ihren Herzenswunsch so leichthin ausgesprochen hatte, der Grund dafür, dass Abram auf der Stelle beschloss: Wenn es einen Ort auf der Welt gab, dessen Luft er niemals zu atmen gedachte, dann war das die Sowjetunion.

Das Dasein der Dinge in ihrem Sosein

Das Chaos, das entsteht, wenn das Leben, das man bisher geführt hat, plötzlich auf den Kopf gestellt wird, hört niemals wirklich auf. Das musste Abram im Laufe der nächsten Tage schweren Herzens feststellen. Die Ereignisse folgten immer rascher aufeinander. Es war verstörend. Als Erstes musste er die Kinder von der Schule nehmen. Diese bedauerliche Entwicklung war allein auf Alisas Panik zurückzuführen. Aber im Grunde genommen konnte er ihr das nicht übel nehmen. Vielmehr empfand er es als seine Pflicht, sich auf ihre Seite zu stellen.

Angefangen hatte es so: Ihre Töchter gingen auf eine Mädchenschule, wo sie englischsprachigen Unterricht erhielten. Alisa war über diese Entscheidung von Anfang an unglücklich gewesen. Aber Abram hatte darauf bestanden, und sie hatte nachgegeben, jedoch nur, weil sie wollte, dass die Mädchen auch andere Freundinnen hatten als nur die eigene Schwester. Dann aber hatte sie sich über das schlechte Niveau auf der Schule beschwert, hatte erklärt, die Nonnen hätten eine beschränkte Denkweise, und auf der Schule für Jungen würde man höhere Mathematik und Naturwissenschaft lehren und auch die klassischen Sprachen mit sehr viel mehr Sorgfalt und Hintergrundwissen unterrichten, und so weiter und so weiter.

Woher Alisa wusste, was auf der Schule für Jungen unterrichtet wurde, hatte sie Abram nie erklärt, und er verschwendete auch keine Zeit damit, sie danach zu fragen. Der Kernpunkt war schließlich folgender: Man musste mehr für ihre

Töchter tun. So, wie Abram das verstand, war er derjenige, der dieses *Mehr* tun musste, das sie verlangte. »Ja, ja«, nickte er. »Wir können sicher ein paar Dinge besser machen.«

»Dido ist ein frühreifes Kind«, hatte Alisa verkündet. Dido war ihre älteste Tochter. »Was sie manchmal für Sachen sagt, Bram! Sie ist viel zu klug für diese Schule. Sie wird dort nicht genug gefordert.«

Doch dieses Problem ließ sich nicht beheben. Dido war tatsächlich ein kluges Kind, aber sie konnte unmöglich auf die Jungenschule gehen. Und so kam es, dass Abram jahrelang gezwungen war, sich Alisas Klagen anzuhören, darüber, wie indiskutabel die Zustände an der Mädchenschule waren und wie vollkommen nutzlos der dortige Unterricht war – womit sie darüber hinaus natürlich sagen wollte, wie nutzlos er selbst in dieser Angelegenheit war.

Abram begann, Alisas frühere Beschwerden zu vermissen, denn wie ihm jetzt klar wurde, hatten diese sich um sehr viel banalere Dinge gedreht. Jetzt hatte ihre Geringschätzung ganz neue Ausmaße angenommen. Trotzdem konnte er nicht anders, als sich auf ihre Seite zu stellen.

Gestern waren ihre Töchter früher als sonst aus der Schule gekommen. Sie hatten einen Brief mitgebracht, in dem Abram zur Direktorin bestellt wurde. Als er dort eintraf, erzählte ihm die Schulleiterin, Schwester Elisabeth, dass es ein etwas seltsames Vorkommnis gegeben habe. Ein Mann vom Repräsentantenhaus sei in die Schule gekommen und habe verlangt, die beiden van-Zijl-Töchter zu sehen. »Wir dachten, es ginge um Dido«, sagte Schwester Elisabeth. »Ich hatte Ihnen das längst sagen wollen, wir hatten nämlich vor, eine Art Wettstreit mit den Kindern von der Jungenschule auszutragen, wissen Sie? Die

Universitäten haben so etwas schon gemacht, wie Sie sicher gehört haben, und es ist für die Frauen gar nicht mal so schlecht ausgegangen. Also haben Schwester Alice und ich uns gedacht, wir könnten das Gleiche doch auch für die Mädchen tun. Oh, machen Sie sich keine Sorgen, es wäre ganz harmlos, nichts Skandalöses. Die Mädchen würden ihren Unterricht nach wie vor hier erhalten. Aber wir hatte darüber nachgedacht, vielleicht eine Lehrkraft für höhere Mathematik einzustellen. Nur für fünf Mädchen. Dido ist ein so kluges Kind, wir dachten, wir würden sie mit hinzunehmen. Ich hatte gedacht, dass es um dieses Thema ginge, bei dem Besuch dieses Mannes, Mr van Zijl. Aber das war es nicht, wissen Sie. O nein, darum ging es ganz und gar nicht.«

Schwester Elisabeth seufzte und zog sich ihren Habit enger um den Körper. Dann erzählte sie von dem seltsamen Vorkommnis: Der Mann vom Repräsentantenhaus hatte einfach nur Abrams Töchter sehen wollen. »Das war alles«, sagte sie. »Ich halte mich nicht für eine frivole Frau, Mr van Zijl. Ich bin alt. Triviale Dinge machen mich ungehalten. Aber diese Sache hier, das war nichts Triviales, wissen Sie? Ich möchte Sie nicht beunruhigen, aber das Auftreten dieses Mannes gefiel mir ganz und gar nicht. Ich habe mit dem Gedanken gespielt, es Ihnen gar nicht zu erzählen, um Sie nicht unnötig zu alarmieren. Aber es werden gerade sehr merkwürdige Gesetze erlassen, wie ich höre, und was einem früher wie eine kleine, unbedeutende Sache vorkam, ist heute keine kleine Sache mehr.«

»Sie haben einen Mann in die Schule der Mädchen geschickt, Bram«, sagte Alisa. Die Panik und Sorge in ihrer Stimme waren unüberhörbar. Sie schienen sie fast um den Verstand zu bringen.

In der Nacht hatte es geregnet, und am Himmel verharrten noch zahlreiche Wolken, als seien sie unsicher, ob sie ihre restliche Last noch abschütteln oder weiterziehen sollten. Es war dunkel und kalt und keineswegs ein geeigneter Tag, um sich unter einen Baum zu setzen. Also hatte sich Alisa selbstverständlich dazu entschieden, genau das zu tun.

»Ich weiß«, sagte Abram. »Aber es ist kalt hier draußen. Komm doch bitte ins Haus. Wir können uns dort unterhalten.« Er sah sie nicht an, während er sprach. Stattdessen versuchte er, sich mit den Nichtigkeiten der Welt abzulenken, mit dem Dasein der Dinge in ihrem Sosein – dem beißenden Geruch des Salzes und dem Schwefel des wehklagenden Meeres, dem hell aufleuchtenden Blitzstrahl, der plötzlich den Himmel zerriss, und dessen treuem Gefährten, dem Donner, der wenig später seinen dröhnend widerhallenden Schlag folgen ließ.

Abram war ein Mann, der sich von allen möglichen Winden treiben ließ. Winde des Existenzialismus, irreale Winde, sprichwörtliche Winde wechselhafter Zeiten und Winde anderer Binsenweisheiten – von solchen Phänomenen ließ er sich im Handumdrehen in kleine persönliche Revolutionen hineinziehen und verwickelte sich dabei manchmal auch in Angelegenheiten, die ihn nicht im Geringsten angingen. In letzter Zeit ließ er sich vom Wind der Hoffnung treiben, der am 29. März zu wehen begonnen hatte. Oder vielmehr war es ein Orkan, ein stetiger, unablässiger Orkan, der sich nicht legen wollte oder konnte, denn Abram schaffte es nicht, seine Liebe für Alisa einfach so auszulöschen. Gerade in diesem Augenblick hielt sie den Kopf in die Brise geneigt, und ihre Gesichtszüge waren vor Sehnsucht ganz weich geworden.

Abram wies zu der Stelle hinüber, wo eben noch ein Blitz den düsteren Abendhimmel durchschnitten hatte. Blitze gab es in diesem Teil der Welt nur recht selten. Er musste unwillkürlich lächeln. »Möchtest du zurück in die Karibik? Wir können von hier wegziehen, wenn du willst. Oder wir bleiben, wenn dir das lieber wäre. Aber jetzt komm bitte wieder zurück ins Haus.« Er kniete sich zu ihren Füßen auf die Erde, nahm ihre Hände und küsste sie. »Ich bin es leid, mit dir zu streiten, Alisa. Bitte. Ich bin nur ein Mann. Ein einziger, einzelner Mann. Wenn schon nichts sonst, kannst du mir nicht wenigstens das verzeihen?«

Sie wich seinem Blick aus. Stattdessen sah sie in die Ferne, als könnte sie im Weltgefüge ein Geheimnis erkennen, das sich ihm nicht erschloss, weil er zu stur war. Es hatte sie ein feierlicher Ernst erfasst, während sie ihre Aufmerksamkeit allein dieser Ferne zu schenken schien. Sie seufzte. Sie seufzte so tief, dass es den Anschein hatte, als wollte sie Abram wegseufzen, wenn sie nur könnte. Doch dann entschied sie sich offenbar dagegen. Abram wankte, als könnte ihn jeden Moment ein heftiger Sturm mit sich fortreißen.

Schließlich verlor sie die Geduld und brachte lauter altvertraute Themen zur Sprache. »Es ist nicht leicht für mich, diese Dinge zu sagen, Bram«, schloss sie ihre Rede. »Du hältst mich für deine Feindin, weil ich all das sage. Ich möchte dich nicht damit belasten. Ich möchte nicht, dass du mich hasst.«

So stark und stetig war der Orkan, der Abram erfasst hatte, dass er erneut Alisas Hände küsste. »Du belastest mich nicht«, sagte er. »Ich hasse dich nicht. Ich liebe dich. Das weißt du doch. Und jetzt komm bitte ins Haus, Alisa.« Endlich nahm sie seine Hand und folgte ihm.

***

Es war zwölf Uhr mittags, als der Mann namens Daniel Ross in raschem Tempo durch das Tor gefahren kam. Die Wolken hatten sich nur eines Bruchteils ihrer Last entledigt, und dieses wenige verpuffte wehrlos, als die Sonne den Himmel nun doch ihrer vollen Kraftentfaltung für würdig befand. Dieser Fast-Regen hatte auf Abram zwar ziemlich armselig gewirkt, aber anscheinend war er für die Wolken doch so anstrengend gewesen, dass sie nun – beschämt und ihrer Bemühungen überdrüssig – zerstoben.

Das war typisch für das Wetter in diesen Breiten – es hatte stets etwas Unentschlossenes. Der Himmel legte sich nie auf die eine oder andere Position fest. Wann immer die Sonne zu faul oder nicht willig oder zu schüchtern war, um zu scheinen, folgte der Himmel ihrem Beispiel und hüllte sich in düstere Regenwolken. Und wenn die Sonne selbstsüchtig wurde und uneingeschränkte Aufmerksamkeit verlangte, ließ sich der Himmel auch darauf ein. Das Kap war ein Ort, der sich – ähnlich wie Abram – ohne große Gegenwehr von allen erdenklichen Winden beherrschen ließ.

Und so war es ein gleißend heller, heißer Mittag, als der Mann namens Daniel Ross in raschem Tempo durch das Tor gefahren kam. Dabei wirbelte sein schwarzes Auto genug Staub auf, um ihn noch mehrere Sekunden, nachdem er ausgestiegen war, in einen geheimnisvollen Schleier zu hüllen. Als sich der Staub gelegt hatte, stellte sich der Ankömmling als kleiner, gedrungener Mann heraus, der einen brauen Wollanzug und einen dazu passenden, adretten Hut trug.

Ironischerweise heftete sich der Staub so hartnäckig an seine Kleidung, dass er eine Weile brauchte, sie sauber zu klopfen. Als er endlich fertig war, ging er zum Herrenhaus hinüber.

Abram führte ihn in die Bibliothek. Der Mann in dem braunen Wollanzug weigerte sich beharrlich, sich zu setzen, weil er, wie er laut und häufig verkündete, nicht lange bleiben werde. »Nein, ich bleibe nicht lange, nein, nein. Überhaupt nicht lange.«

Die beiden Herren stürzten sich in eine verschnörkelte Flut aus Begrüßungsfloskeln und nichtssagenden Höflichkeiten, während derer sich der Mann als Daniel Ross vorstellte, ein Beamter des Repräsentantenhauses.

»Wissen Sie, Mr van Zijl«, sagte der Mann. »Wir wollen nur sichergehen, dass auch alles in Ordnung ist. Ich fahre hier bei allen Farmen vorbei, bei den Bauern und Weingütern und alledem. Ich klappere alle ab, um zu schauen, wie es so läuft und wie die Geschäfte gehen. Das ist alles.« Er fuchtelte wild mit den Händen, blinzelte Abram zu und drohte scherzhaft mahnend mit dem Finger, als sei er ein alter Freund, der sich gerade über einen Witz amüsiert, den sie beide sich seit Jahren erzählten. »Das ist alles.«

Abram bekam den Eindruck, dass nun ein Lächeln von ihm erwartet wurde, also lächelte er. »Ich verstehe«, sagte er.

Daniel Ross legte sich beide Hände aufs Herz, setzte einen mitfühlenden Gesichtsausdruck auf und fuhr fort: »Wenn wir es versäumen, immer mal wieder nach dem Rechten zu sehen, dann entsteht ein schlimmes Chaos, wissen Sie? Oben im Norden, im Transvaal, hat es großen Ärger gegeben. Das ist wahrhaftig eine sehr schwierige Gegend, da oben im Norden. Die Leute machen einfach, was sie wollen. Wissen Sie, die haben da oben doch glatt einen Eingeborenen entdeckt, der mehr Geld auf der Bank hatte als alle Weißen, die dort wohnen. Ein großer Unsinn, Mr van Zijl. Großer Unsinn! Das ist die Art von Vorkommnis, die man unbedingt unterbinden muss.«

»Natürlich«, nickte Abram.

»Ich muss mir dann auch noch den Rest des Hauses anschauen. Die Kellerei, die Lagerräume, nicht viel, ganz ehrlich. Ich muss mir nur alles ansehen. Ich werde Ihre Zeit nicht allzu sehr in Anspruch nehmen. Es wird gar nicht lange dauern, überhaupt nicht lange, und dann bin ich auch schon wieder weg.« Der Mann fuhr damit fort, irgendwelche albernen und widersprüchlichen Nichtigkeiten von sich zu geben. Aber es war klar, worauf das Ganze letzten Endes hinauslief: Das van-Zijl-Weingut wurde eingehend inspiziert, möglicherweise, weil die Regierung vorhatte, es zu beschlagnahmen. Und falls es nicht darum ging, dann um etwas noch viel Schlimmeres. Abrams Fantasie wehrte sich dagegen, diesen Gedanken fortzuführen. »Aber ich bin ein Bürger dieses Staates«, unterbrach er Mr Ross schließlich.

Mr Ross nickte, als habe er genau diese Art von Schwierigkeiten erwartet, als sei es nicht das erste Mal, dass ihm so etwas begegnete. »Ah, aber wissen Sie, Sir«, sagte er. »Es ist genau, wie ich schon sagte: Wir möchten nur sicherstellen, dass auch alles tipptopp in Ordnung ist.« Bevor Abram ihn erneut unterbrechen konnte, hatte sich der Mann bereits in den nächsten Monolog gestürzt. Dieses Mal hob er die Hand, um anzuzeigen, dass er nicht unterbrochen zu werden wünschte. »Ich nehme an, Mrs van Zijl ist daheim, ja? Die Kinder auch. Wie viele waren das noch mal? Zwei Töchter? Noch kein Sohn, oder, Mr van Zijl, und Mrs van Zijl ist nicht mehr in den besten Jahren, was? Kein Erbe. Jammerschade. Eine Tragödie.«

Daniel Ross ließ seinen Blick durch den Raum gleiten, wobei seine Augen immer wieder an der Vitrine mit Antiquitäten hängen blieben, hinter deren Glas eine Weltkarte aus dem 17. Jahrhundert, mehrere Sonnenuhren, Münzen und andere Souvenirs ausgestellt waren, die Abram auf seinen Reisen angesammelt hatte. Nicht weit davon entfernt stand eine weitere Vitrine, in der die zerfledderten Zeitungsblätter, Tagebücher, Briefe und anderen Dokumente aufbewahrt wurden, die er unauffällig aus der Bibliothek seines Vaters hatte verschwinden lassen. Ein Großteil der Dokumente, die einen eher privaten Charakter hatten, stammte von längst verstorbenen Seefahrern, manches davon auch von Männern, die in dem Großen Krieg gekämpft hatten, und ein paar waren von den wenigen des Schreibens und Lesens mächtigen Vorfahren jener Sklaven geschrieben worden, die man einst in das Constantiatal gebracht hatte.

Abram selbst saß in einem Sessel aus Eichenholz, der den beiden Vitrinen gegenüberstand. Über seinem Kopf und überall um ihn herum türmten sich Alisas griechische und lateinische Klassiker sowie Folianten, Theaterstücke und Romane über die haitianische Revolution, die russische Revolution, Geschichtsbände zu den britischen Kolonien und vieles mehr in dieser Richtung. Die Bibliothek gehörte, wie ihm gerade klar wurde, nur dem Namen nach ihm. Alisa hatte sie mit ihrer eigenen Persönlichkeit gefüllt und ihn in die beiden Vitrinen verbannt, die ihm gegenüberstanden.

War das der Grund dafür, dass Daniel Ross' Blick immer wieder dorthin huschte? Der Rest der Bibliothek bestand aus ordentlich aufgereihten Buchrücken, die kühn die Geschichte der Welt erzählten, doch dort, in der Ecke, wohin das vom Fenster hereinscheinende Licht niemals fiel, kauerte eine derart klägliche und marode Ansammlung von Dingen, dass es so schien, als wäre es ihnen peinlich, mit ihren Geschichten herauszurücken. War seine Entfremdung von Alisa so augenfällig, dass sogar ein

Fremder die Symptome mit einem einzigen Blick erkennen konnte?

Und dieses Gerede über einen fehlenden Erben – war das ein Zeichen dafür, dass die alten Gerüchte wieder Verbreitung fanden? Irgendwann in der Vergangenheit, jenseits des schweigsamen Friedens, den sie geschlossen hatten, war schlecht über Alisa geredet worden. Natürlich hatte sie sich die Schuld dafür ganz allein selbst zuzuschreiben. Und weil er ihr Ehemann war, wurde Abram in diese üble Situation mit hineingezogen. Genauer gesagt hatte man seine Manneskraft auf den Prüfstand gestellt und war zu dem Schluss gekommen, dass sie nicht genügte. Warum sonst hätte seine Frau – obwohl sie von den hiesigen Ureinwohnern abstammte – sämtliche Moralvorstellungen derart mit Füßen treten sollen?

Und nun stand hier dieser Daniel Ross, ein Mann, der offenbar von offizieller Seite geschickt worden war, um die Vergangenheit, die doch eigentlich hätte begraben bleiben sollen, wieder aufzurollen. Alle Tragödien, die Abram jemals widerfahren waren, sollten an die Behörden weitergeleitet und verschachert werden. Denn der Friede eines Mannes ließ sich – ganz wie seine Seele – leicht verkaufen. Besagter Mann konnte zwar entscheiden, ob er diesen Frieden an sich selbst oder einen anderen verkaufen wollte, aber verkaufen ließ er sich auf alle Fälle.

In Abrams Kopf wirbelten die Gedanken wild durcheinander. Er hatte mit mehreren Dingen gleichzeitig zu kämpfen. Zum Ersten: War Daniel Ross' Frage rhetorisch gewesen oder wollte er eine Antwort? Zweitens: Konnte Abram sich entscheiden zu lügen oder Informationen vorzuenthalten? Das Ganze stellte ihn vor ein äußerst verwickeltes Problem: Welche Details aus seinem Leben waren Daniel Ross bekannt? Wie viel wusste er über Alisa und die Kinder? Was vermutete er? Und was noch viel wichtiger war: Was konnte gerettet werden und was nicht?

Abram war zutiefst beunruhigt über das, was sich da gerade ereignete. Es war offensichtlich, dass etwas ganz furchtbar schiefgelaufen war und dass noch sehr viel schlimmere Dinge folgen würden. Einen Moment lang hatte er das Gefühl, keine Luft mehr zu bekommen. Er hatte das Gefühl, dass er sich in einem Wettlauf mit etwas befand, das er nicht verstand und das ihm den Atem abschnürte.

***

Genau in diesem Augenblick erfuhr Alisa von Gloria, dem Kindermädchen, dass sich ein Beamter des Repräsentantenhauses bei ihrem Mann in der Bibliothek befand.

»Was will er?«, fragte sie. Gloria sagte, sie wisse es nicht. »Was hat der Mann gesagt?«, fuhr Alisa fort.

Gloria antwortete: »Er sagte Guten Tag und fragte nach dem Baas. Der Baas begrüßte ihn und führte ihn in die Bibliothek.«

Alisa hatte ihren Töchtern aus *Oliver Twist* vorgelesen. Sie saßen in der Nähe des Teichs, wo sich bereits das Kommen des Herbstes ankündigte. Die Enten hatten sich versammelt, um die letzten Sonnenstrahlen einzufangen, die sich ansonsten im Wind verloren hätten, ohne irgendjemandem zunutze zu sein. In der Ferne waren Stimmen zu hören, die man beinahe einen Chor hätte nennen können und die allein durch ihre stetige Gegenwart etwas Besänftigendes hatten. Die Feldarbeiter sangen manchmal, um sich die Zeit zu vertreiben und ein wenig von ihrer Mühsal den vorüberziehenden Winden mitzugeben.

Als Gloria zu dem Baum gerannt kam, um von dem Eintreffen des Abgeordneten zu berichten, zerbarst der Fast-Chor in einen dröhnenden Missklang – ein brutaler Angriff auf Alisas Sinne.

Sie sprang auf und hatte schon fast das Haus erreicht, als ihr bewusst wurde, wie absurd, überhastet und kopflos diese Vorgehensweise war. Sie drehte sich zu Gloria um, die immer noch wie betäubt am Ufer des Teiches stand. »Bitte bring die Kinder auf mein Zimmer und sieh zu, dass sie es nicht verlassen.« Dann überließ sie sich wieder ihrer Panik und eilte zur Bibliothek.

Gloria nahm die Kinder an der Hand und führte sie in den abgelegensten Teil des Hauses, den Ostflügel, den ihre Mutter als Zuflucht gewählt hatte. »Hier«, sagte sie und forderte die Kinder auf, sich auf das Bett ihrer Mutter zu setzen. »Ich gehe jetzt in die Küche und hole euch Kuchen. Dido, mein Kind, pass auf deine Schwester auf. Ich bin gleich wieder da. Pass auf deine Schwester auf, ja?« Sie nickte, und Dido nickte ebenfalls. »Verlasst auf keinen Fall das Zimmer, ja?« Gloria nickte erneut, und auch Dido nickte wieder.

Kaum hatte Gloria den Raum verlassen, brach Emilia, die jüngere von Abrams und Alisas Töchtern, in Tränen aus. Dido war nur zwei Jahre älter, und doch war es nun an ihr, Emilias Hand zu nehmen und sie zu ermahnen: »Emilia, warum weinst du denn?«

»Mama hat geweint«, antwortete Emilia.

Dido war selbst noch ein Kind. Es hatte sich bei den Mädchen eingebürgert, dass, wenn das eine Kind weinte, es das andere ihm bald darauf nachtat. »Nein, hat sie nicht«, sagte Dido.

»Doch, hat sie wohl. Ich glaube, es ist ein böser Mann gekommen, Dido. Sonst würde Mama nicht weinen.«

»Hier ist kein böser Mann. Komm her.« Sie umarmte ihre Schwester, und gemeinsam warteten sie darauf, dass sich die Tür öffnete und Nanny Gloria ihnen Kuchen brachte.

***

Als Alisa in die Bibliothek gestürmt kam, war Abram gezwungen, sich aus seinen selbstmitleidigen Gedanken zu reißen. Der Wettlauf eskalierte, wie es schien. Er war in die nächste Phase eingetreten.

»Ah, sehr gut!«, sagte Mr Ross. »Ich bin so froh, Sie kennenzulernen, Mrs van Zijl. Ah, das hatte ich ganz vergessen zu sagen, ja, hatte ich vergessen, aber jetzt fällt es mir wieder ein, Mr van Zijl, erinnern Sie sich an diese seltsamen Geschichten, die sich dort oben im Transvaal abspielen? Da passiert ja so alles Mögliche. Alles Mögliche! Wussten Sie, dass man dort Männer und Frauen dabei ertappt hat, wie sie in Sünde lebten? Und dann auch noch äußerst achtbare Männer. Gute Männer. Die in Sünde lebten! So etwas können wir nicht zulassen. Das hatte ich ganz vergessen zu sagen, aber ich muss die Heiratsurkunde sehen, ja? Es ist ja gar nicht viel, nur ein Beweis, dass Sie verheiratet sind. Eine ganz einfache Sache, wahrhaftig. Ganz einfach. Nur damit auch alles seine Ordnung hat, ja?«

Bevor Abram oder Alisa etwas sagen konnten, war Daniel Ross anscheinend noch ein weiterer Punkt eingefallen. Wieder wedelte er mit seinen Händen und drohte mit dem Finger. »Wissen Sie, man hat da einen Mann erwischt, der genau so etwas getan hat, ja? Hat einfach mit einem Mädchen zusammengelebt. Es war eine Eingeborene, dieses Mädchen, natürlich. Keine Schande, gar keine Schande. Der Amtsrichter hat ihn zu sich bestellt, und da hat er auf der Stelle gesagt, dass er das Mädchen heiraten möchte. Aber nein, sagte der Amtsrichter, so ist das nicht rechtens, nicht wahr? Eine Sünde kann man nicht wieder ungeschehen machen. Nein, nein. Das Verbrechen war geschehen. Eine solche Sache lässt sich nicht ungeschehen machen. Das Verbrechen war begangen worden. Sie verstehen, was ich meine, Mr van Zijl?«

Abram verstand sehr wohl, was er meinte, und nach dem zu urteilen, wie Alisas Lippen zitterten, ganz leicht und fast unmerklich, dort in ihren Mundwinkeln, hatte auch sie ihn verstanden.

»Wie dem auch immer sei«, sagte Daniel Ross und klatschte in die Hände. »Wir sollten uns jetzt mal um das Geschäftliche kümmern, also, darum, ja – ich nehme an, wir könnten es mit Fug und Recht als eine Bestandsaufnahme bezeichnen. Nicht wahr? Ja, ja, lassen Sie es uns als Bestandsaufnahme des Anwesens bezeichnen. Das hört sich richtig an. Das hört sich für mich richtig an.«

Und so wurde kurzerhand, von einem Moment auf den anderen, der törichte Sand, den Abram sich in die Augen gestreut hatte, herausgekratzt. Ah, wie rasch doch alles geschah. Nachdem die Sonne unter- und am nächsten Morgen wieder aufgegangen war, hatte er all seine Hoffnung begraben.

Zweiter Teil

Das Geschenk der Zugehörigkeit

Wo das Unkraut in heillosem Durcheinander in die Höhe spross

Didos Mutter lächelte nie wirklich – jedenfalls nicht ungezwungen und auch nicht fröhlich. Sie saß am liebsten unter der Trauerweide und schrieb in ihr Tagebuch. Und wenn es nicht das Tagebuch war, dann waren es endlose Briefe an Großpapa und Großmama, die beide auf der anderen Seite des Atlantischen Ozeans lebten, weit weg in England. Und wenn sie keine Briefe schrieb, dann saß sie einfach nur dort unter dem Baum, als wollte sie ihn bewachen.

Ihre Haut glänzte im herabströmenden mittäglichen Sonnenlicht, das in ein Kaleidoskop aus Farben zersplitterte. Sie tanzten auf ihrem Gesicht, zerstreuten und vermischten sich und lösten sich wieder auf, bis sie sich schließlich in ihrem dunklen Teint ganz und gar zersetzten. Die Sonnenstrahlen drangen durch das Blätterdach wie Regentropfen, fielen hierhin, aber nicht dorthin, flimmerten dort drüben, aber nicht hier vorne. Dann bewegten sich leicht die Äste, und das Licht verlagerte sich mit ihnen. Es schuf ein Bild von Didos Mutter aus Sonnenlicht und Dunkelheit, erhellte ihr fahles Kleid, ihren Hut und sogar ihre ernsten Augen – zog sanft über sie hinweg wie eine Welle.

Sie hatte ihren Kopf an den Baumstamm gelehnt, die Beine ausgestreckt und die Augen wie zum Gebet geschlossen. Sie sah friedlich aus, fast so, als würde sie lächeln. Die herabfallenden Blätter flatterten andächtig um sie herum wie Messdiener – flatterten im Wind, bis sie schließlich gehorsam zu Boden sanken. Manche ließen sich auf ihren Schultern nieder und andere auf ihrem Kopf, sanft und gemächlich, wie Vögel, die in Trance verfallen waren.

Der Sommer war eben erst gegangen, den Gesetzen des Mondes folgend. Das Eintreffen des Herbstes hatte die Blätter golden gefärbt, sodass ihre Mutter in ihrem Blätterkleid wie eine Königin erschien.

Didos Lieblingsplatz war hinter dem Kampferbaum, wo sie saß und ihre Mutter beobachtete, wobei sie immer sorgfältig darauf achtete, unbemerkt zu bleiben. Wenn Emilia, die nur äußerst schwer loszuwerden war, versprach, still zu bleiben, erlaubte Dido es ihr, an dieser seltsamen Wache teilzunehmen. Doch es war keine besonders aufregende Beschäftigung, und es kam daher viel zu häufig vor, dass Emilia ihr Versprechen brach und sich über die Langeweile beschwerte. »Das macht keinen Spaß«, sagte sie. »Lass uns was spielen.«

Emilias Beschwerde riss Dido so plötzlich aus ihrer Konzentration, dass es sich anfühlte, als wäre sie im Traum gestürzt. »Gleich!«, antwortete sie

»Die Sonne geht bald unter«, protestierte Emilia.

»Morgen ist auch noch ein Tag.«

»Aber ich will nicht morgen spielen, ich will jetzt spielen«, sagte Emilia. »Looоos!«

Sie zog das Wort in die Länge und verunstaltete es darüber hinaus noch mit einem pfeifenden Lispeln, das ihre Zahnlücken verursachten. Seit sie mehrere Milchzähne verloren hatte, ließ sie ihre Sätze zudem immer in einem besonders hohen Tonfall enden. »Ich verspreche, dass ich dann morgen nicht spielen will«, sagte sie. »Morgen machen wir, was du willst, egal, was.«

»Ganz egal, was?«

»Na ja, also …«

»Weil ich nämlich sonst auf keinen Fall von diesem Baum hier weggehe, um mit dir zu spielen.«

»Ist ja schon gut«, sagte Emilia. »Aber das letzte Mal wolltest du, dass wir einen Vogel fangen. Das hat nur ganz am Anfang Spaß gemacht. Diesmal müssen wir was machen, was ich auch kann.« Sie kniff die Augen zusammen, wenn sie ein Wort betonte, und ihr linker Fuß hob und senkte sich rhythmisch. »Das musst du mir versprechen.«

»Aber wir wissen doch gar nicht, was du alles kannst, wenn wir es nicht erst mal versuchen.«

»Ich weiß, dass ich keinen Vogel fangen kann und auch nicht durch den Breedefluss schwimmen kann, und bis oben zur Spitze des Hauses kann ich auch nicht klettern. Das können wir also schon mal alles nicht tun.«

»Ich verspreche, dass wir etwas anderes machen.«

»Danke«, sagte Emilia und kniete sich hin, um Dido auf die Wange zu küssen. Dann senkte sie ihre Stimme zum Flüsterton, als wäre das etwas, was man tun musste, sobald man sich auf die Erde gekniet hatte. »Glaubst du, wir könnten es bis zur Spitze des Tafelbergs schaffen und nachsehen, ob wirklich Kapitän van Hunks und der Teufel dort wohnen?«

»Du warst doch schon erschöpft, als wir nur versucht haben, auf das Haus zu klettern.«

»Nur, weil ich wusste, dass Nanny Gloria uns beobachtet hat!«

»Das hat sie nicht«, entgegnete Dido. »Dir ist die Puste ausgegangen, und wir mussten wieder runterklettern.«

»Na ja, vielleicht hat sie es in dem Moment nicht gesehen, aber sie hätte es bestimmt ganz bald darauf gesehen. Meine Schuhe waren voll Matsch.«

»Deshalb habe ich meine ja auch ausgezogen. Was soll's, das ist doch jetzt nicht mehr wichtig. Ich glaube, wir würden es nicht mal bis zum Fuß des Tafelbergs schaffen. Wir würden noch viel mehr Ärger bekommen als damals, als wir im Fluss geschwommen sind.«

»Ich dachte ja nur …« Emilia verstummte. Weil ihr kein Abenteuer einfiel, das nicht nur einzigartig und gefährlich, sondern auch in die Tat umsetzbar gewesen wäre, sackte sie in sich zusammen, und ihre kleinen, hübschen Gesichtszüge versanken in Traurigkeit. Sie hatte in diesem Moment große Ähnlichkeit mit ihrer Mutter – eine ernste stille Gestalt, die den Anschein erweckte, als hockte sie dienend am Fuß eines dahinwelkenden Baums.

Um sie zu besänftigen, sagte Dido: »Ich denke, wenn wir ein bisschen älter sind, wenn ich dreizehn bin oder so, dann können wir Papa um Erlaubnis bitten.«

»Das sind immer noch …«

Emilia versuchte, es im Kopf auszurechnen, aber Dido vollendete die Aufgabe für sie. »Das ist in vier Jahren.«

»Versprichst du mir, es bis dahin nicht zu vergessen?«

»Ich verspreche, es nicht zu vergessen.«

»Also gut«, sagte Emilia und nickte eifrig mit dem Kopf.

»Was für ein Spiel möchtest du denn jetzt spielen?«

Emilia zuckte mit den Schultern. »Weiß nicht. Ich wollte einfach nur mit dir spielen.«

Dido lächelte. Sie sprang auf, rannte vom Baum fort und rief: »Ich wette, du schaffst es nicht, mich zu fangen. Heute nicht und auch in tausend Jahren nicht!«

Emilia fuhr hoch und nahm die Verfolgung auf. Wie immer blieb es Nanny Gloria überlassen, die Kinder zur Vorsicht zu ermahnen. »Passt auf, wo ihr hinrennt!«, schrie sie und drohte mit dem Finger.

Ihre Mutter wurde aus ihren Träumereien gerissen und sah, wie die beiden Mädchen einander hinterherjagten wie zwei Wahnsinnige. Auch sie schüttelte den Kopf, wenn auch nur in milder Missbilligung. Und weil sie sah, dass das Kindermädchen auf die Mädchen aufpasste, murmelte sie lediglich etwas, das Dido nicht hören konnte, und schloss wieder die Augen. Emilia, der entgangen war, dass ihre Mutter ihnen für einen flüchtigen Moment ihre Aufmerksamkeit geschenkt hatte, kreischte vor Begeisterung. Damit ihre Schwester davon auch weiterhin nichts mitbekam, rannte Dido in westliche Richtung weiter, weg von dem Weidenbaum und hinüber zur Weinkellerei und den Teichen. Sie ließen die Weinstöcke hinter sich, während nach und nach das Herrenhaus ins Blickfeld rückte. Im Osten tanzte eine Nebelwolke um die Bolandberge.

Dido wirbelte um ihre Schwester herum wie die herabfallenden Blätter um ihre Mutter. Sie bog nach rechts ab, und Emilia folgte, dann wandte sie sich nach links, und Emilia folgte noch immer. Das kleinere Mädchen bewegte sich ebenso rasch wie wendig und riss unermüdlich die Beine in die Höhe, doch sie verfehlte ihre Schwester dennoch um Haaresbreite.

»Du schummelst«, protestierte Emilia. »Das darfst du nicht! Du darfst nicht so tun, als würdest du in eine Richtung laufen und dann ganz woandershin abbiegen!«

Dido lachte. »Und du darfst nicht so langsam laufen«, entgegnete sie.

»Ja, aber du trickst mich aus.«

»Gibst du zu, dass ich gewonnen habe?«

»Nein!«

»Dann beweise es.«

»Das werde ich.«

Sie nahmen ihren Tanz mit neuem Elan wieder auf, schlängelten sich durch die Bastardolivenbäume bis hin zu dem grauen Nadelkissenbaum, der in der Nähe des Hauses stand und in dessen gewaltigen Blüten sich im Sommer die Nektarvögel mit dankbarem Zwitschern niederließen. Der Herbst ließ auch ihn welken.

Während Dido rannte und Emilia folgte, wühlten sie mit ihren Füßen die Erde auf, sodass die Brocken in den Wind geschleudert wurden, der in unregelmäßigen Abständen vom Meer herüberwehte. Der Wind löschte die Fußstapfen der Mädchen aus und trug den Staub in fremde, entlegene Ebenen, wo er langsam und in unzähligen einzelnen Körnchen zu Boden sank. Die Kinder machten neue Spuren an anderen Stellen und wirbelten noch mehr Sand auf. So ging es hin und her und her und hin, bis ihr Tanz sie schließlich zu der Stelle führte, wo der östliche Giebel des Hauses in den Himmel ragte. Von dort aus wirbelten sie, da es nun wieder abwärtsging, mit ihrem Tanz in hohem Tempo zurück zum Kampferbaum.

Und dort endete er. »Ich habe dich gefangen!«, verkündete Emilia und zog Dido am Arm. »Es hat keine tausend Jahre gedauert. Nicht mal einen einzigen Tag!«

»Ich habe dich gewinnen lassen«, sagte Dido.

»Das sagst du immer«, entgegnete Emilia, »aber ich weiß genau, dass das nicht stimmt. Wenn du versuchen würdest, mich zu fangen, dann wette ich, würdest du viel länger brauchen als tausend Jahre!« Mit diesen Worten sprang sie davon, in Richtung der Trauerweide ihrer Mutter. Im Laufen lachte sie so fröhlich, dass Dido beschloss, das Spiel doch noch nicht zu beenden.

Emilia blieb an der Roterle stehen und sagte: »Also, wenn du mich in einer Minute noch nicht gefangen hast, habe ich gewonnen. Und der Gewinner kriegt einen Preis.«

Dido sah, dass ihre Mutter wieder aufgewacht war. Es war ohnehin nicht davon auszugehen gewesen, dass sie besonders gut würde schlafen können, während die Kinder spielten. Sie hatte ihr Tagebuch wieder geöffnet und ihre Eintragungen fortgesetzt. Dido beobachtete sie genau und vergaß vollkommen, dass ihre Schwester auf eine Antwort wartete. In diesem Moment erhob sich plötzlich ein sehr viel stärkerer Wind als zuvor und blies den Hang hinauf, sodass die Seiten im Tagebuch ihrer Mutter wild flatterten. Ihr Gesicht verzog sich zu einer ärgerlichen Grimasse.

»Dido«, sagte Emilia. »Dido, hast du mich gehört?«

»Ja, habe ich«, antwortete Dido und wandte den Blick von ihrer Mutter ab. »Aber ich finde, wir sollten jetzt noch nicht entscheiden, was das für ein Preis sein soll. Das machen wir, wenn du verloren hast.«

»Ich werde nicht verlieren«, sagte Emilia.

»Das werden wir ja sehen.«

Emilia lachte. Plötzlich sagte ihre Mutter zu ihnen: »Der Gewinner darf die Geschichte auswählen, die ich euch heute Abend erzähle. Ich hatte eigentlich vor, euch etwas von Kannibalen zu erzählen, die in einer Welt leben, die unterhalb der unsrigen liegt, von gewaltigen Riesen, die Kinder verschlingen, von Hexen und Golems und anderen Abscheulichkeiten. Das ist alles sehr finster, das kann ich euch sagen. Die Angst allein wird euch schon auffressen, genau wie es die Riesen tun würden, wenn sie euch erwischen.« Sie hielt inne und zuckte mit den Schultern. »Vielleicht entscheide ich mich aber auch anders und hebe mir diese Geschichte für später auf, wenn ihr ein bisschen älter seid und nicht mehr so schnell Angst bekommt. Aber für heute gilt, dass sich der Gewinner eine Woche lang die Gutenachtgeschichten aussuchen darf.« Und dann lächelte sie – zu Didos Erstaunen – ihre Töchter liebevoll an. »Abgemacht?«

Emilia nickte eifrig. »Dürfen wir auch Orangensaft trinken? Und Süßigkeiten essen? Und alles, was uns später sonst noch so einfällt?«

»Einverstanden«, sagte ihre Mutter. »Dido, bist du auch einverstanden?«

»Ja«, antwortete Dido.

»Aber bevor wir anfangen«, sagte Emilia, »sagst du mir, wofür du dich entscheidest, wenn du gewinnst, Dido?«

»Für die Geschichte mit den Riesen und Hexen und Golems und den anderen Abscheulichkeiten natürlich.«

Emilia schaute in den Himmel hinauf, verschränkte die Hände hinter dem Rücken und runzelte angestrengt nachdenkend die Stirn. Endlich gelangte sie zu einer Entscheidung, mit der sie zufrieden war. Sie sagte: »Ich wollte dich eigentlich gewinnen lassen. Aber jetzt mache ich das, glaube ich, lieber nicht. Ich will keine Geschichte über kannibalische Riesen hören.«

»Das ist kein Kannibalismus, wenn Riesen Menschenkinder fressen«, entgegnete Dido.

»Riesen sind auch Menschen. Große Menschen. Aber eben doch Menschen.«

»Nein, sind sie nicht. Sie sind Riesen.«

»Ma«, sagte Emilia und wandte sich an ihre Mutter. »Sind Riesen Menschen?«

Ihre Mutter zuckte mit den Schultern. »Wer weiß? Alles, was ich dazu sage, ist: Wenn Dido gewinnt, könnte es sein, dass ich eine Antwort auf diese Frage habe. Wenn sie jedoch verliert« – sie zuckte erneut mit den Schultern – »na ja, dann werden wir es vielleicht nie erfahren.«

»Ich würde es gerne wissen«, sagte Emilia. »Aber Angst habe ich auch.«

»Dann ist das also entschieden?«, fragte Dido ihre Schwester. »Du wirst mich gewinnen lassen?«

»Wir werden sehen«, entgegnete Emilia und lief los. Wie schon beim letzten Mal, lachte sie auch diesmal laut, während sie rannte. Behände wie ein Eichhörnchen huschte sie zwischen den Bäumen hindurch, flog vom Assegaibaum zur Weide, von der Weide zur Roterle und dann weiter in die kleine Schlucht, wo die Silberbäume, Fynbospflanzen und Baumwicken wuchsen und wo das Unkraut in heillosem Durcheinander in die Höhe spross. Von dort rannte sie hinüber zu den Weinbergen, wo sich die hügelige Landschaft in einer endlos scheinenden Reihe bis zum Horizont hob und senkte, in die gelben, braunen und goldenen Töne des Herbstes getaucht.

Die Schleifen in Emilias Haaren lösten sich und wurden vom Wind fortgetragen, sodass ihre Locken wild hinter ihr herflatterten. Ihr Lachen wurde immer hysterischer. Dann hörte Dido, wie ihre Mutter einen kurzen Moment lang ebenfalls lachte. Sie unterbrach ihre Verfolgungsjagd, blieb stehen und schaute zurück zu dem Weidenbaum, wo ihre Mutter stand und ihre Töchter anfeuerte und lachte.

»Du verlierst, Dido«, rief Emilia. »Du hast schon fast keine Zeit mehr!«

»Ich weiß«, flüsterte Dido zu sich selbst. »Das ist mir egal.«

Die größte Herausforderung bestand jetzt darin, Emilia so lange wie möglich auszuweichen, aber ohne dass sie diesen

Trick durchschaute. Und so ließ sich Dido beim Verfolgen ihrer Schwester Zeit, während sie sich durch die Weinstöcke schlängelte. Ab und zu ging die Jagd ein kleines Stück den Hügel hinab, in Richtung des Weidenbaums, und Dido sah verstohlen zu ihrer Mutter hinüber, um sicherzugehen, dass sie sich deren Begeisterung nicht nur eingebildet hatte. Ihr Herz hüpfte jedes Mal vor Freude, wenn sie sah, dass es keine Einbildung gewesen war. Oh, wie gut das tat, ihre Mutter so zu sehen! Und wie glücklich würde ihr Vater sein, wenn sie es ihm erzählte. Wie glücklich würde er sein, wenn er hörte, dass ihre Mutter nicht mehr so schrecklich traurig war.

Dido wusste, dass diese Entwicklung genauso abrupt enden konnte, wie sie das auch in der Vergangenheit jedes Mal getan hatte. Der Kreis würde sich immer weiterdrehen, bis wieder die verbitterte Schweigsamkeit zurückgekehrt war. Sie würde ihre Mutter ganz und gar verschlingen und sie in eine Wolke der Einsamkeit hüllen. Es würde alles zurückkehren, vielleicht sogar schlimmer als vorher, das wusste Dido. Aber das war in diesem Augenblick nicht wichtig. In diesem Augenblick war ihre Mutter glücklich.

Die Geschichte von der Schwanenprinzessin

Mutter hatte den Kopf an den Bettpfosten gelehnt, die Beine unter die Decke gesteckt und blätterte behutsam die Seiten ihres Tagebuchs um. Sie erzählte die Geschichte von der Schwanenprinzessin und von den Heldentaten, die sie in den sagenumwobenen Ländern des Mondes vollbracht hatte.

Emilia saß rechts von ihrer Mutter. Sie hatte den Kopf auf deren Brust und die Beine halb auf ihren Schoß gelegt, den Daumen in den Mund gesteckt und sich mit einem Arm bei ihrer Mutter untergehakt. Sie sah aus wie der Inbegriff der Sorglosigkeit. Dido hatte sich für die Bettkante entschieden. Sie hockte auf ihren Knien und Ellenbogen, hielt den Kopf auf die Hände aufgestützt und beobachtete ihre Mutter, während ihr Herz vor Freude wild klopfte. Sie lauschte ihren Worten, ohne wirklich zuzuhören. Die sanft tanzende Flamme der Kerze tauchte das Gesicht ihrer Mutter in einen goldenen Schimmer und brachte ihre verbesserte Stimmung noch stärker zur Geltung. Heute war es das dreizehnte Mal, dass Dido diese Geschichte zu hören bekam.

Ihre Mutter erzählte: »Als die Schwanenprinzessin dem Stamm der schwarzen Wüste begegnete, erkannte sie, dass es sich um freundliche, liebenswürdige Menschen handelte. Die Angehörigen des Stammes sagten zu der Schwanenprinzessin: ›Bringst du unserem Volk noch mehr Kriege, o neue Reisende? Bringst du uns noch mehr Diebe, die unsere Schätze stehlen?‹ Die Prinzessin fiel büßend vor dem Häuptling auf die Knie.

Sie sagte zu ihm: ›Ich bringe keine Kriege, o großer Häuptling. Noch bringe ich deinem Volk Diebe oder neuerliches Unheil. Ich suche das Leben. Ich bitte um Vergebung für die Verbrechen derer, die vor mir kamen. Ich flehe dich an, meine Warnungen zu beherzigen. Und ich bitte dich um Erlaubnis, den Fluss zu überqueren.‹ Und so kam es, dass …« In diesem Moment brach ihre Mutter die Erzählung ab, denn sie hatte gesehen, dass Emilia, die drei Gläser Orangensaft getrunken hatte, vor lauter Sattheit eingeschlafen war.

»Deine Schwester hat sich von ihrer Müdigkeit übermannen lassen«, sagte sie. »Bist du sicher, dass du nicht noch ein Glas Saft trinken möchtest, Dido?« Während sie sprach, zwang ihre eigene Müdigkeit sie zum Gähnen.

»Nein, danke«, sagte Dido.

»Also gut«, sagte ihre Mutter. Dann warf sie Dido einen seltsamen Blick zu, voller Sorge, wie es schien. Es machte Dido ganz scheu, so angestarrt zu werden, und sie wandte den Blick ab. Ihre Mutter lehnte sich vor und hob sanft Didos Kinn, um ihr ins Gesicht zu schauen. »Du ähnelst mir am meisten«, sagte sie. »Viel mehr als deine Schwester. Du hast meine Melancholie geerbt. Deinen Augen entgeht nichts. Du schwelgst zu sehr in deinen Erinnerungen, ganz gleich, ob sie gut sind oder schlecht. Ich hatte mir etwas anderes erhofft. Ich hatte gehofft, du würdest hierhergehören. Aber leider ist es anders gekommen.«

Dido sah ihre Mutter an und erkannte, dass die Freude, die sie noch vor wenigen Augenblicken erfüllt hatte, verflogen war. Stattdessen hatte sich wieder die altvertraute Trostlosigkeit auf sie herabgesenkt, von der sie so unablässig gepeinigt wurde. Dido fing an zu weinen. Ihr Vater hatte die glückliche Stimmung ihrer Mutter nicht mit eigenen Augen gesehen. Er würde ihr nicht glauben, auch wenn Emilia und Nanny Gloria es ebenfalls gesehen hatten. Ach, wie schnell und wie vollständig sich das Blatt doch wieder gewendet hatte.

Sie spürte, wie ihr die Tränen übers Gesicht liefen, ohne dass sie das verhindern konnte. Ihre Augen brannten, und ihr Herz füllte sich nun ebenfalls mit Melancholie. »Es tut mir leid, Mama«, sagte sie. »Ich wollte dich nicht traurig machen. Ich trinke auch meinen Orangensaft. Ich wollte nicht unhöflich sein. Ich wollte dich auf keinen Fall …«

Ihre Mutter schüttelte den Kopf und klopfte sich auf den Schoß, zum Zeichen, dass Dido sich daraufsetzen sollte. Dann wischte sie Dido die Tränen aus dem Gesicht und umarmte sie. »Du hast mir große Freude gebracht, Dido«, sagte sie. »Du hast mich lieb gehabt. Ich habe dich lieb gehabt. Und für eine Weile war ich deiner würdig. Ich habe das nicht gewollt, so zu sein, wie ich jetzt bin. Bitte glaube mir.«

Dido konnte nicht sprechen. Sie versuchte es gar nicht erst. Ihre Kehle war zu nichts anderem in der Lage, als zu atmen und einen leisen Klagelaut hervorzubringen. Sie schaffte es nicht, solche Worte zu sagen wie: *Bitte sei nicht wieder traurig!* Also blieb ihr nichts anderes übrig, als sich an die Brust ihrer Mutter zu schmiegen und zu versuchen, wieder zu Atem zu kommen.

»So ist es besser, mein Schatz«, sagte ihre Mutter. »Jetzt ruh dich aus.«

Dido nickte in die Brust ihrer Mutter hinein und versuchte, sich die Tränen aus den Augen zu blinzeln.

An der Wand hing das Gemälde einer großen Hütte, die vom Rest der Welt durch einen nicht besonders gleichmäßig gezogenen *Kraal* getrennt war. In der Nähe der Hütte stand eine Reihe von Männern, die, abgesehen von den Perlenschnüren, die sie sich um ihre Oberkörper geschlungen hatten und den Lendenschurzen aus Kuhleder, die ihre Genitalien bedeckten, vollkommen nackt waren. Ihre Haut leuchtete rot, von der rituellen Farbe, mit der sie sich bemalt hatten und von der Nanny Gloria gesagt hatte, dass sie *Leszoghu* genannt wurde. Die Männer hatten die Köpfe gesenkt und die Hände verschränkt, als wollten sie damit dem Kuhleder zu Hilfe eilen, falls dieses sie im Stich lassen sollte. Ein weiterer junger Mann, der etwas mehr Kleidung trug als seine Gefährten, führte die Reihe an und reckte dabei eine reich geschmückte Kriegskeule in die Höhe, als wollte er einen jeden herausfordern, der es wagen könnte, seine Schützlinge anzugreifen.

Diesen Anführer hatte man mitten in einem Lied eingefangen, dachte Dido. Seine leeren Augen wirkten vollkommen gleichgültig gegenüber dem, was vor ihm lag, und starrten stattdessen in ewiger stoischer Gelassenheit aus der Leinwand heraus. Seine Gedanken blieben für alle Ewigkeit in den Pinsel des Malers eingesperrt. Am Ende der Reihe stand ein weiterer, ähnlich gekleideter junger Mann. Und auch er war in einem unhörbaren Lied gefangen.

Dido hatte ihre Mutter einmal gefragt, was es mit diesen roten jungen Männern auf sich hatte. Sie stammten aus demselben Volk, dem auch Nanny Gloria angehörte. Die Männer waren eben erst aus den Bergen zurückgekehrt, wo man sie im tiefsten und härtesten Winter gelehrt hatte, wie man zum Mann wurde. So wie Nanny Gloria es erzählte, war das Lied, das die beiden Hüter sangen, eine Art Zauberspruch. Ein heiliges Ritual, dessen man erst würdig wurde, wenn man das Mannesalter erreicht hatte. Es war eine Verheißung von Mut und Liebe, eine Beschwörungsformel, die in Raum und Zeit und in alle Dinge der Welt hineingesprochen wurde.

Während Dido das Kunstwerk bewunderte, versiegten ihre Tränen. Langsam schlossen sich ihre Augen, und in Gedanken fantasierte sie sich Geschichten über diese roten jungen Männer zusammen. Hätte sie dieses Bild gemalt, so hätte sie ihre Köpfe angehoben, damit man ihre Gesichter sah. Sie hätte ihnen vielleicht auch einen Funken Glück in die Augen gemalt, und Hoffnung und Stolz, denn was sollten sie sonst fühlen, jetzt, da sie das kostbare Geschenk des Erwachsenseins erhalten hatten?

Ihre jungen Männer würden alle Geheimnisse ihres Volkes kennen, alle Geheimnisse eines jeden Volks auf der ganzen Erde. Eines Tages, in vielen, vielen Jahren, würde ein anderes Kind diese von Freude erfüllten Gesichter betrachten und denken: *Nur einem sehr weisen Maler konnte es gelingen, diese jungen Männer aus dem Gefängnis des Pinsels zu befreien.* Dido merkte, wie sie bei diesem Gedanken lächelte. Aber sie konnte nicht sicher sein. Ihre Gedanken drifteten hin und her und verschwanden immer wieder im Nichts der Bewusstlosigkeit. Hatte sie diese roten jungen Männer tatsächlich gesehen, oder hatte sie sie geträumt?

Die Vorstellung des anderen Kindes – jenes Kindes, das noch so unendlich viele Jahre entfernt war – schlich sich immer wieder in Didos Gedanken und huschte durch die Träume, die sie in der tröstlichen Umarmung ihrer Mutter einlullten. Nach und nach verstummte auch der Schluckauf, der durch ihr Schluchzen entstanden war. »Ist gut, Mama«, flüsterte sie. Und bald schon war sie, ohne es zu wollen, in einen tiefen und festen Schlaf gefallen.

***

Es war der Rauch, der Dido weckte. Der Geruch brannte in ihrer Lunge und in ihren Augen, schlimmer als giftiger Efeu. Die Hitze der Flammen ließ ihr den Schweiß ausbrechen, und sosehr sie es auch versuchte, sie schaffte es nicht, nach ihrer Mutter und Emilia zu rufen. Sie hustete und hustete, bis sie glaubte, von all dem Brennen und Husten sterben zu müssen.

Es kam ihr so vor, als würde all ihr Blut ihren Körper verlassen, und ihr Kopf schien nicht mehr zu ihr zu gehören. Er lastete schwer auf ihren Schultern, und auch ihr Köper wurde zu schwer, als dass sie ihn noch vom Bett hätte hieven können. Sie versuchte zu schreien, laut zu rufen, aber das Einzige, was sie hervorbrachte, war ein weiterer heftiger Hustenanfall. Sie öffnete die Augen, um ihre Mutter und Schwester zu finden und sie wach zu rütteln.

Das ganze Zimmer stand in Flammen. Selbst die roten jungen Männer waren zu Asche zerfallen. Nur noch der goldene Rahmen war übrig geblieben, der sie an Ort und Stelle gehalten hatte. Einen Moment lang kam es ihr in diesem nicht enden wollenden Albtraum so vor, als stünden auch Emilia und ihre Mutter in Flammen. Dido blinzelte und öffnete ihre Augen ein zweites Mal. Ihr Herz machte einen Sprung, als sie feststellte, dass sie sich das nur eingebildet hatte. Dort lagen sie, unverbrannt und scheinbar unversehrt.

Auch wenn beide so bewegungslos aussahen wie die tote Katze, die sie und Emilia einmal in der Nähe des Flusses gefunden hatten, waren sie doch nicht so rot wie die Flammen und die Glut und das Stroh im Dach und die Bettpfosten und die Vorhänge und die herabfallende Asche und alles andere, das brannte.

In diesem Moment hustete ihre Mutter, und Dido sah, dass ihre Lippen voller Blut waren. Sie öffnete kurz und qualvoll die

Augen, und in ihrem Blick erkannte Dido ein entsetzliches Flehen, das ihr Angst einjagte. Als sie in die Stille dieser Augen starrte, erkannte sie, dass ihre Mutter von einem Schmerz heimgesucht wurde, der sehr viel schlimmer war als ihre übliche Verzweiflung. Sie lag im Sterben.

»Wir verbrennen«, sagte Dido, in der Hoffnung, ihre Mutter aus der Benommenheit zu reißen, die sie so erbarmungslos in ihren Klauen hielt. Die einzige Reaktion ihrer Mutter bestand darin, ihre Augen wieder zu schließen. Dido konnte noch so sehr versuchen, sie wieder aufzuwecken, sie schaffte es nicht. Ihre Angst wuchs ins Unermessliche. Sie kehrte zu Emilia zurück und versuchte verzweifelt, ihre Schwester aufzuwecken, sie wieder ins Leben zurückzuholen. »Wach auf, Emilia. Wir verbrennen«, wiederholte sie, während sie immer wieder von Hustenanfällen heimgesucht wurde und Tränen ihr über das Gesicht strömten. »Bitte wach auf!«, flehte sie. Doch Emilia rührte sich nicht.

Es war nur ein weiterer Traum, dachte Dido. Es war alles ein entsetzlicher Traum, und dieses benommene Gefühl, das sie erfüllte, war der Beweis dafür. Sie hoffte, ihrer Mutter davon erzählen zu können, sobald sie alle wieder aufgewacht waren.

Ihr fielen erneut die Augen zu. Sie versuchte, sie offen zu halten, aber es war nicht mehr wichtig. Es war ein Traum, und wenn erst der Morgen kam, würden sie alle wieder lebendig sein. Im nächsten Moment kam es ihr so vor, als würden ihre Lungen zu atmen aufhören.

Der Traum wurde immer verschwommener ... er verblasste in den Tiefen ihrer Gedanken ... die Lippen ihrer Mutter bluteten nicht mehr. Emilia lag nicht mehr bewegungslos da, und der Traum der Traum der Traum ... es war ein Traum ...

Jemand … Dido war sich nicht sicher, aber jemand hieb mit irgendetwas auf die Zimmertüre ihrer Mutter ein. Mit einer Axt, ja, das war es. Dieser Jemand brüllte und rief jemand anderes, irgendeine Person, die irgendwo war und irgendetwas tat, was sie nicht tun sollte, etwas, was in diesem Moment nicht hätte getan werden dürfen. Ihr Vater war auch dabei. Er rief am lautesten von allen und forderte die vielen anderen Jemande auf, seinen Anweisungen zu folgen.

Es gab zu viele Stimmen, zu viele Sprachen und viel zu viel Lärm, zu viel Knarren und Getöse und Knistern, als dass Dido sich darauf einen Reim hätte machen können. Es war noch irgendjemand dabei irgendwo … es klang wie Nanny Gloria, aber Dido war sich auch da nicht sicher. Aber doch, da war sie, Nanny Gloria, inmitten all der vielen Männer, und auch sie tat etwas, was sie nicht hätte tun dürfen. Sie schrie ihre eigenen Anweisungen, weinte, rief Didos Vater etwas zu, irgendetwas, das Dido nicht verstehen konnte, schrie weiter und trug ihren Teil zur allgemeinen Verwirrung und dem heillosen Lärm bei.

Es musste ihr Vater gewesen sein, der Dido vom Bett hob und sie aus dem Zimmer trug, aber das wurde ihr erst später klar. Sie versuchte, ihm von Mutters blutenden Lippen zu erzählen und von Emilias entsetzlicher Reglosigkeit. Aber ihr Kopf war schwer, und es kam ihr so vor, als träumte sie wieder.

Das Feuer war endlich erloschen. Das ist gut, dachte sie. Es gab keine herabfallende Asche mehr, die ihr die Sicht geraubt hätte, und das ätzende Brennen in ihrer Lunge hatte sich während des Schlafs ein wenig abgeschwächt. Aber irgendwo am äußersten Rand ihres Bewusstseins hatte jemand eine Kerze angezündet, deren Flamme genauso tanzte, wie es die Kerze ihrer Mutter getan hatte.

Der Anblick ließ sie wünschen, sie könnte wieder in der Bewusstlosigkeit versinken, die sie noch wenige Momente zuvor umfangen hatte. Dort, in der Stille und Dunkelheit, hatte sie wenigstens keine Angst vor dem sich ausbreitenden Feuer und dem Tosen der Flammen gehabt.

Sie glaubte zu hören, wie ihr Vater weinte und schrie und wieder weinte, sie hörte ihn fluchen, und dann weinte er wieder. Es war endlos und grotesk. Er war eine so einfühlsame Seele, ihr Vater. Ihn so fassungslos zu sehen, war fast genauso furchteinflößend wie das stumme Flehen ihrer Mutter. Oh, wie sehr wünschte sie sich, sie könnte ihn bitten aufzuhören. Wie sehr wünschte sie, sie könnte seine Trauer vertreiben. Aber es war alles ein Traum, und Dido konnte ihren Mund noch immer nicht öffnen. Irgendetwas versperrte ihr die Kehle, nein, nicht etwas … ein Gefühl, es war ein Gefühl. Sie konnte ihren Mund nicht öffnen, und dieses Gefühl weckte in ihr erneut das Bedürfnis zu weinen.

Schließlich, als sie schon fast wieder ohnmächtig war, flüsterte ihr Vater ihr etwas zu. »Bitte wach auf«, glaubte sie zu hören. Daraufhin schmiegte sie sich an ihn, genau wie sie es bei ihrer Mutter getan hatte, und glitt zurück in die Bewusstlosigkeit.

Asche und Schlamm

Kurz vor der Morgendämmerung kommt eine Stunde, die kälter ist als alle anderen. Der Himmel ist schwarz vor Nacht und die Nacht so still wie das Grab. Falls man die Geduld aufbringt, diese Stunde zu ertragen und die majestätische Geburt der Sonne zu feiern, wird man auch mit anderen herrlichen Eindrücken belohnt. Das turbulente Leben, das die Welt in diesem Augenblick zu füllen beginnt, gleicht einem Orchester. Angeführt wird diese Sinfonie von den Hähnen. Sie verkünden das Erwachen der Dinge, das Schwinden der nächtlichen Dunkelheit.

Andere Vögel nehmen den Ruf auf und erheben sich in die Lüfte. Die Kälte, die bis dahin die Luft erfüllt hat, verfliegt zusammen mit den Nebelschwaden. Im Sommer erblühen die Farben der Berge, der Felder und der Menschen aufs Neue, und im Winter sind es die Farben der Meere und der Wüsten. Sie werden neu geboren, ganz wie die Sonne, und jenem geduldigen Betrachter, der die kalte Stunde der Morgendämmerung ertragen hat, als großzügiges Geschenk dargeboten.

Als Abram noch trunken vor Liebe und von jugendlichem Mut beseelt war, unternahm er zusammen mit seiner Frau Reisen an jeden einzelnen Ort, den sie zu sehen wünschte. Sie fuhren in den Norden, um die Stämme in der Nähe der Grenze zu Südrhodesien zu besuchen, und dann noch weiter nördlich, über die Grenze der Sahara hinaus, wo Wüstenvölker ihre Karawanen zu grüneren, ewig unerreichbaren Weiden trieben. Sie reisten sogar zu den indischen Kolonien, zu jedem Ort, den

Alisa sich wünschte, und jedem Ort, der bereit war, sie bei sich aufzunehmen. Jene kalte Stunde, in der ein Mann voll Kummer und Trauer über die Errungenschaften und Verfehlungen seines Lebens nachsinnen mochte, war, soweit Abram dies beurteilen konnte, all diesen Orte gemein. Es war das zweite Mal in dieser Woche, dass er genau zu dieser Stunde auf seinem Bett saß und mit seinem Leben abrechnete. Seiner Zählung nach überwogen seine Misserfolge bei Weitem die Erfolge.

Draußen tobte das Feuer noch immer. Die Männer rannten mit Eimern zwischen Haus und Stausee hin und her, um den Brand zu löschen, und nach und nach erstarben die Flammen. Aus nordwestlicher Richtung war eben noch ein starker Wind aufgekommen. Abram hatte zunächst befürchtet, der Wind könnte das Feuer aufs Neue anfachen und es vom Flügel des Hauses, den seine Frau bewohnt hatte, zu dem Teil des Hauses hinübertragen, in dem er in diesem Augenblick voll Trauer saß und Wache hielt. Aber das war nicht geschehen. Stattdessen hatte der Windstoß die aufflackernden Flammen zu Boden geschlagen, oder zumindest war es Abram so vorgekommen. Nachdem der Wind die Flammen erst bis zum Exzess angefacht hatte, brachte er jene zum Ersterben, die in ihrem enthemmten Tanz drohten, aus ihrer Wiege auszubrechen und ihr Verderben weiter auszubreiten.

Wenig später war der Wind weitergezogen und hatte den spärlichen Wolken, die über den Himmel trieben, einen leichten Nieselregen entlockt. Gloria hatte sich nicht gescheut, dies als Eingreifen der Ahnen zu bezeichnen, denn es war ein nie da gewesener Vorgang, dass der Wind ein Feuer zum Ersterben brachte, indem er Regen aus einer spärlichen Wolkendecke herbeizauberte und nur die schwachen, kaum zum Leben erwachten Flammen des Feuers übrig ließ. Einige der Männer hatten zustimmend genickt. Abram hatte sich jeder Reaktion enthalten.

»Die Papiere, die Sie brauchen, waren nicht zu finden, Meneer«, riss Gloria ihn aus seinen Gedanken, als sie den Raum betrat. »Jedes einzelne Dokument, das sich im Ostflügel des Hauses befand, ist verbrannt. Das Feuer scheint genau an der Stelle ausgebrochen zu sein, wo Miss Alisa ihre Papiere aufbewahrte.«

Er sah, dass ihre Augen, die normalerweise vor Freude leuchteten, vor Trauer und Erschöpfung gerötet waren. Der Rauch hatte sie in einen Mantel aus Ruß gehüllt. Nach der anstrengenden Arbeit klebten ihr die Kleider am Leib, und an den Stellen, die nicht vom Stoff bedeckt gewesen waren – an ihren Armen, ihrem Hals und auf ihrem Gesicht –, glänzte ihre Haut vor Schweiß. Irgendwann zwischendurch hatte sie sich das Kopftuch heruntergerissen, sodass ihre drahtigen Haare unter einer dicken Schicht aus Asche und Staub begraben waren.

»Man hat nichts davon retten können?«, fragte er. Wie immer, wenn er sich mit ihr unterhielt, sprach er ein brüchiges Afrikaans, durchzogen von niederländischen Wörtern. Zu seinem Leidwesen wurde seine Ausdrucksweise dadurch recht steif und förmlich, aber das war nicht zu ändern. Außerdem war dies ohnehin nicht der rechte Augenblick, um sich wegen sprachlicher Probleme den Kopf zu zerbrechen.

Gloria nickte. »Was nicht verbrannt ist, hat das Wasser ruiniert«, antwortete sie in fließendem Afrikaans, das sie sehr viel lieber sprach als Englisch. Vielleicht lag das daran, dass Afrikaans als eine Art Küchensprache aufgekommen war, in einer Zeit, als sich Sklaven und Diener erst noch an ihre Knechtschaft gewöhnen mussten. Es war eine Sprache, die aus der Not geboren worden war und die man mit viel Einfallsreichtum aus einem Dutzend oder mehr Kulturen zusammengebraut hatte. Die Angehörigen dieser Kulturen erkannten einen Teil ihrer selbst darin und blieben dieser Sprache daher treu. »Es ist alles zerstört. Es ist alles zu Asche und Schlamm geworden, Meneer.« Ihre Worte klangen wie eine Erinnerung, wie das Echo eines Albtraums. Sosehr Abram es auch versuchte, er schaffte es nicht, daraus aufzuwachen. »Wird sich das Feuer weiter ausbreiten?«, fragte er.

»Nein, Meneer«, antwortete Gloria. »Aus dem Nieselregen wird schon bald richtiger Regen werden. Das wird die Asche und die Glut abkühlen lassen und verhindern, dass sie sich zerstreut. Aber auch falls kein Regen kommt, sind die Männer gewappnet. Der Stausee ist mit Wasser gefüllt. Farouk und seine Leute werden bis zur Morgendämmerung Wache halten. Und danach werden Tariq und seine Männer übernehmen.«

»Danke, Gloria.«

»Kein Problem«, sagte sie.

»Kein Problem«, wiederholte Abram zu sich selbst und schüttelte den Kopf in dem vergeblichen Versuch, einen klaren Gedanken zu fassen. »Gloria, denkst du, dass ich in dieser Tragödie der Schurke bin?«

Gloria sah ihn an, als wartete sie darauf, dass er noch mehr sagte. Als das nicht geschah, ging sie zwei Schritte auf ihn zu, blieb dann in einer Entfernung stehen, die sie für angebracht hielt, und sagte: »Ich bin nicht sicher, ob ich die Frage verstehe.«

Abram sagte: »Hier sitze ich, mit nur einem Kind und nicht zweien. Ich wache über die eine Tochter, aber nicht über die andere. Es ist keineswegs kompliziert. Und doch ist es eine gewaltige Botschaft. Ich versichere dir, meine Frau hätte über einen solchen Affront auf keinen Fall hinweggesehen. Sie suhlte sich in jedem Vergehen, das jemals gegen sie begangen worden war, sei es nun klein oder groß, wahr oder eingebildet. Ihr entging nichts, und sie empfand all diese Verfehlungen als so bedeutsam und folgenschwer wie das Aufgehen der Sonne oder den Wechsel der Jahreszeiten. Und in mir sah sie die Ursache all ihres Elends. Hier ist nun, wie es scheint, ihre Geschichte zu Ende gegangen. Zu ihren Lebzeiten war ich der Schurke. Also muss ich das ihrer Berechnung nach auch jetzt noch sein. Und nun frage ich dich: Wie denkst du darüber?«

»Meneer«, sagte Gloria. »Ich denke nicht, dass Sie ein böser Mensch sind. In Zeiten wie diesen sind allen Männern die Hände gebunden. Aber wo ein anderer vor Schmerz zerbrochen wäre, haben Sie den Mut gefunden, Ihre Tochter aus den Flammen zu retten. Dort ist sie. Lebendig. Einen solchen Mann kann man nicht als Schurken bezeichnen.«

»Sie aus dem Feuer zu tragen, war nichts Besonderes. Das sagt nichts darüber aus, ob ich ein Schurke bin oder nicht.«

Als Gloria antwortete, deutete sie mit einer Geste zu Dido hinüber. Ihre Augen waren voller Liebe und Sehnsucht, als wäre *sie* Didos Mutter. Abram wusste, dass der Schmerz, den er empfand, auch Glorias Herz erfüllte, ein Schmerz, der pochte und pulsierte, bis nichts mehr übrig blieb als Qual und Reue – Reue über Verfehlungen, die er, so fürchtete er, bis ans Ende seiner Tage nicht vollständig begreifen würde.

Gloria sagte: »Wenn das Kind aufwacht, wird es fragen: ›Wer hat mich aus den Flammen gerettet, die mich fast aus dem Leben gestohlen hätten? Wer hat mir das Leben wieder eingehaucht?‹ Wir werden dem Kind antworten: ›Es war dein Vater. Er liebt dich mehr als sein eigenes Leben.‹ Diese Worte werden sie mit

Freude erfüllen. Sie wird große Trauer empfinden, wenn man ihr die ganze Geschichte erzählt. Aber die Freude wird dort sein und sich in ihr Herz eingraben. Wenn Sie dies jedoch nicht glauben oder akzeptieren können, dann vergessen Sie Folgendes nicht: Was nützt es, über eine Tochter zu wachen, die nicht lebendig ist, während zur selben Zeit eine andere Tochter daniederliegt? Eine Tochter, die auf der einen Seite durch zärtliche Bande mit der Welt der Lebenden verknüpft ist, aber auf der anderen Seite an die Welt der Geister gefesselt ist? Nichts Gutes, sage ich. Nichts Gutes«, beendete sie ihre Rede und schüttelte den Kopf.

»Davon bist du überzeugt?«

Gloria nickte. »Davon bin ich überzeugt. Glauben Sie mir nicht?«

»Ich glaube, dass du das, was du sagst, für die Wahrheit hältst. Ob es tatsächlich wahr ist, muss ich für mich allein entscheiden.«

Dido hustete leise. Sie lag ausgestreckt auf ihrem Bett und feilschte um ihr Leben, mit welchem Engel auch immer, der da gerade versuchte, sie ihm fortzustehlen. Abram spürte, wie ihm die Galle in die Kehle stieg, sodass er unsanft aus seinen Gedanken gerissen wurde. Ein ums andere Mal bestätigte sich, wie grausam Alisa gewesen war. Nachdem sie immer wieder erbarmungslos damit gedroht hatte, ihn zu verlassen und in die Karibik zurückzukehren, war sie endlich zu einer unwiderruflichen Entscheidung gelangt. Man konnte nicht gerade behaupten, dass sie eine entschlossene Frau gewesen war. O nein. Es war immer wieder vorgekommen, dass sie irgendwelche Projekte angefangen und sie dann genauso schnell wieder aufgegeben hatte. Sie hatte alles, aber auch alles in ihrem Leben mit halbem Herzen getan. Doch als es um ihren Tod gegangen war, da war sie äußerst gründlich vorgegangen und hatte es geschafft, das Ganze sowohl mit Flair als auch Dramatik in die Tat umzusetzen.

Wie es schien, hatte sie zunächst sich selbst vergiftet. Das legte das Blut nahe, das auf ihre Lippen getreten war. Sodann hatte sie sich von dem tragischen Brand inspirieren lassen, der vor zwei Jahren das benachbarte Groot-Constantia-Anwesen verwüstet hatte, und hatte im Ostflügel des Hauses, wo sie seit der Entfremdung von ihrem Ehemann wohnte, ein Feuer gelegt. Damit wollte sie wohl sicherstellen, dass man sie auf keinen Fall mehr wiederbeleben konnte. Aber wie bei allen anderen Dingen in ihrem Leben war es ihr nicht gelungen, ihr Ziel auch tatsächlich zu erreichen, denn das Gift hatte sie getötet, bevor das Feuer ihren Körper zerstören konnte.

Eines Tages würde Abram seiner Tochter all diese Dinge erzählen, damit sie die Umstände besser begreifen konnte, die dazu geführt hatten, dass sie fast gestorben war. Aber vielleicht würde dann ja auch etwas ganz anderes geschehen. Vielleicht würde ihr stattdessen bewusst werden, aus welchen Motiven heraus er ihr diese Dinge erzählte, und sie würde ihn plötzlich in einem Licht sehen, das er mehr fürchtete als alles andere – nämlich als den Urheber allen Unglücks, das Alisa widerfahren war. Alisa war nie von irgendjemandem geliebt worden, jedenfalls hatte sie selbst das so gesehen. In ihren Augen war die Welt voller Feinde, geschaffen von einer übelwollenden Gottheit, deren einziges Ziel es war, sie, Alisa, zu quälen. Am Ende war sie davon überzeugt gewesen, dass ihr eigener Ehemann jene übelwollende Gottheit war. Dass er ein Teufel war. Die einmal entstandene Trauer und Bitterkeit hatte sie dann über die Jahre fleißig geschürt, bis sie in ihrer Feigheit schließlich auch seine

Töchter mit in den Abgrund gerissen hatte. Es war nicht auszuschließen, dass Dido das Wesen ihrer Mutter geerbt hatte. Dass auch sie sich ungeliebt glaubte. Und dass sie Abram hasste, so wie Alisa es am Ende getan hatte.

Er zögerte, bevor er seine nächsten Worte aussprach, denn er fürchtete, dass ihn sein Schmerz dazu bringen könnte, sich auf ein Terrain zu begeben, das besser unerforscht blieb. Aber wenn sich ein Mann in dem Moment, in dem ihn die Trauer mit ihren eisigen Klauen umfangen hält, nicht ein gewisses Maß an unangemessenem Verhalten erlauben darf – wann dann? Abram gewährte sich also diese eigentlich verbotene Gnade, gestand sich den Willen zum Weiterleben zu und stellte Gloria die verzweifelte Frage: »Dido wird wissen, dass ich sie liebe, nicht wahr?«

Gloria stürzte sie beide noch tiefer in die Abgründe der Ungehörigkeit, indem sie ihm die Hand auf die Schulter legte. Abram musste unwillkürlich nicken. Er wischte sich eine Träne aus dem Auge und wünschte, selbst in diesem Augenblick, er würde es schaffen, das eine Wort auszusprechen. Aber er musste feststellen, dass er es nicht konnte. Also nickte er die Antwort nur und hoffte, dass das genügte. »Das wird sie«, sagte Gloria. Abram fühlte sich durch ihre Worte ein wenig getröstet. Er hätte die flüchtige Gnadenfrist, die sie ihm gewährte, am liebsten mit aller Macht festgehalten, denn daran, dass sie flüchtig war, bestand kein Zweifel. Schon in der nächsten Sekunde würde sie verstrichen sein. Er versank noch tiefer in Hilflosigkeit. »Emilia …« Kaum, dass er den Namen ausgesprochen hatte, liefen ihm die Tränen übers Gesicht, und seine Stimme brach, bevor er den Mut aufbringen konnte, den Gedanken zu Ende zu führen. Er ließ den Kopf hängen und wischte sich die elenden Tränen aus dem Gesicht.

Auch Gloria hatte angefangen zu weinen. Bei diesem Anblick schloss Abram die Augen. Es mochte sein, dass er währenddessen auch ein Gebet sprach. Er war sich nicht sicher. Er hatte nur ein einziges Mal in seinem Leben gebetet, nämlich als seine Mutter dem Tode nahe gewesen war. Am Ende war sie friedlich im Schlaf gestorben. Zumindest hatte der Arzt das so behauptet. Es erschien ihm passend, dass der sinnlose Tod seiner jüngsten Tochter, seiner lieben, süßen Emilia, von einer ebenso absurden Geste begleitet wurde.

Gloria, die sich rascher als er von ihrer Hilflosigkeit erholt hatte, umriss mit behutsamen Worten das Ausmaß der Tragödie, die ihn heimgesucht hatte. Abram versuchte, ihr zuzuhören und sich alles gewissenhaft ins Gedächtnis einzubrennen, aber mit jedem neuerlichen Kraftaufwand brach sein Herz ein weiteres Mal, sein Mut schwand, und der pochende Schmerz kehrte zurück, um ihn aufs Neue zu übermannen. Wenn er doch nur alles ungeschehen machen könnte. Wenn er nur beweisen könnte, dass alles eine groteske Fantasie war, dann könnte er wieder aufatmen. »Wacht Tariq immer noch bei Emilia?«, fragte er. Als Gloria nickte, fügte er hinzu: »Bitte bleib du hier bei Dido. Ich muss mich eine Weile zu Emilia setzen. Ich spüre, dass … ich spüre, dass ich sie sehen muss.«

»Emilia muss erst gewaschen werden, Meneer«, sagte Gloria. »Und Ihnen müssen wir die Hände mit Salz einreiben. Sie dürfen Emilia nicht berühren, sonst verfolgt Sie das Todesomen bis an Ihr Lebensende.«

»Sie ist meine Tochter …«

»Und ist nicht länger von dieser Welt, Meneer. Bitte glauben Sie mir, dass ich das nur respektvoll meine. Sie dürfen nicht bei dem toten Kind Wache halten und dann ohne jeden Schutz zu dem lebendigen zurückkehren. Falls Sie das tun, stürzen Sie auch das lebendige Kind ins Unglück.«

»Dann bring mir das verdammte Salz!«, brüllte er.

Gloria zuckte zusammen. Aber da sie eine sehr professionelle Dienerin war, kaschierte sie ihre Reaktion rasch. Sie verbeugte sich mit stoischem Gleichmut, als wäre es wichtig, bei allem Unglück noch den Anstand zu wahren, und verließ anmutig den Raum.

»Und bring den Arzt mit, wenn du zurückkommst!«, brüllte er ihr hinterher. Doch genauso rasch, wie ihm seine gereizten Worte entfahren waren, bereute er sie auch schon wieder. Er durfte ihr nicht sein eigenes Versagen zur Last legen. Und sie hatte Emilia geliebt. Die Tränen, die sie weinte, waren ein Beweis für ihren Schmerz. »Gloria«, rief er und hoffte, dass sie immer noch in der Nähe war. »Bitte komm zurück.«

»Ja, Meneer?«, fragte sie, als sie erneut den Raum betrat.

»Ich möchte dir danken. Du warst immer …« Er versuchte, ein passendes Wort zu finden, aber er hatte das Gefühl, als würden sich tausend Messer in seinen Kopf bohren. Er stieß einen tiefen Seufzer aus und versuchte es noch einmal: »Du bist immer … Wenn ich dich lediglich als hilfreich bezeichne, würde ich dir damit längst nicht gerecht werden. Aber in dieser schrecklichen Zeit ist es das einzige Wort, das mir in meinen umnebelten Sinn kommt. Glaub mir, dass ich es nur aus lauter Erschöpfung so formuliere. Lägen die Dinge anders, könnte ich vielleicht netter zu dir sein. Vielleicht ja sogar so liebenswürdig, wie du zu mir gewesen bist.«

Sie nickte. »Kein Problem, Meneer«, sagte sie.

»Kein Problem«, wiederholte er zu sich selbst und schüttelte den Kopf, um einen klaren Gedanken fassen zu können. Jene kalte Stunde, in der ein Mensch über sein Leben nachdenken mochte, war ein Fluch, dem Abram nicht entkam.

Der Himmel war schwarz vor Nacht und die Nacht so still wie das Grab. Falls er den Mut aufbrachte, diese Stunde zu ertragen und die grausame Geburt der Sonne zu feiern, würden ihn gewiss auch andere beharrliche Trivialitäten quälen: das turbulente Leben, das die Welt zu füllen begann und das den Tod seiner Tochter achtlos überging. Die Hähne führten die Sinfonie an. Sie verkündeten das Erwachen unwichtiger Dinge, das Schwinden der nächtlichen Dunkelheit.

Der Morgen war gekommen. Und der Schmerz pochte noch immer. Er pochte und pochte und pochte ohne Unterlass.

Das Aufeinanderprallen von Gegensätzen

Jenseits der Rebfelder befand sich ein Hügel, der die höchste Erhebung des Anwesens bildete. Wenn Abram dort oben stand, konnte er die gesamte Umgebung sehen. Er sah, wo sich das Tal tief in die Erde schnitt, mit lauter schmalen, versteckten Felsspalten, wo lichtscheue Gewächse sprossen und Blumen, deren Namen niemand kannte, sah, wie es sich dehnte und streckte, wie ein Kind, das zum Leben erwacht, sah, wo es sich der mühebringenden Ordnung der Rebfelder unterwarf, bis es die Weinkellerei erreichte und schließlich zu den entsetzlichen, halb verkohlten Resten seines Hauses aufstieg.

Wenn er die Augen mit der Hand beschirmte und gen Osten schaute, sah er die Schatten der Berge, in deren hügeligen Ausläufern er einmal auf Antilopenjagd gegangen war. Damals hatte er Dido mitgenommen. Emilia war zu jener Zeit noch zu klein gewesen, zu klein und zu zart, und die Berge waren so schrecklich weit weg. Er hatte das Gefühl, als sei das unendlich lange her und als sei der Hügel, auf dem er stand, ein Trugbild, ein Phantom, das sich nicht fassen ließ. Aber der Hügel war auch ein Wachtposten: Er sah alles, und außer dem verbrannten Haus war alles, was ihn umgab, wunderschön. Es war ein guter Ort, um ein Kind zur Ruhe zu betten. Doch leider war es – eben, weil es sich um ein Kind handelte – auch ein guter Ort, um dessen Mutter beizusetzen.

Sämtliche Feldarbeiter waren gekommen. Außer Farouk und Gloria hatte keiner von ihnen Alisa nahegestanden. Aber sie machten alle sehr ernste Gesichter, und manche weinten sogar. Sie trauerten um Emilia, denn der Tod eines Kindes, so klagten sie, war ein Ereignis, das zutiefst gegen die natürliche Ordnung verstieß.

Während des Gottesdienstes ließ sich jedoch aus ihren Reden erkennen, dass sie sich trotz der Distanz, die sie zu Alisa gewahrt hatten, auf eine gewisse Weise mit ihr verwandt fühlten. Die meisten von ihnen stammten von Sklaven ab, die aus Niederländisch-Ostindien, Indien, Angola oder anderen, weit entlegenen Orten hierhergekommen waren – Orten, die ihre Nachfahren nur aus Erzählungen kannten. Manchmal war der Name das Einzige, was sie über ihren Herkunftsort wussten. Diejenigen, die von den San, den Khoikhoi oder den verschiedenen Bantu-Stämmen abstammten, die in diesem Teil Afrikas zerstreut lebten, waren in einer etwas glücklicheren Lage. Sie konnten wenigstens ungefähr einschätzen, wo die Knochen ihrer Ahnen begraben waren, was einigen von ihnen wichtig zu sein schien.

Farouk, der den muslimischen Feldarbeitern als eine Art Anführer diente, fragte Abram, ob diejenigen, die sich dazu berufen fühlten, ein paar Worte über Alisa sagen durften. Wie konnte Abram ihnen das verwehren? Hier standen die Kinder von Sklaven, die ein Kind von Sklaven begruben, und selbst er, der an nur sehr wenig Gutes in der Welt glaubte und feststellen musste, dass er Alisa mittlerweile tatsächlich hasste, konnte ihr diese letzte Ehre nicht verweigern. Er nickte zustimmend.

Pater Benedict schüttelte mit ernster Miene den Kopf. Abram interpretierte das als Geste der Missbilligung. Aber an dieser ganzen Geschichte war ohnehin nichts normal. Der Brief, den er an Alisas Eltern geschickt hatte, befand sich wahrscheinlich immer noch auf dem Weg nach England, weshalb diese noch gar nichts vom Tod ihrer Tochter wussten. Und darüber hinaus handelte es sich bei den Gästen, die zu diesem Begräbnis gekommen waren, um eine überaus seltsame und unpassend zusammengewürfelte Gesellschaft: Schwester Alice und Schwester Elisabeth von der Schule der Mädchen, der Priester, die Farmarbeiter, Dr. Mason und seine Frau und Abram selbst.

Dido war krank. Zwar fehlte ihr ansonsten nichts, aber sie hatte bei dem Brand zu viel Rauch eingeatmet, sagte Dr. Mason. Sie litt unter Hustenanfällen und einer leichten Erkältung und war daher zusammen mit Thomas, dem Krankenpfleger, in dem unversehrten Flügel des Hauses geblieben. Abram hatte keinerlei Einwände gegen ihre Abwesenheit erhoben. Wenigstens blieb ihr diese Tortur erspart. Sie musste nicht miterleben, wie die gierige Erde ihre Schwester Emilia verschlang. Emilia, die geglaubt hatte, die Sonne drehe sich um die Erde, die immer wieder daran erinnert werden musste, dass die Sonne ein Stern war, ein riesiger Stern, und sehr weit weg, Emilia, deren fehlender Schneidezahn nie nachwachsen und deren Mund nie blasser und schmaler werden würde … Emilia, die ihnen von der Zeit gestohlen worden war, genau wie es der Erdboden tun würde. »Oh!«, entfuhr es Abram, doch sein Schrei ging in Hafsahs Grabrede unter.

»Miss Alisa war eine zarte Seele«, sagte Hafsah, eine der Feldarbeiterinnen. »Immer wenn sie eine hübsche Blume sah, die sie nicht kannte, fragte sie nach deren Namen. Miss Alisa fragte, wie die Blume hieß. Und wenn niemand wusste, wie die Blume hieß, dann gab sie ihr ganz einfach selbst einen Namen.« Es erscholl ein unterdrücktes Lachen ihrer Zuhörer. Hafsah selbst wischte sich eine Träne von der Wange und stieß einen tiefen

Seufzer aus. »Als sie mich das erste Mal wegen einer Blume fragte, habe ich bei mir gedacht: *O weh, wer geht schon durch die Gegend und verschwendet seine Zeit damit, nach Blumennamen zu fragen?*« Auch hier erscholl Gelächter. Es war lauter und fröhlicher, und Hafsah rang sich ein Lächeln ab.

»Ach«, fuhr sie fort, »ich denke, Miss Alisa hat gesehen, dass ich nicht zu den Leuten gehöre, die ihre Zeit mit Blumen verschwenden, und da hat sie zu mir gesagt, sie hat mich angesehen und gesagt, wie sie da vor mir stand: ›Was weißt du über die Welt, was ich nicht weiß, Hafsah?‹ Zuerst habe ich gedacht, das wäre herablassend gemeint, wisst ihr, und ich habe mich ganz klein und unbedeutend gefühlt, weil ich dachte, sie fände, ich würde nicht viel hermachen. Aber das hat sie ganz schnell richtiggestellt. ›Ich stamme nicht von hier‹, hat sie gesagt. Obwohl, jetzt glaube ich, dass sie wahrscheinlich sehr viel mehr gesagt hat, wisst ihr, etwas viel Klügeres. Ihr wisst ja alle, dass sie gerne gute Worte machte, unsere Miss Alisa.« Hierauf folgte ein zustimmendes Brummen.

»Jaja«, fuhr Hafsah fort. »Ich habe ihr dann so einiges beigebracht, was man über den Weinanbau wissen muss.« Sie stand plötzlich viel aufrechter, während sie das sagte, als hätte der Stolz ihr einen Ruck gegeben. »O ja, das war ich. Ich war die Erste, die ihr erklärt hat, wie das mit den Weinstöcken geht. Ich hab's gleich auf der Stelle gemacht. Ich habe ihr gesagt: ›Wissen Sie, die Weinstöcke, die brauchen keine Bienen, um sie zu befruchten. Die meiste Zeit befruchten sie sich einfach selbst.‹ Unsere Miss Alisa, die wusste das vorher gar nicht. Ich war die Erste, die ihr das erklärt hat …« In diesem Moment wurde Hafsah von Tränen übermannt und musste zurück zu ihrem Platz geführt werden.

Als Nächster übernahm Samson das Wort. Seine Geschichte drehte sich um Alisas kurzen Abstecher in die Welt des Traubenverkostens und der Auslese. Sie hatte anscheinend vorgehabt, die sehr süßen Trauben, die für gewöhnlich dem Verzehr vorbehalten waren, von den sauren Trauben zu trennen, die der Weinerzeugung dienten. Nach nur einer Woche war sie zu dem Schluss gekommen, dass alle Trauben gleich aussahen und auch gleich schmeckten, und hatte das Projekt aufgegeben.

Abram fiel auf, dass auch Samson von »unserer Miss Alisa« sprach. Und auch Farouk und Gloria und alle anderen, die in der Folge das Wort übernahmen, benutzten diese Formulierung: »unsere Miss Alisa«. Alle nahmen sich mit ihren Geschichten an Hafsah ein Beispiel und erzählten kurze, lustige Anekdoten über Alisa – irgendeine kleine, unbedeutende Geschichte, an die man sich jetzt voller Zuneigung erinnerte und die bei den Zuhörern ein scheues, leises Gelächter hervorrief, während sie den Erzähler selbst mit Sehnsucht erfüllte und ihm gegen seinen Willen die Tränen in die Augen trieb.

Etwas wie Scham schlich sich in Abrams Herz. Obwohl er der Hauptleidtragende war, den alle ansahen, wenn es darum ging, ihr Mitgefühl auszudrücken, kam er sich wie ein Betrüger vor. Er war erleichtert, als die Flut von Grabreden nach einer Weile stockte und schließlich nach ein paar gemurmelten Bemerkungen über Alisas Güte und die allgemeine Schlechtigkeit des Todes nahezu ganz versiegte. Auch Pater Benedict empfand unverkennbar Erleichterung und schickte sich an, zum Herablassen der Särge überzugehen.

Niemand schien zu wissen, was man über die zweite Seele sagen sollte, die nun zur Ruhe gelegt wurde. Sie war ein Kind, das alle gekannt und geliebt hatten. Und sie war – so viel konnte man ohne Zögern sagen – mehr geliebt worden als Alisa. Doch darin lag die Ironie des Todes: Die Leute empfanden es als wesentlich schwieriger, etwas über Emilia zu sagen.

Niemand konnte sagen, *ihre Zeit war gekommen*, denn das war sie nicht. Ihre eigene Mutter hatte sie getötet. Aber wenn man die Umstände von Emilias Tod benannt hätte, dann hätte man damit den zuvor erzählten Geschichten über Alisas liebenswerte Grillenhaftigkeit widersprochen und hätte dieselbe Frau verurteilen müssen. Daher ließ sich Emilias Tod nur fragmentarisch betrauern, als wäre sie ganz plötzlich aufgrund irgendeiner unbegreiflichen Wendung des Schicksals gestorben. Als wäre niemand und nichts für ihren Tod verantwortlich. Aber dennoch lag sie dort in diesem Sarg und sollte begraben werden.

Und so kam es, dass Abram erleichtert war, als die Grabreden schließlich ganz aufhörten. Aber dieses Gefühl verflog sehr schnell. Denn jetzt kam der Moment, bei dem Abram froh war, dass Dido ihn nicht ertragen musste – der Moment, in dem die Särge in die Erde hinabgelassen wurden. Irgendjemand, wahrscheinlich Gloria, nahm Abrams Hand und leitete sie, um Erde auf die Särge hinabzuwerfen. Es gab einen dumpfen Aufprall, gefolgt von vielen weiteren dumpfen Geräuschen, bis schließlich wie aus dem Nichts die Totengräber auftauchten und die Gräber auffüllten. Dann trat Stille ein.

Abram musste sich daran erinnern, nicht mit dem Atmen aufzuhören. Und dann musste er sich daran erinnern, sich zu bewegen. Doch er konnte sich nicht daran erinnern, wo er hingehen musste, also überließ er sich ganz Glorias Führung. Und als er schließlich dort angekommen war, wo er sein sollte, wusste er nicht, wie er weiterexistieren sollte. Er musste sich erneut daran erinnern, zu atmen und sich die Tränen aus dem Gesicht zu wischen und zu Dido zu sagen: »Ich bin hier. Es tut mir leid. Ich hab dich lieb.« Es waren so einfache Dinge, aber man musste ihm helfen, sich an sie zu erinnern.

***

Dido äußerte den Wunsch, am Kopfende der Gräber einen Baum zu pflanzen. Sie meinte, der Hügel wäre dem Himmel viel zu nackt und bloß ausgesetzt und dass ihre Mutter und ihre Schwester im Sommer Schatten brauchen würden, der sie vor der Sonne schützt. Gloria fand, das sei eine ganz rührende Idee, und so machten sie sich gemeinsam daran, mit einem Ableger von Alisas altem Baum eine Trauerweide zu pflanzen. Dido meinte, ihre Mutter habe so gern unter diesem Baum geruht, als sie noch lebte, und würde daher bestimmt auch im Tod gern darunter ruhen. Auch hier konnte Abram nicht anders, als ihr das zuzugestehen.

Das Problem war, dass Trauerweiden für ihre unersättliche Gier nach Wasser berüchtigt waren. In der Nähe des Hügels gab es weder einen Fluss noch einen See. Gloria erklärte sich bereit, tagtäglich einen Eimer Wasser hinaufzutragen, um die Pflanze zu gießen, und Dido folgte ihr jedes Mal mit einem eigenen, kleinen Eimerchen, dessen Inhalt sie auf die Erde goss. Einmal kniete sie sich hin, fegte mit der Hand das Geröll zur Seite, zeigte auf einen kleinen Sprössling, bei dem es sich höchstwahrscheinlich um irgendein Unkraut oder Gras handelte und sagte: »Ich glaube, er wächst schon.«

»Ja, ja, warten wir's ab«, sagte Gloria.

Aber damit würden sie sich später auseinandersetzen müssen, denn in diesem Moment kam Farouk keuchend und schnaufend den Hügel hinaufgelaufen. Abram fragte sich, warum ein so schwergewichtiger Mann wie Farouk sich derart abmühte, wenn es doch allzu offensichtlich war, dass seine Beine nicht für diese Art von sportlicher Betätigung gemacht waren. Bevor irgendjemand Farouk nach dem Grund für seine Eile fragen konnte, keuchte er schon die Antwort: »Mann vom Repräsentantenhaus … kommt!«

Er beugte sich vornüber und stützte mit wogender Brust die Hände auf die Knie, während die anderen zu begreifen versuchten, was er damit meinte. Doch niemand sagte etwas. Farouk war daher gezwungen, ihnen die Sachlage zu erklären, wobei er jedes seiner Worte mit einem keuchenden Atemzug unterbrach. »Der Mann vom Repräsentantenhaus … Der Mann vom Repräsentantenhaus, der schon mal hier war … um sich umzusehen … der Mann … er kommt.« Er warf einen Blick zurück und fügte keuchend hinzu: »Da ist er schon!«

Kaum hatte Farouk das verkündet, da tauchte der Mann bereits auf, von dem die Rede gewesen war. Allzu plötzlich stieg er über den Horizont, als wäre er ein Engel oder Dämon, den eine vom Unglück verfolgte Seele heraufbeschworen hatte. Er trug wieder seinen braunen Wollanzug und adretten Hut und schritt so schnell voran, dass es aussah, als schwebte er. Abram gelangte zu der Überzeugung, dass es sich bei diesem Mann ganz zweifellos um einen Dämon handeln musste. »Ach herrje!«, jammerte der Mann lautstark, während er immer noch ein ganzes Stück entfernt war. »Ach herrje! Das ist ein ganz schön langer Weg vom Haus hierher, nicht wahr? Ein schrecklich langer Weg!«

Auch wenn es Daniel Ross nicht ganz so schwer zu fallen schien wie Farouk, sich den Hügel hinaufzukämpfen, war er dennoch genauso erschöpft, als er die Spitze erreichte. Das nahm ihm für einen kurzen Moment den Wind aus den Segeln, denn er war ganz wie Farouk gezwungen, die Luft in gierigen Zügen einzusaugen. So kam es auch, dass Daniel Ross zum ersten Mal, seit er mit seiner Gegenwart das Anwesen der van Zijls verdüstert hatte, vollkommen sprachlos war.

Alle anderen waren jedoch immer noch zu verwirrt, um etwas zu sagen, also fand Daniel Ross rasch wieder zu seiner aufgeblasenen Großspurigkeit zurück. »Eine traurige Angelegenheit, eine sehr traurige Angelegenheit. Wenn ich das gewusst hätte, dann hätte ich darauf gewartet, dass Ihr Boy Sie zurück zum Haus holt. Aber, ach, da ließ sich nichts machen. Nein, nein, da ließ sich überhaupt nichts machen. Die Zeit wartet auf niemanden, am wenigsten auf die Untätigen. Zeit ist Geld, wie die Amerikaner sagen.«

Gloria ergriff die Gelegenheit, die sich ihr in einem äußerst kurzen Moment der Stille bot, gab Farouk ein Zeichen und sagte zu Abram: »Es ist bestimmt schon Zeit fürs Mittagessen, Meneer. Ich gehe mit Dido zum Haus zurück.«

Daniel Ross gehörte keinesfalls zu den Leuten, die die Gelegenheit zur nochmaligen Begutachtung einer bereits überprüften Angelegenheit ungenutzt ließen, sei sie auch noch so flüchtig, und ergriff nun seinerseits das Wort. »Ah, dies muss eine Ihrer Töchter sein, Mr van Zijl«, sagte er. »Welche von beiden ist es?«

Weil Abram sah, wie rasch sich alles abspielte, ohne dass er sich einen Reim daraus machen konnte, wählte er diesen Augenblick, um die Situation umzukehren und das Ganze noch einmal von vorne beginnen zu lassen. Als seinen Beitrag zum allgemeinen Wahnsinn wählte er folgende Begrüßung: »Ah, Mr Ross!«, sagte er. »Wie geht es Ihnen heute Nachmittag?«

Daniel Ross lachte wiehernd, schüttelte den Kopf und sagte: »Ah, Mr van Zijl, bitte verzeihen Sie meine Unhöflichkeit. Ah, ja, ja. So was passiert. Ich bin ein viel beschäftigter Mann, wissen Sie? Sehr beschäftigt. Mir ist kein Moment der Ruhe vergönnt. O nein, kein einziger. Bitte verzeihen Sie meine Unhöflichkeit.« Nachdem ihm zumindest in dieser Hinsicht Vergebung zugesichert worden war, fragte er Abram, ob er sich an die Geschichte des Mannes aus dem Norden erinnere, der sich in eine äußerst unerquickliche Angelegenheit verstrickt hatte.

»Der Mann, der vor den Haftrichter gerufen wurde, weil er mit einer Eingeborenen zusammenlebte?«, fragte Abram.

Daniel Ross bestätigte, dass er genau von diesem Mann spreche. »Er steckt mittlerweile in noch sehr viel schlimmeren Schwierigkeiten«, sagte er. »Oh, Mr van Zijl, wir leben in üblen Zeiten. Ja, ja, in sehr üblen Zeiten.«

Farouk, Gloria und Dido standen immer noch an derselben Stelle, an der Daniel Ross auf sie gestoßen war. Es schien, als wollte er sie nicht gehen lassen, denn er sah Dido immer direkt an, wenn er etwas sagte. Er sah sie an, wie es jemand tun würde, der einen Vogel entdeckt hatte, dessen Farbgebung ihm noch nie begegnet war, oder eine seltsam geformte Wolke, von der er sich wünschte, sie möge eine andere Gestalt annehmen.

Plötzlich lächelte Daniel Ross und richtete seinen Blick wieder auf Abram. »Ich habe immer gesagt, was für ein Glück das ist, dass Sie Kinder haben, Mr van Zijl«, sagte er. »O ja, ein sehr großes Glück. Und ich denke, Ihre Tochter würde jetzt gern ihr Mittagessen einnehmen, nicht wahr? Das hat das Dienstmädchen doch so gesagt. Jetzt hat sie bestimmt nichts anderes im Kopf als ihr Mittagessen.«

»Achte darauf, dass sie auch alles aufisst«, sagte Abram zu Gloria. Auf diese Worte hin eilte Gloria zusammen mit Dido und Farouk den Hügel hinunter.

»Wissen Sie, als ich im März hier war, haben Sie mir diesen Hügel gar nicht gezeigt«, sagte Daniel Ross.

»Wie Sie schon sagten, Mr Ross. Sie sind ein viel beschäftigter Mann«, entgegnete Abram.

»Ah ja, das ist wahr. Nur zu wahr.« Daniel Ross nickte, ließ seinen Blick in alle Himmelsrichtungen schweifen, schüttelte den Kopf und seufzte. Dann fächelte er sich mit seinem Hut Luft zu, steckte die linke Hand in die Hosentasche und sah Abram erneut an. Zuvor hatte er Abram mit dem Anflug eines Zwinkerns zugelächelt, als teilten sie sich beide ein Geheimnis, das niemandem sonst bekannt war, als existierte zwischen ihnen eine tiefe Kameradschaft und als bestünde daher keine Notwendigkeit, die Dinge in Worte zu fassen. Aber jetzt erkannte Abram, dass in diesem Lächeln noch etwas ganz anderes lauerte.

»Wissen Sie, der Mann dort oben im Norden, im Transvaal«, sagte Daniel Ross. »Da leben Menschen in Sünde, Sir. Sie, Sie selbst … oh! Aber ich sollte solche Dinge nicht sagen. Solch vulgäre Dinge. Wirklich, das ist vulgär. Es ist ein Glück, dass Sie Kinder haben. Ein sehr großes Glück, eh? Sie verstehen, was ich sagen will, Mr van Zijl?«

Abram verstand nur zu gut. Dieser sprichwörtliche Delinquent, auf den Daniel Ross sich da bezog, dieser unglückselige Mann, dessen Lebensraum sich auf ganz und gar unnatürliche Weise auf den Norden zu beschränken schien, war natürlich eine rein hypothetische Person. Er war ein Amalgam, das Daniel Ross höchstpersönlich aus einer Ansammlung von Gerüchten und Tuscheleien zusammengemischt hatte – aus Geschichten, die vom Wind und der Eisenbahn nach Süden getragen worden waren. Besagter Mann aus dem Norden diente einzig und allein dem Zweck, Abram Angst einzujagen und ihn zu einer Erkenntnis zu zwingen – zu der Erkenntnis nämlich, dass er wegen der Verbrechen, die er selbst gegen den Staat begangen hatte, bestraft werden musste. Man würde ihm sein Weingut wegnehmen oder ihm noch sehr viel schlimmeres Leid zufügen.

Abram hielt Daniel Ross für die Art von Mann, die fähig war, mit einem Lächeln und ganz ohne Boshaftigkeit zu jemandem zu sagen: *Deine Mutter ist gerade gestorben*. Es war bestimmt nicht leicht, ein solcher Mann zu sein. Und es könnte auch der Grund dafür sein, warum die Adern in seinem Gesicht so aussahen, als könnten sie jeden Moment platzen, und warum ihm die Haare zu Berge standen, als er seinen Hut abnahm, als wollten sie ihm aus dem Kopf und in den Himmel hinaufklettern. Er schien ständig in Schweiß gebadet zu sein. Die Worte schossen ihm zu schnell aus dem Mund. Seine Hände flatterten wild herum, und seine Augen … Wenn er Abram ansah, kam es diesem so vor, als müsse sich jedes Geheimnis, das er tief in seinem Herzen vergraben hatte, auf seinem Gesicht abzeichnen, weil es unbedingt von diesen Augen gesehen werden wollte, die ihn da gerade anstarrten.

Es hätte einem niemand übel nehmen können, wenn man zu dem Schluss gekommen wäre, hier eine recht frivole Person, um nicht zu sagen einen Deppen, vor sich zu haben. Aber das wäre eine gewaltige Fehleinschätzung gewesen. Daniel Ross hatte nichts Frivoles oder Närrisches an sich. Abram begriff jetzt, dass bei diesem Mann alles mit Vorsatz geschah. Mr Ross trug nicht etwa deshalb denselben Anzug, weil er keinen anderen besaß, sondern weil er sich für eine denkwürdige Gestalt in einem gewaltigen Drama hielt, das sich hier gerade abspielte. Wenn er eines Tages erzählte, wie er einmal eine schwere Aufgabe für das Repräsentantenhaus hatte erfüllen müssen, wollte er sich an alle

Details erinnern können, um dann zu entscheiden, ob er sie mit poetischen Ausschmückungen versehen oder mithilfe der eigenen Fantasie umdichten oder vielleicht besser in einen Nebel aus ominösen Hypothesen hüllen sollte.

Abram war davon überzeugt, dass er sein eigenes Leben nicht wiedererkennen würde, falls Daniel Ross jemals auf den Gedanken käme, ihm diese seine Geschichte zu erzählen. Die Hauptfigur in dieser Geschichte würde wohl eher ein Mann sein, der in Mr Ross' Lieblingsgegend oben im berüchtigten Norden lebte und der sich auf stümperhafte Weise die verschiedensten fahrlässigen Vergehen hatte zuschulden kommen lassen. Diese Lasterhaftigkeit, die dort oben im Norden tobte, würde so lange ihren Lauf nehmen, bis man Mr Ross damit beauftragte, dem Ganzen ein Ende zu setzen. Und Mr Ross war ein Mann, der gedachte, jegliche ihm auferlegten Aufgaben bis zum bitteren Ende zu erledigen. Zumindest war das der Schluss, zu dem Abram einigermaßen irritiert gelangte.

Aber was Abram wirklich Angst einjagte, war der zweite Grund, aus dem Mr Ross denselben Anzug noch einmal trug. Denn dieser Grund war so simpel wie Unheil verkündend: Mr Ross, ein Mann, der nie ohne Vorsatz handelte, *wollte*, dass man ihn als frivolen Deppen sah. Es konnte unmöglich ein Zufall sein, dass er alles, was er sagte, bis zum Gehtnichtmehr wiederholte. Seine Begrüßung, der Name seines Kontrahenten, banale Details – all das sagte er wieder und wieder. Deshalb musste er auch, wenn er etwas so Freundliches wie *Es ist ein Glück, dass Sie Kinder haben* wiederholte, um zu verdeutlichen, worauf es ihm ankam, hinzufügen: *Sie verstehen, was ich sagen will?*

Und was er sagen wollte, war Folgendes: Sollte Abram sich weigern, sein Weingut friedlich und ohne Gegenwehr der Regierung zu überantworten, dann könnte seine Bestrafung sehr viel schlimmer ausfallen als nur ein Gefängnisaufenthalt. Seine Manneskraft, der man früher schon einmal den Prozess gemacht und die man damals für unzulänglich erklärt hatte, wurde nun endgültig verurteilt. Nach Ansicht der Südafrikanischen Union stellte sich die Sachlage folgendermaßen dar: Alisa van Zijl hatte sich gewisser Indiskretionen schuldig gemacht, weshalb die Schlussfolgerung nahelag, dass es nicht Abram gewesen war, der mit ihr Kinder gezeugt hatte. Darüber hinaus könnte dieses abnormale Verhalten Abrams bedeuten, dass er nicht vertrauenswürdig war und man es ihm daher nicht gestatten konnte, mit irgendeiner anderen Frau Kinder zu zeugen.

Die Drohung wurde zunächst nur flüsternd ausgesprochen. Es gab Gerüchte, dass man Männer auf Robben Island ihrer Manneskraft beraubte, indem man dem betreffenden Organ Elektroschocks versetzte oder es einfach ganz amputierte. Nein, flüsterte eine andere Stimme, diese Dinge geschahen oben im Norden, wo das Problem der Rassenmischung ungezügelt um sich griff. Die Südafrikanische Union hoffte, zunächst Pretoria und infolgedessen auch das gesamte Transvaal zu bändigen. O nein, sagte wieder jemand anderes. Der Ort, an dem sich das alles zutrug, war vollkommen geheim. Niemand kannte ihn. Am Ende war es nicht wichtig, wo sich dieser Ort befand. Wichtig war nur, dass die Union es nicht auf die leichte Schulter nahm, wenn man gegen ihre Gesetze verstieß.

»Meine Tochter ist Bürgerin dieses Landes«, sagte Abram mit dem Mut der Verzweiflung. »Sie ist hier geboren. Sie gehört hierher.« Möglicherweise zitterten seine Lippen bei diesen Worten, so genau konnte er das nicht sagen. Was er jedoch genau wusste und niemals vergessen würde, war Folgendes: Dieses

Rennen hatte begonnen, als er Daniel Ross zum ersten Mal begegnet war, und es gab daraus kein Entkommen. Also blieb ihm nichts anderes übrig, als seine Argumente vorzubringen. Doch als er sah, wie das Lächeln auf Daniel Ross' Gesicht immer breiter wurde, kamen ihm Zweifel. »Meine beiden Töchter sind hier geboren«, sagte er. »Sie gehören hierher.«

»O ja, Mr van Zijl«, sagte sein Gegenüber. »Ich bin mir sicher, dass sie hier geboren wurden. Ich bin mir sicher, dass Sie das behaupten werden. Bestimmt werden Sie das behaupten, eh? Aber das hier ist keine leichte Sache. Für Sie ist es eine Kleinigkeit. Eine Kleinigkeit, eh? Aber so laufen die Dinge nicht. Und das wissen Sie sehr wohl, Mr van Zijl.« Abram wusste es tatsächlich.

So wie die Südafrikanische Union die Dinge sah, war Abrams Tragödie nichts anderes als das direkte Resultat seiner eigenen Fahrlässigkeit. Die Union hatte versucht, genau solch eine Entwicklung zu verhindern. Als man die vier Kolonien zusammenlegte und zu einem Land verschmolz, war es zu einem Aufeinanderprallen von Gegensätzen gekommen, was wiederum zu einem ziemlichen Chaos in der Regierung geführt hatte. Zum Beispiel lautete eine Regel, dass nur Personen mit einem gewissen gesellschaftlichen Status zu Staatsbürgern werden konnten und dass auch nur solche Personen in Regierung und Verwaltung tätig werden durften. Des Weiteren wurden alle weißen Männer allein aufgrund ihrer sogenannten »Rassenzugehörigkeit« und ihres Geschlechts automatisch zu solchen Personen erklärt – eine Regelung, die in den nördlichen Provinzen durchaus folgerichtig schien.

Die Kap- und Natal-Provinzen hingegen bereiteten in dieser Hinsicht Schwierigkeiten. Hier wurde jedem Mann, der ein Grundstück besaß oder pachtete, mit seinem Namen unterschreiben konnte und mindestens fünfzig Pfund im Jahr verdiente, ein Stimmrecht zugestanden, sei er nun weiß, farbig oder ein Eingeborener. Kurz gesagt konnte sich jede Person, vorausgesetzt, sie war männlich, als Person mit einem gewissen gesellschaftlichen Status bezeichnen und daher auch die Staatsbürgerschaft erlangen. All dies war gut und schön, doch es fing an, zum Problem zu werden, als Scharen von afrikanischen Männern in den Städten und auf den Farmen Arbeit suchten. Sie drohten, den wahlberechtigten Teil der Bevölkerung zu überschwemmen und die weißen Männer zur Minderheit zu degradieren. Immerhin ließ sich dieses Problem leicht lösen, indem man die Voraussetzungen änderte, wie zum Beispiel die Höhe des Jahreseinkommens, die zur Wahlberechtigung notwendig war.

An dieser Stelle wurde die Union jedoch mit dem unangenehmen Problem konfrontiert, das der in Armut lebende Teil der weißen Bevölkerung darstellte. Arme weiße Männer, so lautete die Schlussfolgerung, seien in den meisten Fällen arbeitslos, besäßen kein Land und seien zudem auch noch faul. Als Konsequenz aus dem letztgenannten Charakterzug verfielen die Angehörigen dieser Gesellschaftsklasse allzu leicht den Versuchungen der Kriminalität und Unsittlichkeit. Sie begnügten sich damit, ökonomisch und gesellschaftlich auf derselben Stufe wie die große Mehrheit der Afrikaner stehen zu bleiben, und verkehrten frei und ohne Einschränkungen mit den Eingeborenen und Angehörigen anderer Ethnien. Dieses Verhalten war so tief verwurzelt und so unwiderruflich zum Teil ihres Charakters geworden, dass sie es schließlich auch an ihre Kinder weitervererbten. Auf diese Weise wurden die Grenzen dessen, was eine wahlberechtigte Person ausmachte, verwischt. Bei den in Armut lebenden weißen Männern konnte man sich nicht darauf verlassen, dass sie sich auch wie weiße Männer verhielten. Kurz gesagt: Sie waren der Feind in den eigenen Reihen.

Auch die Frauen waren ein Problem, insbesondere weiße Frauen, vollkommen unabhängig von ihrer gesellschaftlichen Klasse. Sie taten sich nach Religionszugehörigkeit, Familienstand oder Sprache in Fraktionen zusammen, manchmal auch aufgrund einer Kombination aus allen drei Faktoren. Es gab unverschämt viele von ihnen in unverschämt vielen Facetten, was bedeutete, dass sich eine Frau, die sich vielleicht nicht mit der erstbesten einzelnen Gruppe und deren Dogma identifizieren mochte, dies zweifellos mit der nächstbesten tun würde. Und obwohl es oberflächlich gesehen so schien, als müssten all diese verschiedenen Fraktionen aneinandergeraten, so vereinte sie am Ende eine Sache: Auch die weißen Frauen wollten das Wahlrecht.

Sie bohrten sich der Union als hartnäckiger Stachel ins Fleisch, aber die Union vertrat die Ansicht, dass man sich immer nur um ein Ärgernis nach dem anderen kümmern konnte und dass es wesentlich dringlicher war, sich mit dem Ärgernis zu befassen, das die mittellosen weißen Männer darstellten. Um die Frauen würde man sich dann später kümmern. Ihr Anliegen war selbstverständlich ebenso töricht wie frivol und würde sich mit Leichtigkeit aus dem Weg räumen lassen.

Also beschloss man nach zahlreichen langwierigen Debatten, dass die einzige Lösung des Problems der armen weißen Männer darin bestand, die afrikanischen Männer in ihrer Gesamtheit zu entrechten, unabhängig von ihrer gesellschaftlichen Stellung, und gleichzeitig den Lebensstandard der armen weißen Männer auf eine respektable Ebene anzuheben. Man hätte natürlich das

Argument ins Feld führen können, dass die afrikanischen Männer keinen Anreiz mehr hatten, etwas Besseres aus sich zu machen, wenn man ihnen das Wahlrecht entzog. Wenn man ihnen nämlich kein Mitspracherecht bei der Regierungsgestaltung des Landes einräumte, wie sollten sie dann über die Nachteile hinauswachsen, die ihre ethnische Zugehörigkeit mit sich brachte? Aber wenn die Union überleben wollte, hatte sie keine Wahl. Die Regeln mussten absolute Gültigkeit haben.

Und genau darin lag Abrams Verbrechen: Die Union hatte ihre Gesetze viel zu lange und viel zu nachhaltig gebeugt, um alle Widersprüche auflösen zu können, in die sie sich verstrickt hatte, und jetzt kam Abram und brachte ein vollkommen neues, komplexes Problem ins Spiel. Er hatte sich über die naturgegebene Verantwortung hinweggesetzt, die ihm seine Hautfarbe, sein Geschlecht und seine gesellschaftliche Stellung auferlegten. Er hatte Anstand und Moral mit Füßen getreten. Die Union war so freundlich, ihm diese Vergehen klar und unmissverständlich zur Last zu legen. Sein Verbrechen war die Unsittlichkeit, also verfing er sich folgerichtig im Netz des Unsittlichkeitsgesetzes.

Sogar er selbst musste zugeben, dass es ein sehr elegantes Netz war. Es hatte nichts Persönliches, nichts Gehässiges. Es war lediglich ein Symptom, das eine Welt im Wandel mit sich brachte. Es gab nichts mehr zu sagen. Es blieb ihm nichts anderes übrig, als seinen Hut zu nehmen. Er musste sein Leben in Ordnung bringen und wenigstens versuchen zu fliehen. Bis zum dreizehnten September – dem Tag, an dem das Unsittlichkeitsgesetz in Kraft treten würde – waren es nur noch fünf Monate. Alles in allem blieb ihm nicht viel Zeit, eine Flucht zu planen.

Als wäre sie kein Mensch

Es gab Leute, die waren der Ansicht, die Umstände von Alisas Tod seien tragisch. Bis zu einem gewissen Grad konnte Abram das nachvollziehen: Seine überlebende Tochter hatte keine Mutter mehr, und der einzige Beweis für ihre eheliche Geburt war zusammen mit ihrer Geburtsurkunde zu Asche verbrannt. Er hatte sämtliche Dokumente durchgesehen, die sich im unversehrten Flügel des Hauses befanden, und sogar die Überreste des zerstörten Ostflügels durchwühlt. Doch das Einzige, was er dort gefunden hatte, war diese verfluchte Asche. Der Wind trug sie überallhin. Es kam ihm so vor, als sei selbst das Blut in seinen Adern davon verseucht. Als das Feuer endlich vollständig erloschen war, hatte Gloria die Asche und den Matsch noch einmal durchkämmt, jedoch mit demselben Ergebnis. Soweit Abram das beurteilen konnte, hatte Alisa die Absicht gehabt, jeglichen Beweis für Didos und Emilias Existenz auszulöschen – als hätte sie ihm seine Töchter sogar im Tod noch vorenthalten wollen.

Ja, Abram fand es zum Teil durchaus nachvollziehbar, dass man die Umstände von Alisas Tod als tragisch bezeichnete. Es war nur ein einziger Aspekt, den er nicht als tragisch empfand, und das war Alisas Tod selbst. Er stellte fest, dass er diesen weder betrauern noch vergeben konnte – jedenfalls nicht, solange sich die Konsequenzen und die Tragweite ihres egoistischen Handelns mit einer solchen Schärfe offenbarten.

»Die Zeit wird den Schmerz heilen, Meneer«, sagte Gloria und riss ihn mit diesen Worten aus der Einsamkeit seiner Gedanken. Er hob den Kopf und stellte fest, dass sie nur ein paar Schritte von ihm entfernt stand. Er hatte sie gar nicht kommen hören. Solche Dinge entgingen ihm immer öfter. In letzter Zeit hatte er sich häufig in düsteren Grübeleien verloren. Dort stand sie, als wäre sie ganz unvermittelt dem Weltgefüge entstiegen. Als hätten ihre kurzen Beine sie gar nicht hierhergetragen. Als wäre sie kein Mensch.

Bäume und Vögel und Schiffe und Schatten

Mmakoma (oder Gloria, wie sie von den weißen Leuten genannt wurde) war schon vor langer Zeit zu der Überzeugung gelangt, dass es äußerst problematisch war, die Kinder anderer Frauen erziehen zu wollen. Man machte es nie richtig.

Sie hatte es schon viel zu lange versucht. Um ehrlich zu sein, hätte sie schon in dem Moment damit rechnen müssen, dass das Ganze schiefgehen würde, als ihr klar wurde, dass der Vater der Kinder an nichts glaubte und dass die Mutter, noch bevor sie das Licht der Welt erblickt hatte, von ihrem eigenen Volk getrennt worden war. Bei den meisten weißen Familien glaubten die Eltern wenigstens an den Bibel-Gott, der jede Woche an einem besonderen Tag beschwichtigt werden musste. Die Dinge, die Mmakoma in den Häusern der Weißen gesehen hatte – ach, das konnte man sich gar nicht vorstellen. Aber andererseits war wahrscheinlich selbst ein Bibel-Gott besser als keiner.

Das Problem, dachte sie, zu ihrem Dilemma zurückkehrend, lag darin, dass man in einem solchen Fall Kinder erzog, die man weder selbst im Leib getragen noch zur Welt gebracht noch denen man einen Namen gegeben hatte. Als Dido und Emilia geboren wurden, hatte es zum Beispiel keinerlei Zeremonie gegeben, mit der man ihren Ahnen von diesem segensreichen Ereignis berichtet hätte. Man hatte weder Räucherwerk in der Heimstatt verbrannt noch irgendwo im Innenhof einen kleinen Schrein errichtet oder in einem heiligen Ritual ihre Nabelschnüre verbrannt. O nein, man hatte gar nichts getan!

Man hatte die Kinder einfach auf die Welt gebracht und ihnen Namen gegeben, die man genauso gut aus herabfallenden Regentropfen hätte pflücken können, Namen, die an kein Schicksal geknüpft waren. Und dann hatte man sie vollkommen schutzlos in die Welt hinausgestoßen. Mmakoma hatte zu alledem geschwiegen. Sie hatte schließlich nichts dagegen tun können, außer heimlich in ihrer eigenen Unterkunft ein wenig Räucherwerk zu verbrennen.

Ansonsten führten die Kinder ein Dasein wie zwei Marulafrüchte, die am Baum hingen. Jeden Moment konnte ein Wind aufkommen und sie von ihrem Ast reißen, bevor sie bereit waren, sie selbst zu sein. Und falls der Wind sie nicht herunterriss, würden sie vielleicht vor lauter Fäulnis herabfallen. Die Äste waren dünn und schwächlich, und es gab nichts, was diese Kinder am Leben festhielt. Mmakoma stand die ganze Zeit daneben, sah zu und sagte nichts.

Doch es ist nicht leicht, tatenlos zuzusehen, wenn Kinder wie verlorene Seelen in der Welt umherirren. So etwas bringst du nicht ohne Weiteres fertig. Es wiegt schwer auf deinem Herzen und zwingt dich, einen Teil von dir selbst hinunterzuschlucken. Aber was kannst du schon machen, wenn die Mutter und der Vater dir ein Gehalt dafür zahlen, dass du ihre Kinder großziehst, hm? Du schweigst und machst deine Arbeit. Selbst wenn du älter bist als diese Eltern, selbst wenn die Zeit dich zuerst berührt hat. Du schüttelst ungläubig den Kopf, schweigst, und am Ende des Monats gehst du zum Postamt und überweist das Geld, das man dir bezahlt hat, an deine eigene Mutter.

Es erspart dir natürlich viel Mühe, wenn du dich aus den Angelegenheiten anderer Leute heraushältst, aber du musst dir dabei bewusst sein, dass die Ahnen dich mit Träumen heimsuchen werden. »Hilf den Kindern«, sagen sie. »Binde die Kinder am Leben fest«, sagen sie. »He, du, die du nur schläfst und ein bisschen Räucherwerk verbrennst und schweigst, hilf diesen Kindern, die du angeblich großziehst«, sagen sie. »Siehst du denn nicht, dass du gar keine Kinder großziehst? Siehst du denn nicht, dass du Geister großziehst? Warum verschwendest du deine Zeit mit Geistern, hm?«

O ja, die Ahnen suchen dich heim. Sie haben Zeit. Viel zu viel Zeit. Und weil sie so viel Zeit haben, können sie deine Zeit stehlen, indem sie dir Bilder von Bäumen und Vögeln und Schiffen und Schatten schicken, sodass du dich hinsetzen und darüber nachdenken musst. Und dann, wenn du alle Maiskörner aufgegessen hast, die du dir lässig in den Mund geworfen hast, klopfst du dir den Maisstaub von den Händen, verschränkst die Arme, beißt dir auf die Lippen und denkst: *Aber könnten sie mir nicht einfach sagen, was das für Schwierigkeiten sind, in denen diese Leute stecken? Warum schicken sie mir Visionen von einem Schatten, der sich anschleicht und ein Kind in seinem Bett erstickt? Ach, diese Leute!*

Deine Träume werden zu deinen Feinden, jaja. Die Ahnen begreifen nicht, dass es nicht mehr so leicht ist wie früher, in dieser Welt zu leben. Es ist ihnen egal, dass es nicht mehr reicht, einfach nur als Erster von der Zeit berührt worden zu sein. Ein Ältester zu sein. Jetzt gibt es solche Dinge wie Geld und Hautfarbe und Bildung, und irgendwie ist es so weit gekommen, dass Männer wichtiger geworden sind als Frauen, sogar in ihrem eigenen Stamm. Dabei ist es doch eigentlich ein Tabu, einen König zu haben, und das Höchste, was ein Mann sein kann, ist ein Regent oder *Ntuna* oder ein Häuptling, wie es die Weißen nennen. Wer das entschieden hat, dass Männer plötzlich so wichtig waren, wusste sie nicht. Das wusste niemand. So laufen die Dinge eben einfach, heutzutage.

Mmakoma wurde natürlich als Kind auf die Missionsschule geschickt, und die Nonnen sagten, sie sei schlauer als die Jungen. Aber wenn es hart auf hart kam, war sie eben doch schwarz, arm und eine Frau, und als sie zu Fuß zu der weiterführenden Schule in Mašupini ging, um dort um Aufnahme zu bitten, musste sie bei ihrer Ankunft feststellen, dass an dieser Schule die Quote für Schülerinnen bereits erfüllt war. Und so kam es, dass sie hier gelandet war, wo sie nicht einfach so herumlaufen und den Leuten ihre Meinung sagen konnte. Leuten, die nicht schwarz oder arm oder weiblich oder ungebildet waren. Leuten, die über ihr standen.

Den Ahnen ist das alles egal. Die haben schließlich alle Zeit der Welt. Sie haben Zeit, dich zu drangsalieren, manchmal sogar mit ganz banalen Dingen oder mit Dingen, die erst Jahre später in der Zukunft geschehen werden. Und dann kann es dir manchmal auch noch passieren, dass du die Symbole vollkommen falsch deutest. Weil die Ahnen sich nämlich manchmal wegen all der Zeit, die sie haben, fürchterlich langweilen. Dann fangen sie an, seltsame Symbole in deine Träume einzuflechten. Sie zeigen dir zum Beispiel ein Kind, das von einer Schattenschlange erstickt wird oder einer Schattenhand, und das, obwohl die Prophezeiung nichts mit Schlangen oder Händen zu tun hat. Und dann musst du herumsitzen und den Leuten erzählen: »Es gibt gewisse Prophezeiungen, aber, he, ich muss euch ehrlich sagen, es könnte sein, dass sich die Erfüllung dieser Prophezeiungen am Ende als etwas ganz anderes herausstellt als das, was ich euch gerade erzähle.«

Jaja, die Leute mögen es nicht, wenn man ihnen mit so etwas

Angst einjagt. Sie wollen, dass man ihnen etwas erzählt, das Sinn ergibt. Sie wollen nicht, dass man ihre Zeit mit Geschwafel und Vermutungen und solchen Dingen verschwendet. »Aber manchmal kann ein Schatten eine gute Sache sein. Manchmal kann er bedeuten, dass deine Ahnen dich an ein Talent erinnern, das du vernachlässigt hast. Schatten, die etwas ersticken, könnten etwas Gutes bedeuten, weil sie versuchen, ein Gift aus dir herauszuholen, das ganz tief drin sitzt. Aber ein Schatten kann auch etwas Schlechtes sein. Manchmal kann er Feuer und Tod bedeuten. Ich möchte euch keine Angst einjagen, aber ihr habt schließlich Kinder! Obwohl ich nicht sicher bin, dass sich die Träume genau auf *eure* Kinder beziehen.« Dann zuckst du unsicher mit den Schultern. Es nützt ja sowieso nichts. Also schwieg Mmakoma. Sie sagte nichts zu dem, was in dieser Familie geschah. Sie musste sich ganz sicher sein.

Sie schüttelte zwar immer wieder ungläubig den Kopf, aber sie schwieg – bis eines Tages die jüngere Tochter mit in die Tragödie ihrer Mutter gerissen wurde. Diese unendlich liebenswerte Miss Alisa, die durch die große weite Welt gereist war, um nach etwas zu suchen, das sie am Leben festhielt, etwas, das erklären könnte, warum sie so unvermittelt von einer Laune zur anderen tanzte, hin und her und her und hin. Ach, dieses Etwas, nach dem sie auf der Suche war, glitt ihr immer wieder durch die Finger, bis sie eines Tages zu weit tanzte und eine Tat beging, die nicht ungeschehen gemacht werden konnte.

An diesem Punkt hatte Mmakoma keine andere Wahl, als einzugreifen. Der Baas war gelähmt vor Kummer, und es war niemand mehr übrig, der den Kummer des überlebenden Kindes auf sich nehmen konnte. Also tat Mmakoma das, was ihr die Frauen, die Ältesten ihres Stamms beigebracht hatten. Sie ging zu dem schlafenden Kind, das dort lag und um sein Leben kämpfte, und flüsterte ihm zu: »Deine Mutter ist gestorben. Deine Schwester ist gestorben.« Dann rieb sie ihre Hände mit Steinsalz ein. Das Kind würde möglicherweise mit diesen Todesfällen nie Frieden schließen, aber seine Seele musste behutsam auf diese schreckliche Nachricht vorbereitet werden. Wenigstens seine Seele musste Frieden finden. Das Kind hatte nach diesen Worten im Schlaf gestöhnt, eine Träne war ihm die Wange hinabgelaufen und auf das Kopfkissen gefallen, und die Ahnen waren endlich ein wenig besänftigt worden.

Doch Mmakomas Pflicht war noch nicht getan. Auch die Seelen der Mutter und des toten Kindes mussten Frieden finden. Man durfte sie nicht genauso ziellos in der Geisterwelt umherirren lassen, wie sie durch die Welt der Lebenden geirrt waren. Mmakoma musste erneut eingreifen. Sie musste sich von den Regeln dieser neuen Welt befreien – Regeln, die sich änderten und änderten und wieder änderten. Und das, während sie gleichzeitig andauernd von den Ahnen drangsaliert wurde.

Sie warf sich noch eine Handvoll Maiskörner in den Mund, kaute darauf herum und dachte bei sich: *Die Ahnen haben mir beigebracht, wie man so etwas tut. Ich muss ganz am Anfang beginnen. Der Baas muss so lange eingelullt werden, bis er die Tatsachen akzeptiert. Er muss genauso behutsam an die Sache herangeführt werden wie das Kind, dem man im Traum erzählt, dass seine Mutter gestorben ist. Ich muss Geduld mit dem Baas haben. Schließlich musste er seine Ehefrau und sein Kind viel zu früh begraben, lange bevor der Zahn der Zeit sein Gesicht zerfressen konnte. Ich muss Geduld mit ihm haben.*

Mmakoma wusste, dass das nicht leicht werden würde. Der Baas war ein Mann, der an nichts glaubte und der sich rasch zum Hass hinreißen ließ. Aber vor allem war er ein weißer Mann, der ihr am Ende des Monats ein Gehalt dafür zahlte, dass sie sich um seine Kinder kümmerte. Ach, die Welt verwandelte sich und wurde immer seltsamer. Es reichte nicht mehr, einfach nur ungläubig den Kopf zu schütteln, Räucherwerk zu verbrennen und den Mund zu halten.

Sie sah ihn dort sitzen, wie er sich in seiner Einsamkeit suhlte, wie er den Sonnenuntergang in all seiner Sinnlosigkeit betrachtete und wie er seine Tochter bewachte, während er selbst doch unbewacht blieb.

Sie musste ihr Schweigen brechen. Sie musste ihm helfen.

Felder für Mais und Kühe und eine ganz bestimmte Lebensweise

Sie stand vor der heraufziehenden Abenddämmerung wie ein ätherisches Wesen, als würde die sinkende Sonne in ihrem Rücken die Ankunft einer Gottheit verkünden. Abram wurde einen Moment lang geblendet und musste den Blick abwenden. »Glauben Sie mir«, sagte Gloria, der die Wirkung, die ihr plötzliches Eintreffen auf ihn gehabt hatte, offenbar entgangen war, »die Zeit wird Ihr Herz reinigen. Die Bitterkeit wird verschwinden. Wo jetzt Dunkelheit herrscht, wird wieder Freude einziehen.«

Sie hatte ein gutes Herz, diese Gloria. Ihre Worte waren freundlich gemeint. Abram wollte sie nicht schockieren, indem er ihr seine wahren Gefühle offenbarte, denn wenn er ehrlich war, hätte er gut und gerne ein Tänzchen auf Alisas Grab aufführen können, falls der Priester ein solches Verhalten als Begräbnisritual abgesegnet hätte. Aber so wie die Dinge lagen, wollte er Dido nicht noch mehr verstören. Also beherrschte er sich und sagte lediglich: »Ich hoffe nur, dass Emilias Seele Frieden findet.« Als das Schweigen sich daraufhin immer mehr in die Länge zog und kaum mehr zu ertragen war, fügte er hinzu: »Und natürlich auch die Seele meiner Frau.«

»Es wird eine sehr schwierige Zeit für Dido werden«, sagte Gloria. Sie wirkte sehr ruhig und besonnen, dachte Abram, wie jemand, der sich auf keinen Fall von der Macht irgendwelcher Winde beherrschen ließ. »Aber die Zeit wird ihren Schmerz heilen.«

Abram sah zu Dido hinüber. Sie saß unter dem Weidenbaum und schrieb etwas in ihr Tagebuch. Ab und zu schloss sie die Augen, streckte die Beine aus und lehnte sich mit dem Kopf an den Baumstamm, als wollte sie beten. Wenig später öffnete sie die Augen wieder, hob die Hand und tätschelte die Blätter, die sich auf ihren Haaren niedergelassen hatten. Dabei breitete sich für einen flüchtigen Moment ein seltsames, trauriges Lächeln auf ihrem Gesicht aus, bevor sie erneut die Augen schloss.

Erst gestern hatte er sie dabei beobachtet, wie sie immer wieder vom Ostflügel des Hauses los- und wieder zurückgerannt war, als jagte sie Emilia hinterher, als wäre sie nicht plötzlich ein Einzelkind, das seine geliebte Spielgefährtin verloren hatte. Sie hatte ihn gar nicht bemerkt. Irgendwann war sie mitten in den Ruinen stehen geblieben, hatte die Hände vors Gesicht geschlagen und angefangen zu weinen. Als er ihr sagte, es werde alles wieder gut werden, nickte sie nur und fragte, ob sie weiterspielen dürfe. Er hatte versucht, sie dazu zu überreden, ein wenig mit ihm zu spielen, aber darauf hatte sie lediglich geantwortet: »Können wir das ein anderes Mal machen?«

Abram hatte nicht weiter darauf bestanden und dann zugesehen, wie sie in Richtung der Rebfelder entschwand.

»Darf ich mich zu Ihnen setzen, Meneer?«, fragte Gloria.

»Ja, bitte.« Abram klopfte einladend auf die Bank neben sich. »Wir haben viel zu besprechen. Wenn doch nur die Welt für eine Weile stehen bleiben und mir Zeit für die Heilung schenken würde, von der du gesprochen hast, dann käme ich wohl besser zurecht. Aber das wird leider nicht geschehen.«

Gloria setzte sich und hüllte sich in Schweigen, was ihm sehr willkommen war. Zusammen sahen sie Dido dabei zu, wie sie friedlich unter dem Baum saß. Der Windhauch ließ die Blätter, von denen sie umgeben war, in einem sanften Wirbel durcheinandertanzen, und wie schon zuvor öffnete sie ab und zu die Augen und lächelte über diesen Anblick. Als sich der leichte Windhauch auffrischte und zu einer etwas stärkeren Bö wurde, mischte sich die schwarze Asche aus der Ruine unter die Blätter. Als Dido die Asche sah, verschwand ihr Lächeln, und sie begann hastig, wieder in ihr Buch zu schreiben.

»Es wird dem Mädchen das Herz brechen, von hier fortzugehen«, sagte Gloria. »Ich weiß, dass es mir eigentlich nicht zusteht, etwas dazu zu sagen, aber die Gebeine von Didos Mutter sind hier zur Ruhe gebettet worden. Und auch wenn Miss Alisa nicht das Recht dazu hatte, so hat sie doch diesen Ort als das Grab für die Gebeine ihrer Töchter gewählt. Sie jetzt voneinander zu trennen, würde großes Unheil bedeuten. Hier ist Didos Zuhause. Das einzige Zuhause, das sie kennt. Sie selbst mögen diesen Ort jetzt hassen, aber er ist auch Ihr Zuhause.«

Abram nahm sich einen Moment Zeit, um seine Gedanken zu ordnen, und als er dann zu sprechen begann, wählte er seine Worte mit Bedacht, um weitere Fragen zu verhindern. Er war all dessen so schrecklich überdrüssig und befürchtete, dass ihm schon sehr bald die Geduld ausgehen würde. »Als ich das erste Mal hierherkam, war ich noch ein Kind«, begann er. »Für mich war es ein wunderbarer Ort. Noch vor meiner Reise hatte ich bei einem Museumsbesuch in London einmal den Kopf irgendeines berühmten Königs gesehen, der dort ausgestellt war. Ich glaubte damals, man habe ihn deshalb auf diese Weise zur Schau gestellt, um ihm eine Ehre zu erweisen. Also fragte ich meinen Vater: ›Woher stammt dieser König?‹ Und er antwortete: ›Aus Ägypten.‹ Daraufhin habe ich ihn gefragt: ›Wo liegt Ägypten?‹ Und mein Vater hat einfach nur geantwortet: ›In Afrika.‹ Als ich Alisa kennenlernte, habe ich ihr von dem Museumsbesuch erzählt. Ich habe zu ihr gesagt: ›Ich liebe Afrika schon seit meiner Kindheit.‹ Alisa hat gelacht. Sie fand, ich sei naiv. Aber ich denke, letztendlich war sie ein verbitterter Mensch, ein Mensch mit vergifteten Ansichten. Ich konnte sie wohl nie ganz verstehen, vielleicht genauso wenig, wie ich verstehen kann, dass manche Leute glauben, der Himmel stehe allen gerechten Seelen offen, die von dieser Erde geschieden sind. Ich habe ihre feindselige Einstellung verflucht. Ich dachte, sie sei dadurch begründet, dass Alisa unzureichend informiert war. Schließlich war sie, als wir uns kennenlernten, noch kein einziges Mal in Afrika gewesen. Sie hatte das Land noch nicht lieben gelernt«, sagte er mit einem spöttischen Schnauben.

»Es hat viel zu lange gedauert, bis ich … Es musste erst ein Gesetz verabschiedet werden und ein Kind sterben, damit mir klar wurde: Bei all ihrer Bitterkeit und bei all dem Gift, von dem ihre Gedanken durchsetzt waren, hatte Alisa doch recht. Es gibt hier nichts mehr, was es zu lieben wert wäre. Das ist nicht mein Afrika. Das ist nicht mein Zuhause, und Didos Zuhause ist es auch nicht. Ich verstehe das Bedürfnis, irgendwohin zu gehören, Gloria. Ich muss zugeben, es ist eine Ironie des Schicksals oder etwas noch viel Schlimmeres, dass ich diese Erkenntnis Alisas Feigheit zu verdanken habe. Aber eben weil die Folgen ihrer Feigheit so furchtbar und unwiderruflich sind, sind sie ein klarer Hinweis darauf, dass uns ein weiteres Unheil droht. Deshalb darf ich diese Warnung auch nicht ignorieren. Es ist nicht klug, meine Tochter an einem Ort zu belassen, an dem man sie nicht duldet. Wir gehören hier nicht mehr hin. Wir können hier nicht mehr hingehören. Wie kann ich an einen Ort gehören, an den meine Tochter nicht gehören kann? Ich denke, am wichtigsten ist es, dass sie stets geliebt wird. Das ist meine Pflicht als Vater, und ich werde dafür sorgen, dass das so bleibt, jeden einzelnen Tag, bis zur Stunde meines Todes. Ich muss sie von diesem Ort fortbringen.« Er war der Ansicht, nun genug gesagt zu haben, nickte sich selbst zu und wartete auf Glorias Gegenargumente.

Sie lächelte. »Ich bin eine einfache Frau«, sagte sie. »Aber ich habe auch meine Geschichten über Afrika, genau wie Sie, Meneer. Ich habe ein wenig nachgedacht, und ich glaube, es ist nötig, dass ich Ihnen jetzt eine dieser Geschichten erzähle.«

Abram nickte.

»Es ist nämlich so«, begann Gloria, »meine älteste Cousine, die Tochter der ältesten Schwester meiner Mutter, heißt Nnadi. Diesen Namen hat ihr unsere gemeinsame Großmutter gegeben, als diese im Sterben lag. Nnadis beste Freundin heißt Mantšha. Beide stammen aus dem Norden, von dort, wo die Gebeine meiner Ahnen begraben liegen.«

Sie gab ihm einen Moment Zeit, um sich die Personen ihrer Geschichte einzuprägen. Dann erzählte sie weiter: »Zunächst müssen Sie wissen, dass Mantšha wunderschön war. Nur dann können Sie die seltsame Tragödie verstehen, die ihr widerfahren ist. Nnadi hat erzählt, einmal habe ein Mann wegen ihrer Schönheit einen anderen Mann getötet. Beide Männer liebten sie so sehr, dass sie zu feige waren, um ohne ihre Liebe weiterleben zu wollen, so hieß es. Sie war eine Frau, die immer wieder von seltsamen Problemen heimgesucht wurde, müssen Sie wissen. Als Mantšha meiner Cousine Nnadi erzählte, dass sie auf der Farm in Kroonstad, auf der sie Arbeit gefunden hatte, eine Liebesaffäre mit ihrem verheirateten Baas begonnen hat, war Nnadi nicht im Geringsten überrascht. Aber genau zur gleichen Zeit geschah es, dass Mantšhas ehemaliger Geliebter – derselbe, der einen anderen Mann getötet hatte – aus dem Gefängnis entlassen wurde und sie sich zurückzuholen wollte. Und wie schon zuvor kämpften zwei Männer miteinander, und am Ende lag einer von ihnen tot auf der Erde und bezahlte für Mantšhas Schönheit mit seinem Leben. Der Baas-Mann, der aus dieser neuerlichen Tragödie als Sieger hervorgegangen war, wurde von der Polizei zu dem Vorfall befragt und auch zu einigen wertvollen Dingen, die angeblich aus seinem Haus verschwunden waren. Als Antwort zeigte der Baas-Mann auf Mantšha und sagte: ›Diese Frau hat mich verführt und sich zusammen mit ihrem verbrecherischen Geliebten verschworen, um mich auszurauben. Aus diesem Grund habe ich ihn erschossen.‹ Bitte glauben Sie mir, dass ich dies nicht respektlos meine, Meneer. Aber so kam es, dass man einem Mann, der so schwarz war wie ich, die Schuld an seinem eigenen Tod gab. Und dass Mantšha erstens dafür bestraft wurde, dass sie schwarz war, und zweitens dafür, dass sie einen Mann liebte, der eine andere Hautfarbe hatte. Verstehen Sie, was ich damit sagen will?«

»Ich denke schon.«

Gloria nickte. »Sehen Sie, ich möchte gar nicht so tun, als verstünde ich, welche Freiheiten man meinem Volk mit diesem neuen Gesetz rauben möchte. Aber so viel weiß ich bestimmt: Dieses Gesetz ist zwar beleidigend und kränkend, aber es ist auch vollkommen unnötig. Mein Volk ist weise genug, um von ganz allein zu begreifen, worum es hier geht. Das Gesetz bedeutet lediglich, dass wir ein weiteres Mal verflucht wurden. Sie sind immer freundlich zu mir gewesen, Meneer, aber Sie sind ein weißer Mann, und das gilt es zu respektieren. Aber jetzt gehen Sie fort, daher kann ich Ihnen solche Dinge ruhig sagen.

Ich kann Ihnen ruhig erzählen, dass mein Stamm früher an einem Ort lebte, wo Vater und Sohn aus ihrer Hütte treten und auf ihr eigenes Feld gehen konnten. Auf ein Feld, das kein Ende nahm, Meneer, ein Feld, das ein Mann von Sonnenaufgang bis Sonnenuntergang bestellen konnte und wo er sich dann aufrichtete, die Hände in die Hüften stemmte, in die Weite spuckte, sich die Stirn mit dem Handrücken abwischte, den Schweiß in den Wind schnipste und schließlich sagte: ›Ah, aber dieses Land, das ist harte Arbeit‹. Und sein Sohn träumte davon, dass er eines Tages aufwachen würde, eines Tages, bevor die Sonne aufgegangen war, und auf dem Feld arbeiten würde, dass er dort die Hände in die Hüften stemmen und in die Ferne spucken und sagen würde: ›Ah, aber die Ernte wird dieses Jahr gut werden. Wir brauchen nur noch etwas Regen.‹ Ein Feld, Meneer, ein Feld, auf dem Mais wuchs, auf dem Kühe weideten, auf dem sogar Unkraut in die Höhe spross. Dieses Feld war etwas, was er besitzen konnte. Aber ich, Meneer, ich werde nicht die Ahnherrin eines solchen Stammes werden. Denn es gibt keine Felder mehr.

Eines Tages kam ein Mann und sagte uns, wir dürften die Felder jenseits unseres Dorfes nicht mehr bestellen. Er sagte, dieser Ort gehöre uns nicht mehr. Einem anderen Teil des Stammes widerfuhr ein noch größeres Unglück, denn man vertrieb sie von dem Feld, auf das sie geschaut hatten, seit ihre Ahnen und Urahnen und Ururahnen sich dort niedergelassen hatten. Man vertrieb sie von dort und zwang sie, an einen kargen, unwirtlichen Ort zu ziehen, einen unfruchtbaren Ort, an dem schon zu viele Stämme zusammenlebten.

Wir, meine Familie und ich, wir hatten plötzlich ein Feld, das wir nur noch anschauen durften. Kühe durften wir dort nicht weiden lassen. Mais durften wir dort nicht anpflanzen. Kühe müssen grasen können. Wenn es kein Feld gibt, wo sollen sie grasen? Also schaute meine Mutter sich um und sagte: ›Mein Kind, dein Bruder muss die Missionsschule verlassen. Wir müssen ihn zu den Minen schicken, nach Johannesburg.‹« Gloria unterbrach ihre Erzählung einen Moment lang und lachte. »Ah, meine Mutter hat nie Englisch gelernt und auch kein Afrikaans«, fuhr sie fort. »Wenn Sie hören würden, wie sie ›Johannesburg‹ sagt, würden Sie lachen, Meneer. Ach, aber damals habe ich nicht gelacht, denn Männer, die zu den Minen gehen, die kommen nicht wieder zurück. Aber meine Mutter wollte meinen Bruder dorthin schicken.

Nun fragen Sie sich vielleicht, warum meine Mutter so etwas tun sollte. Und die Antwort darauf lautet: Auch der Stamm musste ernährt werden, genau wie die Kühe. Doch es gab keinen Mais mehr, weil das Feld nur noch zum Anschauen da war. Mittlerweile hatte man einen Zaun um das Feld gezogen und auch einen Mann mit einem Gewehr davorgestellt, der es bewachte. Ich weiß nicht, ob es stimmt, aber meine Mutter hat behauptet, sie hätte einmal einen Mann gesehen, der im Großen Krieg gekämpft hatte und mit nur einem Bein zurückkehrte, wegen der Gewehre. Sie hat uns gesagt, wir sollen nicht zu dem Feld gehen, und wir haben es nicht getan.

Also hat sie nur noch die ganz kleinen Kinder auf die Missionsschule gehen lassen. Einen Bruder hat sie zu den Minen geschickt. Einen Bruder hat sie auf eine Mangofarm geschickt. Eine Schwester ist auch nach Johannesburg gegangen, von sich aus, aber nicht zu den Minen. Sie ist an einen Ort wie diesen hier gegangen, so wie ich. Sie kümmert sich um die Kinder eines freundlichen Baas-Mannes. Aber daheim, da starben die Kühe. Es waren die Kühe meines Großvaters. Wir haben ihn in der

Haut einer dieser Kühe begraben, nachdem er gestorben war. Wir haben sie für die Ahnen geschlachtet. Aber jetzt sterben die Kühe von ganz allein.

Es war eine kleine Sache, Meneer. Es war eine kleine Sache, die mit ein paar Feldern angefangen hat. Nur mit Feldern. Feldern für Mais und Kühe und einer ganz bestimmten Lebensweise. Und plötzlich wurden daraus Felder, die man nur noch anschauen durfte, aber niemals mehr pflügen oder als Weide benutzen oder zu einem Teil der Lebensgeschichten unserer Kinder werden lassen durfte. Felder, die einmal unserem Volk gehört hatten und die es dann plötzlich nicht mehr taten. Felder, Meneer, die einen ganzen Stamm auf ihren Schultern getragen hatten. Und erst als ich hierherkam, erfuhr ich den Namen dieser Sache, die dafür verantwortlich war, dass sich mein Stamm in alle Winde zerstreut hat. Die Leute da oben nennen es das ›Eingeborenen-Landgesetz‹. Sie haben diesem Ding einen Namen gegeben, als wäre es ein geliebtes Kind.

Aber um zu dem zurückzukehren, was ich damit sagen will: Ich möchte nicht behaupten, dass ich verstehe, welche Freiheiten dieses neue Gesetz meinem Volk noch wegnehmen soll, aber so viel weiß ich sicher: Wenn ein Mann kommt und uns sagt, dass uns etwas verboten ist, dann fangen wir an zu sterben. Unsere Art zu leben stirbt. Ich erzähle Ihnen diese langen Geschichten, weil ich möchte, dass Sie Afrika verstehen. Zumindest das Afrika, in dem *ich* gelebt habe. Dieser Ort ist schon seit langer Zeit so, wie er jetzt ist, aber Sie, Meneer, sind von diesen seltsamen Problemen bisher unberührt geblieben. Deshalb haben Sie Afrika auch auf eine unvollständige Weise geliebt, auf dieselbe Weise, wie ein Kind im Winter die Wärme eines Feuers liebt, ohne dass es weiß oder begreift, wie das Feuer überhaupt entstanden ist oder dass es ganz plötzlich zum Feind werden und man sich daran verbrennen kann. Jetzt haben Sie sich an diesem Feuer verbrannt, und deshalb denken Sie, es gäbe nichts mehr zu lieben daran, und wollen weglaufen. Aber Sie laufen vor der falschen Sache weg. Wenn Sie schon weglaufen wollen, dann machen Sie es bitte richtig.«

Abram schwieg und dachte über das nach, was sie gesagt hatte. Dann sagte er: »Afrika ist ein komplizierter Ort.«

»Afrika ist Afrika, Meneer.«

Wieder entstand ein längeres Schweigen. Sie saßen da und bewunderten das prächtige Schauspiel am Himmel, das aus dem zögerlichen Zusammentreffen von Tag und Nacht entstanden war. Es tauchte die Welt in ein goldenes Licht und malte kühne, lang gestreckte Schatten auf die Erde. Als das Schweigen nahezu unerträglich geworden war, sah Gloria Abram zum ersten Mal, seit sie sich kannten, so an, wie eine Mutter ihr Kind ansehen würde. Die gewohnte Unterwürfigkeit war aus ihrem Gesicht verschwunden, genauso wie das Mitleid, von dem es in den letzten Tagen erfüllt gewesen war. Ihre Augen, deren Winkel mit den Jahren runzlig geworden waren und denen ein Leben voller Härte und Entbehrungen Weisheit verliehen hatte, waren von einer Autorität erfüllt, die er als verstörend empfand. Es war ein Ausdruck, der ihm genauso fremd war wie die Gewissheit, die in ihrer Stimme mitschwang.

»Miss Alisa hat etwas Fürchterliches getan«, sagte sie. »Aber dass Sie sich weigern, das Hinüberscheiden ihrer Seele zu betrauern, ist nicht weise. Meine Erfahrungen haben mich gelehrt, dass hier in Afrika die Geister zu wandeln beginnen, sobald sie von Hass und anderen folgenschweren, irdischen Gefühlen genährt werden. Und wenn man das erst einmal zugelassen hat –

dass sie in dieser Welt umherwandeln –, dann suchen sie einen mit ihrem Spuk heim, Meneer. So ein Spuk ist nicht leicht zu vertreiben. Sie müssen sich einer Reinigung unterziehen und damit den Geist Ihrer Frau zwingen, zu ihren Ahnen zurückzukehren. Miss Alisa stammte aus meinem Volk, also muss der Umgang mit ihrem Tod auch auf unsere Weise stattfinden. Als jemand, der Sie und die Ihren liebt, flehe ich Sie an: Lassen Sie uns das für Ihre Tochter tun! Wir müssen sie von der Berührung des Todes reinigen, solange wir noch die Zeit auf unserer Seite haben. Wir müssen die Omen vertreiben, die sie verfolgen. Ich kann Ihnen dabei helfen. Es ist nur eine kleine Sache. Eine winzige, kleine Sache.« Im nächsten Moment schien es so, als bereute sie ihren Ausbruch. Sie rückte auf der Bank ein Stück von ihm ab und faltete die Hände im Schoß. »Ich mache mir einfach nur Sorgen, Meneer«, sagte sie. »Man muss bei diesen Dingen unbedingt auf die richtige Weise vorgehen.«

Drüben bei der Trauerweide war Dido damit beschäftigt, die goldenen Zweige zu irgendetwas zu flechten. Wahrscheinlich zu einem Korb, dachte Abram. Oft, wenn er sie ansah, suchte er in ihrem Gesicht nach Spuren seiner selbst, versuchte zu erkennen, ob sie vielleicht die Augen von ihm hatte, oder die Wangen oder die Art, wie sie beim Sprechen die Silben in die Länge zog, die eigentlich gar nicht in die Länge gezogen werden sollten. Hatte er ihr diese Dinge vererbt, oder war das Alisa gewesen, oder kam das alles einfach nur daher, dass sie noch ein Kind war?

Die Leute behaupteten gerne, Abram würde an nichts glauben, aber das stimmte nicht ganz. Ja, er war davon überzeugt, dass das Leben genau das war, was es zu sein schien, nicht mehr und nicht weniger, dass es kein Leben davor gab und auch keines danach und auch nichts, das über die Dinge hinausging, die man sehen, berühren und wissen konnte. Er war davon überzeugt, dass das Unheil Dido nichts mehr anhaben konnte, sobald sie Südafrika erst einmal verlassen hatten. Es gab keine mythische unsichtbare Hand des Schicksals, die sie verfolgen würde. Zudem war er fest davon überzeugt, dass jegliches Unheil, das ihnen in Zukunft widerfahren könnte, auf keinen Fall auf seine Weigerung zurückzuführen sein würde, Alisa zu verzeihen.

Aber wie Dido jetzt dort drüben bei der Trauerweide saß, sah sie ihrer Mutter viel zu ähnlich. Und wenn Abram ihr etwas so Ureigenes wie eine Sprachgewohnheit vererben konnte, wäre es dann nicht auch denkbar, dass Alisa ihr das Vermächtnis ihres ziellosen Umherirrens und ihrer Melancholie hinterlassen hatte? Natürlich nicht auf irgendeine übernatürliche Weise, sondern einfach nur deshalb, weil Alisa ihre Mutter war. War es da nicht möglich, dass auch Dido der Welt eines Tages rast- und ruhelos und ebenso desillusioniert gegenüberstehen würde? War es nicht möglich, dass sich eines Tages das Unglück aus der Vergangenheit wiederholen könnte, dem sie jetzt nur mit knapper Mühe entgangen war?

Die Leute behaupteten, er würde an nichts glauben, aber das stimmte nicht. Er glaubte an das Bedürfnis der Menschen, an einen Ort zu gehören, zu einem Volk, zu einer Macht, die sie nicht verstehen konnten oder wollten, irgendetwas, ganz gleich, was, solange sie nur dazugehörten. Er würde seine Tochter entwurzeln und aus ihrer Heimat entführen, um genau das zu suchen. Er würde ihr alles fortnehmen müssen, was ihr vertraut war, jedes Versteck, das sie mit ihrer Schwester entdeckt hatte, jedes Abenteuer, jede Erinnerung, jeden Traum, den die beiden geteilt hatten. Er würde diese Dinge in ihrem Namen aufgeben, damit sie an einem anderen Ort Wurzeln schlagen konnte. Ganz gleich, wo. Hatte er nicht versucht, dasselbe für Alisa zu tun? Aber war er damit nicht gescheitert? Könnte diese letzte Sache, diese letzte kleine Sache, die Gloria ihm vorschlug, gewährleisten, dass er diesmal damit erfolgreich sein würde? Endlich fragte er: »Was willst du tun?«

Sie antwortete: »Wären die Dinge anders verlaufen, dann würde ich die Namen von Miss Alisas Ahnen anrufen, damit ihre Geister das Kind beschützen und nicht feindselig werden und es in die Irre führen. Aber Miss Alisa kannte ihre Ahnen nicht, weder ihr Volk noch den Namen ihres Stammes. Also werde ich Ihr Volk rufen, Meneer, und auch meines. Ihre Tochter muss irgendwohin gehören, damit sie nicht ziellos durch die Welt irrt, wie es ihre Mutter getan hat. Dann kann sie, wenn sie zur Frau wird, ihren eigenen Weg wählen, fernab von Ihnen und dem Schicksal ihrer Mutter, und wird sich nicht verlaufen.«

»Ich fürchte, meine Ahnen haben sich an dem Tag von mir abgewendet, als ich Alisa geheiratet habe«, sagte Abram. »Und deine Ahnen, Gloria, auch wenn sie aus diesem Land stammen, sind nicht Alisas Ahnen. Außerdem fließt auch mein Blut durch Emilias Adern. Werden deine Ahnen denn auch *ihre* Seele widerspruchslos willkommen heißen? Werden sie auch Alisa aufnehmen?«

»Miss Alisa war eine Waise. Ich werde darum bitten, dass man ihr diese letzte Zuflucht gewährt. Meine Ahnen werden sie aufnehmen, das weiß ich. Sie waren schließlich selbst ein Volk von Waisen. Man hat sie aus ihrem eigenen Land vertrieben und in ein ödes, unfruchtbares Tal umgesiedelt. Sie wissen, welches Elend entsteht, wenn man seine Heimat verliert. Ich verspreche Ihnen, dass sie Alisa und die Kinder bei sich aufnehmen werden. Die Farbe ihrer Haut wird ihnen nicht wichtig sein. Sie werden sie beschützen, bis ihre Seelen die Seelen von Alisas Volk finden. Vielleicht finden sie sogar die Seelen derjenigen unter Ihren verstorbenen Verwandten, die Sie nicht im Stich gelassen haben.«

Abram nickte. Er nahm an, dass dieser Plan auch ohne sein Zutun durchführbar sein würde. Und selbst wenn Gloria sich als Scharlatan herausstellen sollte, würde Dido dennoch mit dem Glauben von hier fortgehen, dass es etwas gab, wozu sie gehörte, ein Volk, auch wenn er selbst das nicht verstehen konnte.

Er konnte Emilias Namen nicht aussprechen, ohne dass ihm die Tränen kamen und er nicht mehr geradeaus denken konnte, also sagte er das, was noch zu sagen war, so rasch er konnte. »Wird die Seele meiner Tochter wirklich und wahrhaftig eine Zuflucht finden?«

Gloria antwortete schlicht und voller Zuversicht: »Das wird sie, Meneer. Das verspreche ich.«

»Dann ist es in Ordnung. Tu, was du für nötig hältst.« Er stand auf, zog seine Kleider gerade und lüpfte grüßend den Hut. Gloria erhob sich ebenfalls und ging in den Küchentrakt, um das Abendessen vorzubereiten.

Abram blieb noch eine Weile dort stehen und genoss die kühle Brise und die leuchtenden Farben des Sonnenuntergangs am westlichen Himmel. Die Farben zersplitterten und fügten sich dann noch prachtvoller als zuvor wieder zusammen. Schließlich verabschiedete sich die Sonne mit einem letzten, grell leuchtenden Strahl und verschwand ohne große Umschweife. Die Farben erstarrten zu düsteren blauen Schatten, die sich rasch in vollkommene Dunkelheit auflösten.

Abram drückte sich den Hut wieder fest auf den Kopf und ging zu seiner Tochter.

Der Geist von Verlatenbosch

Als Dido die Augen öffnete, sah sie ihren Vater auf einem Lehnstuhl neben ihrem Bett sitzen. Der Stuhl war niedrig, viel niedriger als das Bett, sodass Dido von oben auf den gesenkten Kopf ihres Vaters herabschaute. »Papa«, sagte sie. Ihre Kehle fühlte sich rau und trocken an. Sie musste husten und räusperte sich. Ihr Vater wachte auf.

»Hallo Dido«, sagte er und gähnte. Ein leises Lächeln huschte über sein Gesicht, und er setzte sich auf. Seit dem Brand hatte er es sich angewöhnt, ihren Schlaf zu bewachen. Selbst im schwachen Licht der Laterne konnte Dido die Müdigkeit in seinen Augen erkennen.

»Hallo«, sagte sie, ließ sich aus dem Bett auf die Erde gleiten und schmiegte sich in die Arme ihres Vaters. »Es ist mitten in der Nacht, nicht wahr?«, fragte sie.

Ihr Vater stand auf, hob sie hoch und legte sie zurück ins Bett. »Ja«, antwortete er. Er trug immer noch seinen Anzug, hatte aber immerhin seinen Hut abgesetzt und auf ihr Bett gelegt. Vermutlich war er erst vor wenigen Minuten aus der Stadt zurückgekehrt. In letzter Zeit fuhr er oft dorthin, um das Auktionshaus zu besuchen. »Ich habe dich doch nicht geweckt?«, fragte er.

Dido schüttelte den Kopf. »Nein«, antwortete sie.

Er deckte sie zu und lehnte sich wieder im Stuhl zurück. »Hast du etwas gegessen?«

»Ja, Nanny Gloria hat sich beim Essen zu mir gesetzt. Sie hat mir eine Geschichte erzählt.«

Während sie ihren Vater so ansah, stieg plötzlich eine große Traurigkeit in ihr hoch. Das leise Lächeln, das er ihr vor wenigen Sekunden geschenkt hatte, lag noch immer auf seinem Gesicht. Er sah sie genau so an, wie es ihre Mutter getan hatte, in der Nacht des Brandes. Es war ganz so, als wollte er ihr etwas mitteilen, sei sich aber noch nicht sicher, ob diese Sache es auch wert sei, mitgeteilt zu werden.

Sie hatte Nanny Gloria und die Hausmädchen miteinander flüstern hören. Sie wusste bereits, dass er vorhatte, Südafrika zu verlassen. Sie wusste, dass er das Weingut und das Herrenhaus und alles andere entweder dem Provinzrat oder einem Mann namens Alfred Aaron de Pass überlassen wollte. Sie hatte das Gefühl, als müsse sie ihrem Vater von diesen Dingen erzählen – damit er sich ihretwegen keine Sorgen machte. »Papa«, sagte sie, »stimmt es, dass wir von hier fortgehen?«

Es schien ihren Vater nicht zu überraschen, dass sie schon Bescheid wusste. Tatsächlich sah er sogar ein wenig so aus, als würde er sich freuen, und sein Lächeln wurde breiter. »Ja«, sagte er. Dann konnte sie seinen Gesichtsausdruck nicht mehr deuten. »Würde dich das traurig machen?«

Dido war sich nicht sicher, wie sie darauf antworten sollte. Sie wandte den Blick ab, um nicht länger in die traurigen Augen ihres Vaters schauen zu müssen, und betrachtete stattdessen die Möbel, die in ihrem Zimmer standen. Früher einmal hatte sie sich das Zimmer mit Emilia geteilt. Es fühlte sich seltsam an, dass es nun ihr gehörte, ihr allein. So war zum Beispiel die Korbwiege, die in der Ecke stand, für Dido angefertigt, später aber auch für Emilia benutzt worden. Die Kommode aus Teakholz, die daneben stand, war voller Porzellanpuppen, die sowohl Dido als auch Emilia gehörten. Und das Bett hatten sie sich ebenfalls geteilt.

Einmal, als eine der Geschichten ihrer Mutter Emilia Angst eingejagt hatte, hatte sie ihre Schwester angebettelt, auf der linken Seite des Bettes schlafen zu dürfen, weil die weiter von der Zimmertür entfernt war. Sie hatte sich eingeredet, der Geist von Verlatenbosch würde von den Berghängen herabsteigen und sie heimsuchen. Selbst nach Emilias Tod schlief Dido nie auf der linken Seite. Diese Seite gehörte Emilia. Dido selbst gehörte als ältere Schwester auf die rechte Seite, denn dort war sie näher an der Tür, durch die Eindringlinge kommen könnten. Dort konnte sie Emilia besser beschützen.

Wenn ihr Vater das Gut jemand anderem überließ, würden diese Dinge nicht mehr Dido und Emilia gehören. Sie würden zu den Erinnerungen gehören. Und was würde mit Emilias und Mutters Gräbern geschehen? Würde ihr Vater die beiden mitnehmen? Oder würde er sie lassen, wo sie waren, auf dem Hügel inmitten der Rebfelder? Würden Mutter und Emilia tatsächlich in Frieden ruhen (so wie es die Inschrift auf den Gräbern behauptete), wenn ihre Seelen wussten, dass Dido sie nie wieder besuchen würde?

»Dido«, sagte ihr Vater und unterbrach ihre Gedanken. »Wärst du traurig, wenn wir von hier fortgehen würden?«

Da sie seine Frage nicht einfach ignorieren konnte, nickte sie schließlich. Sie wollte etwas sagen, aber sie hatte Angst, dass sie anfangen würde zu weinen, sobald sie den Mund öffnete. Also verschränkte sie die Finger und hoffte, ihr Vater würde die Tränen in ihren Augen nicht bemerken.

»Mich wird es auch traurig machen«, sagte er. »Aber wir können hier nicht bleiben, mein Schatz.«

»Warum nicht?«, fragte Dido. Diese zwei Worte konnte sie riskieren, ohne weinen zu müssen, fand sie.

Ihr Vater löste ihre Finger aus ihrer Umklammerung, flocht dann seine eigenen Finger in die ihren und seufzte tief. »Weil ich dich sehr lieb habe, Dido«, sagte er. »Weil man uns möglicherweise voneinander trennen wird, wenn wir hierbleiben. Und weil …« Er seufzte erneut. »Weil … ich ein Abenteuer mit dir erleben möchte.«

Dido nickte. »In Ordnung.«

»Es tut mir leid, mein Liebling. Aber weißt du, ich habe ein paar Neuigkeiten, die dich vielleicht ein bisschen aufmuntern werden.«

Dido setzte sich auf.

»Würde es dir gefallen, zu Glorias Stamm zu gehören?«, fragte er.

»Zu den roten jungen Männern?«, fragte Dido und musste sich erneut räuspern.

»Nun ja, so etwas in der Richtung. Du wärst dann eine rote junge Frau.«

»Wirklich?«

»O ja. Gloria sagt, das geht.«

»Und du? Kannst du auch zu Nanny Glorias Stamm gehören?«

Eine leise Traurigkeit kehrte in seine Augen zurück. Er zuckte mit den Schultern. »Wir werden sehen«, sagte er. »Emilia wird auch zum Stamm gehören. Und deine Mutter. Na ja, jedenfalls ihre Seelen, sagt Gloria.«

Dido fühlte sich plötzlich viel besser. »Ich wünschte, sie wären hier.« Kaum hatte sie das gesagt, da war sie plötzlich wieder traurig. Sie senkte die Stimme, aus der nun alle Fröhlichkeit verschwunden war, und sagte: »Sie wissen ja jetzt gar nicht, was Gloria vorhat. Es würde Emilia bestimmt glücklich machen, zu einem Stamm zu gehören. Und Mutter auch, glaube ich.«

»Ja«, sagte ihr Vater. »Ja.«

»Und wann macht Nanny Gloria das?«

»Nächste Woche.«

»Wird es wehtun? Ich meine … werde ich mich dadurch irgendwie verändern?«

Ihr Vater schüttelte den Kopf. »Es wird dir nicht wehtun. Und es wird dich nicht verändern. Es wird dich nur zu einem Teil von Glorias Familie machen.«

Als er das sagte, wurde Dido plötzlich von einer ganz neuen Sorge erfasst. »Aber Papa«, sagte sie. »Du und ich, wir sind doch auch ein Stamm, nicht wahr?«

»Ja, schon, auf gewisse Weise.«

»Wenn ich dann zu Nanny Glorias Stamm gehöre, kann ich dann auch immer noch zu deinem Stamm gehören?«

»Ja, das kannst du.«

»Bist du ganz sicher?«

»Natürlich bin ich das. Unsere Liebe verbindet uns miteinander. Wir sind untrennbar. Du und ich, wir werden immer ein Stamm sein.«

»Das ist gut«, sagte Dido. Ihr Vater nickte zustimmend.

Sie schwiegen eine Weile. Ihr Vater lehnte sich in seinem Sessel zurück, legte ein Bein über das andere und verschränkte die Arme hinter dem Kopf. Auch das erinnerte sie an den Tag des Brandes. Während Dido und Emilia am Rand der Rebfelder gespielt hatten, hatte ihre Mutter für einen flüchtigen Augenblick einen ganz ähnlichen Gesichtsausdruck gehabt, wie er sich jetzt auf dem Gesicht ihres Vaters ausbreitete. Ein Ausdruck von Freude, der irgendetwas Furchteinflößendes hatte. Dido hörte nicht mehr, ob und wann das Schweigen zwischen ihnen gebrochen wurde, denn ohne es zu wollen, war sie eingeschlafen. Als sie aufwachte, war schon der nächste Morgen angebrochen.

***

Nanny Gloria beaufsichtigte mit wachsamem Auge, wie der Tontopf vom Pferdekarren zur Trauerweide getragen wurde. Dido vermutete, dass Gloria das Gefäß am liebsten selbst getragen hätte. Aber da ihre Kraft dazu nicht ausreichte, musste sie diese Aufgabe widerstrebend den Männern überlassen.

Dido hatte noch nie einen größeren Topf gesehen. Er war nahezu vollkommen rund, hatte eine glatte Oberfläche und wies an der ein oder anderen Stelle Brandflecken auf. Dido brauchte ihn nur anzuschauen, um zu der Überzeugung zu gelangen, dass es sich hier um den stabilsten und widerstandsfähigsten Topf handelte, der jemals existiert hatte. Aber andererseits legte die Art und Weise, wie Nanny Gloria mit den Männern schimpfte, wenn diese den Wänden der Kellerei zu nahe kamen oder sich nicht genug zu konzentrieren schienen, die Vermutung nahe, dass es sich hier auch um den zerbrechlichsten Topf aller Zeiten handelte. »Tragt ihn bis zu dem Baum hinunter«, sagte Nanny Gloria. »Und dann stellt ihn neben dem grauen Stein da ab. Vorsichtig, ganz vorsichtig!« Die Männer schüttelten zwar verärgert die Köpfe – zumindest nahm Dido an, dass sie verärgert waren –, aber sie gehorchten ihr dennoch. »Glaub bloß nicht, ich sehe nicht, was du da machst, Khaled«, schimpfte Nanny Gloria. »Du lässt die anderen das ganze Gewicht tragen.«

Didos Vater beobachtete das Ganze mit einem Gesichtsausdruck, den man fast als glücklich hätte bezeichnen können. Er versuchte, sein Lächeln hinter vorgehaltener Hand zu verbergen, aber Nanny Gloria bemerkte es trotzdem und schüttelte den Kopf. Dann wandte sie sich wieder ihrer Aufgabe als Aufseherin zu. Dido dachte, dass die Männer das Ganze vielleicht lustig gefunden hätten, wenn sie nicht so erschöpft gewesen wären. Nachdem sie den Topf abgestellt hatten, richteten sie sich wieder auf, streckten sich und verabschiedeten sich mit Nicken und Lächeln von ihrem Vater, woraufhin ihr Vater und Nanny Gloria gleichzeitig »Vielen Dank« sagten.

Als Dido den Topf näher in Augenschein nahm, wurde sie noch neugieriger als ohnehin schon. »Der hat aber eine sehr kleine Öffnung«, sagte sie. »Wie soll man denn darin kochen können?«

»Er ist nicht zum Kochen da«, sagte Nanny Gloria. »In meiner Sprache nennen wir ihn nicht ›Topf‹. Das ist ein Wort, das die Weißen benutzen, um sich die Sache leichter zu machen. Dieses Gefäß hier dient zur Aufbewahrung von Wasser. Es sorgt dafür, dass das Wasser im Sommer kühl bleibt, und verleiht ihm einen ganz eigenen Geschmack. Manchmal, wenn wir etwas zu feiern haben, bewahren wir auch Bier darin auf.«

»Auf welche Weise verleiht das Gefäß dem Wasser denn Geschmack?«

Zu dieser Frage zuckte Nanny Gloria nur nonchalant mit den Schultern und lächelte. »Das ist ein Geheimnis.« Dann wandte sie sich an Didos Vater. »Können wir beginnen, Meneer?«

Vater nickte. Sie stellten sich im Kreis um den Topf und fassten sich an den Händen. Didos rechte Hand ruhte im festen Griff ihres Vaters, und die linke hatte Nanny Gloria ergriffen.

Nanny Gloria beugte sich über den Topf und rief ihre Ahnen an in einer Sprache, von der Dido wusste, dass es ihre Muttersprache war. Wie sie Dido zuvor erklärt hatte, ließ sie, um die Ahnen herbeizurufen und ihre geneigte Aufmerksamkeit zu erbitten, laut deren Namen und Ehrennamen erschallen. Jeder einzelne dieser Namen war heilig. Doch nicht nur das: Die Namen legten zugleich Zeugnis davon ab, wie das Volk aus seinem alten Stammesfürstentum im Norden ins Exil vertrieben worden war. Sie erzählten von Mmaselekwane, seiner Königin, und von den Warzenschweinstämmen, die die Flüsse gezähmt und ihr eigenes Stammesfürstentum gegründet hatten.

Gloria rief sie aus ihren Gräbern, nah und fern. Sie rief selbst jene, die im Süden zerstreut waren – tief, tief unten, überall dort, wohin sich die Wurzeln von Mmaselekwanes Vermächtnis erstreckten. Nanny Gloria rief sie gewissenhaft herbei, und als sie sicher war, dass alle versammelt waren, begann sie, ihre Bitte vorzutragen.

»Ich bin es, Mmakoma«, sagte Nanny Gloria. »Die älteste Tochter von Khelelo und Matome, aus dem Samen von Mokope und Moselana, vom Großen Leoparden der Mmamolapi-Flüsse. Ich bitte euch, erhört mich, denn ich bin gekommen, um für diese verwaisten Geschöpfe das Geschenk der Zugehörigkeit zu unserem Stamm zu erbitten. Ich biete sie euch dar. Bitte hört ihre Namen, merkt euch ihr Blut, und beschützt sie auf ihren Wegen.«

Sie gab Vater ein Zeichen, dass er nun ihren Anweisungen entsprechend das Wort ergreifen solle. Er beugte sich über die Öffnung des Topfes. »Mein Vater gab mir den Namen Abram van Zijl«, sagte er auf Afrikaans. »Mein Volk kam aus Holland und England über das westliche Meer hierher. Dort, in England und Holland, liegen meine Wurzeln. Ich bringe euch meine Tochter, deren Mutter von ihrem Vater den Namen Alisa Miller erhielt und die auf gewisse Weise aus diesem Land stammt. Aber sie kannte weder ihren Stamm noch ihr Volk noch die Namen ihrer Ahnen. Ich bringe euch dieses Kind und ich bitte euch: Nehmt es bei euch auf, als Teil eurer Familie, als Blut eures Blutes. Ich bitte euch, meine Tochter zu beschützen. Ich … Ich danke euch.«

Er sah Nanny Gloria an, und sie nickte als Zeichen dafür, dass er seine Sache gut gemacht hatte. Daraufhin seufzte Vater erleichtert und richtete sich wieder auf.

Als die Reihe an Dido kam, beugte sie sich so nah wie möglich zur Öffnung des Topfes hinunter. Ein Gefühl, das sie weder bestimmen noch erklären konnte, ließ ihre Stimme zittern. Doch sie klang dennoch fast genauso laut und kühn wie die von Nanny Gloria. Zumindest hoffte Dido das.

Wenn sie Nanny Glorias Erklärungen richtig verstanden hatte, unterzogen ihr Vater und sie selbst sich gerade einem Ritual der Reinigung, das sie von jeglichem Unglück befreien sollte, das sie wegen Emilias und Mutters Tod verfolgen könnte. Dido war sich nicht sicher, ob sie das alles richtig verstand, aber sie wusste, dass ihr Vater um sie besorgt war und dass Nanny Gloria an Omen glaubte. Sie nahm an, dass dieses Ritual tatsächlich notwendig war, allein schon deswegen, weil ihr die Geheimnisse auf der Seele lagen, die sie über ihre Mutter erfahren hatte. Und wie ihr Vater gesagt hatte, würde sie von nun an zu Nanny Glorias Stamm gehören.

Sie räusperte sich und versuchte, ihre Tränen zu unterdrücken. Dann erhob sie die Stimme erneut und sagte, ebenfalls auf Afrikaans: »Meine Mutter und mein Vater gaben mir den Namen Alisa Dido van Zijl. Ich bin gekommen, um euch zu bitten, mir Zuflucht zu gewähren. Nanny … Mmakoma gab mir den

Namen Khelelo.« Ihre Stimme erstarb zu einem Flüstern. Sie hatte Angst, sie könnte sofort anfangen zu weinen, wenn sie lauter redete, und dann wäre alles verdorben. Also blieb sie beim Flüstern. »Ich bin Khelelo. Bitte erhört mich«, endete sie.

Sie glaubte, ein Echo zu hören. Oder vielleicht war es auch ein Traum. Aber sie glaubte zu hören, wie sich ihre Worte über den Wind erhoben, der von der False Bay herüberwehte. Zunächst klang es wie ein lauter Schrei, aber im nächsten Moment mündete der Schrei in einen sanften Rhythmus, in ein Lied aus unendlich vielen Stimmen, die sie zu sich hinauf in die Wolken riefen. Die Sprache, die diese Stimmen benutzten, klang fremd in ihren Ohren, aber sie wusste, dass sie das Lied, das sie sangen, und die Geheimnisse, von denen sie erzählten, schon früher gehört hatte.

Das Lied trug ihren Namen durch den Wind, durch die Zeit, durch alle Zeiten und die Echos all der Seelen, die sie in diesem Moment, dort wo sie stand, fest an sich banden. Es lullte sie ein. Es zog sie in sein Inneres, in endlose Schleifen aus fremden Gesichtern und seltsamen Namen und schemenhaften Erinnerungen. Es zog sie sanft zu sich herüber und dann mit Macht in das Tongefäß hinein. Dort erzählten ihr die Gesichter und Namen und Erinnerungen ihre Geschichten und schenkten ihrer Seele Geborgenheit.

Ihr Herz wurde schwerelos vor Erleichterung. Sie schloss die Augen und folgte dem Klang der Echos. Als sie zusammen an den Ort gelangten, aus dem die Stimmen hervorgegangen waren, als ihr Lied erstarb und das Netz, das Dido umfangen hatte, sie wieder freigab, trennten sich die versammelten Seelen voneinander und verabschiedeten sich von ihr. Dido sagte zu ihnen: »Bitte findet mein Volk … beschützt mich.« Die Gesichter, die vielen Augen, die aus dem Jenseits zu ihr herüberschauten – Dido wusste, dass diese Seelen sie ansahen. Ihre Rufe hatten ihr gegolten und nicht dem Wind. Und irgendwann würden sie ihre Bitte erhören.

Aber es war alles ein Traum, dachte Dido. Wenn sie das, was sie gerade gesehen und gehört hatte, Nanny Gloria und ihrem Vater erzählte, dann würden sie sie auslachen. Also lächelte sie nur und wischte sich die Tränen aus den Augen, bevor die anderen sie bemerken konnten.

Ihr Vater zog sie in seine Arme. »Ich bin hier. Ich bin bei dir.«

»Das hast du gut gemacht«, sagte Nanny Gloria. »Und jetzt muss ich ihre Seelen fortschicken.«

Nanny Gloria pflückte zwei Sprösslinge von einem Ast der Trauerweide und ging zum Ostflügel des Herrenhauses hinüber. Dort kniete sie sich hin und sprach mit den dahingegangenen Seelen. Sie sagte ihnen, sie seien tot und gehörten nicht mehr in das Reich der Lebenden. Dann bat sie sie um Geduld, bat sie, ruhig zu bleiben und keine Angst zu haben, denn sie würde ihnen dabei helfen, den Weg zu ihren Gräbern zu finden. Sie sagte ihnen, ihre Gräber seien das Tor zum Leben nach dem Tode, wo die Ahnen auf sie warteten. All dies sagte sie in gebrochenem Englisch, in das sie einige Wörter auf Afrikaans einflocht. Als Nanny Gloria damit fertig war, die Geister zu beschwichtigen, ging sie mit den beiden Trauerweidensprösslingen zu dem Hügel in den Rebfeldern und begrub sie neben den Gräbern.

»Jetzt müssen wir die Kleider verbrennen«, sagte sie nach ihrer Rückkehr.

Dido und ihr Vater brachten die Kleider, die Alisa, Emilia und Dido in der Brandnacht getragen hatten. Sie sollten zu

Asche verbrannt und dann unter der Trauerweide begraben werden. Sie sollten zu nichts werden, damit es nichts mehr gab, was den beiden dorthin, wo sie hingingen, folgen konnte. Nanny Gloria sagte, normalerweise müssten Dido und ihr Vater die Kleider in die Flammen werfen. Aber die Umstände seien eben alles andere als normal, denn Dido wollte den Flammen auf keinen Fall zu nahe kommen. Also bauten sie nur einen kleinen Scheiterhaufen, den Nanny Gloria dann anzünden würde.

Dido und ihr Vater zogen sich in die sichere Entfernung des Herrenhauses zurück. Als ihr Vater sich in die Papiere vertiefte, die auf seinem Schreibtisch lagen, stahl Dido sich fort und versteckte sich hinter der Kellerei, um beobachten zu können, was dort unten bei der Trauerweide geschah.

Nanny Gloria verschwendete keine Zeit. Vom Scheiterhaufen stieg bereits Rauch auf, und das Feuer sandte seinen Gestank und seine schmutzigen schwarzen Schatten in den Himmel. Die Flammen zerstörten alles, was in ihre Nähe kam. Es schien eine so einfache Lösung, falls es tatsächlich funktionierte: Sie mussten nur diese Kleider loswerden, mussten sie nur diesem Ungeheuer zum Fraß vorwerfen, das ihr die Schwester gestohlen hatte, um sich von dem Fluch zu befreien, der womöglich auf ihnen lastete. Das hatte Nanny Gloria versprochen, und Dido hoffte von ganzem Herzen, dass sich ihr Versprechen erfüllen würde.

Wie die Milchstraße in den Himmel kam

Dido saß hinter dem Kampferbaum und stellte sich vor, ihre Mutter hätte ihren üblichen Wachtposten unter der Trauerweide eingenommen. Aber ohne Emilia, die ihr ohne Unterlass in den Ohren lag, machte es keinen Spaß. Ihre Tage waren von einer so entsetzlichen Stille erfüllt, dass sie am liebsten ununterbrochen geweint hätte.

Sie versuchte, neue Spiele zu erfinden, für die sie Emilia nicht brauchte. Wenn sie durch die Rebfelder rannte, spürte sie eine unwirkliche Leere hinter sich. Dort, an dieser Stelle, müsste eigentlich Emilia laufen, während ihre Haare wild hinter ihr herflatterten und ihr Lachen die gespenstische Stille der Felder durchbrach. Es verstieß gegen alle Gesetze der Natur, dass Emilia nicht mehr da war und Dido allein gelassen hatte. Es machte sie unendlich traurig, und manchmal, wenn sie zu lange darüber nachdachte, konnte sie nicht mehr aufhören zu weinen.

Es half, sich unter die Trauerweide ihrer Mutter zu setzen und alles über Emilia aufzuschreiben, an das sie sich erinnerte. Auf diese Weise würde sie nichts vergessen, nicht einmal den Tag, als Emilia und sie in den Weinbergen nach Glühwürmchen gesucht, aber stattdessen nur Motten und ihre Larven gefunden hatten. Emilia war davon überzeugt gewesen, dass es sich um Schmetterlinge handelte, und daraufhin war zwischen ihnen natürlich eine heftige Debatte über den Unterschied zwischen Motten und Schmetterlingen entbrannt.

Und dann war da noch der Tag gewesen, als sie einen Seestern gefunden hatten, der am Rand der Brandung auf dem Strand gelegen hatte. Emilia hatte versucht, ihn mit einem winzigen Stück von ihrem Apfel zu füttern, aber das war ihr nicht gelungen. Dido rief sich all das ins Gedächtnis und schrieb es auf. Und wenn sie die Gräber besuchte, las sie Emilia die Geschichten vor.

Nanny Gloria sagte, das Leben nach dem Tod sei ein besserer Ort als die Hier-Welt. Dido war froh darüber. Ihre Mutter würde dort glücklich sein. Aber Dido wollte nicht, dass Emilia sich in der Freude des Jenseits verlor und ihre Schwester vergaß. Also erzählte sie ihr die Geschichten so wahrheitsgetreu, wie sie konnte, in der Hoffnung, dass ihre Stimme bis zu diesem weit entfernten, unbekannten Ort gelangte.

Sie würde das Kap bald verlassen. Sie würde durch das Transvaal reisen, die Grenze zu Rhodesien überqueren und vielleicht sogar übers Meer fahren. Sie würde nicht mehr hierher ans Kap gehören. Mit diesem Bewusstsein im Hinterkopf versuchte Dido, ihren Unterricht, so schnell sie konnte, hinter sich zu bringen, weil sie jede zweite freie Sekunde damit verbringen wollte, so viel wie möglich in ihrem Tagebuch festzuhalten. Und wenn sie damit fertig war, spielte sie in der übrigen Zeit die Spiele, die sie früher mit Emilia gespielt hatte. Es war das letzte Mal, dass sie das tun würde – in einem atemlosen, sinnlosen Hin und Her durch die Weinreben zu rennen. Dies waren die letzten Momente, in denen sie hierhergehören würde, an den Ort, den sie so sehr liebte. Sie wollte sie in vollen Zügen auskosten, um dem Ort und auch den Abenteuern Lebewohl zu sagen, die sie mit ihrer Schwester erlebt hatte.

Und so rannte sie durch die Gegend und vollführte ihren Tanz, so wie sie es früher mit Emilia getan hatte. Sie sprang nach rechts und nach links, wirbelte im Laufen flink und behände die Beine durch die Luft, warf ab und zu einen verstohlenen Blick zurück, zu der Leere in ihrem Rücken, stellte sich Emilias Hand vor, wie sie ihren Rocksaum um Haaresbreite verpasste, rannte im Zickzack den Pfad durch den Weinberg hinunter, hin und her, rundherum, und kehrte dabei immer wieder zu dem verbrannten Ostflügel des Hauses zurück. Dort hatte sich der Ruß in einer dicken Schicht an die einst weiß getünchten Mauern geheftet, sodass es aussah, als lägen sie im Schatten. Aber an manchen Stellen, weiter westlich, erstrahlten die Mauern immer noch in einem blendenden Weiß und bildeten einen schmerzlich grellen Gegensatz zu den in Schatten getauchten Ruinen.

Ein Staubteufel hob die Asche aus den Ruinen und schraubte sich in einem spiralförmigen Wirbel in die Höhe, immer weiter und weiter, bis er so hoch war wie die verkohlten Mauern des Hauses. Mitten in diesem Wirbel tanzte die Asche im Kreis. Ihre dunklen Partikel durchdrangen den braunen Staub mit einer solchen Übermacht, dass der Staubteufel schwarz wie die Nacht wurde. Im nächsten Moment wirbelte der Windstoß von Dido fort, den Hang hinunter, immer tiefer, bis er die Roterle erreicht hatte.

Dido zog sich, so rasch sie konnte, die Schuhe aus, löste sich von den Mauern des Herrenhauses und folgte der Spur, die der Windstoß in den Boden gegraben hatte. Schließlich wurde der Staubteufel immer schwächer und schwächer, bis am Ende nichts mehr von ihm übrig blieb als der Staub und die Asche, die er mit sich getragen hatte. Dido folgte der Spur den Hügel hinunter, vorbei an der kleinen Schlucht mit der wild durcheinanderwachsenden Vegetation, bis zu den Rebfeldern.

Als die Feldarbeiter sie sahen, hoben sie grüßend die Hand. »Guten Tag, Miss Dido«, riefen sie. Dido hob ebenfalls die Hand und grüßte zurück. Die Feldarbeiter lächelten, rückten ihre Sonnenhüte zurecht und kehrten wieder zu ihrer Arbeit zurück.

Ihre Füße schmerzten, als sie über den rauen Boden lief. Sie beschloss, sich lieber die Schuhe wieder anzuziehen, und kehrte zu den verbrannten Mauern zurück. Die Strahlen der Sonne wurden immer heißer, also zog sie ihren Mantel und ihre Strümpfe aus. Doch als sie zu dem Baum zurückkehrte, hatte Tariq oder ein anderer Arbeiter den Staub und die Asche bereits zusammengekehrt, sodass sie der Spur des Staubteufels nicht mehr folgen konnte. Also rannte sie stattdessen den Pfad entlang, der zwischen den Bäumen hindurchführte. Sie breitete die Arme aus, als flöge sie. »Ich bin ein Kranich«, sagte sie zu dem Wind. Und der Wind rief zurück. Er rief mit leiser Stimme, rief kaum hörbare, besänftigende Worte.

Auch die Stimmen der Arbeiter folgten einem bestimmten Rhythmus. Sie wurden lauter oder leiser, erhoben sich in schallendem Gelächter oder in schockierten Ausrufen – ein Gewirr aus Geschichten und Geheimnissen, das sich am Rand ihrer Wahrnehmung abspielte. Manchmal klang es wie ein Lied oder das Summen von Bienen, dann wieder so, als riefe jemand Didos Namen und als trüge der Wind das Echo mit sich fort.

Es lullte sie ein, es verwurzelte sie, es zog sie in den Himmel hinauf, in dem die Seelen von Emilia und ihrer Mutter eine Zuflucht gefunden hatten. Sie schloss die Augen und folgte dem Weg ihrer Erinnerungen.

Früher, vor langer Zeit, hatte Nanny Gloria Dido einmal von ihrem Volk erzählt. Es stamme aus dem Transvaal, hatte sie gesagt, und jeder Angehörige dieses Volkes sei so klein wie sie selbst. Sie erzählte von den Monaten der Aussaat, wenn im dämmrigen Licht des Morgengrauens die sieben Sterne von Khelemela aufgingen und die Ackersleute aus ihrem Schlaf weckten. Das war der Moment, in dem die Zeit wieder von vorne begann. Die Sommerdinge wurden geboren. Die Mädchen wurden zu den Hütten geschickt, um Frauen zu werden, auf den fruchtbaren Ebenen gedieh das Leben, und die Kinder wurden fett vor Freude. Dido zeigte auf Khelemela und sagte zu Emilia: »Siehst du die Boten des Sommers, dort oben im Himmel? Und siehst du die drei Zebras, wie sie vor dem Jäger fliehen? Siehst du die Sommerdinge?«

Emilia schüttelte den Kopf. Sie kannte nur die anderen Namen der Sterne – Namen wie die Plejaden und den Gürtel des Orion. »Auf diese Weise ist das Sternenspiel entstanden«, sagte Dido zu dem Wind. »Wir haben eine Kartografie des Himmels erstellt, mit den Sternennamen, die wir von Glorias Volk bekommen haben. Aber wir kannten auch ihre westlichen Namen.«

Plötzlich war auch Didos Mutter da. Sie sagte: »Ich werde diejenige von euch, die die meisten Sterne erkennt, auf meinem Rücken tragen, während ich über dieses Feld laufe, um den Wind zu zähmen.« Und genauso plötzlich hatte Emilia das Spiel gewonnen – so wie es eben in Träumen geschieht. Sie schrie vor Begeisterung, während sie auf Mutters Rücken dahinflog. Dido saß auf einem grauen Stein unter der Trauerweide. Nanny Gloria hatte den Arm um ihre Schultern gelegt. Zusammen sahen sie zu, wie ihre Mutter und ihre Schwester den Wind durchschnitten wie zwei Vögel und nur noch als verschwommener Fleck erkennbar waren.

»Hat Mutter immer schon die Namen der Sommerdinge gekannt?«, fragte Dido den Wind. »Kannte sie die Himmelsdinge?«

»Ihre Gebeine haben die Namen gelernt«, antwortete Nanny Gloria. Ihre Stimme klang deutlicher und eindringlicher als die Stimme im Traum. Dido riss die Augen auf. Sie bekam Angst. Ihr Herz klopfte schneller, und ihr Blut fühlte sich viel zu heiß an. Sie lauschte. Die Stimme des Windes war verstummt. Sie war verschwunden, als hätte sie niemals ihren Namen gerufen.

Sie sah sich um, weil sie dachte, dass Nanny Gloria sich vielleicht irgendwo im Gebüsch versteckte. Doch da war nichts. Auch Nanny Glorias unheimliche Stimme war verschwunden. Die Arbeiter hoben erneut grüßend die Hand. »Ist alles in Ordnung, Miss Dido?«, fragten sie.

»Ja, danke. Ist bei euch auch alles in Ordnung?«

»O ja, Miss Dido«, antworteten sie. Und genau wie eben lächelten sie, rückten ihre Sonnenhüte zurecht und machten sich wieder an die Arbeit.

Plötzlich erhob sich eine kräftige Brise, und ein zweiter Staubteufel stieg in die Höhe, genau an der Stelle, an der Dido stand. Er hob die herabgefallenen Blätter von der Erde auf und schraubte sich nach oben, hoch und immer höher, bis er die Trauerweide überragte. Im Vorübersausen durchwirkten die tanzenden Blätter den braunen Staub und färbten ihn so golden wie die Krone ihrer Mutter. Der Windstoß wirbelte davon, den Hügel hinauf, immer höher, bis er die verbrannte Mauer des Herrenhauses erreicht hatte. Dido folgte ihm, so rasch sie konnte, doch als sie die Mauer erreichte, fiel der Staubteufel in sich zusammen, bis nur noch der Staub und die Blätter übrig blieben, die er mit sich getragen hatte.

Dido stand schweigend und voll gespannter Aufmerksamkeit da. Sie wusste, dass die zu Boden gesunkene Fracht des Staubteufels aus dem Hof verschwinden würde, wenn sie auch nur für eine Sekunde die Augen schloss. Als ihre Augen schließlich protestierten und ihr die Tränen in die Augenwinkel traten, war sie widerstrebend gezwungen, sie zu schließen, öffnete sie jedoch rasch wieder. In diesem Moment kam Nanny Gloria aus der Küche. »Welches Spiel spielst du heute?«, fragte sie Dido auf Afrikaans.

»Das Sternenspiel«, antwortete Dido. Wie immer, wenn sie sich mit Nanny Gloria unterhielt, benutzte sie eine Sprache, die aus einer rasch aufeinanderfolgenden, nahtlos ineinander übergehenden Mischung aus Englisch, Holländisch und Afrikaans bestand. »Warst du unten auf den Feldern? Hast du meinen Namen gerufen?«

»Ich war nicht auf dem Feld. Ich bin gerade erst nach draußen gekommen, um deine Sachen reinzuholen. Warum fragst du?«

»Ich dachte, ich hätte deine Stimme gehört. Du hast mir Geschichten erzählt. Es fühlte sich an wie … wie ein Traum. Wie eine Erinnerung, die ewig dauerte, aber eigentlich war es nur eine Sekunde. Als wärst du der Wind und hättest meinen Namen gerufen. Meine Mutter und Emilia waren auch da.«

»Hattest du Angst?«, fragte Nanny Gloria.

Dido wusste nicht genau, ob das, was sie gefühlt hatte, Angst oder eher ein Gefühl der Erleichterung gewesen war. »Ich bin mir nicht sicher, aber ich glaube schon.«

»Erinnerst du dich an die Geschichte, wie die Milchstraße in den Himmel kam?«, fragte Nanny Gloria.

Dido nickte. »Das war, als die Zeit begann und die Welt noch jung war. Ein Mädchen hat Glut und Asche in den Himmel geworfen. Das Mädchen war von den Göttern gesegnet. Die Asche, die es geworfen hat, funkelte und zeigte mit ihrem Leuchten denen, die sich verirrt hatten, den Weg.«

»Gut«, sagte Nanny Gloria und lächelte. »Komm«, drängte sie dann. »Das Mittagessen ist fertig. Du musst alles aufessen. Ich habe alle Gemüsesorten gekocht, die du so gerne magst.«

Dido ergriff froh die Hand der älteren Frau, und zusammen ließen sie die verbrannte Mauer hinter sich.

Auf dem leblosen Machwerk des Fotografen

Schwester Alice kam, wenn sie konnte, jeden zweiten Tag zum Weingut, aber manchmal auch nur einmal in der Woche. Sie wollte sicherstellen, so sagte sie, dass Didos Verstand nicht vor lauter Untätigkeit zu verrotten begann. Zu diesem Zweck brachte sie alle möglichen Bücher mit und setzte sich mit Dido in die Bibliothek, um mit ihr zusammen zu lesen und Rechenübungen zu machen. Das Ganze war recht unkompliziert. Zudem war Schwester Alice sehr viel jünger als Schwester Elisabeth, kaum älter als zwanzig, was den Unterrichtsstunden eine ungezwungene Atmosphäre verlieh.

Manchmal, wenn Schwester Alice schon längst wieder gegangen war, saß Dido noch immer da, fasziniert von irgendeiner Rechenaufgabe, die ihr anfangs schwierig vorgekommen war, die sich jedoch bei näherer Betrachtung als ganz einfach herausstellte. Abram hörte zu und nickte. Aber als sie mit ihren Erläuterungen fertig war, sah er, wie wieder ein trauriger Schatten über ihr Gesicht huschte. Also fragte er sie, was sie denn mit Schwester Alice gelesen hätte. »Wir haben die Geschichte von Oliver Twist zu Ende gelesen«, antwortete sie. Dann erzählte sie ihm voller Begeisterung die Details der Geschichte, woraufhin die Schatten aus ihren Augen verschwanden und sie stattdessen vor Konzentration leuchteten. Schon allein dafür würde Abram den Nonnen auf ewig dankbar sein.

Doch etwa einen Monat nach der Beerdigung, am letzten Donnerstag im Mai, brachte Alice weder Bücher noch Rechenaufgaben mit. Dido war gerade draußen auf den Rebfeldern und half, die Reben zu beschneiden, um sie auf den Winter vorzubereiten. Sie war dabei keine große Hilfe, doch die Farmarbeit vertrieb – genau wie ihre Unterrichtsstunden – die Schatten aus ihrem Gesicht. Tatsächlich war Dido eher ein Hemmnis, denn sie stellte andauernd Fragen, lenkte Farouk und seine Leute von der Arbeit ab, ergriff kühn selbst eine Baumschere, schnitt die Stängel ab und richtete dabei einiges an Schaden an. Doch auch den Feldarbeitern würde Abram auf ewig dankbar dafür sein.

Als sich Schwester Alice gegen Mittag durch einen Ruf bemerkbar zu machen versuchte, war es Tariq, der als Erster ihre Stimme hörte. Er war gerade damit beschäftigt, die Körner zu sortieren, mit denen die Enten gefüttert wurden. Tariq war ein stiller, schüchterner Junge, der immer sehr leise sprach und der im Gegensatz zu Hafsah seine Zeit gerne mit Blumen und Ähnlichem verschwendete.

An diesem Tag war er sich zum Beispiel nicht zu schade dafür, Schwester Alice auf eine kleine gelb-braune Ente hinzuweisen und zu sagen: »Sie heißt Willow. Sie mag kein grobes Korn. Deshalb mahle ich es klein und füttere sie dort drüben.« Er zeigte auf einen leuchtend roten Busch in der Nähe der Kellerei.

Wie sich herausstellte, gehörte auch Schwester Alice zu den Menschen, die ihre Zeit gern mit Enten verschwendeten, oder sie war einfach nur unglaublich höflich, was vielleicht auch ein Grund dafür war, warum Dido sie so gernhatte. Es war jedoch auch möglich – und auch viel wahrscheinlicher, wenn man Schwester Alice' Charakter in Betracht zog –, dass sie die Zeit einfach nur deshalb vergeudete, weil sie sich vor der Aufgabe drücken wollte, die sie zu erfüllen hatte. Wie dem auch immer sei – sie fragte Tariq jedenfalls, woher er denn wisse, dass Willow keine groben Körner mochte, und er tat ihr gern den Gefallen, ihr das in allen Einzelheiten zu erklären.

Die Unterhaltung der beiden wurde von Elina mitangehört, einem Mädchen, das ebenfalls recht scheu war. Obwohl Elina eigentlich noch mitten in ihrer Trauer über Alisas und Emilias Tod steckte, war sie plötzlich zu der Überzeugung gelangt, in Tariq verliebt zu sein. Sie beobachtete ihn und die Nonne aus sicherer Entfernung. Als sie hörte, wie die beiden lachten, beschloss sie, dass nun genug Zeit verschwendet worden war, und rannte los, um Gloria Bescheid zu geben. Diese war Abram gerade dabei behilflich, Alisas Bücher in Kisten zu packen. Die Bücher sollten zu Alisas Eltern nach England geschickt werden. »Die Lehrer-Nonne ist hier«, verkündete Elina mit gesenktem Kopf und zitternder Stimme. Ihre Worte klangen fast so, als hätte nur der Wind ein wenig gepfiffen, und weil sie so schüchtern war, ähnelte ihre Mitteilung eher einer Frage. Doch dann fiel ihr plötzlich ein seltsames Detail ein, und sie flüsterte eher zu sich selbst als zu irgendjemandem sonst: »Sie hat keine Bücher dabei.«

Sowohl Abram als auch Gloria waren erschöpft von ihrer Arbeit und ergriffen erleichtert die sich bietende Gelegenheit, die stickige Bibliothek zu verlassen. Abram war jedoch gezwungen, recht bald schon wieder in den Raum zurückzukehren, denn kaum hatte Schwester Alice ihn gesehen, verschwendete sie im Gegensatz zu ihrem bisherigen Verhalten keine Zeit mehr. Sie hatte ihm nämlich eine dringliche Warnung zu überbringen. »Schwester Elisabeth schickt mich, Sir«, sagte sie. »Sie hat die Entwicklungen im Parlament genauestens verfolgt. Aber Sie wissen sicher selbst darüber Bescheid. Schwester Elisabeth hat jedoch auch noch ein paar andere Dinge beobachtet, Sir.«

Abram geriet plötzlich in Panik. »Was hat sie herausgefunden?«, fragte er.

»Nun.« Schwester Alice sah sich in der Bibliothek um. Als sie die leeren Regale und die allgemeine Unordnung bemerkte, nickte sie. »Nun, sie wird froh sein zu hören, dass Sie sich auf Ihre Abreise vorbereiten. Können Sie Ihren Arbeitern vertrauen, Sir?«

»Was wollen Sie damit sagen?«

»Wie viele von Ihren Arbeitern wissen, dass Sie fortgehen wollen?«

»Das Kindermädchen meiner Tochter kennt alle Einzelheiten. Alle wissen, dass das Weingut den Besitzer wechseln wird. Ich konnte nicht einfach verschwinden. Diese Leute haben meine Kinder geliebt«, sagte er. Widerstrebend fügte er hinzu: »Sie haben meine Frau geliebt.«

»Kennen alle den genauen Zeitpunkt, zu dem Sie Ihre Abreise geplant haben?«

»Ja. Schwester Alice, worauf wollen Sie hinaus?«

Im Gegensatz zu Schwester Elisabeth, die immer sehr präzise war, hatte Schwester Alice etwas Fahriges. Sie saß auf dem Stuhl, genau an der Stelle, an der Daniel Ross damals gestanden und Abrams Leben auf den Kopf gestellt hatte. Sie faltete die Hände und lächelte, obwohl man es eigentlich eher eine Grimasse nennen musste. »Am Montag sind zwei Männer in die Schule gekommen. Sie sind auch gestern wiedergekommen. Auf den ersten Blick wirkten sie wie ganz normale Leute. Wenn man dem, was sie behauptet haben, Glauben schenken darf, waren sie lediglich deshalb gekommen, weil sie sich nach einer Schule für ihre Töchter umsehen wollten. Aber sie haben seltsame Fragen gestellt. Zum Beispiel, ob wir auch Mulattenkinder an der Schule unterrichten. Sie haben sogar gefragt, wann das überlebende van-Zijl-Mädchen zum letzten Mal in der Schule war. Darüber hinaus ist Schwester Elisabeth eingefallen, dass sie einen der Männer bereits von früher her kannte. Es war wohl so etwa vor fünf Jahren, da hat sie Vater Benedict dabei geholfen, ein paar Gefängnisinsassen mit der letzten Ölung zu versehen, und bei dieser Gelegenheit ist sie einem dieser Männer begegnet. Er war damals Gefängniswärter auf der Insel. Schwester Elisabeth glaubt, dass er mittlerweile zur Polizei gehört. Aber sie ist sich nicht ganz sicher. Natürlich wären all diese Dinge einzeln betrachtet nicht unbedingt besorgniserregend. Aber unter den gegebenen Umständen muss man die Summe der Ereignisse betrachten. Und daher muss man wohl sagen, dass es am besten wäre, wenn Sie so bald wie möglich von hier fortgingen.«

Abram sackte auf seinem Stuhl in sich zusammen. »Aber ich habe meine Geschäfte hier noch nicht abgeschlossen«, sagte er zu sich selbst, um seiner Liste von Verfehlungen einen weiteren Posten hinzuzufügen. »Meine Tochter ist noch nicht so weit. Wir brauchen mehr Zeit … Sie braucht mehr Zeit.«

Schwester Alice ließ ihn nicht sofort wissen, was sie dachte. Sie sah sich im Raum um, sah überallhin außer in sein Gesicht, als wäre ihr die Antwort auf die Frage nach dem ureigensten Sinn seines Lebens bekannt und als könne sie ihm diese wegen irgendeines obskuren Gesetzes der Vorsehung nicht mitteilen. Er musste dieses Dilemma ganz allein entwirren.

Er brauchte mehr Zeit. Er brauchte mehr Zeit. »Aber es lässt sich wohl nicht ändern«, sagte er schließlich.

***

Abram suchte rasch alle notwendigen Dinge zusammen, denn er war endlich im Begriff, nach Norden aufzubrechen. Es blieb ihm nicht genug Zeit, um die Dinge behutsam zusammenzusammeln. Es gab ohnehin nicht besonders viel, was er mitnehmen, und auch nicht viel, was er zurücklassen würde. Unter dem mageren Stapel an Anzügen und Reisepapieren, die er zum Mitnehmen auserkoren hatte, verstaute er ein Portrait, das ihn, Alisa und ihre beiden Töchter zeigte. Alle starrten mit stoischem Blick den unsichtbaren Fotografen an. Das Bild war vor einem Jahr aufgenommen worden. Emilia hatte versucht, ernst zu bleiben, doch es war ihr nicht ganz gelungen, denn ein winziges Lächeln umspielte ihre Mundwinkel.

Der Fotograf hatte das Bild vor dem Herrenhaus aufgenommen. Auf seine Bitte hin hatte sich Alisa auf einen hölzernen Stuhl gesetzt und die Hände auf die Knie gelegt, während Emilia sich zu ihrer Linken und Dido sich zu ihrer Rechten aufgestellt hatte. Abram ragte wie ein drohender Schatten hinter ihnen auf – ein bleicher Mann, dessen hingebungsvolle Liebe zu den Mädchen auf dem leblosen Machwerk des Fotografen nicht zu erkennen war.

Während er Emilia ansah, wie sie dort stand, für alle Zeiten in ihrer Unentschlossenheit eingebrannt, wünschte Abram, sie hätte die Anweisungen des Fotografen ignoriert und richtig gelächelt. Aber die Gelegenheit war vorbei, und es war ihm nicht vergönnt, ihr lebhaftes Wesen, das im Porträt so schmerzlich fehlte, zu den mageren Schätzen hinzuzufügen, die er bei seiner Abreise mitnehmen wollte.

Zusammen mit Dido kletterte er den gewundenen Pfad hinauf, der zu der Hügelkuppe führte, auf der Alisa und Emilia begraben waren. Es war fast Mitternacht und stockdunkel. Ihre

Erinnerung leitete sie zuverlässiger als ihre Augen. Abram trug eine Lampe, deren Schein nur wenige Schritte des Wegs beleuchtete. Aus der Ferne mussten sie wie ein seltsames Glühwürmchen aussehen, wie sie klein und allein und in ein stumpfes rotes Leuchten gehüllt dahinschwebten, bis ihre Pilgerreise schließlich auf der Spitze des Hügels endete.

Abrams Blick ruhte auf dem kleineren der beiden Gräber, Emilias. »Wir müssen fortgehen, mein Schatz«, sagte er zu ihr, zu dem harten Stein. Er wollte ihr sagen, dass er sie liebte, wollte ihr die Möglichkeit bieten, noch ein wenig länger in dieser Welt zu verweilen. Doch nun war auch er gezwungen, diesen Ort zu verlassen, der sein Zuhause gewesen war. »Wir müssen gehen«, wiederholte er.

Dido legte Blumen auf das Grab. »Leb wohl«, war alles, was sie hervorbrachte.

Abram blinzelte kurz, um das Salz seiner ungeweinten Tränen zu verscheuchen. Dann schulterte er alle irdischen Dinge, die ihm im Leben noch geblieben waren, und stieg zusammen mit seiner Tochter rasch den Hügel hinunter.

***

Im selben Moment, in dem Abram den Fuß des Hügels erreichte und Dido sich die Kapuze über den Kopf zog, fing vor der Herberge, in dem der Wahnsinnige namens John Ashby lag und schlief, ein Hund an zu bellen.

Es war ein streunender Hund, eine tollwütige Bestie, die einmal sogar den Sohn des Amtsrichters gebissen hatte. Der Amtsrichter wollte den Hund töten lassen, aber es war niemandem gelungen, ihn zu fangen. Das Tier schlich sich in den Hafen und wurde eine Woche oder länger von niemandem gesehen. Doch an diesem besagten Tag kam der Hund wieder hervorgekrochen und bellte und heulte und weckte John Ashby aus einem schrecklichen Albtraum. Ashby wäre vielleicht wieder eingeschlafen, wenn der Hund nicht ohne Unterlass weitergebellt hätte, bis sich schließlich mehrere andere streunende Hunde genötigt fühlten, seine Alleinherrschaft anzufechten.

John Ashby konnte bei all dem Lärm unmöglich schlafen. Außerdem wurde er immer unruhiger, je mehr er über diesen Traum nachdachte. Ein Mann war in dem Traum vorgekommen. John kannte den Mann. Der Name des Mannes war Abram van Zijl. Und der Mann namens Abram van Zijl tat etwas, was er nicht hätte tun dürfen. Das hatte jedenfalls der andere Mann gesagt, der Mann, dessen Name Daniel Ross war.

Er schenkte John sein Vertrauen, dieser Mr Ross. Er gehörte nicht zu denen, die ihn als verrückt bezeichneten. Er hörte zu. Er glaubte. Er forderte John auf, ihm zu helfen. »Sag mir, zu welchen Zeiten Abram van Zijl ins Auktionshaus kommt«, bat er. »Sag mir, was er kauft. Sag mir, was er verkauft. Sag mir, wen er trifft … Sag mir alles. Einfach alles.«

Doch in Johns Traum ging Abram van Zijl nicht ins Auktionshaus. Er stand unter einem dicken Baum. Es war ein dicker Baum mit dünnen hungrigen Ästen, die sich in den Himmel krallten wie Klauen. Nein, nicht Klauen. Eigentlich sahen die Äste wie Wurzeln aus. Es war ein Baum, der auf dem Kopf stand. Ja, genau, es war ein Kopfüberbaum. Ein dicker, fetter Kopfüberbaum, durch den ein Zug hindurchfuhr.

Ja, genau, da war ein Zug. Da dürfte eigentlich kein Zug sein und auch kein dicker fetter Kopfüberbaum, sondern nur das Auktionshaus. Er musste Mr Ross Bescheid sagen. Ja, er musste dem Mann namens Daniel Ross sagen, dass sich der Mann namens Abram van Zijl in einer seltsamen Welt mit seltsamen Dingen befand.

Natürlich würde er das mit dem Traum nicht erwähnen, wenn er Mr Ross das von Mr van Zijl erzählte. Er war ja nicht verrückt. Er würde sagen, dass er gesehen hatte, wie sich Mr van Zijl zum Bahnhof schlich. Er glaubte John, dieser Mr Ross. Er bezeichnete ihn nicht als verrückt. Aber wie die meisten anderen Menschen, die John kannte, wollte auch Mr Ross, dass die Zufälle, von denen das Leben erfüllt war, als perfekte Rädchen ineinandergriffen. Er vertraute John, dieser Mr Ross, doch er begriff nicht, dass es manche Dinge im Leben gab, die ganz ohne Grund geschahen. Aber Mr Ross musste trotzdem davon erfahren. Er musste es erfahren. John stieg aus dem Bett und zog sich an.

***

Abrams Automobil erreichte den Bahnhof. Die Reise hatte schweigend begonnen, und sie endete auch schweigend.

Alle wussten, welche Rolle sie in der Geschichte zu spielen hatten. Farouk parkte den Wagen in der Nähe des Frachtdepots. Nach Einbruch der Dämmerung war das geschäftige Treiben der Stadt abrupt zum Erliegen gekommen. Jetzt schien die Stadt am Fuße des Berges in aller Stille zu schlummern, und der Berg selbst überragte die Häuser wie ein Schatten im Himmel, wie ein Geist, ein gespenstischer Wachtposten, der die Stadt in ihre Träume einlullte. Aber die Züge und ihre Bahnsteige waren nicht gleichzeitig mit dieser alten Stadt auf die Welt gekommen, sie waren eben erst adoptierte Kinder, die eifrig um die Liebe ihrer Eltern buhlten. Während die Stadt schlief, schufteten sie weiter. Und so kam es, dass Abram den Bahnhof bei seiner Ankunft in äußerst geschäftigem Treiben vorfand.

Der Bahnsteig war von einer langen Reihe viktorianischer Laternenpfähle gesäumt, und es wimmelte von Wagenbetreuern und anderen Arbeitern, die bei den Vorbereitungen zur Abfahrt des Zuges gebraucht wurden. Vom Hafen kamen Kisten voller Post, die eben erst aus Übersee eingetroffen war, sowie Wein aus den Tälern und anderes Frachtgut. Am verheißungsvollsten sah jedoch der Zug selbst aus. An seiner Spitze stand eine blaue Lokomotive mit der Aufschrift *Union Express*. Sie glitzerte wie ein Saphir, glitzerte wie die Träume, die sie den Einsteigenden verhieß. Dabei mochte es sich zwar nicht um Saphire handeln, dafür aber um Gold und Diamantenfelder im Norden, und in Abrams und Didos Fall um die Flucht.

Während Farouk das Gepäck aus dem Auto lud, machte Schwester Alice sich auf die Suche nach dem Fahrkartenverkäufer. Er war ein klein gewachsener Mann aus der Natal-Provinz, den Schwester Alice über Schwester Elisabeth kannte, die ihn wiederum im Großen Krieg kennengelernt hatte. In den letzten Tagen des Krieges hatte dieser Mann, der David hieß, versprochen, die ihm noch verbleibenden Jahre seines Lebens Gott zu widmen, gesetzt den Fall, Gott hielte es für angebracht, dieses ihm dargebotene Leben auch zu retten. Allem Anschein nach hatte Gott ihm diesen Gefallen getan, und so kam es, dass David zum Schuldner geworden war. Diese Schuld zahlte er nun durch die aufopferungsvolle Treue zurück, die ihn an zwei Instanzen band: an Schwester Elisabeth und an die katholische Kirche.

David und Schwester Alice standen beisammen, flüsterten, wiesen hierhin und dorthin und nickten, und bald darauf war

Schwester Alice auch schon wieder zurückgekehrt. »Verlassen Sie Ihren Waggon nicht, es sei denn, es ist absolut notwendig, Sir«, flüsterte sie. »Der Wagenbegleiter wird sich um Ihre Bedürfnisse kümmern. Er wird Ihnen keinen Ärger machen, denn Sie sind ein Weißer. Aber achten Sie trotzdem darauf, dass möglichst niemand Dido zu Gesicht bekommt.« Was sie nicht sagte – möglicherweise aufgrund ihrer Frömmigkeit –, war: *Wenn man Sie fragt, wer Dido ist, lügen Sie.* Abram nickte, sowohl zu dem laut ausgesprochenen als auch zu dem stillschweigend gegebenen Ratschlag.

Und jetzt war es endlich an Abram und Dido, ihre Rolle in dieser Geschichte zu spielen. Dido hatte sich bisher sehr tapfer gehalten, sah jedoch jetzt nicht mehr ganz so entschlossen aus. Ihre Lippen bebten, und in ihren Augen standen Tränen. Sie sagte zu Farouk: »Du wirst mir fehlen, Onkel Farouk. Bitte sag Nanny Gloria, dass sie sich um den Baum kümmern soll, den ich gepflanzt habe. Falls er nicht wächst, dann bitte sie, einen neuen zu pflanzen. Bitte sag ihr, dass ich sie sehr lieb habe. Ich bin mir nicht sicher, ob sie das weiß.« Eine Träne stahl sich aus Didos linkem Auge. Sie verstummte und senkte den Kopf.

Farouk wischte ihr die Träne fort und umarmte sie. »Ich werde tun, was du gesagt hast, kleine Dido. Höre nie auf, ein so gutes Kind zu sein! Höre nie auf, so klug zu sein!« Dido nickte. Dann wandte Farouk sich Abram zu und setzte ein trauriges Halblächeln auf. Er war kein Mann vieler Worte, dieser Farouk. Es war daher umso überraschender, dass er sich nicht schämte, seinen Tränen freien Lauf zu lassen. »Es wird alles gut werden, Meneer«, sagte Farouk und schniefte. »Gott hat es so bestimmt.« Abram nickte und umarmte ihn.

Der Abschied von Schwester Alice war etwas weniger emotional. Sie ermahnte Dido, weiterhin so viel wie möglich zu lesen und auch ihre Rechenaufgaben nicht zu vernachlässigen. Dann forderte sie Abram noch einmal eindringlich zur Vorsicht auf, wünschte ihm Glück und schüttelte ihm kurz und knapp die Hand. Nachdem Farouk und Schwester Alice auf diese Weise ihre Rolle in der Geschichte erfüllt hatten, verschwanden sie in den nächtlichen Gassen. Die Dunkelheit hieß sie willkommen und hatte sie schon im nächsten Moment mit Haut und Haar verschluckt.

Abram und Dido verabschiedeten sich von der in tiefem Schlaf liegenden Stadt. Sie mussten sie nun verlassen, zusammen mit all den anderen Dingen, die in diesem Zug mitreisten und dort nicht mehr hingehörten oder noch nie hingehört hatten.

Als der Zug endlich mühsam schnaufend die Grenzen der Stadt hinter sich gelassen und seine Fahrt in Richtung De Aar, Klerksdorp und Pretoria aufgenommen hatte, begann das geschäftige Treiben Kapstadts bereits aufs Neue zu erwachen.

***

Kapstadt war ein Ort, an dem die Macht der Gewohnheit herrschte. Die Stadt wachte jeden Morgen sehr früh auf, und schon bald darauf bohrten sich eifrige Krallen in den Nebel und rissen ihn fort, wie eine Decke, die man nicht mehr brauchte.

Zur gleichen Zeit auf der Farm wachte Mmakoma auf, so wie sie es seit elf Jahren getan hatte. Sie ging zur Küche und erhitzte auf dem Herd, den die Dienerschaft benutzte, das Wasser für ihr morgendliches Bad.

Mittlerweile hatte auch der Hahn mehrere Male lautstark verkündet, dass die Sonne aufgegangen war, auch wenn sie an diesem Tag nicht besonders gewillt zu sein schien, ihren Dienst zu verrichten.

Nach und nach verlor sich die Kühle der frühen Morgenstunden, und schließlich bequemte sich auch die Sonne, endlich hervorzutreten. Sie lugte erst über die Berge und Hügel und Gebäude, und als sie dann feststellte, dass die Bewohner der Stadt auch ohne ihr Startsignal aufgewacht waren, ließ sie sich breit und träge auf dem östlichen Horizont nieder.

Gemächlich erwachte die Stadt zum Leben. Die Kirchen mit ihren stoischen gotischen Gesichtern, die Markthallen und Hotels und Handelsplätze, an denen geschäftiges Treiben herrschte und deren prachtvolle Fassaden das viktorianische London nachahmten, der Uhrenturm inmitten der Hafengebäude, der die Stunden herunterzählte – sie alle erwachten zum Leben, und jedes einzelne Gebäude versuchte, seinen Nachbarn zu übertreffen, seinen Erbauer zu preisen und zu verkünden: *Ich bin ein besserer Spiegel der Alten Welt als du!*

Als Mmakoma mit ihrem Bad fertig war, ging sie zur Küche im Herrenhaus hinüber, um dort zu frühstücken. Auf ihrem Weg kam sie an der Kellerei vorbei, an dem Ententeich, dem Pfad, der zu den Feldern und den Gräbern führte, und schließlich an den verbrannten, zerbröckelnden Pfeilern des Ostflügels.

Dort blieb sie eine Weile stehen, um nachzudenken, um sich zu beruhigen, um ihrem Herzen Zeit zu geben, sich an diese veränderte Welt zu gewöhnen. Ihr Atem begann zu rasen, als sie sich in Erinnerung rief, dass Miss Alisa und Emilia nichts als Gräber mehr waren. Und er ging noch viel schneller, als ihr einfiel, dass Meneer van Zijl und Dido tief in der Nacht verschwunden waren, so rasch, wie es der Morgennebel getan hatte. Sie waren fort. Wo sie hingegangen waren, würde sie nicht erfahren. Sie würde es nie erfahren. Also stand sie dort. Sie stand dort. Und weinte.

Dritter Teil

Einem Affen das Klettern beibringen

Flattern und Flirren

Etwa zwei Tage nach seiner Abfahrt aus Kapstadt kam der Zug in Pretoria an. Es war mitten am Tag, und Dido und Abram wurden von einer geschäftigen Stadt begrüßt. In der hiesigen Architektur herrschte eher ein holländischer Charakter vor, in den sich aber auch einige fremdartige Elemente mischten – so als hätten die Architekten rebellische Kinder in die Welt gesetzt, die eine gewisse Ähnlichkeit mit ihren Eltern jedoch nicht hatten verhindern können, zumindest, was die hohen Giebel und weiß getünchten Fensterläden anbelangte.

Abram hatte gehofft, hier und da einen Jakarandabaum zu finden, der zu dieser ungewöhnlichen Jahreszeit blühte. Er hatte gehofft, Dido könne das prachtvolle violette Wirrwarr dieser Bäume mit eigenen Augen erleben. Doch leider war nirgends eine Blüte zu entdecken.

Hier im Norden ging die Sonne nicht nur sehr viel eher, sondern auch viel zu schnell unter. Kaum hatte Abram den Fahrer gefunden, den Schwester Elisabeth von Kapstadt aus für sie bestellt hatte und der sie abholen sollte, da war auch schon die Nacht hereingebrochen. Möglicherweise täuschten ihn seine Augen, aber es kam Abram so vor, als wäre die Dunkelheit hier im Norden – wenn sie die Welt erst einmal in ihren Mantel gehüllt hatte – noch tiefer als im Süden. Das Gefühl der Dringlichkeit, das ihn aus Kapstadt vertrieben hatte, verzehnfachte sich. Es hatte etwas äußerst Beunruhigendes, sich in einer der Hauptstädte der Union aufhalten zu müssen, ganz gleich, in welcher.

Er und Dido waren beide sehr erschöpft und hatten es eigentlich dringend nötig, sich auszuruhen, aber je eher sie diesen Ort verließen, desto besser.

Die Straße dehnte sich schier endlos vor ihnen aus. Und zu allem Unglück rechnete man an dem Ort, zu dem sie unterwegs waren, nicht mit ihrem Eintreffen. Würde man sie willkommen heißen? Aber diesem Problem würde er sich stellen, wenn er dort eintraf. Jetzt zog er Dido in seine Arme und ließ sich in einen tiefen Schlaf hinübergleiten.

Wenn es eines gab, worauf man sich bei Johannes Joubert verlassen konnte, dann darauf, dass er sich in seinem Leben stets überflüssige und unnötige Tragödien einhandelte. Daher lag seine Farm auch am äußersten Rand des tropischen Gürtels, und nicht etwa darin. Sie ähnelte einer armen Verwandten, die man an die Peripherie des Anwesens verbannt hatte und die auf die Barmherzigkeit der restlichen Familie angewiesen war, oder auch einem verkümmerten Schössling, der im Schatten eines wohlgenährten, besser gehegten Geschwisterbaums vor sich hin vegetierte. Johannes' Farm musste mühsam nach den kümmerlichen Überbleibseln der Regenschauer haschen, die hier und da herüberwanderten, und schaute voller Neid auf die angrenzenden tropischen Täler. Die Bäume, Maisstauden und anderen Pflanzen, die auf ihr wuchsen, ließen niedergeschlagen die Köpfe hängen, als schämten sie sich. Warum Johannes sich bei der Wahl seines Exils nicht bis in den üppigen tropischen Gürtel hineingewagt hatte, wagte Abram nicht zu fragen. Sein früherer Freund war schon zu seinen besten Zeiten recht kratzbürstig und schlimmstenfalls regelrecht gehässig gewesen.

Anscheinend hatte er den Großteil seines Erwachsenendaseins mit dem – vergeblichen – Versuch verbracht, zu begreifen, warum ein so vielversprechender junger Mann wie Abram den durchaus vermeidbaren Versuchungen dieses Kontinents zum Opfer gefallen war. Dieselbe Frage hatte er Abram auch damals schon gestellt, doch dieser war von seiner jungen Frau ganz verhext gewesen.

Man konnte über Johannes sagen, was man wollte – aber das eine konnte man ihm nicht unterstellen: dass er inkonsequent sei. Er handelte nach seinen Überzeugungen, ohne auch nur ein Jota davon abzuweichen. Als er also dort saß, während der Rauch seiner Tabakpfeife die Luft zwischen ihnen vernebelte, und mit seiner rauen Stimme verkündete, dass Dido für die Dauer ihres Besuches in seinem Haus nicht willkommen sei, war Abram klar, dass er seinen Freund nicht würde umstimmen können. Er legte seelenruhig die Arme in den Schoß, lehnte sich vor und entgegnete so entschlossen wie möglich: »Dann werde ich auch im Gesindehaus übernachten.«

Der Rauch von Johannes' Pfeife kräuselte sich in einem zögerlichen Tanz durch die Luft, und die Augen der beiden Männer folgten seinen Bewegungen. Genau in dem Moment, als die kümmerliche Rauchwolke sich gänzlich aufzulösen drohte, beschloss Johannes, Abram auf seinen Irrtum hinzuweisen. »Jetzt hör mal, Bram«, sagte er. »Ich werde mir auf keinen Fall nachsagen lassen, ich hätte dich dazu verdammt, bei der Dienerschaft zu schlafen. Nicht in meinem Haus. Nicht, solange ich lebe.«

»Wie sonst könntest du mich denn verdammen, wenn nicht als lebender Mann?«, konterte Abram.

Johannes schwieg, doch er kochte innerlich und starrte grimmig vor sich hin. Das Gespräch glitt zu einem gegenstandslosen Geplauder ab, bei dem beide Seiten die filigransten

Feinheiten der Höflichkeit austauschten. Jeder Gesprächspartner wusste, was er sagen durfte und was nicht, und in den unausgesprochenen Dingen wurde genauso viel ausgedrückt wie in den ausgesprochenen. So machte man das in diesem Land. Die Basotho, die für ihre Redegewandtheit berühmt waren, nannten diese knifflige Situation »einem Affen das Klettern beibringen«. Abram erkannte das Phänomen sofort, denn er hatte es selbst viele Male bei durchreisenden Europäern angewendet, die auf seinem Weingut Zuflucht suchten. Wenn man einem Affen das Klettern beibrachte, konnte man Dinge sagen, die dem Gesprächspartner ohnehin bekannt waren, und auf diese Weise die Tragweite seiner unhöflichen Bemerkungen abschwächen.

»Falls irgendjemand fragt, John, dann sag einfach, ich sei tatsächlich so verrückt geworden, wie es all diese Gerüchte seit Jahren behaupten.« Abram hatte es sich in ihrer beider Jugend angewöhnt, Johannes scherzhaft John zu nennen. Seltsamerweise hatte Johannes Gefallen daran gefunden, und so war der Name hängen geblieben. »Erzähl ihnen, du hättest sehr wortreich protestiert, aber ich hätte partout keine Vernunft annehmen wollen. Das wird doch sicherlich jeder nachvollziehen können, alter Freund«, fügte er noch hinzu.

»Und wo soll meine Dienerschaft schlafen?«, fragte Johannes.

Abram kannte Johannes gut genug, um zu erkennen, dass dieser glaubte, einen moralischen Standpunkt gefunden zu haben, bei dem sich beide einig waren. Er fragte: »Sind das alles Afrikaner?«

»Glaubst du, meine Farm sei wie deine?«, fragte Johannes und versuchte, seinen Ärger zu zügeln. Erneut ließ er eine Rauchwolke aus seiner Pfeife aufsteigen, die sich zwischen ihnen ausbreitete. »Natürlich sind es alles Eingeborene. Also frage ich noch einmal, mein guter Mann, wo sollen diese Leute schlafen?«

Abram begriff, dass Johannes und er dem Affen nun noch mehr Dinge beibringen würden, die er längst beherrschte. Er ließ dieses sinnlose Manöver geduldig über sich ergehen, denn was blieb ihm auch sonst übrig? Er brauchte Johns Hilfe. Er brauchte einen Ort, an dem er sich verstecken konnte, während sein Weingut verkauft, die Gelder überwiesen und Alisas Bücher nach England verschifft wurden und während Gloria und Schwester Elisabeth versuchten, gefälschte Dokumente für ihn zu beschaffen, mit denen er die Grenze überqueren konnte. Kurz gesagt, er brauchte Zeit, um alle erforderlichen Maßnahmen für Didos und sein Überleben zu treffen. Abram war auf diesen Mann angewiesen, der ihn da gerade verspottete, und der Mann, der ihn verspottete, wusste das nur zu gut.

»Die Unterkunft ist doch gewiss nicht so winzig, dass zwei zusätzliche Personen eine Katastrophe wären, wie du das unterstellst, John. Das Mädchen wird bei den Frauen schlafen und ich bei den Männern.«

»Du erdreistest dich, mich über die Verhältnisse auf meinem eigenen Gut aufzuklären?«, sagte Johannes. »So eng ist unsere Freundschaft nicht.«

»Verzeih mir. Ich wollte keinesfalls unverschämt sein. Das lag nicht in meiner Absicht«, sagte Abram.

»Ich sage diese Dinge nicht etwa, weil ich schwierig sein will. Du weißt, dass du mir Unannehmlichkeiten bereitest, Bram. Allein die Gegenwart des Mädchens kann mich mein Stimmrecht kosten. Du weißt das … du hast das von Anfang an gewusst.« Johannes legte eine bedeutungsschwangere Pause ein und sog an seiner Pfeife. Er war, wie Abram nur zu gut wusste, ein Mann, der zur Theatralik neigte. Schließlich wedelte er ziellos mit der Hand in der Luft herum und sagte: »Aber ich nehme an, wir werden uns schon irgendwie zu helfen wissen.«

Nicht zum ersten Mal bemerkte Abram, dass Johannes beim Sprechen seinen Speichelfluss nicht unter Kontrolle hatte und dass er in den kurzen Pausen, die er zwischen seinen Wörtern einlegte, häufig husten musste. Der Atem entwich seiner Lunge offenbar nur sehr widerstrebend, doch dieses Übel schien ihn nicht zu beunruhigen. Alles in allem musste man ihn als ein recht unvollkommenes Exemplar der menschlichen Rasse bezeichnen. Er war zwar größer als die meisten anderen Leute, doch seine Ausstrahlung hatte nichts Gebieterisches. Seine Augen waren stets gerötet und tränten, und die leuchtend blaue Farbe seiner Iris wäre sehr viel eindrucksvoller gewesen, wenn sie zu einem attraktiveren Gesicht gehört hätte. Darüber hinaus war die Form seines Kinns zu beklagen – vielleicht mehr als alles andere –, denn es hatte ein Grübchen und ragte vierkantig und grobschlächtig unter seinen dünnen, blassen Lippen hervor. Seine strähnigen braunen Haare hatten sich bis zur Mitte seines Schädels zurückgezogen, und seine Nase war fast ebenso breit wie sein Kinn.

Die Hitze des Transvaals und die ins Land gegangenen Jahre hatten ihren Tribut von Johannes gefordert. Aber vor allem war es, wie es schien, seine eigene Bitterkeit gewesen. Sie war ihm aus dem Herzen geflossen, hatte all seine Poren durchdrungen, seine Haut gerötet und einen unnatürlichen Glanz darauf hervorgerufen. Es widerstrebte ihm zwar, aber es kam Abram so vor, als müsse er Mitleid mit seinem alten Freund haben. Und selbst wenn er sich dazu nicht durchringen konnte, so bereute er doch wenigstens die Rolle, die er bei Johannes' Verbannung in den Norden gespielt hatte.

Während die jeweiligen Nationen, denen ihre Eltern angehört hatten, noch ein gemeinsames Interesse am Schicksal Afrikas gehegt hatten, machte sich bei den Nachkömmlingen der Europäer eher Ernüchterung breit, und die Feindseligkeit, die zwischen ihnen entstanden war, hatte sich durch den vor Kurzem ausgebrochenen Zweiten Burenkrieg noch erheblich verstärkt. Nachdem die Streitkräfte beider Seiten in einer spektakulären Demonstration ihres jeweiligen Hurrapatriotismus für Tod und Zerstörung gesorgt hatten, war Johannes zu der Überzeugung gelangt, dass er der holländischen Nation seine Loyalität als ihr Nachfahre noch mehr beweisen könnte, indem er aus dem von den Briten regierten Kap der Guten Hoffnung auswanderte und sich im unter der Kontrolle der Buren stehenden Transvaal niederließ. In diesen Dingen war er äußerst gewissenhaft – eine Eigenschaft, die er ironischerweise mit Alisa gemein hatte. Für beide war Patriotismus etwas zutiefst Persönliches, etwas, das für die Existenz eines jeden Menschen absolut essenzielle Bedeutung haben sollte.

Das war das Ende von Abrams und Johannes' Freundschaft gewesen. Denn obwohl Abrams Name eine Zugehörigkeit zur holländischen Nation nahelegte, hatte er dem englischen Teil seiner Herkunft nie abgeschworen. Johannes hatte das als Affront aufgefasst. Natürlich war es auch nicht gerade hilfreich, dass Abram sich in Alisa verliebt hatte – eine schwarze Frau. Und dann kam auch noch hinzu, dass diese schwarze Frau eine Engländerin war. Wenn man ihn sehr gedrängt hätte, wäre Johannes vielleicht bereit gewesen, eines dieser Vergehen zu verzeihen, aber auf keinen Fall alle drei.

Johannes stand auf und ging zum Fenster. Er steckte die linke Hand in die Hosentasche, schaute hinaus und klopfte mit seiner Pfeife ans Fenster. Selbst im Halbdunkel besaß Abrams früherer Freund keinen Funken Eleganz. Er sah nicht so aus, als würde er in diese edle, vornehm eingerichtete Bibliothek gehören. Vielmehr schien es so, als sei auch er ein Reisender, der dringend einen Ort zum Ausruhen brauchte.

»Das ist schon ziemlich erstaunlich, nicht wahr?«, bemerkte Johannes. »Vor etwa zehn Jahren hast du mir hier in diesem Raum gegenübergestanden und dich von mir losgesagt. Und das hast du mit einer solchen Endgültigkeit getan, dass ich mir ganz albern vorkam, weil ich versucht hatte, dich zu retten. Und heute sitzt du hier vor mir und hoffst, dass ich dich retten werde.« Er drehte sich vom Fenster weg und sah den Mann an, den er gerade verhöhnte. Das Licht der Lampe fiel in einem unvorteilhaften Winkel auf sein Gesicht, sodass die Tränen, die ihm stets in den Augen standen, noch mehr als sonst glänzten. »Nicht, dass du denkst, ich wäre einer dieser Leute, die auf den Gräbern ihrer Feinde tanzen«, fuhr er fort. »Aber es ist doch so: Wir leben in seltsamen Zeiten. Ich will mir auf keinen Fall nachsagen lassen, dass ich mit Eingeborenen Unzucht getrieben und Mulattenkinder gezeugt habe. Ich lasse nicht zu, dass mein guter Name befleckt wird, Bram. Du weißt doch, wie solche Gerüchte einen Mann ruinieren können. *Dich* haben sie schließlich ruiniert, nicht wahr?«

Abram verschränkte die Hände ineinander. Als er sprach, tat er das ganz bewusst mit ruhiger, sanfter Stimme. Er wollte sich die Wut nicht anmerken lassen, die in ihm aufstieg. »Du vergisst, dass ich keine Unzucht getrieben habe und dass ich mich für meine Tochter nicht schäme.«

Er stand von seinem Stuhl auf und ging zum Fenster. Eigentlich hatte er Johannes Auge in Auge gegenüberstehen wollen, aber jetzt beschloss er, lieber nach draußen zu schauen. Dort herrschten vollkommene Dunkelheit und Stille, abgesehen von dem Wind, der schon den ganzen Tag geweht hatte. Abram stellte sich vor, der Wind, der sich dort draußen erhob und durch die Luft wirbelte, sei Pfeifenrauch, den eine unsichtbare Gottheit ausgestoßen hatte und der zwischen den Worten umhertanzte, die diese Gottheit und ihr Widersacher austauschten. Dann, so stellte er sich weiter vor, löste sich der Rauch in nichts auf, und es blieben nur die Worte und die Dunkelheit zurück.

Es war ein ganz gewöhnlicher Spätsommerabend. Das Zirpen der Grillen zeigte an, wie die Zeit verging, zusammen mit dem Flattern und Flirren der Insekten, die in ihrer hektischen Anstrengung, das trübe Licht der Lampe zu erreichen, gegen das Fenster prallten. Die wenigen, die eine Lücke im Fensterrahmen erwischt und es ins Innere geschafft hatten, wirbelten wild im Kreis um das Licht herum und stürzten sich dann in den Tod. Ihre kleinen Körper verdunkelten das Glas der Lampe und ließen ihr Licht noch trostloser erscheinen.

»Ich bin verzweifelt, John«, sagte Abram. Er vermied es dabei sorgfältig, sein Gegenüber anzusehen. »Du hast mich früher einmal sehr lieb gehabt. Und du weißt, dass ich dich lieb gehabt habe. Ich bin nicht mit irgendeinem falschen Stolz hierhergekommen oder … oder mit … Ich kann nirgendwo sonst hin, John. Wir werden für eine kleine Weile hierbleiben. Nur eine kleine Weile. Ich wäre dir dankbar, wenn du dich während dieser Zeit bemühen könntest, meine Tochter nicht zu hassen. Bitte lass sie nicht spüren … Sie ist sehr klug und sehr tapfer, aber sie hat Entsetzliches durchgemacht, und sie hat keine Heimat mehr. Sie bedeutet mir alles. Das ist der letzte Gefallen, um den ich dich jemals bitten werde. Dann gehen wir fort und lassen dich in Ruhe. Bitte.«

Johannes flüchtete sich in einen Hustenanfall, verzichtete jedoch darauf, diesen weiter auszukosten, und seufzte schwer. Dann ging er zu seinem Schreibtisch und läutete mit einer darauf stehenden Handglocke. Wenige Minuten nach dem dritten Läuten betrat eine schon etwas betagte, besonders dunkle afrikanische Frau den Raum und blieb neben der Tür stehen. Abram schätzte, dass sie in etwa so groß war wie er selbst – etwas, das bei südafrikanischen Frauen äußerst selten vorkam.

Zudem war die Frau sehr mager. Ihr Kleid schlotterte lose an ihrem Körper und war um einiges zu kurz für sie, denn solche Kleider wurden für gewöhnlich für sehr viel kleinere Frauen geschneidert, deren Hüften durch das Kinderkriegen oder das Älterwerden oder die Völlerei immer mehr in die Breite gegangen waren. Sie sah so aus, als wollte sie jeden Moment zu lächeln beginnen, tat es jedoch nicht. Stattdessen warf sie Johannes einen flüchtigen Blick zu und nickte dann, um zu signalisieren, dass ihr nicht entgangen war, welch angespannte Stimmung im Raum herrschte.

»Josephina, Mr van Zijl und das Mädchen werden ein oder zwei Wochen hier wohnen«, sagte Johannes auf Afrikaans. »Richte zwei Zimmer im Ostflügel her.«

Josephina nickte und verließ den Raum.

Johannes wandte seine Aufmerksamkeit wieder Abram zu. »Unser gemeinsamer Abend muss nun ein Ende finden«, sagte er, nun wieder auf Englisch. »Es ist schon spät, und ich brauche meinen Schlaf. Du kannst hier warten, bis Josephina eure Zimmer hergerichtet hat. Ich hoffe, du genießt meine Gastfreundschaf. Gute Nacht, Bram.«

»Gute Nacht, John«, sagte Abram. »Und danke.«

»Ja, ja«, murmelte Johannes wegwerfend.

Abram kehrte zu seinem Sessel zurück und sah den Insekten dabei zu, wie sie weiterhin vergeblich versuchten, das Licht zu erreichen. Sie schienen voller Hoffnung zu sein, voller Gewissheit, dass sie triumphieren würden – dass sie selbst diesen Sieg, der ihren Artgenossen vorenthalten geblieben war, auf jeden Fall erringen würden. Er schüttelte den Kopf und lächelte traurig.

Es war spät. Bald schon würde die altvertraute Kälte der Morgendämmerung hereinbrechen.

Nachthimmel über Rhodesien

Dido wusste, dass sie in dem Haus des großen Mannes mit den braunen Haaren und den blauen Augen nicht willkommen war. Miss Josephina nannte ihn Baas Joubert; ihr Vater nannte ihn einen alten Freund, der ihnen helfen würde, die Grenze zu Rhodesien zu überqueren. Dido war sich noch nicht sicher, wie sie selbst ihn nennen sollte.

Ihr Vater sagte ihr, sie solle sich unbedingt gut benehmen und sich von ihrer besten Seite zeigen. Deshalb beschwerte sie sich auch nicht, obwohl sie auf einem harten Stuhl sitzen musste und es eiskalt im Zimmer war. Sie beschwerte sich kein einziges Mal. Außerdem vermisste sie ihr Tagebuch, aber das war ganz unten in ihrem Koffer. Auch darüber sagte sie kein Wort, denn das könnte Miss Josephina verärgern. Sie trank den Orangensaft, den Miss Josephina ihr gegeben hatte, ebenfalls ohne sich zu beschweren. »Das ist sehr lecker«, sagte sie.

Miss Josephina nickte und lächelte ihr zahnloses Lächeln. »Iss«, sagte sie und zeigte auf das gekochte Hühnchen auf Didos Teller.

Dido schüttelte den Kopf. »Ich esse kein Fleisch«, erklärte sie. »Vielen Dank«, fügte sie dann noch rasch mit einem Lächeln hinzu und hoffte, dass sie dabei reumütig aussah.

Ihr Vater hatte sie einmal mit auf die Jagd genommen, zusammen mit ihrem Onkel Yuri. Obwohl Onkel Yuri nicht wirklich ihr Onkel war. Er kam öfters aus dem Transvaal zu Besuch, weil der Winterregen am Kap, wie er sagte, ihn an Leningrad erinnerte (einen Ort, den er selbst immer noch Sankt Petersburg nannte). Vater hatte sich schon im Voraus darüber beschwert, was für ein schlechter Schütze Onkel Yuri war – eine Unterstellung, die sich bewahrheitete, als Onkel Yuri eine Elenantilope so unglücklich traf, dass sie nicht sofort starb.

Während die Antilope elendig verendete, blutete und blökte sie fürchterlich – ein Geräusch, das klang, als würde sie weinen. Bevor Vater dem Tier einen Schuss zwischen die Augen versetzte und es von seinem Leid erlöste, hatte es Dido angeschaut, als wollte es sie anflehen, sein Leben zu retten. Dido hatte geweint, woraufhin ihr Vater sie in die Arme nahm und mit Onkel Yuri schimpfte. Sie hatte nicht weinen wollen. Obwohl sie damals erst sieben Jahre alt gewesen war, hatte sie begriffen, wie großzügig es von ihrem Vater gewesen war, seine Tochter und somit ein weibliches Wesen mit auf die Jagd zu nehmen. Sie war stolz darauf, eine Art Fast-Junge zu sein, dem er das Jagen beibringen wollte. Aber am Ende hatte sie doch weinen müssen und es später nicht fertiggebracht, das Fleisch der Elenantilope zu essen. Noch hatte sie jemals wieder ein einziges Stück Fleisch gegessen.

Sie war sich nicht sicher, wie sie Miss Josephina, die sie doch erst seit ein paar Stunden kannte, all das erklären sollte. Stattdessen sagte sie nur: »Es tut mir leid.«

»Oh«, rief Miss Josephina überrascht. »Gemüse?«

Dido nickte. Die Frau ging zum Herd und füllte einen Teller mit Gemüse. »Möhren und Kartoffeln«, sagte Miss Josephina und stellte den Teller auf den Tisch.

»Ich spreche Afrikaans«, sagte Dido auf Afrikaans. »Na ja, eigentlich nur ein bisschen«, fügte sie hinzu und kehrte wieder zum Englischen zurück. »Mein Vater spricht lieber Englisch.

Und meine Mutter mochte Afrikaans überhaupt nicht. Aber meine Nanny hat mir ein bisschen was beigebracht … ein kleines bisschen. Aber ich verstehe alles.«

»Sprichst du die anderen Sprachen?«, fragte Miss Josephina. »Die Sprachen unseres Volkes?«

Dido war an solche Fragen gewöhnt. Fast jeder, dem sie begegnete, nahm automatisch an, dass sie Afrikanerin war, und zwar ausschließlich. Niemand fragte, ob der Mann, der sie so liebevoll wie ein Vater behandelte, tatsächlich ihr Vater war. Sie wusste, dass es an ihrem Aussehen lag. Ihre Haut war dunkler als die ihres Vaters, und ihre Augen waren so braun wie die ihrer Mutter. Und obwohl sie lange und nur leicht gelockte Haare hatte, gingen die Leute, wie ihr klar geworden war, davon aus, dass diese Abweichung das Resultat irgendeiner verborgenen, schrecklichen Tragödie sein müsse.

Die Leute begegneten ihr für gewöhnlich sehr freundlich, aber wenn sie dann feststellten, dass sie sich in keiner der Sprachen der Eingeborenen verständlich machen konnte, kehrten sie rasch zu ihrer ursprünglichen Unterwürfigkeit zurück. Sie verstand das nicht ganz, nahm aber an, dass man sie für eingebildet hielt. War das einmal geschehen, ließ sich nur noch sehr schwer Freundschaft mit ihnen schließen. »Nein«, sagte sie zu Miss Josephina. »Das tue ich nicht.«

Zu Didos Überraschung schien die Frau keineswegs enttäuscht zu sein. Stattdessen lächelte sie ihr zahnloses Lächeln und sagte in fließendem Afrikaans: »Ich werde es dir beibringen. Dann haben wir etwas zu tun, während du hier zu Besuch bist.« Doch im nächsten Moment schienen ihr Zweifel an ihrem Vorschlag zu kommen, und sie schüttelte den Kopf. »Wird dein Vater das erlauben?«

Dido wusste es nicht. Aber es konnte wahrscheinlich trotzdem nicht schaden, die Frage zu beantworten. »Ich glaube schon. Welche Sprache sprechen Sie?«

»Sesotho. Aus dem Norden. Wir sind nur ein kleiner Stamm. Die Balobedu.«

»Das ist ja seltsam. Nanny Gloria spricht dieselbe Sprache. Ich kenne sonst niemanden, der diese Sprache spricht. Jetzt kenne ich Sie und Nanny Gloria.«

»Das ist tatsächlich seltsam«, stimmte Miss Josephina ihr zu.

Genau in diesem Augenblick klingelte eines der Glöckchen, die an der Wand hingen, und Miss Josephina stand auf. »Baas Joubert braucht mich«, verkündete sie. »Du musst essen«, fügte sie hinzu und zeigte auf den vollen Teller.

»Danke für das Essen«, sagte Dido. Miss Josephina nickte und verließ die Küche.

Um ihrer plötzlichen Einsamkeit ein wenig den Stachel zu nehmen, dachte Dido darüber nach, welche Sterne wohl am Nachthimmel über Rhodesien sichtbar sein würden. Ihr Vater hatte ihr zugestimmt, als sie meinte, dass es eventuell andere Sterne sein könnten als die, die man am Kap sah, ganz unten am südlichsten Zipfel Afrikas.

Wenn sie Orion erst einmal gefunden hatte, würden sich die anderen Sterne auch ganz leicht finden lassen. Sie würde ihr Tagebuch noch vor Ende des Jahres vollgeschrieben haben. Und danach würden sie und ihr Vater vielleicht noch weiter nach Norden reisen, weit genug, um den Polarstern zu sehen. Sie hoffte, er würde genauso hell sein, wie es ihr Lehrbuch behauptete, und genauso nützlich. Sie konnten dem Polarstern folgen und würden sich niemals verirren.

Als hätten ihre Gedanken ihn herbeigerufen, betrat ihr Vater die Küche. »Hallo, Dido«, sagte er. »Würde es dir etwas ausmachen, wenn ich dein Essen mit dir teile?«

»Nein, das macht mir nichts aus«, sagte sie. »Miss Josephina hat mir mein Lieblingsessen gegeben.« Sie lächelte, denn ihr Vater sah traurig aus, und sie wusste, dass er ebenfalls lächeln würde, sobald sie das tat.

Er setzte sich neben sie und zog den Teller mit dem Hühnchen zu sich heran. »Ich habe gute Neuigkeiten«, sagte er. »Wir werden uns nun doch eine Weile hier ausruhen können.«

»Kann ich bitte Miss Josephinas Sprache lernen?«, fragte Dido. »Es würde ihr nichts ausmachen, sie mir beizubringen. Sie hat es selbst vorgeschlagen. Und wenn ich ihre Sprache lerne, dann wird das so sein, als hätten wir Nanny Gloria mitgenommen. Und ich würde sie schrecklich gerne lernen. Papa.«

»Natürlich, Liebes«, sagte ihr Vater. »Aber du musst langsamer sprechen. Ich habe mindestens die Hälfte von dem, was du da gesagt hast, nicht verstanden.« Er lachte.

Sie lächelte. »Danke! Wenn ich gut damit zurechtkomme, dann bringe ich sie dir auch bei. Stell dir nur vor, was das für ein Spaß wäre!«

Ihr Vater lachte noch lauter. »Ja, das wäre was.« Dann sah er plötzlich verwirrt aus. »Du hast gesagt, ihre Sprache sei dieselbe wie die von Nanny Gloria?«

»Ja, ist das nicht seltsam? Du und dein alter Freund, ihr habt euch beide mit Frauen vom selben Stamm angefreundet.«

»Das ist in der Tat seltsam«, sagte ihr Vater. »Sehr seltsam.« Er nickte, doch es schien ganz so, als würde ihm dieser Zufall Sorgen bereiten.

»Wie lange bleiben wir hier?«, fragte Dido.

Ihr Vater schluckte den Bissen hinunter, den er gerade gekaut hatte, und sagte leise: »Das habe ich noch nicht entschieden.« Er schnitt sich noch ein Stück Fleisch ab, kaute und schluckte es hinunter. »Ich muss dich um einen großen Gefallen bitten, Dido. Du weißt, dass wir uns so unauffällig verhalten müssen wie möglich, nicht wahr?«

Dido nickte. Ein vertrauter Anflug von Traurigkeit huschte über das Gesicht ihres Vaters. »Niemand darf wissen, dass du meine Tochter bist«, sagte er. »Weißt du noch, als ich dir gesagt habe, dass man uns auseinanderreißen würde?« Dido nickte erneut, und ihr Vater fuhr fort: »Im Augenblick suchen diese Leute nach einem weißen Mann und seiner kleinen Tochter. Ich weiß, dass das möglicherweise nicht funktionieren wird, aber es könnte besser sein, wenn du zumindest aus der Ferne so aussiehst, als wärst du ein Junge. Oder wenigstens, dass es nicht so scheint, als wärst du …« Er schluckte und beendete den Satz nicht.

Dido wusste, was er meinte. Genau das war im Zug passiert. Dort hatte sie für ihren Vater nicht seine Tochter sein dürfen. Doch er hatte trotzdem das Gefühl, sich noch genauer erklären zu müssen. »Du weißt, dass das allein zu deiner Sicherheit ist, nicht wahr?«, fragte er, und sie nickte erneut. »Und noch eins, mein Engel«, fügte er ernst hinzu und legte seinen freien Arm um ihre Schultern. »Wir müssen deine Haare abschneiden.«

»Nein, Papa, bitte zwing mich nicht dazu!«, bettelte sie.

Ihr Vater seufzte, als hätte ihn ein unsichtbarer Feind in die Knie gezwungen. »Es ist notwendig, Dido«, sagte er. »In Kapstadt hattest du Nanny Gloria und Farouk und all die anderen, die dich beschützt haben. Hier hast du nur mich. Hier gibt es niemanden, der mir zur Treue verpflichtet ist. Verstehst du?«

»Müssen wir wirklich alles abschneiden?«

»Die Haare werden wieder nachwachsen, mein Liebes.«

Wie immer hatte Dido nicht weinen wollen. Es war nur so, dass ihr Vater nicht verstand, was es mit ihren Haaren auf sich hatte. Seine Augen waren grün, und er hatte blasse Haut. Die Leute brauchten ihn nur anzusehen, um zu wissen, wer er war. Aber von ihr konnte man das nicht behaupten. »Es dauert sehr lange, bis sie nachwachsen«, sagte sie.

»An deinem nächsten Geburtstag sind sie wieder genauso lang wie vorher.«

Er sah müde aus. Und obwohl er nicht zu verstehen schien, dass es einen guten Grund gab, warum sie wenigstens einen Teil ihrer Haare behalten wollte, entschied sie, ihm lieber nicht zur Last zu fallen. »Versprochen?«, fragte sie.

Ihr Vater zögerte einen Moment. Endlich legte er das Besteck auf den Tisch, nahm seinen Arm von ihren Schultern und ergriff ihre Hände. »Versprochen!«

Die Tränen flossen noch heftiger. Sie gruben sich mit ihrem Salz in ihre Wangen, befleckten ihr Gesicht und schnürten ihr den Atem ab. Was ihr Vater auch sonst zu tun in der Lage war, er konnte unmöglich dafür sorgen, dass ihre Haare so schnell nachwuchsen, wie er es versprach. Also lehnte sie sich an seine Brust und weinte sich die Seele aus dem Leib.

Wir Zerrissenen

Johannes beobachtete das Mädchen mit großer Neugier. Sie hüpfte von einem Regal zum nächsten und durchforstete seine Bücher mit dem respektlosen Interesse eines gelangweilten Kindes. Es konnte einem so vorkommen, als hätte sie sich selbst das Ziel gesetzt, innerhalb eines festgesetzten Zeitrahmens jeden einzelnen Titel zu überprüfen.

»Hast du eins gefunden, das dir gefällt?«, fragte er und schreckte sie aus ihrer geschäftigen Selbstvergessenheit auf. Sie drehte sich zu ihm um und sah dabei genauso ängstlich aus, wie er es erwartet hatte. Wahrscheinlich hätte sie am liebsten die Flucht ergriffen.

»Mein Großvater hat diese Sammlung begonnen, meine Eltern haben sie fortgesetzt, und ich selbst habe auch das eine oder andere kostbare Exemplar hinzugefügt«, sagte er. »Mein Großvater würde sich wahrscheinlich im Grab umdrehen, fürchte ich, wenn er wüsste, wie viele Romane ich in den letzten Jahren hinzugefügt habe.«

Er schlenderte zu dem Sessel hinüber, der am Fenster stand. Auf diese Weise würde sie, sobald er sich hingesetzt und seine Beine ausgestreckt hatte, zwischen ihm und dem Bücherregal gefangen sein.

»Er war ein ziemlich fantasieloser Mensch, mein Großvater«, fuhr er fort. »Sein Interesse galt fast ausschließlich Geschichtsbüchern. Meine Mutter gestand mir einmal, sie habe ihre Zweifel, ob er überhaupt fähig sei, den Inhalt seiner Sammlung zu begreifen, von der er behauptete, sie derart wertzuschätzen. Sie fragte sich sogar, ob er überhaupt lesen und schreiben konnte.« Als Dido klar wurde, dass sie in der Falle saß, machte sie eine Bewegung, als wollte sie einen Befreiungsversuch starten. »Liest du gern?«, fragte er.

»Mein Vater hat mir einen Band mit Grimms Märchen zum Geburtstag geschenkt«, antwortete sie. Johannes bemerkte, dass es so klang, als wäre jedes ihrer Worte nur die Silbe eines einzigen, unendlich langen Wortes. Ihre Sätze flossen ohne Punkt und Komma ineinander. Sie hatte eine leise Stimme, die stets zu zittern schien. Wenn er nicht so darüber verärgert gewesen wäre, dass sie es gewagt hatte, in einen Ort einzudringen, der ihm heilig war, hätte er vielleicht Bewunderung dafür empfunden, wie perfekt ihre englische Aussprache war, perfekter sogar als die ihres Vaters. Das musste sie von ihrer Mutter gelernt haben.

»Mein Großvater hasste die Deutschen«, sagte er. »Er hasste auch ihre Vermächtnisse. Und ich habe seine Voreingenommenheit geerbt.« Er betrachtete prüfend das Gesicht des Mädchens und versuchte, Spuren ihrer Mutter darin zu entdecken, die über ihren goldenen Teint und das Braun ihrer Augen hinausgingen. Doch es gab keine. Das Mädchen war durch und durch Brams Tochter.

Sie hatte seine untertassengroßen Augen geerbt und auch seine spitze Nase. Ihr Mund war recht breit, aber nicht zu breit für ihr herzförmiges Gesicht. Und ihre Stirn war groß und frei, genau wie die ihres Vaters. Hätte sie auch seine grünen Augen geerbt, wäre es ganz so, als betrachtete man einen jüngeren, etwas dunkleren Bram. Die Ähnlichkeit wurde durch ihren glatt rasierten Kopf noch betont.

»Auch wenn ich etwas gegen dieses Volk habe, muss ich zugeben, dass ich doch neugierig bin, ob ihre Literatur besser ist als ihr Wein«, fuhr er fort. »Ist sie das?«

»Ich habe ihren Wein nie probiert«, sagte das Mädchen und wich bis zum Regal zurück.

»Das dachte ich mir. Wie bist du hier hereingekommen?«

Sie schien irgendeine Lügengeschichte zusammenzubrauen oder es zumindest versuchen zu wollen. Als ihr das nicht gelang, sagte sie die Wahrheit, die ihm ohnehin bekannt gewesen war, lange bevor er ihr diese Frage gestellt hatte. Oder wenigstens die halbe Wahrheit. »Ich habe Miss Josephina beim Saubermachen geholfen, und da hat sie wohl irgendwie vergessen, dass ich hier drin war …« Er unterbrach sie, indem er seine Augenbrauen hochzog und sie damit herausforderte, bei ihren Lügengeschichten wenigstens ein bisschen mehr Einfallsreichtum an den Tag zu legen. »Miss Josephina hatte keine Ahnung, dass ich hier war«, fuhr sie fort. »Ich möchte auf keinen Fall, dass sie meinetwegen in Schwierigkeiten gerät.«

»Weißt du, an wen du mich erinnerst?«

Das Mädchen verstummte.

»An Frederick Courteney Selous. Hast du schon mal von ihm gehört?«

»Der Jäger?«, fragte sie aufgeregt. »Er schrieb die …«

»Ich habe Selous nie leiden können«, unterbrach er sie.

»Oh«, sagte sie betrübt.

»Möchtest du denn nicht wissen, warum du mich an ihn erinnerst?«

Sie dachte einen Moment lang nach. Ihre Stirn legte sich in Falten, und ihre Augen wanderten durch den Raum, zum Fußboden hinunter und zur Decke hinauf, als suchte sie dort nach der Antwort, von der sie wahrscheinlich schon ahnte, dass es sie nicht gab. »Ich nehme an, das macht ohnehin keinen Unterschied«, sagte sie schließlich. »Oder?«

»Du bist leichtfüßig und hast geschickte Hände, so wie ich mir einen Jäger vorstelle. Und deine Augen.« Er betrachtete erneut prüfend ihre Augen und versuchte zu entscheiden, ob deren Braunton nun schön oder abstoßend war. »Ich denke, ich traue deinen Augen nicht.«

»Oh«, sagte sie erneut. Mittlerweile schien sie einem Tränenausbruch immer näher zu rücken.

»Du erinnerst mich auch an deinen Vater. Du siehst ihm viel zu ähnlich. Du siehst viel zu sehr wie ein Junge aus«, sagte er. »Das liegt wohl an der Frisur«, fügte er mehr zu sich selbst hinzu.

Das Mädchen lächelte vorsichtig. Seltsamerweise schien sie sich über seine Worte zu freuen. Sie begriff offenbar nicht, dass er sie eigentlich hatte beleidigen wollen. Im nächsten Moment fiel ihr jedoch wieder ein, dass sie gerade an einem Ort erwischt worden war, an dem sie sich nicht hätte aufhalten dürfen.

»Ich habe genau ein Problem mit Selous«, sagte Johannes. »Nur ein einziges. Ich habe lange darüber nachgedacht. Es ist dasselbe Problem, das ich mit allen Männern habe, die so sind wie er – dein Vater mit eingeschlossen. Errätst du, was ich meine?«

Es sah nicht so aus, als liefe der Verstand in ihrem goldenen Kopf auf Hochtouren. Vielleicht war es die Beleidigung, die er gegen ihren Vater ausgesprochen hatte, die sie so irritierte. Er stellte fest, dass er mehr fasziniert als verärgert war, und fragte daher: »Magst du die Jagd, kleines Mädchen?«

»Wer mag sie nicht?«, murmelte sie.

Johannes lächelte über die Vorstellung, dass ein kleines Mädchen für den Jagdsport schwärmte und für die, die ihn ausübten. Selbst er, der er ja schließlich ein Mann war, konnte nicht nachvollziehen, welchen Reiz es haben sollte, ein Gewehr abzufeuern und jubelnd zuzusehen, wie ein Tier elendig verendete.

Er fragte sich voller Neugier, was sie wohl denken würde, wenn er ihr von seiner Abneigung gegen Fleisch erzählte. Selbstverständlich entschied er sich sofort dagegen. Welchem Zweck diente es, wenn er einem Kind von seinen exzentrischen Veranlagungen erzählte? »Ich nehme an, es ist nicht von Bedeutung«, führte er seinen Gedankengang laut zu Ende.

»Sie denken, es ist nicht von Bedeutung, warum Sie jemanden hassen?«, fragte das Mädchen und schlug sich sofort die Hände vor den Mund.

»Warum sollte es?«

»Na ja, es ist nur so, dass Nanny Gloria mich einmal gefragt hat, warum ich Zitronen mag, aber keine Orangen. ›Das ist doch fast dasselbe‹, hat sie gesagt. Aber das stimmt nicht, wissen Sie? Ich konnte es ihr aber nicht erklären, und ich glaube, sie hat mich deshalb für ein bisschen verrückt gehalten.« Sie verstummte. Vielleicht bereute sie es, so viel von sich preisgegeben zu haben.

»Du hast den Grund dafür nie herausgefunden?«, fragte er. Das Mädchen trat mit dem rechten Fuß auf den linken, verschränkte die Hände hinter dem Rücken, verzog das Gesicht und starrte an die Decke. Dann löste sie ihre Hände wieder voneinander und ließ sie in kurzen, knappen Gesten durch die Luft sausen, um ihre Worte zu unterstreichen.

»Na ja«, begann sie. »Es muss daran liegen, dass Orangen süß sind. Ich glaube, ich mochte süße Sachen noch nie. Emilia war diejenige, die Süßes geliebt hat, und auch Orangensaft …« Sie verschränkte erneut die Hände, blickte scheu zu Boden und wechselte die Position ihrer Füße.

»Das scheint mir keine schwierige Entscheidung zu sein.«

»Aber … aber … es macht sehr wohl einen Unterschied.«

»Was?«, fragte er erwartungsvoll.

»Jeder mag Orangen.« Sie sagte das, als würde sie gerade die Farbe des Himmels bestätigen oder die Leuchtkraft der Sonne – als sei er ein Dummkopf, weil ihm das entgangen war.

»Und du dachtest, dass du deshalb anders bist als alle anderen?«

»Ich weiß, Sie finden das kindisch. Sie brauchen sich deshalb nicht über mich lustig zu machen.«

»Ich mache mich nicht über dich lustig. Warum sollte ich das tun?«

»Meine Mutter hat das nicht verstanden … glaube ich«, sagte sie. Ihre Stimme war nun wieder leise und zittrig. »Aber egal. Warum hassen Sie Selous?«, fragte sie dann. Ihre Stimme sprang bei diesen Worten eine Oktave in die Höhe, und ihre Augen schauten prüfend in seine, auf der Suche nach Antworten, die er ihr vielleicht vorenthielt. »Ich dachte, den mag jeder.«

»Du bist eben die Tochter deines Vaters. Und dein Vater ist sehr begabt in allem, was Engländer so tun«, sagte er. Das Mädchen schien nicht zu verstehen, also tat er ihr den Gefallen und erklärte, was er meinte. »Weißt du, was Afrikas größter Schatz ist?«, fragte er und hoffte, sie würde irgendeine alberne Antwort geben, damit er sie verspotten konnte.

»Alles«, verkündete sie. Sie grinste verlegen und hüpfte fast mit beiden Füßen in die Luft. Stolz, dachte er. Sie war in diesem Moment stolz. »Ich glaube, es ist alles, aber meine Mutter hat gesagt, ich sei zu jung, um zu verstehen, wie es in der Welt zugeht. Als ich meinem Vater von meiner Antwort erzählt habe, hat er gelächelt und mir über die Haare gestreichelt.« Sie sah einen Moment lang traurig aus. Dann beschloss sie offenbar, dass Schweigen in diesem Moment Gold sei, und starrte wieder mit hinter dem Rücken verschränkten Händen auf den Fußboden.

»Ich freue mich, dir mitteilen zu können, dass deine Mutter sich geirrt hat, so wie sie sich auch bei allen anderen Dingen geirrt hat.«

»Sie kannten meine Mutter?«

»Ja, für eine kurze Zeit.«

»Meine Mutter mochte Selous auch nicht, genauso wenig wie Sie. Es war immer mein Vater, der von Selous gesprochen hat. Aber jetzt nicht mehr. Können Sie mir erklären, warum?«

»Ich maße mir nicht an, die Eigenheiten deines Vaters zu verstehen«, sagte Johannes. »Aber eins sage ich dir: Männer wie er haben nur ein Ziel. Sie versuchen, ein neues Europa zu erschaffen, eine zweite Heimat. Ich gebe zu, dass das ein hehres Ziel ist, aber es wird oft sehr ungeschickt umgesetzt. Männer wie dein Vater halten es für recht und billig, die unterschiedlichen Prinzipien der Welten, die hier zusammenprallen, miteinander zu vermischen. Ich gebe zu, dass es möglich ist, niedrigere Rassen auf eine höhere Stufe zu heben, aber das ist ein Prozess, der sehr genau und ununterbrochen kontrolliert werden muss. Wenn man diese Regeln nicht strikt befolgt, schafft man, ohne es zu wollen, eine zweite Rasse, die dann derart über ihren naturgegebenen Status hinausgehoben wird, dass deren Mitglieder am Ende gar gegen ihre Befreier revoltieren. Diese Rasse, die eben erst zivilisiert wurde und Lesen und Schreiben gelernt hat, lässt sich nun nicht mehr kontrollieren. Sie liebäugelt mit Freiheiten, die man ihr besser vorenthalten sollte. Sag mir, kleines Mädchen, was wäre damit gewonnen, wenn es auf der Welt zwei Europas gäbe? Was wäre ein Afrika noch wert, das man all dessen beraubt hat, was es so einzigartig macht?«

Wie Johannes erwartet hatte, gab das Mädchen keine Antwort. Es wirkte verwirrt und verunsichert. Er versuchte es erneut: »Ich habe dein kleines Gehirn durcheinandergebracht, nicht wahr? Warte, lass es mich anders versuchen. Vor langer Zeit habe ich einmal ein Dorf im Norden besucht. Dort saß ich mit einem Mann beisammen, der hundertundzwei Jahre alt war, so schätzte man jedenfalls. Niemand wusste genau, wie viele Jahre er schon auf der Welt war. Sein Volk merkte sich die vergangenen Jahre anhand von großem Unheil oder großen Glücksfällen, Dürreperioden und Überflutungen oder reichen Ernten. Das Einzige, was er über das Jahr seiner Geburt noch wusste, war, dass es das erste Jahr einer acht Jahre andauernden Dürreperiode gewesen war. Sein Volk nannte ihn einen weisen Mann. Vielleicht war er das tatsächlich, schließlich war er ein Häuptling, und Häuptlinge und Königinnen werden von Natur aus weise erschaffen. Ich empfand seine Worte daher auf eine gewisse Art als heilige Weisheit.« Er hielt inne und wünschte, er hätte seine Pfeife zur Hand. Dann fuhr er fort: »Weißt du, was dieser Mann mir gesagt hat?«

Das Mädchen schüttelte den Kopf. Dazu war sie wenigstens noch in der Lage. Johannes hatte schon befürchtet, er hätte sie mit seinem Geschwafel komplett gelähmt. »Weißt du« – er räusperte sich –, »der Häuptling hat mir von der Entführung seiner einzigen Tochter erzählt. Das war im Jahr des Winterregens. Die Entführer stammten aus einem Dorf, das von einer Zauberin regiert wurde. Diese Zauberin wurde von allen die Regenkönigin genannt, weil sie die Gabe hatte, über den Himmel zu gebieten und ihrem Volk den Regen herbeizurufen. Ihre Mutter, die Mutter ihrer Mutter und sämtliche Frauen in ihrer Ahnenreihe hatten von den Göttern ihres Volkes dieselbe Gabe zum Geschenk erhalten.«

Er hielt erneut inne, um sich zu räuspern. Das Mädchen beugte sich vor und legte den Kopf schief, sodass sie ihm mit ihrem rechten Ohr näher kam. Wahrscheinlich wollte sie so verhindern, dass ihrem wissbegierigen Verstand auch nur ein einziges Wort entging. Wie er zu seinem Erstaunen feststellen musste, freute es ihn.

»Das Volk, über das die Regenkönigin herrschte, kannte so etwas wie Dürre und Hungersnot nicht«, fuhr er fort. »Aber diese Königin hütete ein großes Geheimnis.« Johannes glaubte, fast sehen zu können, wie das Herz des Mädchens schneller schlug, als sie diese Worte hörte. Er lächelte. »Sie war kinderlos, und ein Traumbild hatte ihr gezeigt, dass die Linie der Königinnen mit ihr enden würde. Aber es gab dort draußen ein Mädchen, das die neue Regenherrscherin werden könnte, wenn man ihr die Wege der Gottheiten zeigte. Kannst du mir noch folgen, kleines Mädchen?«

Das Mädchen nickte energisch.

»Gut. Nachdem also die Königin diese Vision hatte, versammelte sie ihre stärksten Krieger und schenkte ihnen den Segen ihrer Magie. Kein lebendiger Mann vermochte es, den Kriegern zu folgen, denn ihre Fußstapfen wurden vom Regen fortgewaschen. Niemand konnte ihre Stimmen hören, denn auf jede ihrer Reden folgte der Donner. Niemand konnte ihre Gesichter sehen, denn sie waren in ein blendendes Licht getaucht. So reisten sie vollkommen unsichtbar durch das Land.«

»Liegt das Reich, aus dem sie kamen, im Land der Basotho?«, fragte das Mädchen.

Jetzt war es an Johannes, neugierig aufzuhorchen. »Wenn du die Geschichte schon kennst, brauche ich ja meine Zeit nicht damit zu verschwenden«, sagte er.

»Es tut mir leid. Es ist nur so, dass ich versucht habe, mich zu erinnern, ob es die Stämme der Balobedu sind, die von einer Regenkönigin regiert werden. Miss Josephina unterrichtet mich.«

»Sie sind es. Darf ich jetzt fortfahren?«

Das Mädchen nickte unsicher.

»So gelang es den Kriegern der Königin, die Tochter des Häuptlings zu entführen«, sagte Johannes. »Als mir der Häuptling seine Geschichte erzählte, waren bereits drei Jahrzehnte oder mehr vergangen, seit er seine Tochter das letzte Mal gesehen hatte. Er erfuhr aus den Geschichten der Vorüberziehenden und dem Geplauder der Frauen, dass seine Tochter eine Vielzahl von Ehefrauen hatte, und dass sie eigene Söhne und Töchter großgezogen hatte, tapfere, wunderschöne Söhne und Töchter. Die Tochter des Häuptlings sei eine weise Regenherrscherin, flüsterten die Gerüchte. Der Häuptling legte seine Hände auf den Stock, den er sich zwischen seine Knie gestellt hatte, und fuhr dann mit seiner Geschichte fort. Er erzählte mir, die Seher hätten zur Zeit seines Großvaters vorhergesagt, dessen Nachfahren würden in großer Pracht und Erhabenheit leben und für immer in den Liedern all derer, die noch folgten, und auf den Zungen der schwatzenden Frauen fortleben. Er sagte das voller Stolz, weißt du, und voller Zufriedenheit, ohne sich wegen der Tochter und deren Nachkommen, die doch für ihn verloren waren, Sorgen zu machen. Hast du alles gehört?«

Das Mädchen nickte erneut.

»Der Häuptling erzählte mir von der großartigen Regentschaft seiner Tochter. Er sagte zu mir: ›Mein guter Mann, das Vieh in ihrem Land ist fett, und das Gras ist grüner als in allen anderen Tälern.‹ Dann lächelte er, nickte sich selbst zu und stampfte mit dem Stock auf. Ich fragte ihn, warum die Königin dem Land ihres Vaters keinen Regen schenkte. Schließlich wurde das Volk des Häuptlings zu jener Zeit von einer Dürre heimgesucht, die schon seit etwa vier Jahren anhielt.« Johannes unterbrach seine Erzählung, um in ein wieherndes Gelächter auszubrechen, in dem jedoch keine Spur von Heiterkeit mitschwang. »Weißt du, was er mir geantwortet hat?«, fragte er und hoffte tatsächlich, das Mädchen würde dieselbe Antwort geben wie der Häuptling. Falls sie das tat, würde das dem Wahnwitz, dessen Zeuge er geworden war, vielleicht einen gewissen Sinn verleihen.

Doch leider schüttelte das Mädchen nur den Kopf – auch wenn sie genauso enttäuscht aussah, wie er sich fühlte.

»Er sagte zu mir.« Dann schwieg er wieder einen Moment, in der Hoffnung, ihr könne vielleicht eine plötzliche Erleuchtung kommen. Als er sah, dass das nicht der Fall war, fuhr er fort: »Er sagte: ›Das Geschenk der Götter kann ihr nicht bis hierher folgen. Und ohne sie kann es nicht existieren. Deshalb stecken wir nun in diesem göttlichen Schlamassel.‹ Dann lachte er und zog sich hustend in seine Hütte zurück, denn sein Ende nahte. Verstehst du jetzt?«

Das Mädchen nickte nachdenklich, als fände sie die Antwort des Häuptlings einleuchtend. Sie öffnete den Mund, kam dann jedoch anscheinend zu dem Schluss, dass ihre Gedanken womöglich nicht klug sein könnten. »Und aus diesem Grund hassen Sie Selous und meinen Vater?«, fragte sie schließlich.

»Ich hasse deinen Vater nicht. Er ist mein ältester Freund.«

»Aber Sie haben doch gesagt …«

»Dann hast du mich falsch verstanden. Du bist zu jung, um das zu verstehen. Dieses Gespräch war Zeitverschwendung.«

»Ich bin aber auch sehr klug. Ich kenne den Unterschied zwischen dem Kreuz des Südens und dem Falschen Kreuz. Ich kann alle Mare auf dem Mond und alle Galileischen Monde des Jupiters aufzählen …«

»Jaja«, winkte er ab, »und anscheinend auch die Namen irgendwelcher Großwildjäger. Aber das beweist nur umso mehr, wie unwissend du bist. Ich wollte mich nicht über dich lustig machen …«

»Ich weine gar nicht.«

»Das habe ich auch nicht behauptet.« Mit jeder Sekunde, die verging, stieg sein Bedürfnis, eine Pfeife zu rauchen, also spuckte er seine Worte noch schneller aus. Vielleicht würden ja dann ihre Tränen versiegen, und mit ihnen auch das Unbehagen, das sie ihm verursachten. »Also«, sagte er, »ich glaube nicht, dass Selous und dein Vater die Geschichte des Häuptlings verstehen würden. Und weißt du auch, warum nicht?«

»Nein.« Sie schüttelte den Kopf, als wollte sie ihn mitsamt seiner Philosophie weit von sich weisen.

»Nun komm schon, es macht keinen Spaß, wenn du es nicht wenigstens versuchst.«

»Na ja, wenn ich raten müsste …« Sie schaute zur Zimmerdecke hoch und dann auf den Fußboden hinunter. Schließlich sah sie ihn an und verschränkte ihrem nun schon altbekannten Spiel folgend die Hände hinter dem Rücken. »Dann würde ich sagen, dass Sie kein gewöhnlicher Mensch sind. Ich meine, na ja, ich denke … Sie können nicht einmal Selous leiden, und der war der mutigste Jäger, der jemals gelebt hat. Er hat unzählige Löwen und Büffel und Nashörner getötet. Es gibt niemanden, der sich mit ihm vergleichen könnte …«

»Und es sollte auch niemanden geben!«, brüllte er. Das Mädchen zuckte zusammen. Er war bisher sehr ruhig und besonnen geblieben. Aber wie so oft bei solchen Diskussionen gelang es Johannes nicht, höflich zu bleiben. Trotzdem gab er nicht auf. Er fand, wenn es eine einzige Sache gab, die er diesem halbschwarzen Mädchen beibringen konnte, dann, dass man solche Gauner wie Selous nicht verehren durfte.

»Pass auf«, sagte er nun wieder freundlich. »Diese Leute, die aufgrund eines schlechten Scherzes irgendeines gelangweilten Gottes das große Glück hatten, als Weiße geboren zu werden … diese Leute finden es absolut in Ordnung, ihre Gewehre auf Hochglanz zu polieren und Dutzende von Löwen abzuknallen. Und wofür? Damit sie eine Löwenmähne oder ein Büffelhorn mit zurück nach England schleifen und es in ihrer Privatbibliothek zur Schau stellen können. Weißt du, was passiert, wenn ein alter Freund dieses Jägers diese Büffelhörner oder die Löwenmähne an der Wand sieht? Dieser Freund beschließt, dass auch er ein mutiger Mann ist. Er plündert seine Bankkonten, besteigt ein Schiff, und bevor irgendjemand die Löwen und Büffel warnen kann, haben wir schon wieder einen neuen Jäger in der Savanne. Und kaum haben wir einen neuen Jäger, haben wir auch schon einen toten Löwen. So geht es immer weiter. Sie bestehlen dieses wilde Land, unser wildes Land – sie stehlen jedes exotische Ding, das sie finden können, und plündern ungestraft unsere Savannen. Dann kehren sie in ihre Heimat zurück. Aber wir, die Kinder dieses Landes, das wir sosehr lieben, bleiben mit wütenden Tieren zurück, die auf Rache sinnen – mit Elefanten, die sich an alles erinnern, die ihre geschlachteten Jungen suchen, mit immer kleiner werdenden Nashornherden, die sich vor ihren eigenen Artgenossen fürchten, mit scheuen Leoparden, die uns immer weniger über den Weg trauen. Begreifst du, was ich dir sagen will, Mädchen?«

»Ich glaube nicht«, murmelte sie den Tränen nah. Sie sah aus, als hätte sie mittlerweile fürchterliche Angst vor ihm.

»Dann sollte ich mich etwas deutlicher ausdrücken. Was ich versuche, dir zu erklären, ist, dass wir diesen Leuten großzügig all unsere Schätze überlassen.« Er streckte die Hand aus, um sich die Tabakpfeife aus der Schublade zu nehmen. Es war nahezu unmöglich, dieses Ding aufzugeben. Es brachte ihn zum Husten, und oft schmerzten auch seine Augen, aber wenn er auch nur eine Stunde ohne es verbrachte, brannte ein sehnsüchtiges Feuer in seiner Brust, und seine Hände gierten nach der vertrauten Glätte des Holzes.

Josephina hatte die Pfeife bereits mit Tabak gestopft. Er nahm eine Streichholzschachtel, steckte ein Streichholz in Brand und zündete sich seine Pfeife an. Der erste Zug war immer der allerbeste. Er war göttlich. Johannes atmete tief ein und wartete, bis der Rauch seine Lunge füllte. Dann atmete er langsam aus, genoss den Geschmack und schloss kurz die Augen, um die Schönheit dieses so unglaublich simplen Vorgangs auszukosten. »Wir Afrikaner sind ein duldsames Volk«, sagte er und knirschte frustriert mit den Zähnen, weil der gerade erlebte Genuss so flüchtig gewesen war. »Duldsam und feige zu sein, ist nicht schwer.«

»Aber Sie sind ein Bure – ein Europäer«, korrigierte sie ihn. »Sie können nicht gleichzeitig ein Afrikaner sein.«

Er lachte und stieß eine weitere Rauchwolke aus. »Und was beraubt mich meiner afrikanischen Identität? Deine Mutter war schwarz, aber dennoch hat sie sich selbst als Engländerin bezeichnet. Glaubst du denn, dass sie …«

»Ach, da bist du, Dido!«, rief Bram, der in diesem Moment die Bibliothek betrat. Er sah erleichtert aus.

Das Mädchen löste sich vom Bücherregal, rannte los, sprang ohne zu zögern über Johannes' ausgestreckte Beine und lief zu ihrem Vater. Als sie ihn erreicht hatte, warf sie sich in seine Arme und schlang ihre eigenen um seinen Hals.

Bram lächelte. »Josephina war sich sicher, dass du mit den anderen Kindern zum Fluss gegangen bist«, sagte er. »Aber stattdessen bist du hier.«

Das Mädchen starrte auf den Boden, denn ihr Vater hatte sie soeben als Lügnerin entlarvt.

»Sie fand meine Bibliothek interessant«, sagte Johannes.

»Es tut mir leid, wenn sie dir lästig gefallen ist, John«, sagte Abram. »Ich habe ihr gesagt, dass sie diesen Raum nicht betreten darf.«

»Das war ein Fehler«, sagte Johannes. »Du hast ihr gesagt, dass sie das nicht tun soll, also musste sie es natürlich erst recht tun.« Sie lachten. Sogar das Mädchen, das in den Armen ihres Vaters zur Größe eines Nagetiers zusammengeschrumpft war, kicherte. »Bringst du sie jetzt zum Fluss hinunter?«, fragte Johannes.

»Sie darf ihre Unterrichtsstunden nicht vernachlässigen. Sobald wir deine Bibliothek verlassen haben, werden wir uns eingehend mit all den langweiligen Themen beschäftigen, über die sie sich immer beschwert. Ich entschuldige mich aufrichtig dafür, dass sie dir zur Last gefallen ist, John«, sagte Bram mit einem traurigen Ausdruck im Gesicht. Als Johannes das sah, spürte er, wie ein unbehagliches Gefühl in ihm aufstieg.

Glücklicherweise ersparte das Mädchen ihnen weiteres Unbehagen, indem sie Johannes fragte: »Kennen Sie noch mehr Geschichten über das Regenvolk?«

»Unzählige«, antwortete er. Bram wandte sich daraufhin so rasch zum Gehen, als könnte er es nicht erwarten, das Mädchen aus Johannes' Gegenwart zu befreien. Auch gut, dachte Johannes. Dieses alberne Geplauder mit dem Mädchen war amüsant genug gewesen, um sich ein bisschen die Zeit zu vertreiben, aber es gab durchaus andere Möglichkeiten, diesen Nachmittag zu verschwenden.

Das Mädchen winkte Johannes zum Abschied zögerlich zu, grinste dann ihren Vater an und begann, fröhlich auf ihn einzureden. Dabei sprach sie auf jene Art, von der Johannes nun annahm, dass sie typisch für sie war: Sie zog alles, was sie sagte, zu einem einzigen, ewig langen Wort zusammen – als existierte nichts unabhängig voneinander.

Johannes stand auf und schloss die Tür, um die Stimme und das Kichern des Mädchens nicht mehr hören zu müssen. Dann runzelte er die Stirn und schüttelte über sich selbst den Kopf. Er hatte vergessen, das Mädchen zu fragen, wer ihr die Haare geschoren hatte. Schade. Nun war sie verschwunden. Also schmauchte er seine Pfeife und ließ sich in die Umarmung gleiten, die ihm der Pfeifenrauch, die offengebliebenen Fragen und die Einsamkeit darboten.

Ein Reisender

Miss Josephina erklärte, die nördlichen Stämme seien Sonnenvölker. Bei ihnen richte sich alles nach der Sonne: Wie sie die Zeit bestimmten, wann sie ihr Saatgut ausbrachten und wie sie ihre Jahre zählten, nämlich in Sommern und anderen Sonnendingen.

Dido fragte: »Sind Sie jemals im Süden gewesen?«

»Nein«, antwortete Miss Josephina und kicherte. »Aber mein Mann ist oft mit Baas Joubert hingefahren. Er kauft dort sehr schöne Dinge, mein Mann.«

»Oh, Mr Joubert ist dort gewesen?«

»O ja. Er stammt von dort. Er ist ein Mensch aus dem Süden«, sagte Miss Josephina mit einem Lächeln. »Der Baas ist viel unterwegs, weißt du. Man könnte sagen, er ist ein Reisender.«

»Hat er dabei auch den Häuptling kennengelernt?«

»Den Häuptling?«

»Er hat mir erzählt, er sei in den Norden gereist und habe dort einen Häuptling kennengelernt, dessen Tochter vom Regenvolk entführt wurde.«

»Mein Julius … mein Mann hat mir nichts von einem Häuptling erzählt«, sagte Miss Josephina. Sie lief um Mr Jouberts Bett herum, um das Laken ordentlich festzustecken. Dann stemmte sie die Hände in die Hüften und richtete sich mühsam wieder auf. »Vielleicht gibt es tatsächlich einen Häuptling, und der Baas hat ihn kennengelernt.«

»Das wird Mr Julius wissen, nicht wahr?«

Miss Josephina lachte, doch dann wurde ihr Fröhlichkeitsausbruch von einem Hustenanfall unterbrochen. »Vielleicht weiß mein Mann es. Aber mein Mann weiß viele Dinge und erzählt sie nicht.«

Dido war sich nicht sicher, ob sie verstand, was damit gemeint war, aber sie lächelte trotzdem und zuckte mit den Schultern, damit Miss Josephina sich nicht etwa darüber wunderte, dass Dido die Geheimniskrämerei von Mr Julius nicht lustig fand.

»Gib mir doch bitte mal die Kissen da«, sagte Miss Josephina.

Dido tat wie geheißen. »Hat Mr Joubert Ihnen die Geschichte von dem Häuptling erzählt?«

»Der Baas erzählt viele Geschichten. Aber ich bin eine alte Frau, und manchmal erinnere ich mich nicht an sie.« Sie klang abgelenkt. Die Kissen beanspruchten anscheinend ihre volle Aufmerksamkeit. »Komm, wir sind hier fertig. Jetzt müssen wir deine Sachen packen.«

Dido folgte ihr auf den Flur. Sie schaute prüfend um die Ecken und über die Schulter zurück, um sicherzugehen, dass auch niemand sah, wie sie Mr Jouberts Zimmer verließ. Seit ihrer Begegnung in der Bibliothek war sie ihm erfolgreich aus dem Weg gegangen und hatte dadurch auch die Strafpredigt vermieden, die er ihr womöglich halten würde und vor der es ihr graute.

»Glauben Sie, dass es in Rhodesien Leute gibt, die so sind wie ich?«, fragte sie Miss Josephina, wobei sie sich bemühte, so leise wie möglich zu reden.

Miss Josephina antwortete nicht sofort. Sie öffnete eine Tür, die von diesem Flur in den nächsten führte, schloss sie hinter ihnen wieder, marschierte weiter, öffnete die nächste Tür und schloss auch diese, bis sie schließlich in den Teil des Hauses kamen, in dem Dido und ihr Vater untergebracht waren. Gerade als Dido alle Hoffnung auf eine Antwort aufgegeben hatte, seufzte Miss Josephina. »Ich kannte mal einen Mann, der nach Uganda gereist ist. Er hat versprochen zurückzukommen und mir von seinen Abenteuern zu erzählen. Aber die Zeit vergeht schnell. Ich glaube, er hat seine Abenteuer noch nicht beendet.«

»War er auch gleichzeitig schwarz und weiß, so wie ich?«

»Er war Inder.«

»Oh«, sagte Dido und spürte eine große Enttäuschung in sich aufsteigen. »Wann ist er fortgegangen?«

Miss Josephina seufzte erneut. »Das ist sehr lange her«, sagte sie. »Da hatte ich noch all meine Zähne.«

»Hatte der Mann auch eine Tochter?«

»Nein, hatte er nicht. Aber er war ein Flüchtling. Er flüchtete vor seiner eigenen Vergangenheit, genau wie dein Vater.«

Dido war sich auch diesmal nicht sicher, ob sie verstand, was Miss Josephina damit sagen wollte, aber sie nickte. »Ich glaube, Baas Joubert würde dir bessere Antworten auf deine Fragen geben als ich«, sagte Miss Josephina. »Du musst ihn nur darum bitten.«

»Nein, danke«, flüsterte Dido zu sich selbst. »Wo ist seine Frau? Hat er eine?«

Beinahe wäre Miss Josephina Didos Koffer entglitten, den sie gerade trug, und ihr auf die Füße gefallen, doch dann stützte sie sich am Kleiderschrank ab und hievte den Koffer aufs Bett. »Schäm dich, Mädchen!«, sagte sie mit einem Lächeln. »Du lässt ja die alte Frau die ganze Arbeit machen.« Es war Dido nicht entgangen, dass irgendetwas Miss Josephina aus dem Gleichgewicht gebracht zu haben schien.

»Mein Vater hatte eine Frau«, sagte Dido. »Meine Mutter. Aber sie ist im April gestorben. Ich glaube, sie hat mich lieb gehabt … Manchmal vermisse ich sie.« Dido wusste, dass es nur noch wenige Sekunden dauern würde, bis sie zu weinen anfing. Sie zuckte mit den Schultern und sagte: »Jetzt habe ich nur noch meinen Vater … Manchmal glaube ich, dass er sie auch vermisst.«

Miss Josephina umarmte sie. Einen Moment lang hatte Dido das Gefühl, als wäre sie in Nanny Glorias Armen geborgen und als würde ganz in der Nähe Emilia auf dem Rücken ihrer Mutter vorbeifliegen und dabei lauthals lachen.

»Mein Freund, der nach Uganda gereist ist, der wusste über viele Dinge Bescheid«, sagte Miss Josephina. »Vielleicht ist er ja an der Hütte dieses Häuptlings vorbeigekommen.«

»Vielleicht«, flüsterte Dido.

»Weißt du, meine Mutter war eine Ngaka – eine traditionelle Heilerin. Sie wusste sehr viele Dinge, auch Dinge, die niemand wissen konnte, Dinge, die weit in der Zukunft liegen und jenseits von dieser Welt. Ihre Gabe war sehr mächtig. Ich selbst habe diese Gabe nie gehabt. Ich vermisse meine Mutter. Viele Menschen vermissen sie. Aber ich glaube, ihre Gabe vermissen sie noch mehr.«

»Konnte sie zaubern, so wie Nanny Gloria und die Regenkönigin?«

Miss Josephina lachte. »Wir nennen das nicht zaubern.«

»Oh.«

Miss Josephina leerte den Koffer auf die Matratze aus und wies Dido an, sich auf das Bett zu setzen. »Baas Joubert hat mir gesagt, dass neue Kleider für dich geschickt werden. Aber manchmal kann man sich selbst auf die Sonne nicht verlassen. Für den Fall, dass die Kleider nicht rechtzeitig hier eintreffen, musst du mir zeigen, was du während eurer Reise anziehen möchtest. Das muss dann ganz oben in den Koffer gepackt werden.«

Dido entschied sich für ihr Lieblingskleid – das gelbe mit der Schleife um die Taille. Sie hatte noch ein ähnliches Kleid in Moosgrün und eines in Ockerbraun. Diese mochte sie auch, aber nicht so sehr wie das gelbe. Emilia hatte ein ähnliches Kleid besessen und es getragen, so oft sie konnte, also eigentlich jedes Mal, nachdem sie Nanny Gloria um die Erlaubnis dafür angebettelt hatte.

»Das sind wunderschöne Farben«, sagte Miss Josephina. »Aber man hat mir gesagt, du müsstest Jungenkleidung tragen.«

»Ich weiß, aber nur für den Fall, verstehen Sie? Ich habe auch passende Strümpfe«, sagte Dido. Sie durchsuchte den Kleiderhaufen danach. »Meine Schwester hatte die gleichen. Hatten Sie jemals eine Schwester, Miss Josephina?«

»Ich war das einzige Kind, das meine Mutter geboren hat.«

»Konnte Ihre Mutter denn nicht zaubern … ich meine, war sie keine Hexendoktorin? Dann hätte sie doch Schwestern und Brüder für Sie herbeizaubern können.«

»Eine Ngaka ist nicht dasselbe wie eine Hexe. Und es ist auch nicht dasselbe, wie zaubern zu können.«

»Oh, ich verstehe. Warum konnten Sie denn dann keine Ngaka sein? Wenn es nicht dasselbe ist wie zaubern, hätten Sie sich dann nicht dazu entscheiden können, auch eine zu sein?«

»Weil meine Ahnen mich nicht dazu berufen haben«, antwortete Miss Josephina. Sie legte die ausgesuchten Kleider und Hosen beiseite und ging zum Kleiderschrank, um das Bügeleisen zu holen. »Ich muss mir hierfür etwas glühende Kohle aus dem Ofen holen. Begleitest du mich?«

»Gibt es dort ein Feuer?«

»Nur noch ein wenig Glut, glaube ich. Das Feuer ist wohl größtenteils erloschen.«

»Dann komme ich mit«, sagte Dido und sprang vom Bett herunter. »Wie ist Ihre Mutter gestorben?«

»Es war die Hustenkrankheit, die vor fast zehn Jahren umging, und auch ihr Alter. Sie hat mir die Knochen hinterlassen, die sie für ihre Gabe brauchte, und auch zwei Hütten am Flussufer. Aber den Ruf der Ahnen hat sie mir nicht hinterlassen. Deshalb bin ich keine Ngaka. Ich glaube nicht, dass der Ruf jetzt noch kommen wird. Ich bin zu alt für die Weihe.«

»Meine Mutter hat mir gar nichts hinterlassen«, flüsterte Dido.

»Die Toten hinterlassen uns immer etwas«, sagte Miss Josephina. »Selbst wenn sie das gar nicht vorhatten. Wie sollten sie uns sonst mit ihrem Spuk heimsuchen?«

Unterwegs kamen sie an Mr Jouberts Bibliothek vorbei. Dido spürte, wie ihr vor Angst die Wangen brannten. Sie konnte den Rauch seiner Pfeife riechen und bekam Angst, ihre Füße könnten sie nicht schnell genug von hier forttragen. Also lief sie so leise wie nur irgend möglich und hoffte inständig, dass auch Miss Josephina keinen Lärm machen würde, damit sie vorbeikamen, ohne dass er es merkte. Aber er hustete und übertönte so selbst das Geräusch ihrer Schritte.

»Glauben Sie, meine Mutter wird mich heimsuchen? Und meine Schwester?«, fragte sie, sobald sie die Küche erreicht hatten. Sie hätte auch gern wegen der Elenantilope gefragt, aber sie fürchtete, dass Miss Josephina das nicht verstehen würde. Also fragte sie nur nach ihrer Mutter und ihrer Schwester.

»Nein, ich glaube nicht, dass deine Mutter und deine Schwester dich heimsuchen werden«, sagte Miss Josephina.

»Und wenn sie es doch tun?«

»Dann sag ihnen, dass du ein Kind bist. Kinder sollten nicht von einem Spuk heimgesucht werden.«

»Werden sie zurückkehren, wenn ich älter bin?«

Miss Josephina schwieg lange, bevor sie antwortete. »Es fällt mir nicht leicht, dir das zu sagen.«

»Aber es gibt etwas zu sagen, nicht wahr?«

Miss Josephina nickte. »Aber es macht mir Angst, weil du noch ein Kind bist.«

»Miss Josephina«, sagte Dido. »Ich habe gesehen, wie meine Mutter und meine Schwester gestorben sind. Ich habe gesehen, wie mein Vater manchmal genauso traurig wurde, wie meine Mutter es war. Er hat versucht, es zu verstecken, weil ich noch ein Kind bin. Aber er versteckt es nicht gut. Ich sehe es trotzdem. Nanny Gloria hat auch versucht, mich zu beschützen. Emilia hat all das nie gesehen. Sie war ein Kind. Aber ich *sehe*. Ich habe immer schon gesehen.«

»Du hast das Herz eines Kindes«, sagte Miss Josephina. »Du hast die Ängste eines Kindes und sogar die Augen eines Kindes. Du siehst die Dinge auf eine einfache Weise. In dieser Einfachheit liegt große Schönheit.«

»Aber auch Unwissenheit.«

»Und der Friede der Unschuld.«

»Der Friede der Dummköpfe.«

Miss Josephina lachte. »Du bist einfach zu clever«, sagte sie. »Zu clever für eine alte Frau wie mich.«

Dido musste unwillkürlich lächeln. »Also werden Sie es mir erzählen?«, fragte sie.

»Ich muss von ganz vorne anfangen, damit du es verstehen kannst. Und wenn ich von vorne anfange, wird es eine sehr lange Geschichte.«

»Ich liebe Geschichten«, sagte Dido. »Meine Mutter hat immer welche erzählt, wenn sie nicht zu traurig dafür war. Emilia hat sie auch geliebt, besonders die Geschichte von der Schwanenprinzessin und ihren Abenteuern in den Himmelsländern. Meine Mutter hat sie ganz allein erfunden, und sie hat die Heldinnen nach mir und Emilia benannt. Die Geschichte hat uns immer glücklich gemacht.«

»Mein Vater mochte keine Geschichten«, sagte Miss Josephina. »Er fand sie unnütz.«

»Manchmal glaube ich, dass mein Vater genauso ist.«

»Das macht dich traurig, wie ich sehe.«

»Am liebsten würde ich später einmal Geschichtenerzähler werden. Ich mag es zuzuhören, wenn jemand eine Geschichte erzählt. Ich möchte es lernen. Ich möchte so gut sein wie meine Mutter. Aber ich glaube, das würde meinen Vater traurig machen.«

»Ich weiß, was du meinst.«

»Also werden Sie es mir erzählen?«

»Deine Zeit gehört dir allein. Du kannst frei entscheiden, ob du sie verschwenden willst oder nicht«, sagte Miss Josephina und zuckte mit den Schultern. »Die Geschichte geht so: Mein Vater war ein einfacher Mensch. Das habe ich von ihm geerbt. Er war Farmarbeiter. Für seine Arbeit wurde er mit frischer Milch, ein paar Schillingen und alten Sachen bezahlt, die sein Baas selbst nicht mehr wollte. Wenn die Leute aus meinem Dorf meinen Vater sahen, sagten sie: ›Dort geht Ntlhabeni. Er ist reich, wisst ihr. Im Winter kauft er Decken und Schuhe für seine Familie und Brot und Marmelade. Er schläft in einem Bett, das ihm sein Baas geschenkt hat. Was ist Ntlhabeni doch für ein reich gesegneter Mann.‹ Mein Vater hat diesen Beinamen voller

Stolz getragen. Und wenn die Leute aus meinem Dorf mich ansahen und sagten: ›Dort geht Možaži, sie ist das einzige Kind von Ntlhabeni‹, dann lächelte ich und teilte den Stolz meines Vaters.« Miss Josephina seufzte und schwieg einen Moment. Wahrscheinlich um ihre Gedanken zu sammeln, dachte Dido.

»Bei Ihrem Volk heißen Sie Možaži?«, fragte Dido. Sie hatte Mühe, den Namen auszusprechen. Es klang nicht ganz so wie bei Miss Josephina.

»Ja. Das ist der Name, den mein Vater mir gegeben hat.«

»Warum nennen die Leute hier Sie nicht so?«

»Josephina ist leichter für den Baas. So werden diese Dinge eben gehandhabt.«

»Das ist dann wohl auch der Grund dafür, dass Nanny Gloria sich nicht Mmakoma genannt hat. Ich dachte immer, dass sie es mag, Gloria genannt zu werden, aber wahrscheinlich … wahrscheinlich habe ich mich da geirrt.«

»Und jetzt kennst du den wahren Grund.«

»Aber wie können Ihre Ahnen Sie denn dann finden? Haben Sie ihnen von dem Namen Josephina erzählt?«

»Sie finden das Blut in meinen Adern und den Geist meines Volks. So kann ich nicht verloren gehen.«

Dido schwieg einen Moment lang und dachte darüber nach. »Ich habe mein Volk nie gekannt«, flüsterte sie. »Man hat meinen Ahnen nie von meiner Geburt erzählt. Aber Nanny Gloria hat das wieder in Ordnung gebracht, glaube ich. Sie hat mir den Namen Khelelo gegeben, mit dem Ehrennamen Mmamolapi, vom Stamm der … Ich habe den Namen des Stammes vergessen. Aber ich habe ihn in mein Tagebuch geschrieben.«

»Das sind gute Namen. Starke Namen«, nickte Miss Josephina.

»Das hat Nanny Gloria auch gesagt. Khelelo war der Name ihrer Mutter, glaube ich. Denken Sie, dass die Ahnen mich finden werden, falls ich mich verirre, selbst in Rhodesien oder wo auch immer mein Vater und ich hingehen werden?«

»Das werden sie.«

»Sind Sie sicher?«

»O ja«, sagte Miss Josephina. »Mein Julius hat viele Jahre lang ein sehr unkluges Leben geführt. Und trotzdem hat ihn kein Unglück heimgesucht. Er ist bis nach Rhodesien und noch weiter gereist, mit Booten, Kamelen und lauter anderen Reittieren oder Fahrzeugen, die ich selbst noch nie in meinem Leben zu Gesicht bekommen habe. Bei all diesen Unternehmungen haben die Ahnen über ihn gewacht und ihn wohlbehalten zu mir zurückgebracht.« Sie lächelte, schüttelte den Kopf und fuhr dann fort: »Wenn sie einen solchen Dummkopf behüten, dann werden sie einem Kind wie dir ein langes Leben schenken. Du wirst bestimmt sehr viel älter werden, als ich es jetzt bin.«

Das hob Didos Stimmung. »Was ist mit Ihrem Vater passiert?«

»Also weißt du«, sagte Miss Josephina, »die Kämpfe zwischen den holländischen und den englischen Herren sind sehr verwirrend, finde ich. Ob ein Baas seine Wurzel in einem Land hat oder in einem anderen, macht für mich keinen Unterschied, genauso wenig, wie es für meinen Vater einen Unterschied machte. ›Dein Vater arbeitet für einen weißen Farmer‹, hat meine Mutter zu mir gesagt. Und ich wusste, dass das stimmte, so lange, bis mein Vater nicht mehr für diesen Farmer arbeitete.

Der Farmer meines Vaters war Engländer. Er hat die Farm einfach aufgegeben, weißt du, und da ist sie verfallen. Mit der Zeit, ganz allmählich, wurden meine Schuhe zu alt und zu klein. Die Decken wurden immer dünner, und das Brot wurde rar. Und so ist mir das Gesicht meines Vaters gegen Ende seines Lebens fremd geworden. Er war ein Mann, der sowohl das Glück als auch das Unglück von einem anderen Mann geerbt hat. Und als man von ihm nicht mehr behaupten konnte, dass er ein vom Schicksal gesegneter Mann war, hat ihm das all seinen Lebensmut geraubt.

Er ist unzählige Stunden durch die Gegend gelaufen, um sich eine neue Arbeit zu suchen. Doch er hat keine gefunden. Dann wurde er von einer Schlange gebissen und ist unter großen Schmerzen gestorben. Er hat geweint vor Scham. Ich war ein Kind, also habe ich ihn gefragt, warum er sich schämte. Weißt du, was er geantwortet hat?«

Miss Josephina sah Dido an. Dido wusste die Antwort nicht, genauso wenig, wie sie gewusst hatte, was der Häuptling zu Mr Joubert gesagt hatte. Aber sie wollte wenigstens irgendetwas sagen. Miss Josephina sah traurig aus, und Dido wollte sie zum Lächeln bringen. Am Ende schüttelte sie nur den Kopf, umarmte Miss Josephina und sagte: »Es tut mir leid.«

»Es gibt nichts, was dir leidtun müsste«, sagte Miss Josephina. Sie nahm Dido in die Arme, drückte sie und gab sie dann wieder frei. »Das ist eine alte Geschichte, und der Schmerz darüber ist fast vollständig verschwunden. Soll ich weitererzählen?«

Dido nickte.

»Mein Vater hat mich um Vergebung gebeten. ›Možaži, mein Kind, wenn du dich an mich erinnerst, dann denke nicht zu schlecht von mir‹, flehte er mich an. Ich dachte damals … Ich dachte, er würde mich nach seinem Tod heimsuchen, wenn ich ihn so in Erinnerung behielt: wie er da weinend und voller Scham lag und sich im Gestank seines Scheiterns suhlte. Sein Geist würde mich hassen, und meine Erinnerungen an ihn würden bitter werden. Ich habe ihn angelogen. ›Ich werde dich immer in freundlicher Erinnerung behalten‹, habe ich gesagt. Er hat gelächelt und die Welt zufrieden verlassen. Ich träumte von ihm. Er weinte und fragte: ›Erinnerst du dich an mich?‹ Ich habe ihm geantwortet, dass ich ihn in freundlicher Erinnerung behalten würde, und als ich aus dem Traum aufwachte, war eine Last von mir genommen.«

Miss Josephina hielt erneut inne und schüttelte den Kopf. »Diese Dinge, Dido«, sagte sie. »Das sind schwierige Dinge. Alte Geschichten von alten Frauen … Was habe ich mir bloß dabei gedacht, all das einem Kind zu erzählen? Aber wenn dieses Kind nach Geistern fragt und warum sie einen heimsuchen, dann muss es darüber Bescheid wissen.

Er war mein Vater. Er gab mir meinen Namen, meine Nase, meine Augen und all jene Dinge, die ich nicht von meiner Mutter habe. Er hatte mich lieb. Wenn ich zwischen den Leuten meines Volks umhergehe, dann sagen sie: ›Dort geht Možaži. Sie ist die einzige Tochter von Ntlhabeni. Wie würde ihr Vater doch lächeln vor Stolz, wenn er sie jetzt sehen könnte, so gesegnet, wie sie ist.‹ Also frage ich mich: Was bedeutet es, wenn man von einem solchen Mann heimgesucht wird? Ist er ein Geist, ist er eine Erinnerung, ist er mein Lebensspender oder einfach nur ein Mann, der ganz gewöhnliche Dinge getan hat und der mit der Zeit in Vergessenheit geraten wird?

All das kann ich unmöglich wissen. Ich habe keine Reisen gemacht, so wie mein Ehemann. Ich bin nicht so clever wie du, kann nicht lesen und schreiben, wie du das kannst, und ich habe nicht das Talent meiner Mutter. Ich weiß nur, dass ich viele Jahre damit verschwendet habe, meinen Vater vergessen zu wollen. Wenn er grausam gewesen wäre, dann wäre es sicher weise gewesen, ihn zu vergessen. Aber das war er nicht. Und ich glaube auch nicht, dass sein Geist grausam ist. Die Erinnerung an ihn verblasst immer mehr, jetzt, da ich alt geworden bin. Als ich mich noch gut an ihn erinnern konnte, habe ich versucht, ihn zu vergessen. Und wenn ich jetzt versuche, mich an ihn zu erinnern, schaffe ich es nicht mehr. Ich habe sogar seine Stimme vergessen. So war das.« Und damit endete Miss Josephinas Geschichte.

Schweigen breitete sich zwischen ihnen aus, während Miss Josephina sich die Tränen aus dem Gesicht wischte und Dido über die Geschichte nachdachte. Ihre eigene Erinnerung war zwar noch nicht von der Zeit getrübt worden, aber dafür von dem Rauch, der ihr in die Augen und die Lunge gedrungen war. Soweit sie sich erinnern konnte, hatte sie ihrer Mutter jedoch nichts versprochen, und auch Emilia nicht. Tatsächlich erinnerte sie sich nicht mehr daran, was sie als Letztes zu ihrer Schwester gesagt hatte.

»Das war eine traurige Geschichte«, entschied Dido. »Wann ist Ihr Vater gestorben?«

»Das ist jetzt fast achtundfünfzig Sommer her«, antwortete Miss Josephina.

Dido dachte darüber nach, was diese Antwort zu bedeuten hatte. Endlich sagte sie: »Und es macht Sie noch immer traurig, nach all dieser Zeit. Heißt das, dass die Nacht des Brandes mich auch so lange traurig machen wird? Bis ich sogar noch älter bin, als Sie es jetzt sind?«

»Es bedeutet, dass du dich, solange du lebst, an die Menschen erinnern wirst, die du geliebt hast.«

»Aber ich bin mir nicht sicher, ob ich mich immer an Emilia und meine Mutter erinnern will. Meine Mutter war traurig, und Emilias Gesicht hat mir in der Nacht der Brandes Angst eingejagt. Mein Vater hat gesagt, ich sei eine gute Tochter und Schwester gewesen und dass die beiden mich niemals mit irgendeinem bösen Spuk heimsuchen werden. Aber was ist, wenn sie ihre Meinung ändern und plötzlich denken, dass ich keine gute Tochter und Schwester war? Was, wenn sie mich doch heimsuchen, wie echte Geister, wie dieser riesige Mann, dessen Gesicht man nicht sehen kann? Was ist, wenn der Tod sie vergessen lässt, dass ich sie geliebt habe und dass es mir das Herz gebrochen hat, als sie gestorben sind …?«

Dido hatte ihre Rede nur stockend vorbringen können und wurde nun von ihrem Schluchzen derart überwältigt, dass sie nicht weitersprechen konnte. Sie krümmte sich zusammen, bis ihr Kopf ihre Knie berührte. Sie wollte damit die Tränen zum Versiegen bringen, so wie sie das immer tat. Doch diesmal strömten sie ihr mit solcher Gewalt aus den Augen, dass sie Angst bekam, sie würden niemals aufhören. Sie konnte nichts mehr spüren außer ihrer wachsenden Scham und Miss Josephinas Händen, die sie vom Bett hoch und in eine warme Umarmung hoben. »Weine nur, mein Kind«, sagte Miss Josephina. »Lass den Schmerz aus deiner Seele. Lass die Tränen fallen. Auf diesem Weg wird er dich verlassen.«

»Es … tut … mir … so … leid«, brachte Dido zwischen ihren Schluchzern heraus.

»Dir muss nichts leidtun. Selbst ich, die ich schon so alt bin, finde von Zeit zu Zeit noch einen Grund zum Tränenvergießen. Deswegen muss man sich nicht schämen.«

Miss Josephinas Worte beruhigten sie, und so ließ sie ihren Tränen freien Lauf. Sie weinte und weinte, bis sich ihr Herzschlag endlich verlangsamte. Miss Josephina strich ihr sanft über den Rücken und flüsterte: »Lass die Tränen ruhig fließen, mein liebes Kind. Lass sie fließen.« Das sagte sie immer und immer wieder, bis Didos Augen schließlich vom Weinen so müde wurden, dass sie sich schlossen, um auszuruhen.

Ein schwereloser Mantel der Blindheit

Als Dido aufwachte, fand sie sich im Dunkeln wieder. Die Sonne war untergegangen, und die Sterne standen am Himmel. Ihr Schluckauf war verschwunden, genauso wie ihre Kurzatmigkeit und ihre Tränen. Als sie aus dem Bett klettern wollte, hörte sie, wie ihr Vater sich im Sessel aufsetzte. »Endlich bist du aufgewacht«, sagte er.

»Ich wollte gar nicht schlafen. Miss Josephina und ich haben gepackt, und da habe ich …« Sie suchte nach den richtigen Worten, irgendeiner simplen Erklärung, die ihren Vater nicht traurig machen würde. Aber bevor ihr das gelang, hatte er schon die Kerzen angezündet und sich neben sie auf das Bett gesetzt.

»Josephina hat es mir erzählt«, sagte er und bedeutete ihr mit einer Geste, sich auf seinen Schoß zu setzen. »Du hast im Schlaf geweint«, flüsterte er so leise, dass sie ihn nicht gehört hätte, wenn sie nicht so dicht bei ihm gesessen hätte.

Dido schluckte und blinzelte heftig, vor lauter Angst, sie könne schon wieder anfangen zu weinen. Sie fragte sich, ob jemals ein Mensch so lange geweint hatte, bis er keine Tränen mehr übrig hatte. Es kam ihr in diesem Augenblick so vor, als wäre sie selbst dieser Mensch. Selbst dem Windstoß, der durch das Fenster hereinzog, gelang es nicht, auch nur eine einzige Träne hervorzurufen. »Ich war müde«, flüsterte sie ihrem Vater zu.

»Kannst du dich noch an alles erinnern, was in der Brandnacht geschehen ist?«, fragte er. Dido schüttelte den Kopf. Dann sagte sie: »Manchmal kommt es mir so vor, als wäre alles ein Traum gewesen. Ich vergesse die meisten Träume … Aber nicht das Feuer. Deshalb weiß ich auch, dass das Feuer kein Traum war. Es macht mich traurig, Papa. Ich vermisse Mama und Emilia. Manchmal fühlt es sich so an, als würde mein Herz nie wieder aufhören zu brechen. Es macht mir Angst, wie schrecklich weh das tut.«

Ihr Vater nickte und nahm ihre Hand in seine. »Ich vermisse sie auch«, sagte er.

»Sogar Mama?«

Bevor ihr Vater darauf antwortete, sah er zum Fenster hinüber und seufzte tief. Dann sagte er: »Als ich sie das erste Mal sah, hat es mir den Atem verschlagen. Einen Moment lang ist mir das Herz in der Brust stehen geblieben. Ich habe deine Mutter geliebt, Dido, von jenem Moment an bis zu ihrem letzten Atemzug. Aber für sie war es nie dasselbe. Du bist ein Kind, ihr Kind. Ich erwarte nicht, dass du verstehst, was es heißt, wenn man von jemandem ausgegrenzt wird, bis die Bitterkeit sämtliche Liebe aufgezehrt hat. Weißt du, dass sie versucht hat, dich zu töten? Weißt du das? Das und nichts anderes hat sie getan. Sie hat mein Herz genommen, es zerschlagen und mir die Scherben zurückgegeben. Dann hat sie sich selbst aus dieser Welt hinausgebrannt. Sie hat deine Schwester gestohlen und wollte auch dich stehlen. Das kann ich ihr nicht verzeihen. Ich habe es geschafft, ohne ihre Liebe auszukommen. Ich habe das Schicksal, das sie mir zugeteilt hat, hingenommen, aber was sie dir angetan hat und was sie deiner Schwester angetan hat, das ist unverzeihlich …«

Ihr Vater verstummte. Es klang in Didos Ohren so, als würde er nach Atem ringen. Sie umarmte ihn, so fest sie konnte. Sein

Herz klopfte schnell und stark gegen ihr eigenes Herz. »Es tut mir so leid, Papa«, sagte sie. »Ich wollte dich nicht traurig machen.«

»Ich bin nicht traurig«, sagte er. »Ich bin müde. Komm, du musst etwas essen.« Er erhob sich und stellte sie auf ihre Füße. »Josephina hat dir dein Essen aufgehoben …«

»Papa?«, unterbrach sie ihn. Sie dachte, wenn sie es nicht schaffte, jetzt mutig zu sein, dann würde sie eine Gelegenheit verpassen, die nie wieder zurückkehren würde.

»Ja?«

»Ich habe ein Geheimnis«, begann sie. »Ich weiß, warum Mama den Brand gelegt hat. Sie hat nicht versucht, dir Emilia und mich zu stehlen. Ich glaube, sie wollte uns retten. Sie hat gesagt, sie habe unsere Haut vergiftet und müsse uns deshalb zu den Sternen mitnehmen.« Dido hielt inne, weil sie schlucken musste.

Ihr Vater kniete sich vor sie hin und sah sie voller Sorge an. »Ist das wieder ein Traum, Dido?«

Sie schüttelte den Kopf. »Nein. Nanny Gloria hat mir eines von Mamas Tagebüchern gegeben. Sie hat es in den Trümmern gefunden. Der Großteil davon ist verbrannt, aber ein paar Seiten sind erhalten geblieben.« Sie musste erneut innehalten, weil sie schlucken musste. »Deshalb weiß ich auch, dass sie dich geliebt hat, Papa.«

Ihr Vater sah sie immer noch mit einem seltsamen Blick an, aber seine Sorge schien nun einem anderen Gefühl gewichen zu sein, das eher wie Verwirrung aussah. »Du hast das Tagebuch deiner Mutter?«

»Ja«, sagte Dido. »Sie hat darin etwas über ihre Väter geschrieben und über Irland und die Karibik. Sie hat über ihre Träume geschrieben und ihre Reise nach Afrika. Über dich hat sie auch geschrieben. Sie hat versucht, am Leben zu bleiben, Papa.«

Ihr Vater wirkte vor lauter Verwirrung wie gelähmt. »Gloria hat das Buch in den Trümmern gefunden?«

»Ja«, sagte Dido. »Nachdem das Feuer erloschen war. Aber sie hat nur ein einziges gefunden. Ich habe versucht, auch die anderen zu finden, aber das habe ich nicht geschafft. Bist du böse auf mich?«

Er schüttelte den Kopf, setzte sich wieder aufs Bett und starrte ins Leere. Dido war sich nicht sicher, was sie sagen sollte. Sein Schweigen verstörte sie. Sie versuchte, in den tanzenden Schatten, die das Kerzenlicht an die Wand warf, alle möglichen Formen zu erkennen, versuchte, ihnen in Gedanken eine Gestalt zu verleihen, damit sie zu ihrem Vater sagen konnte: »Guck mal, sieht das da nicht aus wie eine Ratte, die an etwas nagt, an dem sie gar nicht nagen dürfte, oder wie eine Katze, die eine Ratte jagt, oder ein Hund, der eine Katze jagt?« Aber das Einzige, was sie in den Schatten entdecken konnte, war eine wenn auch sehr entfernte Ähnlichkeit mit dem Auf und Ab von Meereswellen. Ansonsten tanzten die Schatten auf eine ganz und gar unbemerkenswerte Weise an den Wänden entlang und tauchten diese dabei unbeholfen in eine klägliche Dunkelheit. Einigermaßen faszinierend war nur die Art und Weise, wie sie zu versuchen schienen, ihre tanzenden Gefährten zu übertrumpfen, als wäre das Auf- und Abgewoge, das sie veranstalteten, ein Kampf um die Oberhoheit. Ein vollkommen vergeblicher Kampf, dachte Dido, denn jeder Schatten fiel so schnell wieder in die Tiefe, wie sein Nachbar in die Höhe stieg, und auch dieser stürzte wieder herab, kaum dass er aufgestiegen war, und wich einem neuen Sieger, der von einer rivalisierenden Kerze geworfen wurde. Sie sah ihren Vater an, den die Schatten genauso zu faszinieren schienen wie sie.

»Habe ich dich seit dieser entsetzlichen Nacht im Stich gelassen?«, fragte er plötzlich.

»Nein«, antwortete Dido rasch.

»Würdest du mir die Wahrheit sagen, falls ich es doch getan hätte?«

»Das würde ich, Papa. Ich verspreche dir, dass ich das tun würde.«

»Dann sag mir, Dido, habe ich dich auch immer so behandelt, wie du es verdienst? Hast du dich von mir geliebt gefühlt?«

»Ich weiß, dass du mich lieb hast, Papa.«

»Aber du brauchst noch mehr von mir. Mehr als das, was eine Mutter dir geben kann oder was Emilias Kameradschaft dir gegeben hat. Mehr als meinen Schutz. Du brauchst mehr als das, nicht wahr?«

Dido war sich nicht sicher, ob sie verstand, was er damit meinte. Sie sah ihrem Vater ins Gesicht, um zu erkennen, was ihn bewegte und was er nicht ausgesprochen hatte. »Das verstehe ich nicht.«

»Brauchst du noch irgendetwas anderes von mir?«

Sie schüttelte den Kopf.

»Dido, es schmerzt mich, dir das sagen zu müssen: Ich bin alles, was du noch an Familie hast, und du bist alles, was ich an Familie habe. Mir ist klar geworden, dass ich … Ich habe dir gegenüber diejenigen Pflichten vernachlässigt, die mit den Gefühlen des Lebens zu tun haben. Ich dachte immer, es reicht, wenn ich dich liebe, damit du glücklich bist. Es schmerzt mich, schlecht über deine Mutter zu reden, aber ich denke, ich bin dir ein besserer Elternteil gewesen als sie. Dennoch scheint es so, als hätte ich dich im Stich gelassen. Du musst mir also unbedingt immer die Wahrheit sagen, damit ich solche Fehler in Zukunft vermeiden kann. Es wäre für uns beide nicht gut, wenn wir uns gegenseitig etwas vormachen. Also frage ich dich noch einmal: Gibt es noch etwas anderes, das du von mir brauchst?«

»Du wirst nicht böse sein?«

Er schüttelte langsam den Kopf, umfasste ihr Gesicht mit seinen Händen und sagte: »Versprochen.«

»Also gut«, nickte Dido. Sie stand vom Bett auf, holte das Tagebuch ihrer Mutter aus dem Koffer und reichte es ihrem Vater. »Die meisten Geschichten, die Mama geschrieben hat, sind im Feuer verbrannt« sagte sie. »Ich habe diejenigen, die sie Emilia und mir vorgelesen hat, aus dem Gedächtnis vervollständigt, also die Geschichten über die Kinder des Himmelsgottes und die über den Geist von Verlatenbosch. Aber die meisten von ihnen hatte sie uns noch nicht vorgelesen, und ich weiß nicht, wie ich sie zu Ende schreiben soll, besonders die letzte nicht. Kannst du bitte das Tagebuch lesen und schauen, ob du mir mit den Geschichten helfen kannst, die noch kein Ende haben?«

»Das ist alles, was du von mir möchtest?«

Dido nickte. »Jedenfalls im Moment … Ich glaube, im Moment ist das alles. Bist du sicher, dass du nicht böse auf mich bist?«

»Ich bin sicher, mein Liebes.« Er lächelte und strich ihr über den Kopf. »Ich werde helfen, wo ich kann.«

»Danke, Papa«, sagte sie und umarmte ihn.

Er legte zärtlich sein Kinn auf ihren Scheitel. »Aber jetzt muss du etwas essen«, sagte er. »Komm.«

Dido nahm die Hand ihres Vaters und folgte ihm nach draußen. Die Nacht hüllte sie ein wie ein schwereloser Mantel der

Blindheit. Gemächlich stieg die Sichel des Mondes am östlichen Rand des Himmels auf und verkündete das Ende des alten und den Beginn eines neuen Monats und vielleicht auch – so hoffte Dido zumindest –, dass ihr Weg nun etwas leichter werden würde. Sie lächelte und wünschte sich mit aller Kraft, dass ihre Gedanken wahr werden und dass diese Wahrheit dann auch Bestand haben würde. Vielleicht war es ja genau das, was der Mond dort oben ihnen gerade versprach.

»Wir haben dich verflucht«, glaubte sie ihren Vater sagen zu hören, leise, viel zu leise – wie das Flüstern des Windes, der einmal ihren Namen gerufen hatte. Sie konnte sich unmöglich sicher sein. Also ging sie einfach nur weiter neben ihm her, in Schweigen und Zweifel gehüllt.

Vierter Teil

Nach Afrika

Ein kleines schwarzes Buch mit verbranntem Rücken

Alisas Tagebuch war ein kleines schwarzes Buch mit verbranntem Rücken. Teile davon waren komplett verbrannt, andere vom Wasser beschädigt worden, aber an manchen Stellen waren die ursprünglichen Eintragungen noch lesbar, oder Dido hatte die undeutlich gewordenen Buchstaben nachgezeichnet. Das meiste jedoch war ruiniert und konnte nicht mehr gerettet werden. Ein paar Seiten fehlten auch ganz. Bestenfalls handelte es sich bei diesem Ding um eine bruchstückhafte Geschichte, die zu lesen Abram nicht die geringste Lust hatte. Im schlimmsten Fall waren es Alisas Rechtfertigungen für das von ihr begangene Verbrechen. Und das wollte Abram ihr auf keinen Fall verzeihen.

Aber er musste es lesen, nicht wahr? Seiner Tochter zuliebe war er gezwungen, Alisa noch ein kleines bisschen länger zu ertragen. Endlich rang er sich dazu durch, das Buch behutsam aufzuschlagen.

Miss Alisa Millers Tagebuch: 1912

Montag, den 1. Januar

Meine größte Angst ist, dass ich nicht durchhalte. Dass ich eines Tages aufgeben und mein eigenes Leben beenden könnte. Es ist ein sehr kompliziertes Problem, vor das ich mich da gestellt sehe und das sogar ich selbst nicht verstehe. Da ich am heutigen Tag eine Art Meilenstein erreicht habe – meinen dreißigsten Geburtstag nämlich – habe ich beschlossen, dass es vielleicht an der Zeit ist, wenigstens zu versuchen, es zu verstehen. So viel bin ich mir selbst schuldig.

Ich sollte mit der Aussage beginnen, dass ich durchaus nicht selbstmörderisch veranlagt bin. Tatsächlich bin ich zu keiner Art von Mord veranlagt. Gleichzeitig bin ich jedoch davon überzeugt, dass ich, als ich mit elf Jahren ein Glas zerbrochen, einen Teil davon zu Pulver zermahlen und in meine Teetasse geschüttet habe, durchaus plante, mich umzubringen.

Mir ist bewusst, dass diese beiden Aussagen in einem Widerspruch zueinander stehen. Eigentlich müsste ich doch wissen, warum genau ich mich umbringen wollte. Falls man mich danach fragt, könnte ich solche Tragödien aufzählen wie den Umstand, dass mein Vater als Sklave geboren wurde, dass ich meine Mutter nie kannte und so weiter und so weiter. Falls ich irgendjemandem von meinem Dilemma erzählen würde, dann würde diese Person gewiss ein Krankheitsbild erstellen wollen, irgendetwas Greifbares, das sich leicht als Ursache heranziehen ließe. Aber in Wahrheit haben weder die Versklavung meines Vaters noch der Tod meiner Mutter noch irgendein anderer Aspekt meines Lebens dazu geführt, dass ich ohne Hoffnung bin.

Nichts wäre verständlicher, als wenn jemand sagen würde: *Wie um alles in der Welt ist es möglich, dass du das nicht weißt? Wie ist es möglich, dass du das selbst nicht verstehst? Hier geht es schließlich um dich. Da muss es doch einen Grund geben.*

Natürlich gibt es einen Grund. Das ist ja genau das, was mich so frustriert – dass es einen Grund geben muss. Aber ich kann ihn weder eingrenzen noch erklären, genauso wenig wie ich Liebe oder Glück oder Hass erklären kann. Es ist für mich ganz so, wie wenn ein Kind an der Brust der Mutter saugt – es weiß ganz einfach, dass es das tun sollte. Oder dass das erste Wort desselben Kindes »Mama« lautet. Oder dass ebendieses Kind sich dreizehn Jahre später verliebt, weil es schlichtweg nichts dagegen tun kann.

Wenn ich in meiner Melancholie versunken bin, kann ich sie nicht bemessen. Ich kann sie nicht in ihre Einzelteile zerlegen. Das Einzige, was ich dazu sagen kann, ist dies: Wenn ich über die Mühsal des Atmens und Lebens und Weitermachens um des Weitermachens willen nachdenke, überkommt mich eine große Hilflosigkeit. Er jagt mir Angst ein, dieser Zustand des Lebens um des Lebens willen. Und je mehr ich darüber nachdenke, desto schwerer fällt es mir weiterzuatmen. Wenn man nie erlebt hat, wie es ist, gestorben, begraben und dann abrupt wiederbelebt worden zu sein, kann man dieses Gefühl nicht nachvollziehen. (Obwohl ich, um ehrlich zu sein, manchmal denke, dass ich mir diese Dinge selbst im Kopf zusammenbraue, um sie als Vorwand zu benutzen.)

Meine Träume sind surreal. Ich erinnere mich an einen Traum, in dem ich nicht atmen konnte. Dann zog mich eine aus Schatten geformte Hand in ein tiefes und dunkles Nichts, wo ich wie eine Marionette in der Luft hing, an zahllosen Fäden, die von zahllosen Schattenhänden gezogen wurden, und die ganze Zeit über konnte ich nicht atmen. Als ich aufwachte, lag ich wie gelähmt in meinem Bett, unfähig zu schreien oder zu weinen, und mein Körper war kalt, eiskalt und stocksteif, als wäre ich gerade aus dem Grab gestiegen.

Es kommt mir so vor, als wäre ich weniger lebendig. Als hätte man meine Lebenskraft abgeschöpft und in dieses Nichts versenkt, von dem ich geträumt habe, als hätte man sie abgeschöpft, um daraus die Schattenhände zu schaffen, die mich niedergedrückt hielten, die mich niederdrückten, um noch mehr von meinem Leben abzuschöpfen. Sie stehlen sich ihre Energie aus meiner Lebenskraft, aus meinen Träumen. Mir graut es davor, schlafen zu gehen. Diese Art von Furcht ist so simpel und so elementar, aber mit der Zeit durchwirkt sie alles, sie wirft ihre Netze um deinen Verstand und dein Herz und alles, was du siehst, sie lauert am Grund deines Seins und ganz gleich, was du tust, du weißt, dass sie immer da ist und wartet.

Es ist das Warten, das mir solche Angst einjagt, denn jedes Warten endet irgendwann, und dann muss es sich zu etwas Neuem entfalten. Doch wenn es so weit ist, wird mir dieses Netz aus Angst und Gift und Bosheit altvertraut sein, es wird sich als Trost verkleiden, doch es wird ein Feind sein, den ich nicht als solchen erkennen kann. Es wird mir wie ein in Vergessenheit geratener Freund vorkommen, den ich in die Arme schließen muss, und das wird dann genau der Moment sein, an dem ich aufgeben werde. Es ist, als würde ich in ein Loch fallen, das kein Ende hat, ein Loch, das ich nicht sehen kann, aber von dem ich weiß, dass es da ist, ein offenes, klaffendes Loch, das mich verschlingt, und es gibt nichts, was ich dagegen tun kann. Das ist meine größte Angst: Ich weiß nicht, ob ich es schaffen werde durchzuhalten.

Ich will so nicht sein. Wie ich da zusammengerollt in meinem Bett liege und über eine Leere weine, die ich nicht begreife. Ich möchte, was meine Mutter für mich gewollt hätte: ein Lächeln, einen klaren Kopf, Unbeschwertheit, Freiheit von diesen Ketten, die ich nicht einmal berühren oder spüren oder riechen kann, von diesen Ketten, die allein in meinem Kopf existieren. Freiheit. Freiheit.

Mehr und mehr wird mir klar, dass ich nach Afrika gehen muss. Ich glaube, das ist die beste Gelegenheit, die sich mir bietet, um zu begreifen, was mit mir nicht stimmt. Ich kann nicht erklären, warum es mich derart stark nach Afrika zieht – jedenfalls nicht über die Gründe, die auf der Hand liegen, hinaus –, genauso wenig, wie ich den Widerspruch in meiner Einstellung zum Leben erklären kann. Etwas ruft mich von dort aus zu sich. Etwas, das nicht ganz von dieser Welt ist. Ich muss gehen. Ich muss verstehen, was die Schattenhände zu bedeuten haben, von denen ich seit meiner Kindheit träume.

Ich muss meine Mutter dazu bringen, mich gehen zu lassen.

Dienstag, den 2. Januar

Afrika ist weit weg. Und es ist riesig. Die Küsten des Kontinents haben sowohl mit dem Atlantischen als auch dem Indischen Ozean Kameradschaft geschlossen, doch seine Ufer schauen tatenlos zu, wie seine Völker geraubt und in die Fremde verschifft werden, während sie gleichzeitig Sträflinge aus Europa und Sklaven aus dem Süden Asiens aufnehmen.

Kapstadt gehört zu den ältesten Städten, die Europa überall in der Neuen Welt wie uneheliche Kinder ausgesetzt hat, wurde zudem so konzipiert, dass sie eine große Ähnlichkeit mit der Alten Welt aufweist, und wäre daher auch am ehesten dazu verpflichtet, das Heimweh ihrer Bewohner zu lindern.

Dieses »Gasthaus der Meere«, wie Lawrence G. Green die Stadt nannte, erwies sich als nützlicher Knotenpunkt und wurde daher einer weiteren Transformation für würdig erachtet: Man überschüttete den Ort mit Sklaven von den Ostindischen Inseln, deren Nachkommen man heute als Kap-Malayen bezeichnet. Dieses Vorgehen war ein weiteres Echo der imperialistischen Erfolge der Alten Welt: Man benutzte die Versklavung eines Volkes, um die Lebensverhältnisse eines anderen zu verbessern. In Kapstadt konnte Europa in aller Ruhe die Fehler ausbügeln, die es in der Vergangenheit gemacht hatte.

Ich denke, diese Stadt ist am besten geeignet, um mit meinen Erkundungen des Kontinents zu beginnen, der mich angeblich hervorgebracht hat. Sie wird etwas Vertrautes haben, denke ich. Wie schon Cecil John Rhodes in einer etwas überhöhten Einschätzung seiner Ressourcen sagte: »Vom Kap nach Kairo.«

Also beginne auch ich in der Stadt am Meer. Auf nach Afrika!

[Vorheriger Eintrag im Tagebuch fehlt]

Genaues Datum unbekannt

Während ich versuchte, mich gedanklich auf die bevorstehende Reise vorzubereiten, fand ich ein Stück Papier, auf das ich irgendwann einmal den Beginn einer Abenteuergeschichte gekritzelt hatte. Angefangen hatte ich mit der Erzählung eigener Kindheitserinnerungen. Aber ich kann mich weder an den Grund erinnern, warum ich überhaupt angefangen hatte, die Geschichte zu schreiben, noch, warum ich sie aufgegeben habe. Ziemlich ärgerlich, muss ich sagen. Und doch habe ich jetzt wieder aufs Neue damit begonnen.

Als ich sieben Jahre alt war und die russische Grippe sich in einem unglaublichen Tempo auf der ganzen Welt ausbreitete, rief mich mein Vater, der selbst von dieser Tragödie heimgesucht worden war, zu sich und sagte: »Ich habe dir noch nie die Geschichte von den Kindern des Himmelsgottes erzählt, oder?«

Er hatte einen Sprachrhythmus, bei dem die Worte miteinander verschmolzen und jegliche Zeichensetzung und andere Regeln einfach ausradiert wurden. Die weichen Konsonanten verschluckte er fast vollständig. Ich musste sie aus meiner Erinnerung graben und anhand meiner Vertrautheit mit den einzelnen Wörtern rekonstruieren. Seine Sprache klang wie ein Lied.

Als Antwort auf seine Frage schüttelte ich den Kopf, und in diesem Moment erinnerte sich auch mein Vater wieder. »Nein, das habe ich nicht«, bestätigte er. »Der Himmelsgott hatte drei Kinder«, begann er zu erzählen. »Das eine war die Sonne. Das zweite die Nacht. Das dritte der Mond. Der Nacht kannst du nicht trauen, und die Sonne kannst du nicht zwingen zu tun, was du willst. Aber der Mond verändert sich nie, meine Lissy. Er verändert sich nie.« Während seiner Erzählung schaute ich hoch in den Himmel. Der Mond war nicht voll, sondern schien nur als schwache, scheue Sichel, die sich hinter den vorüberziehenden Wolken versteckte. Der Anblick strafte die Worte meines Vaters Lügen. Der Mond veränderte sich, noch während er sprach – schreckte in dem einen Moment zurück und brüstete sich dann im nächsten Moment mit seinem Leuchten.

»Ob Winter oder Sommer, der Mond verändert sich nie«, fuhr mein Vater fort. Er hustete, denn der Wind blies plötzlich sehr viel stärker und rief so meinem Vater seine Krankheit in Erinnerung und auch den Umstand, dass es sich bei einer solchen Krankheit gehörte zu frösteln und zu husten und sich den Mund mit dem Handrücken abzuwischen. »Ich sehe aber doch gerade, wie er sich verändert«, sagte ich und sah wieder in den Himmel hinauf. »An einem Tag ist er voll und am nächsten schon wieder verschwunden, und manchmal ist er auch nur zur Hälfte da.« Ich versuchte, den Sprachrhythmus meines Vaters zu imitieren, aber das gelang mir nicht. Es ist mir auch später nie gelungen, jedenfalls nicht ganz. Ich bin immer wieder an Stellen aus dem Rhythmus geraten, an denen mir das nicht hätte passieren dürfen und an denen es meinem Vater niemals passiert wäre.

»O ja. Die Nacht verschlingt den Mond«, sagte mein Vater und nickte. »Sie frisst ihn auf. Sie frisst und frisst, und der Mond wird zur Sichel, die nur ein bisschen scheint. Die Dunkelheit ist gierig, also frisst die Nacht noch ein bisschen mehr, bis der Mond aus dem Himmel verschwunden ist und du ihn nicht mehr siehst. Aber die Zeit ist gütig. Wenn der Mond zurückkehrt, tut er dies als Ganzes, vollkommen unversehrt, und scheint genauso hell wie in alten Zeiten.« Ein weiterer Windstoß fuhr über uns hinweg, und mein Vater entschied, dass er das nun nicht länger aushalten konnte. Er bedeutete mir, ihm zurück in die Dunkelheit unserer Hütte zu folgen.

Draußen gab es immer noch ein wenig Licht und ein paar Sonnenstrahlen, die den kalten Wind ein wenig erträglicher machten. Es widerstrebte mir, sie zu verlassen. Aber mein Vater konnte auch nicht zu lange in der Sonne sitzen, sie verbrannte seine Haut. Die Kälte in unserer Hütte ließ ihn frösteln, doch das konnte er ertragen. Er meinte grimmig, seine Knochen hätten sich an die dort herrschende Gleichförmigkeit gewöhnt. Dort war er nicht gezwungen, in dem einen Moment zu frieren und im nächsten zu schwitzen. Er konnte einfach nur sein. Ich setzte mich auf den hölzernen Stuhl, der jedes Mal, wenn ich mein Gewicht verlagerte, wackelte und knarzte, und er legte sich auf das Bett, das so kurz war, dass seine Füße keinen Platz mehr darauf fanden.

Dann erzählte er mit einer Stimme, die vom ständigen Husten heiser geworden war: »Der Mond hat Geheimnisse, weißt du. Die Nacht war eifersüchtig, weil der Mond seine Geheimnisse nur dem Wind und dem Sand und den toten Dingen erzählte. Also dachte die Nacht: *Wenn ich den Mond esse, wird es ganz so sein, als würde ich seine Geheimnisse verschlingen. Wenn ich seine Geheimnisse verschlinge, wird es ganz so sein, als hätte ich seine Schönheit an mich genommen. Wenn ich seine Schönheit besitze, wird es ganz so sein, als würden der Wind und das Meer und die toten Dinge mich anbeten.«*

»Die Nacht wollte die Schönheit des Mondes besitzen?«, fragte ich. »Aber sie hat doch schon die Sterne für ihre Schönheit. Was will sie denn noch mehr?«

»Ja, Lissy«, sagte er. Er nickte eine Weile vor sich hin und verschränkte die Hände im Schoß. »Das hat sich die Nacht gedacht. Sie setzte sich in eine Ecke und heckte einen Plan aus. Und dann ging sie zur Welt und sagte zu ihr: ›Nun hör mal zu, Welt, wenn du mich den Mond fressen lässt, und seine Geheimnisse und seine Schönheit, dann kehre ich nie wieder zurück, um dich heimzusuchen. Ich lasse dich ungestört all deine Tage im Licht der Sonne verleben. Es wird keine Nacht mehr für dich geben. Aber ich will den Mond und seine Geheimnisse, und du musst mir helfen, sie zu bekommen.‹«

»Aber die Welt braucht das Mondlicht«, sagte ich. »Die Welt kann nicht einfach die Geheimnisse des Mondes wegschenken. Das wäre schlecht!«

»Ah! Aber die Welt wollte nicht mehr, dass es Nacht wurde«, sagte mein Vater. »Sie wollte keine Dunkelheit. Also sagte sie zur Nacht: ›Ich rufe den Mond hier herüber auf diese Seite, und dann kannst du seine Geheimnisse stehlen. Aber danach mach dich fort, Nacht! Geh und lass uns in Ruhe! Ich will nie wieder im Dunkeln sein.‹

Das hat die Welt zur Nacht gesagt. Aber die Sonne hörte sie miteinander flüstern. Sie hörte es, und es gefiel ihr ganz und gar nicht. Die Sonne wusste: Wenn die Nacht fortgehen würde, müsste sie selbst alle Stunden des Tages am Himmel stehen. Das wollte die Sonne nicht. Es wäre viel zu viel Arbeit für sie, zu scheinen und zu scheinen und niemals den Himmel verlassen zu können. Zu scheinen und zu scheinen auf immerfort. Die Welt rief den Mond hinüber zu ihrer Seite des Himmels, und der Mond kam. Und nun flüsterte die Sonne selbst. Sie flüsterte mit dem Mond.

Die Sonne gab dem Mond ihren Glanz und sagte zu ihm: ›Die Nacht will dich berauben. Sie will dir deine Geheimnisse und deine Schönheit stehlen. Die Welt hilft ihr, weil sie keine Dunkelheit mehr will. Dieser Glanz, den ich dir nun gebe, das ist kein Geschenk, nein, nein. Das ist mein Zauber. Er wird dich vor der Nacht und der Welt beschützen. Aber von jetzt an wirst du dir den Himmel mit mir teilen, für alle Zeit. Wenn ich mich ausruhe, steigst du auf und scheinst. Und manchmal fühle ich mich auch während des Tages einsam, und dann musst du aufgehen und mit mir zusammen scheinen.‹

Und so bekam der Mond seinen Glanz. Aber er ist immer noch traurig, dass die Welt sich gegen ihn gewandt hat, also hat er sich auch von der Welt abgewandt. Deshalb kannst du, wenn der Mond am Himmel steht und du zu ihm hinaufschaust, immer nur eine Seite seines Gesichts erkennen. Auf der anderen Seite hütet er all seine Geheimnisse, dort, wo die Welt und die Nacht sie nicht sehen können. Und sobald die Nacht ihn verschlingt, vergiftet er sie von innen, sodass sie ihn zurück in den Himmel spucken muss. So ist das bis heute. Der Mond ändert sich nie. Es ist nur unsere Sichtweise der Dinge, die uns glauben macht, dass er sich ändert. Es ist das Kommen und Gehen der Nacht, verstehst du?«, beendete er seine Geschichte.

»Warum hört die Nacht nicht damit auf, den Mond zu verschlingen, wenn er sie immer wieder vergiftet?«, fragte ich und lehnte mich vor, um auch keines der Worte zu verpassen, die sich in der Leere verloren, die zwischen uns schwebte. »Warum bittet sie ihn nicht, ihr seine Geheimnisse zu erzählen? Warum fragt sie ihn nicht, ob er seine Schönheit mit ihr teilt, so wie die Sonne ihren Glanz mit dem Mond geteilt hat?«

»Aus Gier, meine Lissy«, antwortete er. »Ihre Gier und ihre nimmermüde Hoffnung haben sie dazu gebracht. Sie tut es immer und immer wieder. Die Zeit kommt und geht, und die Nacht hofft jedes Mal, dass dem Mond irgendwann das Gift ausgeht. Aber das wird nie geschehen. Er wird sie immer wieder und wieder vergiften.«

»Er macht für immer so weiter?«

Mein Vater nickte erneut. »Eines Tages werden du und ich von dieser Welt verschwunden sein, aber der Mond wird weiterhin am Himmel stehen und die Nacht vergiften und seine Geheimnisse vor ihr verbergen. Im Winter wie im Sommer. Er wird sich nie ändern. So ist das. So und nicht anders.«

Ich machte es ihm nach und nickte nun selbst, um zu zeigen, dass ich verstanden hatte. Als er sah, dass seine Worte sich mir ins Herz gebrannt hatten, sagte er: »Ich brauche jetzt meinen Schlaf. Weck mich, wenn die Sonne den Himmel verlassen hat. Ich werde die Luft dort draußen brauchen, wenn es so weit ist. Ich muss dir auch noch eine andere Geschichte erzählen. Weck mich rechtzeitig, bevor ich das vergesse, meine Lissy.«

Die russische Grippe kannte keine Gnade. In der Nacht, in der Stille, starb mein Vater. Ich wachte am nächsten Morgen auf und musste feststellen, dass ich ihn nicht aus seinem Schlaf aufwecken konnte, mochte ich mich auch noch so anstrengen. Der Pfarrer, der gerufen wurde, um die letzte Ölung zu vollziehen, sagte mir, ich bräuchte mir keine Sorgen zu machen, da mein Vater nun in der Herrlichkeit Gottes geborgen sei. »Er singt mit den Engeln«, sagte er.

Er war ein einfacher Mann, mein Vater. Der Tod kam über ihn wie ein Raufbold und traf ihn aus dem Hinterhalt. Er hatte seine eigene Sterblichkeit unterschätzt. Sein Tod war ein Schock für ihn, und als sich sein Ende näherte, erfasste ihn große Angst, Trauer und Bitterkeit.

Während dieses schicksalhaften Augenblicks, an dem alles drohte zunichtezuwerden, kam ihm eine sehr simple Erkenntnis, die ihn wachrüttelte: Er war die Art von Mann, der seinen Wohlstand an der Zahl der Stunden maß, die er arbeitete, und an den Speisen, die auf unseren Tisch kamen. Darüber hinaus besaß er nichts und konnte nichts anderes geben. Außer meinem Namen und meiner Haut hatte er mir nichts zu vererben. Deshalb rief er mich zu sich und erzählte mir zum ersten Mal eine jener Geschichten, die sein Volk über die Meere getragen hatte. Aber das Salz des Meeres und die Ferne Afrikas hatten diesen Geschichten zugesetzt und sie verändert. Der gesamte Reichtum meines Vaters bestand aus einer lückenhaften Geschichte, die mit der Zeit nicht besser geworden war, und dem Versprechen, eine weitere zu erzählen.

Doch diese Geschichte war ein Geschenk, jedenfalls auf gewisse Weise. Während all der darauffolgenden Jahre meiner Kindheit, während ich zusah, wie der Mond geboren wurde und verschwand, wie er in den Himmel hinaufstieg und niedersank, schloss ich die Augen und stellte mir vor, dass mein Vater nicht weit von mir entfernt auf einem knarzenden Bett lag, in dem seine langen Beine keinen Platz fanden. Dort lag er, hustete heftig, blinzelte die Tränen fort, die sich in seinen Augen sammelten, räusperte sich und trug mir geduldig Lieder und Mythen vor, die er fast vergessen hatte.

Ich vermisse ihn, glaube ich zumindest. Ich erinnere mich

nicht gut genug an ihn, um das mit Gewissheit sagen zu können, aber ich glaube, ich vermisse ihn. Es erscheint mir passend, dass ich die Neuaufnahme der Abenteuergeschichte, die ich damals angefangen und nicht zu Ende geschrieben habe, mit dieser Erinnerung beginne. Vielleicht wollte es das Schicksal, dass ich diese Geschichte ausgerechnet jetzt wiedergefunden habe. Wenn man bedenkt, was für eine Art von Reise mir bevorsteht, scheint es passend, dass es früher einmal eine Zeit gab, in der ich von den Hintergründen meiner Herkunft besessen war.

Außerdem möchte ich wissen und verstehen, wann und warum diese Träume angefangen haben, mich heimzusuchen. Die Träume von den Händen und den Schlangen, die aus Schatten gemacht sind.

Dienstag, den 23. Januar

Obwohl es das Resultat einer Reihe schrecklicher Tragödien war, hatte ich in meinem Leben das große Glück, zwei Väter zu haben. Und auch zwei Mütter – obwohl man sich darüber streiten könnte, weil ich mich an die Frau, die mich zur Welt gebracht hat, so gut wie gar nicht erinnere.

Aber kehren wir zu dem ursprünglichen Thema zurück: An dem Tag nach meinem neunzehnten Geburtstag fragte ich meinen zweiten Vater nach dem Grund, warum er mich als seine Tochter ausgesucht hat. Er gab mir eine sehr simple Antwort. Eine noble Antwort. Er erzählte mir folgende Geschichte: Einem Bekannten gehörte eine Zuckerplantage auf Jamaika. Und durch diesen Mann lernte er einen anderen Mann kennen, der auf ebendieser Plantage als Sklave geboren worden war.

Dieser zweite Mann, der Sklave, war mein Vater. Er hieß Twentyfive, weil er 1825 geboren worden war. Seine Mutter hatte vor ihm noch drei andere Kinder gehabt, die man ihr jedoch alle weggenommen hatte. Diesen anderen Kindern hatte sie große, eindrucksvolle Namen gegeben. Meinen Vater wollte sie nicht auch noch verlieren. Damals gab es auf Jamaika ein Gerücht, einen aus afrikanischen Glaubensvorstellungen zusammengesetzten Mythos, der besagte, die Ahnen würden Kinder, denen man schlechte Namen gegeben hatte, nicht zu sich holen. Es hieß, diese Kinder würden daher ein langes Leben führen. Meine Großmutter hegte die verzweifelte Hoffnung, die weißen Sklavenhalter könnten eine ähnliche Sichtweise der Dinge haben wie die afrikanischen Ahnen und gab meinem Vater deshalb diesen lieblosen Namen. Es funktionierte. Die beiden lebten bis zu dem Tag, an dem meine Großmutter starb, zusammen auf derselben Plantage.

Anscheinend erzählte mein Vater bei der Feldarbeit gerne Geschichten. Manchmal erzählte er diese Geschichten auch den Haussklaven (die nach der Abschaffung der Sklaverei offiziell »Lehrlinge« hießen). Die Haussklaven erzählten sich die Geschichten dann gegenseitig weiter. Eines Tages wiederholten sie die Geschichten in Hörweite meines (zweiten) Vaters, und da ihm gefiel, was er da hörte, wollte er den Mann kennenlernen, der die Geschichten ursprünglich erzählt hatte. Von diesem Tag an waren die beiden Männer, meine Väter, auf gewisse Weise miteinander befreundet. Sie standen sich so nah, wie es einem weißen Mann und einem Sklaven nur möglich war, ohne die gesellschaftlichen Konventionen komplett mit Füßen zu treten.

Ich weiß nicht, was mein zweiter Vater auf der Plantage gesehen hat, er hat es mir nie erzählt, aber ich bin mir sicher, dass er etwas weiß, was er mir bisher vorenthalten hat. Es ist eine Tragödie geschehen, so viel habe ich mitbekommen, irgendwann in der Zeit, die zwischen dem Moment des Kennenlernens meiner beiden Väter und dem Jahr meiner Geburt lag. Was auch immer es war, die Tragödie hatte derart tiefgreifende Folgen, dass mein zweiter Vater ohne zu zögern in die Bresche sprang, als mein leiblicher Vater starb und niemand mich zu sich nehmen wollte. Es mag auch ein wenig Geld geflossen sein, das weiß ich nicht, und ehrlich gesagt möchte ich es auch gar nicht wissen. Er liebt mich.

Nach dem Tod meines ersten Vaters erkrankte ich ebenfalls an der russischen Grippe. Daran erinnere ich mich jedoch nicht. Tatsächlich besteht meine Erinnerung an meine Herkunft aus lauter bruchstückhaften Elementen. Aber mein Vater hat mir erzählt, die Krankheit habe mir sämtliche Kräfte geraubt und mich mit Würgeanfällen, hohem Fieber und anderen Schrecknissen heimgesucht, die ich tief in meinem Gedächtnis vergraben habe.

»Du warst ein kleines, schmächtiges Ding«, sagte mein Vater. »Der Pfarrer hat dich für eine Weile im Waisenhaus untergebracht. Die Nonnen dort fürchteten, du würdest nicht mehr lange auf dieser Welt verweilen. Du hast nach deinem Vater gerufen und deine Hand ausgestreckt, als könntest du ihn berühren.« Er schüttelte den Kopf, als würde die Erinnerung ihn immer noch schmerzen. Dann seufzte er und fuhr fort: »Schwester Mary hat mich rufen lassen. Sie hat auch den Pfarrer rufen lassen. Ich glaube, sie fürchtete um dein Seelenheil.« Er warf den Kopf zurück, lachte und hob dann die Hand, um sich eine Träne von der Wange zu wischen.

»Ich bin zu dir geeilt und siehe da, kaum hatte ich mein Gebet beendet, da kehrte das Leben in dich zurück«, fuhr er fort und verschränkte die Hände im Schoß. Von einem Moment auf den anderen verschwand die Fröhlichkeit wieder aus seinem Gesicht, die die Erinnerung an Schwester Marys fromme Befürchtungen in ihm hervorgerufen hatte. »Damals habe ich zum ersten Mal begriffen, wie vergänglich das Leben ist«, schloss er seine Geschichte.

Ich möchte diese Einzelheiten unbedingt in Erinnerung behalten. Mittlerweile bin ich davon überzeugt, dass auch ich, die ich den Tod meines Vaters miterlebt hatte und fast selbst von derselben schlimmen Krankheit dahingerafft worden wäre, die Vergänglichkeit des Lebens erfahren haben muss. Vielleicht verstand ich ja sogar die Bedeutung dieser Erfahrung, wenn auch nur flüchtig. Aber jener Moment ist längst verstrichen, die darin enthaltene Offenbarung verloren und die Botschaft vergeudet.

Bald nach meiner Genesung verließ ich die Karibik und reiste zusammen mit meinem Vater nach England – ich auf meiner Jungfernreise, er als Heimkehrender. Dort, wo mich wenige willkommen hießen und niemand mich ins Herz schloss, lernte er die Tochter eines verarmten Bauern kennen und verliebte sich leidenschaftlich in sie. Sie war die Erste im Bekanntenkreis meines Vaters, die laut und unverhohlen die Frage stellte, ob er mich als Haustier, als Dienerin oder als Tochter liebte.

Schwester Mary verkündete gern, dass mein Vater eine großzügige Seele sei. Sie sagte oft: »Ihm ist noch keine Kreatur begegnet, die er nicht hätte lieben können, und keine einzige, die diese Liebe nicht erwidert hätte.«

Nachdem mein Vater die Bauerntochter geheiratet und sie um die ganze Welt geschleppt hatte, damit sie jedes Wunder sehen konnte, das zu sehen sie den Wunsch äußerte, kehrten wir für einen Besuch in die Karibik zurück. Dort äußerte Schwester Mary mir gegenüber die Meinung, dass mein Vater möglicherweise ein zu netter Mensch sei. »Diese Frau hat eine ganz schlechte Kinderstube. Sie weiß sich nicht zu benehmen«, sagte sie. Dann seufzte sie, als gäbe es eine Tragödie zu betrauern, die ihr sehr zu Herzen ging. »Liebe ist eine dumme Sache. Das sage ich dir, eine sehr dumme Sache.«

Auch wenn ich von dem Thema, von dem sie da gerade sprach, nicht viel verstand, begriff ich doch, dass sie sich mit den Worten »diese Frau« auf meine neue Mutter bezog. Ich war damals noch ein Kind und hatte nicht begriffen, welche Bedeutung die niedrige gesellschaftliche Stellung meines neuen Vaters hatte. In meinen Augen war er ein reicher Mann, der mir die größte Güte erwiesen hatte, die man einem Waisenkind nur erweisen konnte.

Er hatte mir weder von seiner Herkunft als Sohn eines Lebensmittelhändlers erzählt noch von dem üblen Geruch, der einem gesellschaftlich anhaftete, wenn man, wie er, sein Vermögen auf recht gewöhnliche Weise verdient hatte – nämlich als Kaufmann. Ich bekam von ihm immer nur Loblieder auf die Früchte harter Arbeit zu hören. Diese könne ein jeder pflücken, der sich vor ein bisschen Schweiß nicht scheue, so meinte er. Während Schwester Mary ihre Teetasse grazil mit gespreizten Fingern zum Mund führte, zählte sie mir ausgiebig und mit Gusto all ihre Anklagepunkte auf, wenn auch mit unterdrückter Stimme. »Behandelt sie dich gut?«, fragte sie, als der Wasserfall ihrer Beschwerden endlich versiegt war.

»Ja«, antwortete ich, als ich begriff, dass wir immer noch beim Thema meiner Mutter waren.

»Hat sie dich lieb?«, fragte Schwester Mary. Allein der Blick ihrer hervorstehenden Augen reichte schon, dass ich in ein verschämtes Schweigen verfiel. Vielleicht hielt ich den Kopf auch länger gesenkt, als dies notwendig gewesen wäre. Das mag der Grund dafür gewesen sein, dass sie mir endlich zu Hilfe kam und sagte: »Aber das ist nicht wichtig. Wenn es hart auf hart kommt, würde Mr Miller auf jeden Fall das Richtige tun.«

Um ehrlich zu sein, verstand ich nicht, was Schwester Mary damit sagen wollte. Aber damals war es mir bereits zur Gewohnheit geworden, die Dinge aufmerksam zu beobachten, und so fielen mir drei Dinge gleichzeitig auf: Erstens sprach Schwester Mary von meinem Vater nie als von meinem Vater, sondern immer von Mr Miller. Zweitens redeten wir nie über ein anderes Thema als meinen Vater (oder über Dinge, die unmittelbar mit ihm in Verbindung standen). Und drittens erinnerte sie mich immer wieder daran, was für ein großes Glück ich hatte, dass ich Mr Miller zum Vater bekommen hatte.

»Denken Sie, dass *er* mich lieb hat?«, fragte ich sie.

Schwester Mary sah einen Moment lang so aus, als hätte ich sie mit dieser Frage beleidigt. Dann fasste sie sich wieder und sagte: »Ja, ja, natürlich hat er dich lieb.« Sie wedelte mit der Hand durch die Luft, um zu unterstreichen, wie selbstverständlich diese Antwort war. »Aber was soll diese Frage überhaupt? Ich habe die Adoption zahlreicher Waisen in die Wege geleitet, und du kannst mir glauben, wenn ich sage, dass du zu denen gehörst, die großes Glück hatten. Du hättest keinen besseren Vater finden können, das versichere ich dir.« Sie schlürfte ihren Tee, kreuzte die Beine und lobte ausführlich meine verbesserte Aussprache.

»Mr Miller hat ebenfalls Fortschritte gemacht, o ja, das hat er«, sagte sie und wedelte mit dem Finger, um ihren Worten Nachdruck zu verleihen. »Snobismus gibt es überall«, fügte sie dann hinzu und unterstrich ihre Worte diesmal mit der ganzen Hand. »Mr Miller verfällt rasch in alte Gewohnheiten, wenn er nicht aufpasst. Aber es ist ihm gelungen, schon einen sehr viel vornehmeren Anschein zu erwecken. Seine Aussprache hat sich stark verbessert, und seine Manieren sind ebenfalls viel eleganter geworden. Wenn man ihn jetzt anschaut, würde man niemals daraufkommen, aus welch bescheidenen Verhältnissen er stammt. O ja, er ist tatsächlich ein sehr achtbarer Gentleman geworden.«

Sie schüttelte nachdenklich den Kopf und schloss ihre Rede mit den Worten: »Trink deinen Tee, Mädchen. Trink aus, bevor er kalt wird.«

Ich trank schweigend meinen Tee und stellte mich ihr weiterhin als Publikum zur Verfügung, das zu unterhalten sie so sehr genoss. Als der Tee ausgetrunken war und sie ihre Geschichten zu Ende erzählt hatte, brachte sie mich zu meinen Eltern zurück.

Mittwoch, den 25. Januar

Schwester Marys Enthüllungen lösten eine gewisse melancholische Neugier in mir aus, die mich während unserer gesamten Heimreise nicht mehr losließ. Obwohl ich noch ein Kind war, merkte ich doch, dass die Zusammensetzung meiner Familie bei fremden Leuten recht große Neugier weckte. Sie beobachteten uns, zeigten mit ihren Fingern auf uns und tuschelten. Deshalb kann ich auch nicht ohne einen ironischen Unterton oder ohne zu lügen behaupten, dass England mir zur Heimat geworden ist. Ich habe mich dort immer so gefühlt, wie sich wohl ein Besucher fühlen mag – nämlich so, als würde meine Zeit dort irgendwann zu Ende gehen und ich wieder nach Hause reisen.

Mein Vater und ich haben einmal zusammen eine Reise nach Japan gemacht, und ich habe die Schönheit dieses Landes gierig in mich aufgesogen, weil ich wusste, dass die Zeit, die mir dort vergönnt sein würde, begrenzt war. Und wenn ich während dieser Reise an meine Heimat dachte, dann war das für mich ein Ort, der bis dahin noch keine Gestalt angenommen hatte und nur in meinen Gedanken existierte.

Zweiundzwanzig Jahre lang habe ich mich in England so gefühlt, wie ich mich in Japan gefühlt habe. Dieses Land ist nicht meine Heimat. Und das wird es auch nie werden. Diese Antwort gebe ich auch meiner Mutter, wenn sie mich fragt, warum ich derart von der großen weiten Welt besessen bin. Erst heute hat sie wieder zu mir gesagt: »Wie solltest du dich hier auch zu Hause fühlen, wenn du nie hier bist? Du gestehst es dir selbst ja überhaupt nicht zu, zu Hause zu sein.«

Meine Mutter will nicht, dass ich nach Afrika reise. Sie ist der Ansicht, dass ich schon genug von der Welt gesehen habe. Frankreich, Spanien, Italien, Nord- und Südamerika, ein paar asiatische Länder, die karibischen Inseln und unsere kleine Ecke dieser Insel – mehr umfasst ihre Vorstellung von der Welt nicht. Und von dieser Liste hat sie sich auch nur in die englischsprachigen Länder gewagt, weil der Rest zu fremdländisch war, um ihr Interesse zu wecken. »Ich werde dich furchtbar vermissen, wenn du weg bist«, sagte sie. »Bitte überleg es dir noch mal.«

Wir saßen nebeneinander im Salon und sahen zu, wie draußen der Winter wütete. Die Fenster spähten in die froststarren, in karge Trostlosigkeit gehüllten Gartenanlagen hinaus, wo sich die Rosen und Lilien, die im Sommer noch geblüht hatten, der jetzigen Jahreszeit hatten geschlagen geben müssen und verwelkt waren. Der See, in dem ich als Kind schwimmen gelernt hatte, war zu einem reglosen, eisigen Laken erstarrt, und die Trauerweide, unter der meine Mutter mit Vorliebe saß, um ihre kläglichen Landschaftsbilder zu zeichnen, hatte weder Blätter noch Früchte noch Vögel vorzuweisen. Während ich diese Szenerie betrachtete, wurde mir bewusst, wie sehr ich die Kälte dieses Ortes mittlerweile verabscheute. Die Sonne versteckt sich, so oft sie kann, und der Himmel brütet düster vor sich hin. Und wenn es kalt ist, wird auch meine eigene Stimmung düster.

»Ich bin hier nicht glücklich«, sagte ich zu meiner Mutter.

Sie machte ein Gesicht, als hätte ich ihr erst einen Dolch ins Herz gestoßen und dann noch einen Freudentanz auf ihrem Grab aufgeführt. Dann fasste sie sich mit der rechten Hand an die Brust und seufzte, leise wie ein Windhauch. Ich wandte den Blick ab. »Es liegt mir fern, dir das Herz brechen zu wollen,

Mutter«, sagte ich. »Aber ich muss von hier fortgehen.« Ich wagte es, ihr einen kurzen Blick zuzuwerfen.

Sie schüttelte den Kopf und senkte ihn dann. »Weißt du«, sagte sie, »manchmal glaube ich, dass du all diese Dinge gerade tust, um mir das Herz zu brechen. Was habe ich denn verbrochen, dass du dir immer so leidenschaftlich wünschst, von mir fortzukommen? Bin ich dir keine gute Mutter gewesen?«

Ich sah sie an und wartete, bis ich sicher sein konnte, dass mir nicht die Tränen kamen. Als ich mich endlich gefasst hatte, sagte ich: »Ich weiß, dass du mich lieb hast.« Ich dachte sehr lange darüber nach, was ich als Nächstes sagen würde. Am liebsten hätte ich Folgendes gesagt: *Aber manchmal hat das eben nicht gereicht.* Doch ich wusste, dass ich das nicht sagen konnte. Es wäre grausam gewesen. Das würde ihr tatsächlich das Herz brechen. Also formulierte ich zunächst im Kopf ein Argument, das ihr aufgrund seiner Sentimentalität einleuchten würde. Sie würde es als ›Frucht meiner poetischen Seele‹ ansehen, wie sie es gerne ausdrückte.

»Manchmal erinnere ich mich an das Haus, in dem ich zusammen mit meinem Vater wohnte«, begann ich. »Aber manchmal auch nicht. In solchen Momenten frage ich mich, ob meine Erinnerungen der Wahrheit entsprechen oder ob ich sie mir über die Jahre nur eingebildet habe. Das ist der Grund, warum ich so viele Male in die Karibik zurückgekehrt bin. Ich musste mir meine eigenen Wahrheiten schaffen und sie mir bestätigen. Ich musste wissen, dass ich, auch wenn ich jetzt zu euch gehöre, einmal zu ihm gehört habe, in seine kleine, baufällige Hütte. Du hast mir die Möglichkeit eröffnet, den Rest der Welt zu sehen, an Orte zu reisen, die in keiner Verbindung zu mir stehen, Orte, die nichts in mir geschaffen und mir nichts hinterlassen haben.

Wenn meine Welt … wenn die Welt in meinem Kopf und meinem Herzen … wenn sie vollständig werden soll, muss ich dort anfangen, wo sie angefangen hat. Und sie begann in Afrika. Wie kannst du mir die Reise an alle anderen Orte erlauben, aber nicht die nach Afrika?«

Meine Mutter schüttelte den Kopf, und ich sah, wie ihr die Tränen aus den Augen und auf die verschränkten Hände fielen. »Ich habe dir Afrika nicht vorenthalten«, sagte sie. »Genauso wenig, wie du all die anderen Orte, zu denen du gereist bist, mir zu verdanken hast. Ich habe zu diesem Wahnsinn nie mein Einverständnis gegeben. Es war dein Vater, der all das ermöglicht hat. Du hast immer schon getan, was du wolltest – bist davongerauscht ohne eine Anstandsdame, hast jede Gefahr ignoriert … eine junge Frau, ganz allein in der Welt. Du hast mich bisher noch nie um Erlaubnis gebeten. Warum jetzt?«

Die Antwort war sehr einfach. Und ich gab sie ihr, ohne zu zögern: »Weil ich dieses Mal deinen Segen brauche«, sagte ich. »Ich möchte nicht, dass meine Reise von deinem Kummer überschattet wird. Und ich habe das Gefühl, dass ich, indem ich dorthin reise, einen Verrat gegen dich und Vater begehe. Dieses Mal benötige ich deinen Segen.«

»Wenn ich es nicht erlaube, wirst du nicht reisen?«, fragte sie.

»Dann reise ich nicht«, antwortete ich.

»Das meinst du ernst?«

»Ja.«

»Wirklich?«

»Ja.«

»Aber warum willst du überhaupt dorthin reisen? Du magst zwar nicht das Gefühl haben, dass dieser Ort hier deine Heimat ist, aber ich bin deine Mutter. Das hast du doch nie infrage gestellt, oder?«

Ich schwieg. Während der Zeit, in der sie meine Mutter war, hatte ich das tatsächlich infrage gestellt, und zwar sehr oft. Schwester Mary hatte damals – möglicherweise unabsichtlich – den Grundstein dafür gelegt, und die fremden Menschen, die mit ihren Fingern auf uns zeigten und sich flüsternd unterhielten, hatten die Mauer weiter in die Höhe gezogen. Oder vielleicht waren unsere Familienverhältnisse schuld oder meine Veranlagung zur Melancholie, oder ich hatte es mir, wie meine Mutter es so treffend formuliert hatte, nicht zugestanden, mein Zuhause als meine Heimat zu akzeptieren. Jeder einzelne dieser Punkte könnte der Grund sein oder auch keiner von ihnen. Letzten Endes war es jedoch nicht wichtig. Der Grundstein war gelegt, und es ließ sich nichts dagegen unternehmen, dass die Mauer in die Höhe wuchs.

Ich schwieg, denn während das zwischen uns herrschende Unbehagen immer größer wurde, fragte ich mich, ob sie jemals eigene Kinder gewollt hatte, Kinder, die aus ihrem eigenen Schoß geboren worden waren, Kinder, die ihr vom Tag ihrer Geburt an gehörten, deren Blut das ihre war – mit ihren Haaren und Augen und ihrer Haut.

Aber auch diese Frage konnte ich ihr nicht stellen. Sie wäre grausam gewesen. Selbst in meiner Verzweiflung brachte ich es nicht über mich, ihre Unfruchtbarkeit als Waffe einzusetzen und zu meinem eigenen Vorteil zu nutzen. Sie ist eine gütige Frau, meine Mutter, und eine einfühlsame. Sie wird mir diese Dinge nie sagen, und ich werde nie danach fragen können. Also tanzten wir zärtlich den Tanz der Täuschung und sprachen stets nur freundliche, gütige Worte, Worte der Unwahrheit – und strickten so über die Jahre nach und nach ein zerfasertes, fragmentarisches und aufwendiges Gespinst der Liebe.

»Ich habe nie an deiner Zuneigung für mich gezweifelt«, sagte ich endlich.

Ich sah die Sehnsucht in ihren Augen. Und als sie sprach, glaubte ich, sie auch in ihrer Stimme zu hören. »Bitte versprich mir, dass du zurückkommen wirst, Alisa.«

»Das werde ich«, sagte ich. »Ich verspreche, dass ich zurückkommen werde.«

Schweigend betrachteten wir die karge Trostlosigkeit, die draußen herrschte.

Um ehrlich zu sein, weiß ich nicht, ob ich glücklich darüber bin, dass sie mich gehen lässt. Aber jetzt bringt mich das Schiff mit dem Namen *The Black Swan* endlich nach Afrika. Ich fahre nach Afrika!

Donnerstag, den 31. Januar

Ich glaube, ich habe nun zur Genüge über das Geheimnis um den Papierfetzen nachgedacht, auf den ich irgendwann einmal den Beginn einer Abenteuergeschichte gekritzelt habe, und denke, dieses Geheimnis nun gelöst zu haben.

Ich muss die Geschichte aus folgendem Grund begonnen haben: Ich wollte das unglückliche Schicksal einer Prinzessin erzählen, die als kränkliches Kind, das in der Obhut ihres Vaters lebt, von einer uralten Feindschaft zwischen Nacht und Mond erfährt. Ihre Entdeckung veranlasst sie dazu, zum Mond zu reisen, weil sie glaubt, dort unter den Geheimnissen, die auf seiner dunklen Seite vergraben liegen, ein Heilmittel gegen ihre Krankheit zu finden. Durch einen gütigen Zauber schließt diese Prinzessin, der ich jetzt den Namen Emilia gebe, Bekanntschaft mit einigen uralten Stämmen, die dort leben.

Andererseits gebe ich vielleicht meiner Eitelkeit nach und nenne sie Alisa (da ja ohnehin niemand diese Geschichte jemals lesen wird). Vielleicht schwärze ich sogar ihre Haut und lasse sie eine fremde Sprache sprechen. Wer hätte schon etwas dagegen einzuwenden? Wer hätte nichts dagegen einzuwenden? Auf jeden Fall bin ich zu dem Schluss gekommen, dass das der Grund gewesen sein muss.

Wenn mein Vater mir noch mehr Geschichten erzählt hätte, dann hätte ich auch diese niederschreiben können. Aber er hat mir nur diese eine hinterlassen. Ich werde dafür sorgen, dass sie erhalten bleibt.

Miss Alisa Millers Tagebuch: [Wahrscheinlich 1912] [Vorheriger Eintrag fehlt]

Genaues Datum unbekannt

Heute habe ich etwas sehr Schönes gesehen. Wir fuhren gerade recht nah an der Nordküste von Französisch-Westafrika vorbei, als plötzlich ein Tumult entstand. Irgendjemand, ich weiß nicht, wer, hatte einen Delfin entdeckt, der neben uns herschwamm, und dieser Jemand rief rasch alle herbei, damit sie den Anblick bewundern konnten.

Wie sich herausstellte, war es eine ganze Delfinschule, etwa sechs oder sieben Tiere, die so schnell daherschwammen, als wollten sie das Schiff jagen. Hier und da sprang einer von ihnen in die Luft, tauchte jedoch im nächsten Moment sofort wieder im sicheren Meer unter. Dies löste in unserer Gesellschaft erneut ein aufgeregtes Stimmengewirr aus. Wir klatschten und jubelten und riefen noch mehr Leute herbei. Es war herrlich.

Dann, gegen Mittag, erspähte jemand in der Ferne eine Wasserfontäne. Ich glaube, inzwischen waren wir alle äußerst begierig darauf, noch mehr faszinierende Dinge zu sehen. Mr Brown äußerte, vielleicht etwas zu hoffnungsvoll, die Vermutung, es könne sich um einen Wal handeln. Er würde sein Leben darauf verwetten, sagte er sogar. Genauer gesagt stand er im Begriff, genau das zu tun, als seine Frau ihn aufhielt. Wenn man es durchdachte, lag der Schluss nahe, dass es sich nicht um einen

Wal handeln konnte. Zum Ersten war es ein zu kleiner Wasserspritzer gewesen. Zum Zweiten stellten sich folgende Fragen: Sind Wale dafür bekannt, dass sie in ähnlicher Weise herumtollen wie Delfine? Können sie ihr eigenes Gewicht ebenso effizient in die Höhe stemmen? Ich nehme an, Mr Brown war, genau wie der Rest von uns, von dem sehnsüchtigen Wunsch erfüllt, weitere Wunder der Natur präsentiert zu bekommen.

Ich glaube, wir befinden uns schon zu lange auf dieser Reise. Oder besser gesagt: Ich weiß, dass es so ist. Mrs Browns Eingreifen hatte es nicht vermocht, uns vor einer ausgedehnten Debatte über diesen Wal zu bewahren, der möglicherweise ein Wal war oder auch nicht. Mr Brown erinnerte die versammelte Gesellschaft hastig daran, dass er ein gelehrter Mann sei, und als niemand dies bestätigte oder abstritt, fügte er rasch hinzu, er sei in den engsten Kreis um Charles Darwin aufgenommen worden, und zwar von dem berühmten Wissenschaftler höchstpersönlich. Die Natur sei ihm so vertraut wie die Heilige Schrift einem Mönch, sagte er. Niemand traute sich, es mit einer derartigen Selbstsicherheit aufzunehmen.

Ich muss zugeben, dass ich wünschte, Mr Brown hätte recht gehabt. Vielleicht würde ich die mir selbst auferlegten Pflichten als Chronistin etwas freudiger erfüllen, wenn ich tatsächlich einen Wal zu Gesicht bekommen hätte. Bevor die Delfine sich zu uns gesellt hatten, waren wir in eine Art stumpfsinnige Routine der Langeweile verfallen – die Art von Langeweile, die kaum dazu taugt, einen Autor zu poetischen Höhenflügen anzuregen. Ich bin zu dem Schluss gekommen, dass meine Mutter womöglich doch recht hatte. Mit Ausnahme der Delfinschule und ein paar seltenen Fischen, die mir noch nicht bekannt waren, gibt es auf dieser Reise nichts Neues für mich zu entdecken.

Ich bin schon viel zu lange auf Reisen. Den größten Teil meines Lebens. Allein auf dieser Reise habe ich jeden Gezeitenwechsel, jeden Umschwung des Windes, jeden Sturm, jede Kursänderung des Schiffes und jeden Stern notiert, der sich auf unserer Fahrt gen Süden in das Muster des Himmels eingefügt hat. Wenn das Laternenlicht auch nur ein winziges bisschen flackerte oder die Tropfen irgendeines Regengusses sich eine (winzige) Spur nach rechts oder links neigten, habe ich auch das festgehalten. Ich bin recht desillusioniert, was meine Erwartung anbelangt, auf Reisen etwas Neues zu erleben.

Wenn ich bei der Betrachtung des Horizonts ein Loblied darüber anstimmen würde, dass es keine größere Schönheit gibt als diese, dann wäre das die größte Lüge, die man sich nur denken kann. Das Meer in all seiner Pracht beeindruckt mich nicht mehr, und die Schönheit des Horizonts ist in meinen Augen so gewöhnlich wie jedes Ufer oder jeder Pfau oder jeder Wald, den ich jemals in meinem Leben gesehen habe. Ich konzentriere mich jetzt auf so triviale Dinge wie die unglückselige Kleiderwahl einer Mitreisenden oder den fadenscheinigen Anzug, der nicht ganz zum Teint seines Besitzers passen will. Die erstgenannte Tragödie betrifft Mrs Brown. Die arme Frau bemüht sich schon seit Langem, sich nach der neuesten Mode zu kleiden. Das allein wäre schon tragisch genug, aber sie ist darüber hinaus von dem Ehrgeiz ergriffen, ihrem Gatten dasselbe Schicksal angedeihen zu lassen.

Ich habe gehört, dass sie sich beim gestrigen Diner für ein rotes Kleid entschieden hat, das bedauerlicherweise einen sehr ähnlichen Farbton wie ihr Gesicht aufwies. Falls diese Tragödie auch nur im Entferntesten so katastrophal ausfiel wie die pflaumenblaue Scheußlichkeit, die sie letzten Sonntag zur Schau gestellt hat, ist es vielleicht besser, dass mir diese letzte Episode erspart geblieben ist. Ich hätte sonst womöglich meine guten Manieren vergessen und laut gelacht. So weit ist es mit der Sinnlosigkeit meines Lebens gekommen – ich bin in die Niederungen der Kleinlichkeit herabgestiegen.

Vielleicht könnte ich dieses triste Einerlei dadurch durchbrechen, dass ich mich ins Meer werfe. Meine Rettung (oder mein Dahinscheiden, je nachdem, wie sich das Schicksal entscheidet) würde meinen Mitreisenden eine kleine Verschnaufpause von ihrer Langeweile gönnen. Gut möglich, dass der Skandal des Fast-Ertrinkens genau das Richtige wäre, um für meine verspätete Einführung in die hiesige Gesellschaft zu sorgen. Aber ich frage mich, wer wohl töricht genug wäre, bei meiner Rettung den Helden zu spielen. Wer würde seinen eigenen Tod riskieren, um mich zu retten? Und würde ein solcher Held, der ohne Zweifel ein sehr törichter Mensch wäre, wiederum einen eigenen Retter benötigen und so die Torheit bis ins Unendliche fortsetzen?

Ich bin versucht, diesen Plan ernsthaft in Erwägung zu ziehen, und sei es auch nur, um das Ergebnis zu sehen. Die Episode mag zwar mit einer Tragödie enden, doch ich könnte dabei auch einen Freund gewinnen – eine freundliche Seele, die mir ein gewisses Mitgefühl entgegenbrächte.

Ich würde darüber lachen, wenn mir das alles nicht so schwer auf der Seele lasten würde. Denn eines habe ich noch nicht erwähnt: Meine Mitreisenden haben beschlossen zu vergessen, dass auch ich auf diesem Schiff bin. Und ich muss sagen, wenn dieses Schiff nicht meinem Vater gehören würde, wäre diese Scharade auch gar nicht vonnöten gewesen. Wahrscheinlich hätte man mich dann nämlich gar nicht erst an Bord gehen lassen. So abgrundtief ist die Ironie des Schicksals, von der ich heimgesucht werde. Eigentlich sollte ich an diese Art von Vorkommnis längst gewöhnt sein. Aber aus irgendeinem Grund verletzt es mich noch immer sehr, und zwar jedes Mal, wenn es passiert. Und seltsamerweise schockiert es mich auch manchmal, weil ich nie so richtig damit rechne. Was soll ich sagen? Ich bin eben eine hoffnungsfrohe Seele.

Deshalb muss ich, um zu dem vorherigen Thema zurückzukehren, auch zugeben, dass die Eintönigkeit des Meeres nicht der einzige Grund für mein Elend ist. Das wäre nur die halbe Wahrheit. Wie ein Komet, der in die Sonne stürzt, finde ich mich einmal mehr in einer Tragödie wieder, für die ich selbst verantwortlich bin. Das Blau des Meeres oder vielleicht auch seine schiere Unendlichkeit haben wahrscheinlich dafür gesorgt, dass ich bei Verstand geblieben bin.

[Erinnerung an mich selbst, Anmerkung vom 27. März: Dies ist etwas, über das ich in einem späteren Eintrag nachdenken muss.] Seit Beginn dieser Reise habe ich keine Schattenträume mehr gehabt.

Dienstag, den 26. März

Ein neuer Tag ist angebrochen. Das hat meine Stimmung ein wenig verbessert, sodass ich nicht mehr ganz so teilnahmslos und traurig bin. Ich freue mich, mit gesteigertem Enthusiasmus die Schönheit und Pracht des gewaltigen blauen Meeres anpreisen und von jeder schräg herabfallenden Regenflut und jeder fast unmerklich flackernden Lampe berichten zu können. Man muss nämlich wissen: Vor zwei Wochen habe ich eine Rebellion gegen die mir auferlegte Verbannung angezettelt.

Als es Zeit für das Abendessen wurde, habe ich mich angekleidet, so wie es sich für eine Dame geziemt, und bin vor die versammelte Tischgesellschaft getreten. Ich tat dies voller Hoffnung. Doch ich tat es vergebens. Als ich in den Raum kam, wurde es plötzlich still. Ich weiß nicht, wie ich es sonst erklären soll, außer, dass ich auf jedem einzelnen Gesicht einen Ausdruck der Ablehnung sah. Ich kam mir vor wie ein exotisches Tier, das aus seinem Käfig ausgebrochen ist und sich nun zu seinen Wärtern gesellen will.

Die Zoowärter, die es vorzogen, die Fremdartigkeit dieses Tieres aus sicherer Entfernung zu bestaunen, von wo aus sie es mit dem Finger anstupsen, sich Gedanken über seine Herkunft machen oder es verhöhnen konnten, ohne Gefahr zu laufen, von ihm in irgendeiner Form beschmutzt oder durch seine Wildheit bedroht zu werden, beeilten sich, das Gleichgewicht wiederherzustellen. Der Erste, der sich dazu berufen fühlte, war Mr Brown. Er trug einen sehr schlecht sitzenden Anzug, durch den seine Hagerkeit noch betont wurde. »Wie … wie merkwürdig, Sie hier zu sehen, Miss Miller«, sagte er zögerlich.

»Und was für eine Freude«, sagte ich.

Als Nächstes übernahm Mrs Windsor hastig das Wort. Sie sorgte sich wahrscheinlich, Mr Brown könne mit seinen Bemühungen scheitern, mir zu verdeutlichen, dass ich in einer so illustren Gesellschaft nicht willkommen war. Sie war so gütig, mir noch den einen oder anderen Umstand in Erinnerung zu rufen, den ich womöglich vergessen hatte. »Oje«, sagte sie. »Ich denke nicht, dass am Tisch genügend Plätze eingedeckt sind.«

Und damit ich dies nicht etwa als Angebot verstand, man könne mich bei zukünftigen Gelegenheiten an den Tisch bitten, erinnerte sie mich als Nächstes daran, dass mein Verhältnis zu meinem Vater keinesfalls auf Blutsverwandtschaft beruhte. Was sollte ich darauf entgegnen? Ihre Worte entsprachen der Wahrheit. Es gab nichts weiter zu sagen. Ich kehrte in meine Kabine zurück.

In solchen Momenten übt die Macht des Meeres, seine Endgültigkeit, eine große Anziehungskraft auf mich aus. Ich wünschte, es gäbe eine Zauberformel oder ein Gebet, um die dunkle Farbe meiner Haut fortzuwaschen. Wenn ich nicht so wäre, wie ich bin, so schwarz, könnte niemand die Geschichte meiner Herkunft erraten. Niemand könnte, nur indem er mich anschaut, unterstellen, dass meine Familie durch die Folgen einer Seuche, die Überbleibsel der Sklaverei oder ganz einfach durch das wechselhafte Schicksal zusammengewürfelt wurde.

Wenn ich nicht wäre, wie ich bin, könnten sie in mir nicht so leicht die Spuren der Tragödien erkennen, die mir von meinen Ahnen vererbt wurden. Doch ich bin schwarz, und diese Geschichte hat sich in mein Blut eingeätzt. Sie kennzeichnet meine Haut. Ich stamme von Sklaven und vermeintlich freigelassenen

Sklaven ab. Ich bin ein Sklavenkind, dem die Sklaverei nur durch Zufall und die Vergänglichkeit des Lebens erspart geblieben ist.

Und dann ist es auch eine so kurze Geschichte, eine, die direkt in ihrer eigenen Mitte beginnt, als könnte die Lebensgeschichte eines Menschen einfach so anfangen, ohne einen ordentlichen Beginn und ohne einen Herkunftsort. Doch unbequeme Nuancen ignorieren die Leute eben gern.

Genau wie das Britische Empire nicht gern über die Rolle redet, die es bei der Verbreitung des Sklavenhandels gespielt hat. Woran das Empire jedoch immer wieder sehr gern erinnert, ist die Rolle, die es bei seiner Abschaffung gespielt hat. Das ist der Lauf der Dinge – manche Geschichten beginnen in der Mitte, weil niemand den Anfang hören möchte. Sie sind schnell erzählt, weil niemand die Details hören möchte. Manchmal ist der Schluss das Einzige, was zählt.

Wie man ein Volk befreit oder *Warum alle Menschen die Würde der Freiheit verdienen* – das wären Worte, mit denen eine Geschichte beginnen könnte, ohne dass man erst erzählen müsste, warum es überhaupt notwendig war, diese Menschen zu befreien. Doch leider erbt jedes Kind die Geschichte seiner Eltern. Es erbt die Geschichte der Welt in ihrer Gesamtheit. Wir alle tragen die Bürde dessen, was sich vor unserer Zeit ereignet hat. Alles, was geschehen ist, hat die Welt geprägt. Wir sind alle an die große, weite Welt gebunden, an ihre Vergangenheit und an deren Folgen. Aus nichts anderem als aus unzähligen Leben, die nach und nach in den Lauf der Geschichte hineinverwesen, besteht die Welt. Dem können wir nicht entfliehen.

Meine Geschichte fängt an, bevor sie begonnen hat, aber Mrs Windsor und ihre Spießgesellen erzählen nur die Vergangenheit, die sie kennen. Und den Grad an angeblicher Vertrautheit, mit dem sie das tun, sollte man ihnen eigentlich nicht durchgehen lassen. Andererseits: Auch wenn sie mich nicht kennen, kennen sie mich gleichzeitig sehr wohl. Sie können mit Fug und Recht behaupten: »Alisa Miller ist nicht die Tochter ihres Vaters. Aus Mitleid hat er sie vor irgendeiner karibischen Tragödie bewahrt. Was ist er doch für ein gütiger Mensch.« Sie brauchen mich nur anzuschauen, um zu erkennen, dass ich Sklavenblut in mir trage und nicht das Blut einer Tochter oder Frau eines Mannes, wie mein Vater einer ist.

Es stimmt. Diese Dinge, die sie in mir sehen, bin ich. Wenn ich mich hinter einen Vorhang stellen und so fließend, wie es mir meine Gouvernante beigebracht hat, jedes Gedicht vortragen würde, das jemals aus der Feder von Keats oder Shakespeare geflossen ist, dann würden mich diese mir im Stand ebenbürtigen Personen womöglich mit Lob überschütten. Wenn ich ihnen erzählte, wie es Kopernikus und Galilei gelang, das Chaos des Universums zu entwirren, würden sie mir vielleicht auch dafür Beifall zollen. Aber wenn dann der Vorhang fallen und meine Haut sichtbar werden würde, würden sie diese Kulturschätze dann preisen oder sich von ihnen lossagen, weil es jemand wie ich gewagt hat, sie zu berühren, und dadurch unwiderruflich verschmutzt hat?

Ich muss gestehen, dass diese frivolen Fragen, in denen ich mich gerne ergehe, meiner Melancholie neue Nahrung geben. Aber während wir Afrika immer näher kommen, muss ich der Möglichkeit ins Auge sehen, dass ich bei meiner Suche nach einer Heimat ein weiteres Mal scheitern könnte. Ich muss mir folgende Fragen stellen: Wer wartet auf mich an den Küsten Afrikas? Werde ich dort jene Wesen finden, halb Teufel, halb Kind, deren Schicksal Rudyard Kipling beklagte? Oder werde ich dort Menschen treffen wie meinen Vater, Menschen, die den Grad ihres Reichtums daran bemessen, wie viel sie der Erde geben und was die Erde ihnen zurückgeben kann?

Ich möchte nicht wieder erleben müssen, wie meine Hoffnungen zunichtegemacht werden. Ich möchte nicht wieder scheitern. Ich habe beschlossen, dass ich erst dann gescheitert sein werde, wenn ich zu der Überzeugung gelange, dass Rudyard Kipling mit seiner Einschätzung richtiglag. Andernfalls würde ich mich geschlagen geben, bevor die Würfel gefallen sind und mein Schicksal offenbart wurde. Ich muss glauben können, dass meine Vorfahren als mehr als nur als Sklaven lebten, dass sie ein integraler Bestandteil von Darwins Theorie des gemeinsamen Ursprungs waren und von diesem nur aus Not oder aufgrund eines Kampfes um das nackte Überleben abgewichen sind, und nur deswegen. Daran muss ich glauben.

Das Geschenk meiner Haut ist genau das und nichts anderes: ein Geschenk. Ich kann sie nicht einfach abstreifen. Ich kann sie nicht der Gottheit, die mich geschaffen hat, zurückgeben, ganz gleich, was das für eine Gottheit gewesen sein mag. Und wie mir allmählich klar wird, darf ich diese meine Haut nicht hassen. Das tut die Welt um mich herum schon zur Genüge.

Aus diesem Grund habe ich mich ein Stück weit von meiner Traurigkeit und Teilnahmslosigkeit befreit. Ich bin froh, wieder über die Pracht des gewaltigen blauen Meeres, die schräg herabfallenden Regenfluten und das schwach flackernde Licht schreiben zu können.

Donnerstag, den 28. März

Infolge meiner kürzlich angestellten Überlegungen und in Anbetracht all meiner bisherigen Erfahrungen, sowohl in England als auch an allen anderen Orten, zu denen meine Reisen mich geführt haben, bin ich zu einem recht seltsamen Schluss gekommen. Nun ja, ich sage »seltsam«, wobei das Seltsame daran doch eigentlich der Umstand ist, dass ich nicht schon früher zu diesem Schluss gekommen bin. Zuerst und als Wichtigstes: Ich glaube, meine Mitreisenden halten mich für weniger englisch, als sie es sind. Und das stimmt, da haben sie nicht unrecht. Schließlich habe ich mich in England nie zu Hause gefühlt. Nichtsdestotrotz muss man anmerken, dass diese Leute das nicht wissen können. Auf welcher Grundlage maßen sie es sich also an, ein Urteil über meine Identität zu fällen?

Da ich sonst nichts zu tun hatte, entschied ich sofort, dass es sich hier um eine schwere Krise handelte und dass ich mich so schnell und gründlich wie möglich damit auseinandersetzen musste. Jetzt ist all das bereits erledigt, und ich muss leider sagen, dass es kein besonders spannender Bericht werden wird. Zu meiner Enttäuschung musste ich feststellen, dass meine Analyse im Endeffekt vollkommen überflüssig war, weil es ohnehin auf der Hand liegt, welche Abfolge von Ereignissen mich hierhergeführt hat. Ich musste einfach nur den sprichwörtlichen Brotkrumen folgen, die für mich ausgestreut wurden, und das waren folgende:

Gestern ließ ich mich von einer recht seltsam geformten Wolke faszinieren – so groß ist meine Einsamkeit. (Auch wenn ich nicht übertreiben sollte. Es ist vielleicht erwähnenswert, dass ich nicht vollständig einsam war, denn aus Loyalität zu meinem Vater hält Kapitän Anders eine Art Bekanntschaft zu mir aufrecht. Er spricht mit großer Zuneigung über seine Mutter und voller Bescheidenheit über seinen Vater. Und man muss ihm darüber hinaus zugutehalten, dass er es kein einziges Mal für notwendig hielt, mich an meine Rassenzugehörigkeit zu erinnern. Ich darf nicht ungerecht über ihn reden, aber trotzdem muss ich sagen, dass seine Kameradschaft durchaus ihre Grenzen hat. Er wagt es nicht, mich dem Rest des Schiffes zuzumuten. Seine Ritterlichkeit reicht nicht aus, um eine so simple Sache wie meine Teilnahme an den gemeinsamen Mahlzeiten mit den anderen Gästen durchzusetzen. Aber ich schweife ab.)

Wie auch immer, es war ein langweiliger Vormittag, und ich habe einen Spaziergang an Deck gemacht. Ich war einen Moment lang stehen geblieben, um die besagte Wolke zu beobachten, als ich plötzlich nicht mehr allein war. »Dürfte ich mich zu Ihnen gesellen, Madam?«, fragte ein Mann. Ich ging davon aus, dass er mit seiner Frage jemand anderes meinte, und schaute mich um, doch dann sah ich den verwirrten Ausdruck in seinen Augen. Später erzählte er mir, wie seltsam er es in jenem Moment fand, dass ich sein Interesse an einer Unterhaltung mit mir in Zweifel gezogen hatte.

»Ich bin aber doch eine Aussätzige. Haben Sie denn keine Angst, sich anzustecken?«, fragte ich. Daraufhin blickte er noch verwirrter drein als zuvor. Also fuhr ich fort: »Auf dem Schiff hat man sämtliche Mitreisenden vor meiner Krankheit gewarnt. Sie halten sich alle fern von mir, um bloß nicht ihre Gesundheit zu gefährden.« Ich grinste, und er grinste ebenfalls. »Sie können mir gern Gesellschaft leisten, Mr …«, sagte ich und streckte ihm meine Hand entgegen.

»Mr Yuri Ivanov«, sagte er, nahm meine Hand und schüttelte sie. »Sie sind Miss Alisa Miller?«

»Wenn es nicht Lepra ist, welche Krankheit ist es denn dann, von der man behauptet, dass ich sie verbreite?«

»Nur Ihre … äh … Einzigartigkeit.« Er räusperte sich unbehaglich.

»Ich nehme an, Sie sind gekommen, um sich diese Kuriosität einmal persönlich anzuschauen«, sagte ich und verblüffte ihn damit anscheinend ein drittes Mal.

Als er sich wieder gefangen hatte, zog er seinen Hut, drückte ihn an seine Brust und versuchte es noch einmal von vorn. »Ich wollte Sie keineswegs beleidigen«, sagte er. »Ich wollte nur … äh … wie sagt man?« Offenbar frustriert über die ihm fehlende Redegewandtheit, stürzte er sich erst in irgendeinen Dialekt aus dem Russischen Reich und dann ins Französische. Als er endlich das Wort gefunden hatte, das er bis dahin vergeblich gesucht hatte, sagte er: »Es wird viel über Sie … äh … diskutiert, doch Sie sind schwer zu finden. Aber jetzt sehe ich, dass das Problem mit der Lepra … äh … überbewertet wurde. Es ist vielmehr das Feuer, das aus Ihrem Mund hervorbricht, vor dem wir uns fürchten müssen.« Den letzten Teil seiner Rede brachte er mit einem vorsichtigen Grinsen hervor.

Mein Lächeln wurde noch breiter. »Wovor haben Sie mehr Angst – vor der Lepra oder vor dem Feuer?«

»Vor dem Feuer«, antwortete er schlicht.

»Dann werde ich zahm sein.«

Nachdem wir zur Genüge die üblichen und unvermeidlichen Höflichkeiten ausgetauscht hatten, setzten wir uns auf eine Bank und unterhielten uns offenherzig über unverfängliche, gängige Themen. Ähnlich wie der Kapitän war auch Mr Ivanov froh, über seine Mutter und seinen Vater reden zu können, die, wie ich erfuhr, mit großem, unbeirrbarem Patriotismus im Russischen Reich geblieben waren. Die Langeweile, die zuvor noch meinen Vormittag geprägt hatte, war rasch verflogen.

Während Mr Ivanov und ich weiterhin Höflichkeiten austauschten, fielen mir ein paar Sachen an ihm auf. Zum Ersten, dass er beim Sprechen einen recht starken russischen Akzent hatte. Zum Zweiten, dass ich ihm in jedem meiner Sätze die allermeisten Wörter erklären musste. Aber trotzdem glaube ich, dass er in den Augen der Leute englischer ist als ich. Was ist der Unterschied zwischen mir und ihm?

Ich fragte ihn: »Seit wann haben Sie schon die englische Staatsbürgerschaft?«

Er starrte fasziniert auf die Wellen hinab, bis ich schon glaubte, er würde gar nicht mehr antworten. Schließlich sagte er kurz und bündig: »Nicht lange. Aber zu lange.« Bei diesen Worten beließ er es, und ich hielt es für unhöflich, noch weiter in ihn zu dringen.

Und obwohl ich noch einige andere merkwürdige Eigenschaften an ihm entdeckte, gelangte ich zu dem Schluss, dass er ein guter Mensch ist. Er ist freundlich. Meine Eltern würden zweifellos irgendetwas an ihm auszusetzen haben, obwohl das wahrscheinlich nicht sein unüberhörbarer Akzent oder seine verarmten familiären Verhältnisse wären, sondern etwas, das darüber hinausgeht, wie zum Beispiel seine seltsamen politischen Ansichten. Als ich ihn abends wiedertraf, sprach er ausführlich über die Vorteile, die es hätte, wenn man Irland in die Unabhängigkeit entließe oder Russland nicht mehr von einer Monarchie regiert würde. Obwohl man einräumen muss, dass der Großteil der Unterhaltung von seinem Kampf mit der englischen Sprache vereinnahmt wurde. »Wie sagt man?«, fragte er oft.

Ich werde es einmal mit der russischen Sprache versuchen und schauen, ob sich das Gesprächstempo verbessert. Vielleicht stellt sich dann heraus, dass seine politischen Ansichten doch nicht so seltsam sind. Man kann es nur hoffen.

Er lachte, als ich ihm vom Zweck meiner Reise erzählte.

»Sie … äh … möchten Ihre Wurzeln finden, an einem Ort, den Ihre Eltern selbst nie gesehen haben?«

Und so sah ich mich erneut genötigt zu erklären, warum ich das Bedürfnis gehabt hatte, diese Reise zu unternehmen. »Ja, ich wurde in der Karibik geboren«, sagte ich. »Aber das war nie meine Heimat. Ich war noch ein Kind, als ich von dort fortging. Auch wenn ich von diesem Moment an als Engländerin galt, war ich mir doch meiner eigentlichen Herkunft so sehr bewusst, dass ich England immer als fremd empfunden habe, weshalb auch dieses Land für mich nie zur Heimat geworden ist. Ich glaube, am Ende habe ich die Karibik nur deshalb geliebt, weil ich dort geboren wurde und weil meine Eltern dort geboren und begraben wurden. Aber ich habe den Ort auch verabscheut, weil er gemäß den Regeln des Kolonialismus zum Britischen Empire gehörte. Und unter der Oberhoheit ebenjenes Empires wurden meine Eltern als Sklaven geboren und sind im Elend gestorben. Darüber hinaus waren die Eindrücke, die ich von England gewann, und die Erfahrungen, die ich dort machte, keine angenehmen. Ich habe es nicht über mich gebracht, diesen Ort zu lieben.« Ich lachte nervös. »Das klingt töricht, was ich da sage, nicht wahr?«

Mr Ivanov antwortete nicht sofort. Stattdessen stellte er seinerseits eine Frage. »Sind Sie in die Karibik gereist, seit Sie … Engländerin geworden sind?«

»Ja«, antwortete ich. »Sehr oft. Ich bin zu jeder einzelnen karibischen Insel gereist, aber am häufigsten war ich auf Jamaika.«

Mr Ivanov nickte. »Was wollten Sie mit Ihrer Reise dorthin erreichen?«

Er fügte erklärend hinzu, ein Arzt würde einen Patienten ja schließlich nicht aus Bösartigkeit verstümmeln, sondern weil er ihn von einer Krankheit befreien wollte, die noch viel schlimmer war als die Konsequenzen seines ärztlichen Handelns. Was also, wiederholte er, war nun der Grund meines Handelns? Was für ein Ergebnis hatte ich erzielen wollen, indem ich nach Jamaika zurückkehrte, und hoffte ich, dieses Ergebnis auch auf meiner jetzigen Reise nach Afrika zu erzielen?

Ich gab ihm dieselbe Antwort, die ich auch meinen Eltern gegeben hatte. »Ich weiß es nicht«, sagte ich. »Vielleicht werde ich es wissen, wenn ich mein Ziel erreicht habe. Bei meinen Besuchen in der Karibik habe ich nichts erreicht, aber eine Reise nach Afrika – an einen Ort, der gewissermaßen meine Geburtsstätte ist – könnte durchaus gewinnbringend sein. Ich glaube, dass ich in Afrika endlich all die Dinge begreifen werde, die es zu begreifen gibt, was auch immer sie sein mögen. Mir fehlen gerade die rechten Worte, aber ich habe das Gefühl, dem Ziel schon ziemlich nahe zu sein. Ich bin auf meinem Weg schon zu weit gekommen, um jetzt noch zu scheitern.« Ich lächelte nervös und schaute ihm prüfend und voller Hoffnung in die Augen. Schließlich fragte ich ihn erneut: »Sie halten mich für töricht, nicht wahr?«

Doch anders als ich erwartet hatte, lachte Mr Ivanov mich nicht aus. Stattdessen lächelte er und meinte, ich sei mutig, aber nur, um mich am Ende doch als töricht zu bezeichnen. »Aber

Torheit und Mut sind oft ein und dasselbe, habe ich mir sagen lassen«, fügte er mit einem freundlichen Lächeln hinzu.

»Das denke ich auch«, sagte ich.

Daraufhin nickte er nur, und wir stürzten uns einmal mehr in die höfliche Neutralität jener Themen, über die es sich leicht sprechen lässt – über die Gezeiten, die uns gen Süden tragen, über die Schönheit der Musik, über das Mysterium des Todes und andere geheimnisvolle Dinge und schließlich auch über die Anziehungskraft Afrikas. Er erzählte recht ausführlich von seinen Erfolgen als Naturforscher, und nach einer Stunde hatte ich vollkommen vergessen, dass ich das Bedürfnis gehabt hatte, mich ins Meer zu stürzen.

[Vorheriger Eintrag fehlt]

Genaues Datum unbekannt

Der Wind hat aufgefrischt. Sämtliche Segel sind gesetzt, und wir haben Fahrt aufgenommen. Die Bedingungen, unter denen unsere Reise stattfindet, haben sich definitiv verbessert. Zu meiner freudigen Überraschung kann man dasselbe auch über Mr Ivanovs Beherrschung der englischen Sprache sagen. Bei unseren Unterhaltungen geht es nicht mehr um den Austausch von Höflichkeiten, sondern wir haben es gewagt, uns in etwas fremdartigere Gewässer zu begeben. Außerdem zögert er weniger beim Sprechen und vertritt nun seine merkwürdigen philosophischen und weltanschaulichen Überzeugungen mit großer Klarheit.

Ich habe seither die Erfahrung gemacht, dass es nicht nur seine politischen Ansichten sind, die bei manchen Leuten zu erhobenen Augenbrauen und spöttischen Bemerkungen führen. Noch viel interessanter sind nämlich die Ansichten, die er zu den Ursprüngen unserer Spezies vertritt. Er behauptet, es seien die afrikanischen Affen, die uns am ehesten einen Einblick in jenes Zeitalter der Menschheit geben können, das man als den Garten Eden bezeichnet. Die alternative Theorie, wir würden von französischen oder asiatischen Affen abstammen, sei absurd, sagte er. Er stampfte mit seinem Gehstock auf dem Boden auf und zeigte nach Südosten, dorthin, wo die Westküste Afrikas lag. »Dort hat die Welt ihren Anfang genommen«, sagte er. »Selbst Darwin ist davon überzeugt.«

»Sie meinen, die Welt hat in Afrika begonnen und nicht im Garten Eden?«, fragte ich.

»Eden liegt in Afrika.«

»Wie denken Ihre Kollegen darüber? Was ist mit Ihrem Priester, Ihren geliebten Eltern – wie denken die über einen afrikanischen Adam und eine afrikanische Eva?«

Er entgegnete, da weder sein Priester noch seine Eltern jemals die Knochen einer ausgestorbenen Affenart untersucht hätten, könnte man von ihnen keineswegs eine akkurate Analyse erwarten. Auf gewisse Weise, so sagte er, sei dies für uns alle eine Heimreise, denn wir Menschen hätten uns von Afrika aus in der Welt verteilt.

Und außerdem sei die Meinung der breiten Öffentlichkeit zu diesem Thema nicht wichtig. Die Wahrheit müsse nicht bewiesen werden. Die Wahrheit sei die Wahrheit. Ja, es werde immer Leute geben, die sie anfechten. Es stehe jedem frei, eine philosophische Auffassung abzulehnen, doch das mache die Philosophie selbst nicht ungültig, es bedeute nur, dass unsere Sichtweisen der Welt so unterschiedlich sind wie die vielen Orte und Völker und Ideen, aus denen sie sich zusammensetzt. Jahrhundertelang sei die Menschheit davon überzeugt gewesen, dass die Erde und nicht die Sonne im Zentrum unserer Galaxie steht. Das ändere jedoch nichts an den Tatsachen. Es bedeute nur, dass wir jemanden wie Kopernikus brauchten, damit er uns aufklärte. Manche akzeptierten diese Wahrheit, ohne mit der Wimper zu zucken, anderen fiel das sehr viel schwerer. Und das ist eine weitere Wahrheit, sagte er.

Er zeigte auf die wachsende Menge von Passagieren, die sich

in der Nähe versammelt hatten und uns begafften. Zweifellos betrauerten sie den skandalösen gesellschaftlichen Absturz eines so vielversprechenden, wenn auch sonderlichen Mannes wie Mr Yuri Ivanov. »Nehmen Sie zum Beispiel diese Leute hier«, sagte er. »Sie haben sich zweifellos ihre Geschichten über uns zurechtgelegt, und unter diesen Geschichten gibt es vielleicht auch ein paar, die der Wahrheit nahe kommen, die da lautet, dass wir zwei einsame Reisende sind, die sich zueinander hingezogen fühlten. Aber alles andere wird sehr weit von der Wahrheit entfernt sein. Dabei wird es überhaupt keine Rolle spielen, was wir selbst dazu zu sagen haben. Und diese Leute werden bis zum Ende ihrer Tage nicht wissen, dass sie sich geirrt haben. Vielleicht sagen sie böse Dinge über uns, vielleicht auch nicht. Vielleicht glauben sie, diese Dinge und das, was sie uns unterstellen, könnten uns auf ewig verfolgen. Andererseits ist es durchaus möglich, dass sie freundliche Dinge sagen.«

Es machte mich glücklich zu hören, was er über Afrika sagte. Ich denke nicht, dass ich mit allem einverstanden bin, was er gesagt hat (mein Wissen über dieses Thema ist begrenzt), aber seine Ideen sind auf seltsame Weise faszinierend. Wäre das nicht großartig, wenn man herausfände, dass die gesamte Menschheit in Afrika ihren Anfang genommen und sich von dort aus in alle Winde verteilt hat? Ah, aber warum sind wir fortgegangen? Wer oder was hat uns von dort vertrieben? Warum brauchten wir eine Zuflucht jenseits von Afrika?

Oh, wie faszinierend das ist!

[Vorheriger Eintrag fehlt]

Genaues Datum unbekannt

die Bibel, die meine Mutter mir gegeben hat.

Etwas ganz anderes, das damit überhaupt nichts zu tun hat: Ich darf nicht vergessen, einem Mann namens Abram van Zijl für seine Güte zu danken. Es war dieser Mann, dieser Holländer, der sich Mr Ivanovs als eine Art Schüler angenommen hat. Sein Unterricht ist für Mr Ivanovs immer besser werdende Ausdrucksweise verantwortlich.

Das ist noch so ein seltsamer Mensch, dieser Abram van Zijl. Wenn er über Südafrika spricht, über seine Reise, dann spricht er davon, »nach Hause« zu kommen. So wie ich die afrikanische Identität verstehe, bin ich nicht sicher, ob ich ihn als Afrikaner bezeichnen würde. Er wurde in Amsterdam geboren. Sein Vater ist Holländer, und seine Mutter ist Engländerin. Doch er hat sein gesamtes Erwachsenenleben am Kap der Guten Hoffnung verbracht, wo er Wein anbaut und damit handelt. Er besitzt die südafrikanische Staatsbürgerschaft. Deshalb ist er, trotz seines Namens und seines Geburtsortes, tatsächlich Südafrikaner. Oder um es mit den Worten Mr Ivanovs auszudrücken: Mr van Zijl ist ein mutiger Tor.

Mr van Zijl lächelt nur, wenn man ihn nach dem verworrenen Chaos seiner nationalen Identität befragt. »Ich bin ein Weltbürger«, sagt er dann. Ein prachtvoller Sonnenuntergang warf sein Leuchten über den westlichen Himmel, und wir hielten es für unsere Pflicht, ihn zu bewundern. »Sehen Sie dort«, sagte Mr van Zijl, zog den Hut vom Kopf und zeigte zu dem Himmelsschauspiel hinüber. »Es ist erstaunlich, wie die goldenen Tupfen an manchen Stellen sanft dahinschmelzen, an anderen schwer in der Luft hängen und wie die sinkende Sonnenkugel alles gleichermaßen überstrahlt.« Selbst ich empfand diese Beschreibung des Sonnenuntergangs als übertrieben.

Glücklicherweise gibt es an ihm, wie mir aufgefallen ist, noch andere Aspekte, die ihn für jemanden wie mich unglaublich interessant machen. Einfach ausgedrückt: Ich beneide Mr van Zijl. Er kann seine Herkunft genauestens erklären, weil ihm alle Details bekannt sind. Ich dagegen kann nicht sagen, dass meine Eltern oder Großeltern aus diesem oder jenem Ort stammten. Das Einzige, was ich weiß, ist, dass sie höchstwahrscheinlich aus Westafrika stammten. Aber Westafrika ist riesig. So riesig, dass man, als die europäischen Nationen in Berlin zusammenkamen, um die Ressourcen dieser Gegend unter sich aufzuteilen, über ein Dutzend neue Länder ins Leben gerufen hat.

Meine Eltern sind Engländer, also kann ich, wenn man mich dazu nötigen würde, aus einer gewissen Loyalität ihnen gegenüber sagen, dass auch ich Engländerin bin. Wenn ich also diese Halb-Identität von meinen Eltern ableiten kann, heißt das dann auch, dass ich als Teil des Britischen Empire Anspruch auf die Territorien von Nigeria, die Elliceinseln, Neusüdwales und all die anderen Orte erheben kann, die mir aus den Seiten zahlreicher Bücher bekannt sind?

Solche Fragen stellen für Mr van Zijl kein Problem dar. Es scheint ihm ganz leichtzufallen, der Welt anzugehören. Es ist eine Haltung, die er für sich selbst gewählt hat. Ich frage mich:

Ist es die Farbe seiner Haut, die ihm diese Freiheit gewährt? Eine Haut, die mir aufgrund meiner Abstammung vorenthalten wurde? Und wenn das so ist, bleiben mir infolge meiner Herkunft dann auch ebendiese Freiheiten verwehrt? Sollte er sich diese Haltung jedoch einfach aufgrund seiner gedanklichen Einstellung leisten können, dann ist das etwas, das auch ich erreichen kann oder wonach ich zumindest streben sollte.

Mr Ivanov bewahrte uns vor weiteren poetischen Ausschweifungen über die Schönheit des Sonnenuntergangs.

»Die südafrikanische Schule für Bergbau und Technologie leistet sich einen eigenen, fest angestellten Naturforscher, nicht wahr?«, fragte er. Er hofft offenbar, dass es an seinem Reiseziel eine Stelle für einen Naturforscher gibt.

Ich weiß nicht, warum, aber in diesem Moment wurde mir etwas über Mr Ivanov klar. Er gibt nur sehr wenig über die Details seines Lebens preis. Er ist immer sehr vorsichtig bei dem, was er sagt. Ich dachte ursprünglich, das sei eine Folge seiner Sprachschwierigkeiten, aber jetzt erkenne ich, dass er einfach nur ein sehr vorsichtiger Mann ist. Es ist durchaus möglich, dass er anfangs nicht nur wegen seiner fehlenden Sprachkenntnisse über die Wörter gestolpert ist. Möglicherweise sagt er nur so viel, wie er sagen will, und behält den Rest mit voller Absicht für sich.

Möglich, dass er eine Frau und Kinder in Europa zurückgelassen hat. Aber das ist nicht wirklich von Belang. Ich sehe ihn mittlerweile als einen Freund an. Er war freundlich zu mir, als niemand sonst freundlich zu mir war. Dafür werde ich ihm auf ewig dankbar sein. Meine Gefühle in dieser Sache sind natürlich nicht von Belang, aber ich war traurig, als ich hörte, dass er in das Transvaal gehen wird und nicht in die Kapprovinz, das Ziel, zu dem Mr van Zijl und ich auf dem Weg sind.

[Vorheriger Eintrag fehlt]

Genaues Datum unbekannt

Meine Bekanntschaft (oder Freundschaft) mit den Herren Ivanov und van Zijl hat recht unerfreuliche Erinnerungen in mir wachgerufen. Zunächst muss ich sagen, ohne übertreiben oder selbstgefällig klingen zu wollen, dass ich noch niemals verliebt war. Zum Zweiten weigern sich meine Eltern, soweit ich das beurteilen kann, die Wahrheit zu erkennen, was meine Aussichten auf eine Heirat anbelangt. Sie lieben mich, das weiß ich. Alle anderen Menschen sind mir bisher mit kalter Gleichgültigkeit gegenübergetreten. Das wissen wiederum meine Eltern. Und doch glaubten sie anscheinend, meine Rasse würde nicht ins Gewicht fallen, wenn ich erst einmal zu einer heiratsfähigen Frau geworden wäre.

Ich kann ihnen ihre Naivität nicht zum Vorwurf machen. Schließlich erzählten sie mir mit Vorliebe Geschichten über Leute wie Gustavus Vassa, Frederick Douglass und Harriet Tubman. Dabei handelt es sich um Personen, denen es nicht nur gelang, sich aus der Sklaverei zu befreien, sondern die danach auch noch der Welt durch ihre Ideen und Gedanken ihren Stempel aufgedrückt haben. Sie haben nicht nur das Erbe ihrer Ahnen fortgeführt, sondern der Geschichte auch etwas Neues hinzugefügt. Als Kind habe ich nicht verstanden, warum meine Eltern mir von diesen Leuten erzählten. Es fühlte sich wie eine gewaltige Last an, als erwarteten sie von mir, dass ich nicht einfach nur ich selbst bin, sondern dass ich darüber hinaus die Grenzen, die meine Herkunft mir gesetzt hat, durchbreche und somit meine Freiheit rechtfertige. Doch jetzt begreife ich, dass sie mir wahrscheinlich nur aufzeigen wollten, welche Möglichkeiten sich mir bieten.

Die Vassas und Douglasses und Tubmans dieser Welt sind sogar noch einen Schritt weitergegangen – es scheint ihnen gelungen zu sein, sich nahtlos in die feine Gesellschaft einzufügen. Sie haben geheiratet und Kinder bekommen. Als ich zur Frau wurde, dämmerte es mir plötzlich, dass ich noch eine weitere Erwartung erfüllen musste als die, einfach nur ich selbst zu sein, eine weitere Herausforderung als die, die Welt als einen besseren Ort zu verlassen, als ich sie vorgefunden habe. Dass es noch eine weitere Sache gab, die ich zu leisten hatte.

Zur selben Zeit dämmerte es meinen Eltern, dass mich wohl nur sehr wenige Männer als geeignete Ehefrau ansehen würden. Mir selbst war dies schon vor Jahren klar geworden. Ich kannte nicht viele Leute, die schwarz waren. Nur sehr selten sah ich in der Stadt einen schwarzen Mann, der dann jemandes Kutscher oder Fahrer oder ein pensionierter Soldat war. Doch die Kutschen und Autos fuhren davon, und die Soldaten verließen wahrscheinlich die Stadt, um in irgendwelchen Fischerdörfern ihr Glück zu suchen.

Wenn ich dann das nächste Mal einen schwarzen Mann sah, konnte ich nicht sicher sein, ob es sich dabei um denselben Mann handelte, den ich schon einmal gesehen hatte. Auch hier muss ich zugeben, dass meine Mutter recht hatte. Wäre ich lange genug in England geblieben, hätte ich vielleicht mit einigen dieser schwarzen Männer und Frauen Freundschaft geschlossen, die

die Stadt mit ihrer stummen, weit zerstreuten Gegenwart bevölkerten. Vielleicht hätte ich das versuchen sollen. Vielleicht hätte ich dann in England Wurzeln geschlagen. Ich werde es wohl nie wissen. Und ich denke, das ist jetzt auch nicht mehr wichtig.

Was ich damit sagen will, ist, dass meine Eltern nicht damit gerechnet hatten, man könnte in mir womöglich eine nicht ganz so erstrebenswerte Braut sehen, wie sie sich das vorstellten. Damals erkannte ich, dass es ein Fluch ist, jemanden zu lieben: Man wird blind gegenüber den Defiziten dieses Menschen. Anders kann ich mir die Naivität meiner Eltern nicht erklären. Ich selbst hatte mich schon seit Langem auf diese Enttäuschung eingestellt, indem ich mich erstens von dem Wunsch befreite, einen Mann zu finden, der mich heiraten wollen würde, und zweitens von dem Wunsch, Kinder zu haben. Ich muss zugeben, dass ich diesen Verzicht nicht unbedingt nur als tragisch empfinde. Wenn ich keine Kinder habe, kann ich ihnen auch meine Haut nicht vererben. Das ist eine einwandfreie Lösung für ein ansonsten unlösbares Problem.

Ich kenne meinen Platz in der Welt. Aber wie sich herausstellte, kannten meine Eltern ihn nicht. Mein Vater versuchte, einen Vertrag mit dem Sohn eines Londoner Rechtsanwalts zu schließen. Im Gegenzug für eine Heirat mit mir bot er ihm die Hälfte der Anteilsrechte in seinem Unternehmen an und legte sogar noch ein Haus in der Karibik für mich und meinen neuen Ehemann obendrauf. Das Resultat war folgendes: Mein Vater wusste nun ohne den geringsten Anflug von Zweifel, dass keine Mitgift, und sei sie auch noch so atemberaubend, attraktiv genug war, dass mich jemand als dazugehörige Braut in Kauf nehmen würde. Das brach meiner Mutter das Herz.

Mit der Zeit wurden die Reisen, die ich zusammen mit meinem Vater unternahm, immer seltener. Seine Knochen würden allmählich zu alt dafür, sagte er. Um mich vor dem Skandal zu bewahren, den ein allein reisendes unverheiratetes Fräulein auslösen würde, braute ich ein Gerücht zusammen, das ich dann einer Zofe zuflüsterte: Ich sei einmal mit einem Tabakhändler aus der Karibik verheiratet gewesen, behauptete ich, und habe schließlich zusehen müssen, wie dieser an Schwindsucht starb. Die Welt nimmt mich sehr viel entgegenkommender auf, wenn ich als Witwe gelte, auch wenn ich zugeben muss, dass das Witwentum eine schrecklich beschwerliche Angelegenheit ist. Manchmal, wenn ich einer übertrieben sentimentalen Person begegne, muss ich deren gleichermaßen übertriebenes Mitleid über mich ergehen lassen, wodurch ich gezwungen bin, nun meinerseits eine übertriebene Sentimentalität an den Tag zu legen. Eine ebenso lästige wie lächerliche Angelegenheit.

Aber zurück zur Gegenwart. Es hat sich etwas verändert, etwas Frivoles, ganz und gar Unwichtiges, wie bei einem Chamäleon, das neue Farben für seine Haut ausprobiert, die sich dann als etwas erweisen, das eigentlich nicht sein darf.

Es gibt Augenblicke, da sehe ich Mr van Zijl an und frage mich: Warum fasziniert er mich so? Wie kann er so unbeschwert sein? Wie kann es sein, dass ihn seine verworrene Identität überhaupt nicht belastet?

Manchmal denke ich, dass das, was ich für ihn empfinde, der Liebe nahe kommt. Ich kann in seiner Gegenwart leichter atmen. Er lässt mich die Welt vergessen. Manchmal bringt er mich auch dazu, die Welt lieben zu wollen. In solchen Augenblicken lässt er mich glauben, dass ich hierhergehöre, weil er es selbst tut und weil ihm das so mühelos gelingt. Er lässt mich wünschen, ich könnte mich selbst lieben. Ich wünschte nur, ich wüsste, wie ich mich wieder entlieben kann. Falls das, was ich für ihn empfinde, tatsächlich Liebe ist.

Es ist ein Fluch, jemanden zu lieben. Es ist eine Last. Und ich trage bereits so viel Verwirrung mit mir herum. Verwirrung, was meine leiblichen Eltern und ihre Bedeutung in meinem Leben anbelangt. Verwirrung hinsichtlich meiner Adoptiveltern und ob ich wirklich zu ihnen gehöre. Verwirrung, was meinen Platz in der Welt anbelangt. Verwirrung über die Geschichte, die mich hervorgebracht hat. Verwirrung darüber, welche Verantwortung ich den freigelassenen Sklaven gegenüber habe, die im Gegensatz zu mir im Elend leben, am äußersten Rand der Gesellschaft. Verwirrung über diese Reise, Verwirrung über alles. Die Last, die ich trage, ist ohnehin zu schwer. Es wäre überaus leichtsinnig, zu dieser gewaltigen Menge an Verwirrung noch einen Mann hinzuzufügen, der selbst voller Widersprüche ist.

Ach, wie ärgerlich das doch ist!

Um ehrlich zu sein, habe ich mich schon viel zu lange in meinen eigenen Gedanken gesuhlt. Ich habe angefangen, in redundanten Mustern zu denken. Das, was ich hier empfinde, ist nicht Liebe. Es ist Faszination, aber auch darin habe ich zu lange geschwelgt und mir daher eingeredet, dass es eine tiefere Empfindung sein muss, als sie es in Wahrheit ist. Ich muss eine Pause von meinem Tagebuch einlegen und den Rest der Reise mit meinen seltsamen Freunden genießen.

Ich muss mir diesen Unsinn aus dem Kopf schlagen.

Mittwoch, den 10. April

Gut möglich, dass Mr van Zijl, sollte ich eine weitere seltsam geformte Wolke entdecken und ein Loblied darauf anstimmen, auch dieses Mal mit großem Enthusiasmus jeden einzelnen Aspekt dieser wunderbaren Wolke hervorheben würde. »Wie faszinierend! Wie überaus faszinierend«, würde er dann sagen.

»In der Tat«, würde ich antworten.

»Sehen Sie dort«, würde er dann ausrufen und auf irgendetwas zeigen. »Sehen Sie nur, wie diese erste Wolke mit einer zweiten verschmilzt und etwas vollkommen Neues schafft. Wahrhaftig faszinierend!« Auf diese Weise würde sich dieses alberne Verhalten immer weiter fortsetzen. Aber glücklicherweise stand an jenem Tag keine einzige Wolke am Himmel. Mr van Zijl schaute sehnsüchtig in die Ferne, als wollte er eine Erinnerung aus den Tiefen seines Gedächtnisses oder aus der blauen Endlosigkeit des Meeres und des Himmels hervorholen. Dann seufzte er und sagte: »Sie haben schon lange nichts mehr in Ihr Tagebuch geschrieben. Sie beobachten das Meer nicht mehr. Allmählich ist man es leid, auf diesem Schiff festzusitzen, nicht wahr?«

Wie sich herausstellte, hatte Mr van Zijl, bevor er Bekanntschaft mit mir schloss, mich gern dabei beobachtet, wie ich über die Decks des Schiffes lief und Eintragungen über die wundersamen Dinge machte, denen wir auf unserem Weg begegneten. Als ich damit aufhörte, fiel ihm das auf, und er fragte sich – mit höflicher Zurückhaltung, wie ich zugeben muss –, ob irgendetwas nicht stimmte.

Ich hatte am Heck des Schiffes gestanden und zum Horizont geblickt, in die Richtung, aus der wir gekommen waren. Unser

Schiff zermalmte die Wellen und hinterließ eine nahezu vollkommen ebene Fläche. Es unterwarf das Wasser seinem Willen, wenn auch nur für einen kurzen Moment, denn alsbald brandete das Meer wieder zurück und riss erneut alle Macht an sich. Ein Meeresvogel schrie in der Ferne, als wollte er dieses flüchtige Brechen des Meereswillens beklagen, und der Wind blies mir seinen kalten Atem ins Gesicht.

»Diese Elemente der Natur«, sagte ich zu Mr van Zijl, »wiederholen sich durch alle Zeiten. Das Meer ist immer schon hier gewesen, die Sonne ist immer schon aufgegangen, und jede Blume – sei sie nun nett anzuschauen oder nicht – hat immer schon geblüht, seit Anbeginn der Zeit. Irgendwann im Nicht-Jetzt und irgendwo im Nicht-Hier, in einer anderen Zeit und an einem anderen Ort, gab es einmal eine andere Frau, die ebenso töricht und untätig war wie ich, die voller Bewunderung vor einem anderen Abgrund stand und sinn- und nutzlos die *Seltenheit* all dieser Vorkommnisse aufzeichnete. Und ja, es stimmt«, nickte ich, »ich bin es langsam leid, auf diesem Schiff festzusitzen.«

Mr van Zijl stellte sich neben mich und starrte ebenso müßig wie ich auf die Stelle hinab, an der das Schiff auf den Wellen aufschlug. »Ich habe Ihnen noch nie von meiner ersten Reise nach Afrika erzählt, oder?«, fragte er und unterbrach damit kurzerhand das Schweigen, das sich zwischen uns ausgebreitet hatte.

Ich schüttelte den Kopf. »Ist es eine fröhliche Geschichte?«

»Es ist eine notwendige Geschichte.«

»Ich bin sehr neugierig, Mr van Zijl. Niemals zuvor ist mir eine Geschichte, sei sie nun neu oder altbekannt, als *notwendig* angekündigt worden.«

Er lachte. »Ich war noch ein Kind«, sagte er. Dann räusperte er sich, steckte die Hände in die Hosentaschen und fuhr fort: »Erinnern Sie sich noch an das, was ich Ihnen über mich erzählt habe, als wir uns kennenlernten?«

Ähnlich wie er schaute auch ich nun wehmütig in die Ferne, um die Erinnerung wachzurufen. Ich nickte. »Sie haben sich gleichzeitig als Engländer, Holländer und Afrikaner bezeichnet.«

»Halten Sie es für unmöglich, alles drei gleichzeitig zu sein?«

»Es steht mir nicht zu, ein Urteil über Ihren Patriotismus zu fällen, Mr van Zijl.«

»Wie meinen Sie das?«

Ich zuckte mit den Schultern – eine Geste, die, wie ich hoffte, nonchalant wirkte. Was auch immer ich über ihn dachte, ich hielt es nicht für weise, ihm das so offen zu sagen, wie er es anscheinend wünschte. Also sagte ich lediglich: »Sie haben großes Glück. Es ist etwas sehr Seltenes, der Welt so frei und zwanglos anzugehören. Das ist ein Geschenk.«

»Aber Sie halten es für unmöglich, nicht wahr? Sie denken, eine solche Haltung sei naiv, um nicht zu sagen, wunderlich.«

»Ist es denn von Belang, was ich denke?«

Er schüttelte den Kopf. »Ich bin mir nicht sicher. Bei manchen Leuten ist es das, bei anderen nicht. Bei Ihnen wird es davon abhängen, was Sie von meiner Geschichte halten.«

»Ah ja, die notwendige Geschichte.« Ich nickte. »Meine Neugier wächst.«

Er lachte in sich hinein. »Also gut. Als ich noch ein Kind war, habe ich einmal zusammen mit meinem Vater das Museum besucht. Wir haben dort viele Dinge gesehen, viele erstaunliche Dinge. Gegen Ende des Tages entdeckte ich den Kopf eines Königs, der in einen Glaskubus eingeschlossen war und der – wie ich glaubte – zur Schau gestellt wurde, um ihn zu ehren. Ich war wie hypnotisiert von diesem Kopf, davon, welch kühne Majestät er ausstrahlte, selbst im Tode.

Ich fragte mich, was er wohl für ein Leben gehabt hatte und was die fremdartigen Zeichen zu bedeuten hatten, die in seine Krone geritzt waren und die von einem gewissen Reichtum zeugten. Ich fragte meinen Vater, woher dieser König stammte. Mein Vater antwortete, er sei aus Ägypten. Ich fragte, wo Ägypten liege, woraufhin er antwortete, in Afrika. Als dann mein Vater und meine Mutter in eine schwierige … eine schwierige …«

Ich spürte, wie peinlich ihm die Sache war, und sagte rasch: »Es scheint sich um eine recht delikate Angelegenheit zu handeln, Mr van Zijl. Ich werde nicht beleidigt sein, wenn das eine oder andere ungesagt bleibt.«

Er lächelte. »Danke«, sagte er. »Aber es muss gesagt werden. Als die Ehe meiner Eltern in eine schwierige Phase geriet, buchte meine Mutter heimlich eine Überfahrt nach Afrika und schlich sich eines Nachts mit mir davon. Auf diese Weise konnte sie meinen Vater bestrafen, indem sie mich ihm vorenthielt. Ich war nämlich sein einziger männlicher Nachkomme, sein einziger Erbe. Ich nehme darüber hinaus an, dass sie mich auf ihre Seite ziehen wollte, um so zumindest noch eine Art Familie zu haben, wenn die erbärmliche Geschichte ihrer Ehe erst einmal ein Ende gefunden haben würde. Also stahlen wir uns nach Ägypten davon, wo wir das Land bereisten und die Pharaonen und ihre Gräber bewunderten.

Als ich die Pyramiden sah, begriff ich, dass der König, dessen Kopf ich daheim im Museum gesehen hatte, den Tod nicht als Ende ansah, sondern als etwas ganz anderes. Man kann unmöglich so viel Zeit und Mühen für ein Grab aufwenden, wenn man den Tod als Ende ansieht. Das würde keinen Sinn ergeben. Für den König musste das, was auf das hiesige Leben folgt – was auch immer das sein mochte –, von größerer Bedeutung sein als das irdische Leben. Doch nur wenige Jahrhunderte später hielt es jemand für angebracht, ihn von der Schwelle wegzustehlen, die er sich zur Ewigkeit gebaut hatte. Man hat ihn in einen Glaskubus eingeschlossen und die Leute in Scharen herbeigerufen, damit sie zu Zeugen seiner Verstümmelung wurden. Er hat den Himmel, nach dem er so leidenschaftlich strebte, nie erreicht.« Das freundliche Lächeln war aus Mr van Zijls Gesicht verschwunden, das nun stattdessen von einem bitteren Bedauern erfüllt war.

»Das hat mir das Herz gebrochen«, fuhr er fort. »Aber ich war noch ein Kind. Mein Kummer war nur von kurzer Dauer. Und darüber hinaus sorgten unsere weiteren Reisepläne dafür, dass ich all das rasch wieder vergaß. Von Ägypten aus nahmen wir unseren Weg durch den Rest des Kontinents. Eine Weile hielten wir in Timbuktu Rast, um die berühmten Mysterien zu bewundern, die dort zu finden sind, und reisten dann in südlicher Richtung durch den Kongo, wo wir den Gorillas Guten Tag sagten.

Dann weiter nach Süden, durch die von regem Leben erfüllten Ebenen der Serengeti, wo sich die Welt endlos bis zum Horizont erstreckt, weit, weit hinaus, durch Orte hindurch, an deren Namen ich mich nicht mehr erinnere, bis zu den bronzefarbenen Dünen der Namib, wo die Wüste das Meer begrüßt, als sei es ein alter Freund. Unter der glühenden Sonne Afrikas sind wir hierhin und dorthin und überallhin geirrt, bis wir schließlich ans äußerste Ende gelangten, an einen Ort, an dem sich zwei Ozeane begegnen und an dem das Meer einen Berg gebar.«

Hier brach Mr van Zijls Erzählung abrupt ab. Ich wurde aus der Trance gerissen, die er mit seinen Worten gewebt hatte, und stellte fest, dass ich den Wohlklang seiner Stimme vermisste, die Leidenschaft, mit der er gesprochen hatte, und die Poesie und Dramatik, die seinen Worten innegewohnt hatten. Ich stellte mir vor, wie es wohl klingen würde, wenn er auf einer Bühne stünde und den zentralen Monolog aus einer bedeutenden Tragödie vortragen würde, während er gleichzeitig versuchte, sich mit aller Gewalt von seinen Schwächen zu befreien – sei es Panik oder fehlende Redegewandtheit. Es kam mir so vor, als würde er gerade seine schönsten Erinnerungen wiederaufleben lassen, die er wahrheitsgetreu wiederzugeben versuchte. Für einen flüchtigen Moment schlug mein Herz höher.

»Wussten Sie, dass die dortigen Ureinwohner einen anderen Namen dafür haben?«, fragte er plötzlich.

»Meinen Sie den Tafelberg?«

»Ja. Das habe ich von einem Mann gehört, der sich selbst für einen Poeten hielt. Er erzählte, sie würden den Berg Hoerikwaggo nennen – den Berg des Meeres. Aus irgendeinem Grund war mir nie in den Sinn gekommen, dass die Ureinwohner einen anderen Namen dafür haben könnten.« Er seufzte. »Wussten Sie, dass sie sich eine Legende über die Wolkendecke erzählen, die manchmal das Hochplateau einhüllt?«

Ich schüttelte den Kopf. »Nein.«

»O ja, das tun sie. Aber die Sache ist die: Das Volk, das früher dort gelebt hat, ist von dort vertrieben worden. Und auf dem Weg zu anderen Orten – Orten, die weit von diesem Berg entfernt liegen –, ist ihnen die Legende verloren gegangen, oder sie haben sie verschwiegen, weil sie sie vor den Invasoren verstecken wollten. Ich kenne niemanden, der sich an sie erinnert. Niemand hat sie mir bisher erzählen können.«

»Und die Legende ist für immer verloren«, flüsterte ich.

»Ich würde gern etwas anderes glauben«, sagte Mr van Zijl. »Aber Sie haben wahrscheinlich recht.«

»Wie traurig.«

»Ja. Aber die Kap-Malayen haben ihre eigene Legende darüber.«

Ich lächelte. »Die Geschichte eines versklavten Volks. Ich würde sie gern hören.«

Mr van Zijl setzte ein strahlendes Lächeln auf, und seine grünen Augen funkelten. »Nun ja, die Einzelheiten weichen natürlich etwas voneinander ab, abhängig davon, welche Fraktion einem die Geschichte erzählt. Aber im Kern besagt jede Legende über den Berg Folgendes: Die Wolkendecke entstand aufgrund einer Wette zwischen dem Teufel und einem Piratenkapitän namens van Hunks, wobei sich besagter Kapitän längst zur Ruhe gesetzt hatte. Die beiden – der Satan und sein Sünder – saßen einmal wie Götter zusammen oben auf dem Berg und trugen einen Wettstreit aus, um herauszufinden, wer am meisten rauchen konnte. Den Rauch kann man noch heute als Wolke sehen.«

»Und gewinnt denn keiner von ihnen jemals diese Wette?«

»Einer der beiden ist der Teufel selbst, der andere ein ehemaliger Pirat«, sagte Mr van Zijl und kicherte. »Ich gehe nicht davon aus, dass sie sich ehrenhaft verhalten.«

»Und so setzt sich die Wette bis in alle Ewigkeit fort?«

»O ja«, sagte Mr van Zijl und nickte. »Klingt wie ein recht aussichtsloses Schicksal, nicht wahr?«

»Was für eine verlorene Mühe«, sagte ich, »sich bis auf ewige Zeiten in der Gesellschaft eines Feindes auf einen Berg zu hocken und so lange zu rauchen, bis der Rauch der eigenen Pfeife die Welt ins Nichts versinken lässt. Das ist eine recht grausame Geschichte, die Sie da erzählen, Mr van Zijl! Kennen Sie noch eine?«

»Nun ja«, sagte er und lachte erneut. »Da gibt es noch die Geschichte über den Geist von Verlatenbosch.«

»Ein Geist?«

»O ja. Man erzählt sich, ein Junge sei dazu überredet worden, auf einer Flöte zu spielen, die zuvor ein Aussätziger gespielt hatte. Daraufhin wurde der Junge selbst zum Aussätzigen und verbrachte den Rest seines Lebens in einem Versteck im Wald, wo er schließlich starb. Einzig seine Musik hatte ihm seinen Kummer ein wenig vertreiben können. Bis zum heutigen Tage kann man, wenn der Abend hereinbricht, an den bewaldeten Hängen des Berges den leisen, unheimlichen Klang einer Flöte hören.« Er klatschte in die Hände, und ich fuhr hoch. Daraufhin lachte er verschmitzt. »Ich habe Sie erschreckt, nicht wahr?«, fragte er.

Ich schüttelte heftig den Kopf. »Sie sind unerhört, Mr van Zijl.«

»Die Geschichte ist ein wenig aus dem Ruder gelaufen«, sagte er, immer noch lachend. »Das tut mir leid.« Dann wurde er langsam wieder ernst und fügte schließlich hinzu: »Was ich damit sagen will, Miss Miller, ist, dass jeder eine Geschichte zu erzählen hat. Jede Person, der Sie jemals begegnen werden. In dieser Hinsicht unterscheidet sich kein Ort von dem anderen. Jeder Ort hat ein Herz. Jeder Ort ist lebendig.«

»Ich liebe Kapstadt«, fuhr er fort. »Ich liebe die Leute vom Kap. Ich liebe ihre Geschichten und Mythen und ihre Wunderlichkeit. Wer sonst könnte auf eine Gesteinsmasse schauen, die sich aus dem Meer erhebt, und zu dem Schluss gelangen, dass dieser riesige Felshaufen zugleich ein Geist, ein Gott, ein Kind, ein Nichts und einfach nur ein Berg ist und alles in sich vereint, was in ihrer Welt als schön gilt. Wer sonst, wenn nicht die Menschen vom Kap?«

Dann machte er noch eine Bemerkung, und als er zu Ende geredet hatte, konnte ich nicht anders, als ihn zu lieben. Folgendes hat er gesagt: Die Menschen können an einen Ort gehören, weil er sie hervorgebracht hat oder weil er sie versklavt hat oder weil sie ihn sich nur geborgt haben. Es ist ganz gleich, auf welche Weise wir mit einem Ort verbunden sind, denn wir hinterlassen dort unsere Spuren, wie ein Echo, das noch fortklingt, wenn der Ruf selbst schon verhallt ist, oder wie eine Kluft, die der Wind in den Boden gegraben hat. Wir hinterlassen ein Stück unseres Herzens. Es reist durch die Zeit, erzählt die Geschichte seines Besitzers und verbirgt und enthüllt zugleich die Vergangenheit. Ebendies geschieht in Kapstadt, sagte er. Die Stadt ist wie eine Mutter, und ihre Kinder sind die Seelen, die ziellos in der Welt umhergezogen sind. Vor ihrer Ankunft in der Stadt sind diese Seelen noch verirrt, aber wenn sie erst einmal eine Verbindung mit diesem Tal eingegangen sind, können sie nicht mehr fort.

Ja, es ist nichts Ungewöhnliches, dass Berge den Himmel tragen, dass Meere gegen die Ufer wüten, dass hübsche Blumen blühen – dass sich das Leben im Kreis vorwärtsdreht, voller Klischees und Wiederholungen – all das geschieht überall. Das ist das Wesen der Natur, der unsterblichen, unsterblichen Natur. Aber Kapstadt hat die Versklaver, die Versklavten und diejenigen, die sich das Land nur geborgt haben, gleichermaßen in ihre Obhut genommen. Die Stadt konnte oder wollte niemanden ausspucken. Wenn sie einem Menschen Obhut gewährte, den sie nicht geboren hatte, sagte Mr van Zijl, einem Mann, wie er selbst einer war, dann war sie auch dazu verpflichtet, jemanden wie mich zu lieben.

Das war, mehr oder minder frei wiedergegeben, das, was der seltsame Mr van Zijl zu mir gesagt hat.

Ich betrachtete die Seite seines Gesichts, die für mich sichtbar war. Es war die linke. Er schien die Zähne zusammengebissen zu haben, denn die Muskeln in seinem Unterkiefer wirkten verkrampft, und seine Augen starrten ins Leere. Das war der Moment, in dem ich beschloss, dass ich ihn liebte. Was sonst konnte dieses schmerzliche Stechen in meinem Herzen bedeuten? Und ich beschloss darüber hinaus, dass ich niemals irgendeinen anderen Menschen mit einer solchen Klarheit und Unbedingtheit lieben würde. Das mag jemandem, der mich nicht kennt, recht willkürlich erscheinen. Vielleicht wirkt es sogar gefühllos, dass ich mich einfach dazu entschlossen habe, jemanden zu lieben, ohne dabei ein Gedicht zu rezitieren oder in Ohnmacht zu sinken. Ich habe einfach nur beschlossen, dass ich ihn liebe.

Ja, ich halte ihn in der Tat für naiv. Die harte Wirklichkeit der Welt ist ihm bisher erspart geblieben. Sein Leben ist auf eine Weise verlaufen, die es ihm leicht macht, der ganzen Welt anzugehören und das auch lautstark verkünden zu können. Die Welt, in der ich gelebt habe, ist ihm in dieser Gestalt noch nicht begegnet. Ich kann ihn weder einen Narren nennen, noch kann ich seine Naivität verurteilen, denn er hat in seiner eigenen Realität gelebt. Aber ich muss ihn lieben. Wie könnte ich auch nicht, da ich mich ihm gegenüber nicht rechtfertigen und ihm auch meine Tragödien nicht aufzählen muss? Und es liegt eben an seiner Naivität, dass ich das nicht tun muss, dass er etwas so

Simples sagen kann und ich mich sofort von einer großen Last befreit fühle. Ich weiß, dass eine Stadt mich unmöglich lieben kann. Aber wie könnte ich meinerseits ihn nicht lieben?

Meine Mutter hat mir einmal erzählt, dass sie, als sie meinem Vater zum ersten Mal begegnete, sofort wusste, dass ihrer beider Leben für immer miteinander verknüpft sein würden. Sie meinte, sie hätte nicht vorhersagen können, wie genau diese Verknüpfung aussehen würde, noch konnte sie aus ihrem ersten Treffen schließen, dass sie sich in ihn verlieben würde. Aber es kam ihr so vor, als würde ihr das Schicksal ein Geheimnis zuflüstern. Sanft und leise offenbarte es ihr etwas aus ihrer Zukunft, das nicht greifbar war – und so kam es, dass die Zukunft mit einer derartigen Resonanz in ihre Gegenwart hineinstrahlte, dass die Zeit selbst aus den Angeln gehoben wurde.

Dieser flüchtige Augenblick der Transzendenz, den meine Mutter damals erlebte, beschreibt auch mein eigenes, jetziges Erlebnis am besten. Ich wusste, selbst in meiner Verwirrung, dass ich auf der Schwelle zu etwas Neuem stand – etwas Neuem, das ich nicht ganz zu begreifen vermochte. Es machte mir Angst. Es ließ mich zaudern. Ich wollte mein Herz nicht öffnen. Ich wollte es nicht zerbrechen. Der trauernde Seevogel, der vor einiger Zeit geschrien hatte, wählte diesen Augenblick, um sein Klagelied erneut erschallen zu lassen. Er klagte lange und laut, schrie, rief nach der Geborgenheit seiner Artgenossen. Der Wind pfiff gespenstisch. Er wehte schärfer als zuvor, zauste uns Strähnen unserer Haare in die Augen, sperrte uns in seine Kälte ein und entblößte uns gleichzeitig voreinander.

Ich hatte das Gefühl, als seien meine Hoffnungen und Träume in Reichweite, als streiften sie meine Fingerspitzen. Doch ich hatte Angst, sie zu ergreifen, denn sobald ich das versuchte, würden sie mir entgleiten. Und der Wind flüsterte mir mit seinem gespenstischen Pfeifen ins Ohr, als trüge er die Weisheit des Schicksals in sich, als wollte er mir behutsam etwas nicht Greifbares aus meiner Zukunft offenbaren. Der Wind rief meinen Namen. Er lullte mich ein. Er verwurzelte mich tief in diesen Moment, und ich spürte … ich spürte, dass ich keine andere Wahl hatte, als diesen Moment zu durchleben, weil ich dies bereits unzählige Male zuvor getan hatte und es auch unzählige Male wieder tun würde.

Aber es war nur eine Fantasie, eine Täuschung, die mir mein erschöpfter Verstand vorspiegelte. Der Wind konnte nicht sprechen. Er konnte weder Schicksale vorhersehen noch sie offenbaren. Ich riss mich aus meinen törichten Gedanken und sagte: »Haben Sie vielen Dank für Ihre Geschichten, Mr van Zijl. Kann ich mich mit einer eigenen Geschichte revanchieren?«

Er lächelte. »Das fände ich schön«, sagte er.

»Sehen Sie, als ich noch ein Kind war und die russische Grippe in der Welt grassierte, da erkrankte auch mein Vater daran«, begann ich. »Er wusste, dass er sterben würde, also rief er mich zu sich, um mir eine Geschichte über die Kinder des Himmelsgottes zu erzählen. Und diese Geschichte geht folgendermaßen.«

Miss Alisa Millers Tagebuch: 1913

Donnerstag, den 1. Mai

Meine Mutter denkt wahrscheinlich, meine Briefe seien absichtlich so verfasst, um ihr den Eindruck zu vermitteln, es ginge dabei um lauter, wie sie es ausdrückt, »Themen, bei denen die Neugier besser nicht gestillt wird«. Sie fragt andauernd, wie ich mit dem heißen Klima zurechtkomme, und hat ihre besorgten Bemerkungen darüber auch dann noch fortgesetzt, als ich ihr längst geschrieben hatte, dass hier schon bald der Winter hereinbrechen wird. In ihrem letzten Brief schrieb sie:

»Mr O'Brien hat uns von den endlosen Plagen erzählt, von denen dieser Ort heimgesucht wird. Er meinte, dort gebe es Insekten, die noch nicht einmal einen Namen haben und die, wenn man von ihnen gestochen wird, ganz gleich, um welche Art es sich handelt, den Tod oder Schlimmeres herbeiführen. Und bei all seinen anderen Reiseberichten hat er immer wahrheitsgetreu berichtet, meine Liebe! Daher ist es unsinnig, seine Informationen zu hinterfragen oder seine Behauptungen überprüfen zu wollen, denn es gibt daran gewiss nichts zu rütteln. Ist denn die infame, unbarmherzige Hitze, von der man sich erzählt, dass sie die Auswirkungen dieser anderen Plagen noch verschlimmert, nicht Grund genug, endlich an Deine Heimkehr zu denken, Alisa? Sie ist längst überfällig. Dein Vater vermisst Dich so schmerzlich!«

Auch all ihre anderen bisherigen Briefe strotzten vor Sorge, und gleichzeitig gab es zwischen den Zeilen zahllose Dinge, die ungesagt blieben. Doch in allen ist deutlich zu erkennen, dass sie davon überzeugt ist, ich würde törichten Hoffnungen nachhängen. »Bist Du sicher, dass dieser Mann Dich heiraten will?«, scheint sie fragen zu wollen. Mein Vater hat ähnliche Zweifel geäußert, wenn auch ein wenig subtiler und eine Spur feinfühliger.

Er schrieb: »Ich habe über diesen Mr van Zijl Erkundigungen eingezogen. Soweit mein Informant das beurteilen kann, hat er einen guten, unbescholtenen Namen. Er klingt wie ein ehrenhafter Mann. Ich muss zugeben, dass Deine Mutter die Verbindung gutheißt. Falls Du meinen Segen wünschst, so gebe ich ihn Dir. Aber wisse, dass es meine Pflicht als Dein Vater ist, die Absichten dieses Mannes Dir gegenüber zu hinterfragen.

Und bis zu dem Moment, in dem ich seine Bekanntschaft schließen und mich selbst von seinem guten Willen überzeugen kann, muss ich diese Pflicht, so gut ich irgend kann, erfüllen, ohne Deine bevorstehende Hochzeit verhindern zu wollen. Ich hoffe, Du schenkst mir in dieser Sache Dein Vertrauen, so wie Du es auch in allen anderen Dingen getan hast. Und bitte, mein Liebes, schreib uns öfter. Deine Mutter macht sich Sorgen.«

Wie immer bemühten sich beide eifrig, den Kummer des jeweils anderen übertrieben darzustellen, ohne dabei den eigenen Kummer zugeben zu können. Wie auch immer, all das ist nicht mehr von Belang, denn sie werden hierherkommen. Sie haben zwei Plätze an Bord der *Black Swan* gebucht. Es ist ein schnelles Schiff. Bei günstigem Wetter und mit der Hilfe eines geschickten Kapitäns wäre es durchaus möglich, dass ich meine Eltern schon in zwei Wochen oder womöglich noch eher hier begrüße.

Ich gehe davon aus, dass meine Mutter die Rolle der leicht missbilligenden Brautmutter ganz großartig spielen wird. Sie wird erwarten, dass man ihr schmeichelt und gut zuredet, damit sie Bram als Ehemann akzeptiert. Sie wird Fehler an ihm entdecken wollen, die sie dann selber beheben kann, Dinge, über die sie sich Sorgen machen und über die sie jammern kann, nur, um sie dann leichtfertig abzutun, mit der Begründung, dass sie für das große Ganze nicht von Belang seien. Natürlich werde ich meine eigene Rolle der rebellischen, liebeskranken Braut ebenso großartig spielen. Aber ich muss aufpassen, dass ich es nicht übertreibe, denn eigentlich bin ich zu alt für solche Spielchen.

Aber Traditionen müssen befolgt werden, wenn auch nicht alle. Und schließlich habe ich mir immer so sehr gewünscht, man möge genau ein solches, herrlich frivoles Aufhebens um mich machen.

Sobald sie sich von meiner Liebe zu Bram überzeugt hat – und, was noch viel wichtiger ist, von seiner Liebe zu mir –, wird meine Mutter, da bin ich mir sicher, bei den Hochzeitsvorbereitungen die Zügel voll und ganz an sich reißen. Ich nenne es eine Hochzeit, aber das ist eine sehr großzügige Formulierung. Es wird zwar eine Zeremonie geben, aber sie wird keineswegs opulent sein und auch nicht der Tradition entsprechen. Meinen Eltern wird es egal sein, dass es eine kleine Hochzeit sein wird. Ihre eigene Hochzeit war eine ziemlich kümmerliche Angelegenheit, oder zumindest habe ich mir das sagen lassen. Mein Vater war ein Emporkömmling und meine Mutter die Tochter eines armen Bauern – die feine Gesellschaft hat nicht gerade die Himmelspforte eingerannt, als die beiden geheiratet haben.

Aber ich weiß, dass meine Hochzeit sie glücklich machen wird. Es ist ein Triumph, von dem sie allmählich geglaubt hatten, ihn nicht mehr zu erleben. Doch sie werden auch sehr traurig sein, denn Bram und ich werde uns hier niederlassen. Ich werde so unendlich weit von ihnen entfernt sein. Das wird ihnen das Herz brechen. Aber ich bin glücklich hier. Wirklich und wahrhaftig glücklich.

[Vorheriger Eintrag fehlt]

Genaues Datum unbekannt

von den Büchern, die Yuri mir geschickt hat. Ich bin sehr neugierig, wie er über die Revolution denkt. Lässt sich so etwas tatsächlich verwirklichen? Kann solch eine neue Weltordnung aufrechterhalten werden? Geht das Zeitalter der Monarchien wahrhaftig seinem Ende entgegen?

Bram und ich planen, irgendwann im nächsten Jahr die weniger erforschten Gebiete Indiens zu bereisen. Und danach möchte er die nördlichen Stämme Südafrikas besuchen. Besonders faszinierend findet er die Völker, die an der Grenze zu Südrhodesien wohnen. Er erzählt von Regenköniginnen, Geisterbergen und anderen, noch seltsameren Dingen. Dort herrsche Magie, sagt er.

Wir saßen unter einer Trauerweide in der Nähe der Weinfelder. Die Mittagssonne brannte grell und erbarmungslos. Ihre Strahlen fielen durch das Blätterdach auf uns herab, und ab und zu konnte ich sehen, wie seine Augen funkelten.

Eine leichte Brise fuhr durch die Äste des Baums und flüsterte den Blättern zu, die uns umtanzten. Ich bin froh, dass es solche Momente gibt, in denen Abrams Glück seinen Kummer überwiegt und in denen ich an sein wahres Selbst erinnert werde.

Sanft strich er mit seiner Hand über meine. Ich könnte die Farbe jeder einzelnen Blume aufsagen, die in diesem Augenblick blühte, das Lied eines jeden Vogels nennen, der über unseren Köpfen flog, und genauestens die Majestät der Bolandberge beschreiben, deren Silhouetten am fernen Horizont im Nebel schwebten.

Bram hat mir mehr gegeben, als er selbst jemals zu erfassen vermag, und hat dabei gleichzeitig seine eigene Familie verloren. Denn deren Mitglieder sind – in unterschiedlichem Ausmaß – zu der Überzeugung gelangt, Bram sei von einem hochgradigen Wahnsinn befallen worden, und ich sei ein Symptom dieses Wahnsinns. Das von ihnen gewählte Heilmittel gegen diesen Wahnsinn besteht darin, ihn aus ihren Reihen auszuschließen. Kein einziger seiner Freunde oder Familienangehörigen hat sich bereit erklärt, anlässlich unserer Hochzeit ein Schiff zu besteigen und hierherzureisen. Seine älteste Schwester wäre vielleicht gekommen, aber wie es scheint, würde ihr Ehemann ihre Anwesenheit bei unserer Hochzeit als persönliche Beleidigung ansehen.

Und was seine Eltern anbelangt, so hat seine Mutter just diesen Augenblick gewählt, um sich wieder daran zu erinnern, dass ihr in Windhoek einmal ein afrikanischer Mann beinahe die Handtasche gestohlen hätte. Sein Vater hat beschlossen, dass ihn dieses Vorkommnis ebenfalls schrecklich mitnimmt, und hat sich als Resultat daraus seinerseits an mehrere alte (nicht näher ausgeführte) Verbrechen erinnert, die irgendwelche Afrikaner einmal gegen ihn begangen haben. Was für eine Ironie des Schicksals, dass die Nachricht unserer bevorstehenden Hochzeit möglicherweise das Ende der lang anhaltenden Entfremdung seiner Eltern einleitet. Eigentlich finde ich das rührend. Diese ganze Geschichte ist derart verwickelt, dass es mir durchaus passend erscheint, dass sie nun ein so unvorhergesehenes Ende findet.

Der einzige Freund, der Bram noch nicht den Rücken gekehrt hat, ist ein Mann namens Johannes Joubert, den ich einmal kurz kennengelernt habe. Doch selbst er wirkte ein wenig verstimmt bei der Aussicht, mich als eine Art Schwägerin zu gewinnen. Immerhin wohnt er im Gegensatz zu Brams Familie hier in Kapstadt. Er kann also kaum irgendeine Krankheit vortäuschen, die ihn an einer Reise hindern würde, noch kann er eine bereits bestehende Verabredung ins Feld führen, die er auf keinen Fall absagen kann. Und dann ist da natürlich noch Mr Ivanov.

Ich weiß, dass es Bram traurig macht, dass er plötzlich aller Familien- und Freundschaftsbande beraubt ist. Bande, die er für unzerreißbar hielt. Es bricht ihm das Herz. Und es jagt mir Angst ein, denn nun muss ich mich fragen, so wie meine Mutter es getan hat: Will er mich wirklich und wahrhaftig heiraten?

Eine Heirat mit mir würde ihn von jener anderen Welt abtrennen, die er so voller Stolz für sich beansprucht hat. Er steht an einem Scheideweg und muss sich für eine Möglichkeit entscheiden. Wenn er den einen Weg geht, verbaut er sich den anderen und verweigert sich dadurch die Früchte, die er dort hätte sammeln können. Das ist nicht leicht für ihn. Sein Herz hat sich nie verhärtet, im Gegensatz zu mir, die ich so viele Zurückweisungen habe hinnehmen müssen. Er hat nie die Bitterkeit der Enttäuschung hinunterschlucken müssen. Und jetzt, mit nur siebenundzwanzig Jahren, ist er zu alt, um es zu lernen. Es ist zu spät, er ist nicht mehr anpassungsfähig genug. Und doch muss er sich anpassen und lernen, mit Kummer, Desillusionierung und nahezu vollständiger Einsamkeit umzugehen.

Darin sind wir uns verwandt. Auch ich stehe auf meiner Reise am sprichwörtlichen Scheideweg. Ich habe die Erfahrung gemacht, dass auch hier in Südafrika, in meiner neuen Heimat, die Trennung von Rassen und gesellschaftlichen Klassen neben mehreren anderen Faktoren von geografischen und kolonialen Zugehörigkeiten abhängt. Man muss wahrscheinlich erst einmal den Rest der Welt bereisen, um herauszufinden, ob dies überall zutrifft, aber soweit ich das beurteilen kann, gilt das zumindest für die Karibik, Großbritannien, einen Großteil des amerikanischen Kontinents und Südafrika.

Für die Bediensteten meines Vaters war ich die Tochter des Dienstherrn. Wenn man bedenkt, welcher Rasse ich angehöre, ist es nicht erstaunlich, dass das für Verwirrung gesorgt hat. Doch mit der Zeit haben sich alle daran gewöhnt. Ich wurde zu einer Anomalie, der die Leute mit einer reservierten Höflichkeit begegneten oder auch mit gleichgültiger Verachtung. Doch hier in Südafrika werde ich einer vollkommen anderen Spezies zugerechnet. Ich bin schwarz. Wenn die Leute mich anschauen, gehen sie sofort davon aus, dass ich hierhergehöre und dass zweifellos auch meine Eltern von hier stammten. Aber sobald ich den Mund öffne und etwas sage, wird deutlich, dass ich etwas anderes bin. Und wenn man dann noch meine gesellschaftliche Stellung miteinbezieht, tut sich eine noch viel tiefere Kluft zwischen mir und der großen Mehrheit der südafrikanischen Ureinwohner auf.

Mittlerweile habe ich die Frage meiner Heimatlosigkeit und meine Haltung dazu überdacht. Ich hatte Mr Ivanov damals gesagt, dass ich weder England noch Jamaika als Heimat ansehen würde. Doch wenn ich jetzt zurückblicke, erkenne ich, dass Jamaika auf gewisse Weise doch meine Heimat war. Es kam mir nur nicht so vor, als ich noch ein Kind war. Man flüsterte sich Geschichten über Afrika zu, über ein weit entferntes Land, von dem einige von uns zu träumen wagten. Es schien ein mystischer Ort zu sein, in dem es vor schwarzen Körpern und Gesichtern nur so wimmelte, lauter Menschen, die mir ähnelten, doch die mit einem Stolz durch die Welt gingen, der mir fehlte. Dieses Afrika, von dem sie sprachen – das war der Ort, wo ich glaubte hinzugehören. Afrika war nicht nur ein Traum, es war nicht nur ein Ort. Afrika war der Himmel.

Wenn ein Sklave starb, reiste seine Seele nach Afrika, denn dort war unsere Heimat. Wenn seine Seele Afrika erreichte, wurde sie von den Ahnen im Geisterreich begrüßt. Und nachdem sie selbst begrüßt worden war, wartete sie auf die Seelen anderer verstorbener Sklaven, damit auch diese daheim willkommen geheißen werden konnten. Auf diese Weise tat jede Seele ihre Pflicht, bis sie in einer reineren Form wiedergeboren wurde, immer und immer wieder, denn das Leben ist ein Fluss, der endlos weiterfließt, durch eine endlose Anzahl von Organismen. Auf diese Weise konnte eine verstorbene Mutter als Kind ihres eigenen Kindes zurückkehren. Ein seiner afrikanischen Heimat gestohlener Sklave konnte ein geschundenes Leben wieder wettmachen. Doch als Erstes musste die Seele nach Afrika zurückkehren. Dort musste sie reingewaschen werden, dort musste sie das Paradies berühren, die Heimat, den Himmel. Und Afrika war der Himmel.

Mein Vater träumte davon, lebendig zurückzukehren, damit er den Ahnen danken konnte, die so geduldig auf ihn warteten. Er wollte Folgendes zu ihnen sagen: »Danke, dass ihr der Bitte meiner Mutter gefolgt seid und mich ihr nicht weggenommen habt. Ich habe ein gutes Leben gelebt, aber jetzt brauche ich einen neuen Namen. Ich möchte nicht länger Twentyfive sein. Ich brauche eine neue Seele.«

Am Ende ist er gestorben, bevor er zurückkehren konnte. Nur seine Seele ist zurückgekehrt. Sein Körper wurde im Exil begraben. Obwohl er mir diesen Traum nicht willentlich als sein Vermächtnis hinterließ, habe ich ihn dennoch geerbt. Ich habe davon geträumt, nach Afrika zurückzukehren. Ich habe davon geträumt, lebendig dorthin zurückzukehren. Ich habe davon geträumt, so zurückzukehren, als wäre ich – und nicht meine Ahnen – von dort fortgestohlen worden. Ich habe nie darüber nachgedacht, wo genau ich in Afrika hingehen würde. Ich habe mich nie gefragt, welche Nation großzügig genug sein würde, ein Waisenkind aufzunehmen.

Aus alledem schließe ich, dass Jamaika meine Heimat sein muss. Schließlich war Jamaika das Land meiner Geburt. Hat es daher nicht den größten Anspruch auf meinen Patriotismus? Wie auch immer die Antwort darauf lautet – ich weiß, dass ich die Karibik nicht in dem gleichen Maße besitzen kann, wie das mein Adoptivvater tut. Ich kann kein Land, kein Haus, nicht einmal meinen eigenen Namen besitzen. Aber ich hatte in meiner großen Naivität geglaubt, ich könnte Afrika für mich beanspruchen. Das Land hat mir meine Haut gegeben und auch das, was ein Feldaufseher einmal als den uns angeborenen Hang zu »Barbarei, Analphabetentum und Gehorsam« bezeichnete. Diese Dinge verstand ich, und das waren Dinge, die Afrika mir gegeben hatte, durch die Zeiten hindurch, über die Meere hinweg. Afrika hatte seine Hand ausgestreckt und mich als sein Eigentum gebrandmarkt.

Dieses Brandmal hat mich schärfer in die Isolation getrieben als irgendeine andere meiner Eigenheiten. Mein gesellschaftliches Umfeld sah immer zuerst die Afrikanerin in mir und erst danach eine Person, die ihnen gesellschaftlich gleichgestellt war.

Wenn überhaupt jemals. Weil ich zu Afrika gehörte, konnte ich unmöglich zum Rest der Welt oder irgendeinem Teil davon gehören. Wie oft habe ich mir die Worte anhören müssen: »Geh zurück in den Dschungel!« Denn für alle anderen Menschen ist Afrika kein Traum und kein Himmel. Es ist ein Dschungel. Es ist nur ein Ort.

Und auch für mich ist es nur ein weiterer Ort, der mir nicht ganz gehört und an den ich nicht ganz gehöre. Ich kann ihn nie auf die gleiche Weise für mich beanspruchen, wie andere das tun: weder, was meine Geschichte oder meine Verwandtschaft mit ihm, noch, was meine Identität anbelangt. Gleichzeitig muss man jedoch sagen, dass diejenigen Afrikaner, die niemals von hier fortgestohlen wurden, deren Geschichten über ihre Zugehörigkeit zu diesem Ort sehr viel lauter widerhallen, als es mein kümmerliches Flüstern tut – dass auch diese Menschen Afrika nie in der gleichen Weise besitzen können, wie es Bram und seine Kameraden tun.

Wenn ich bedenke, wie groß meine eigene Unzufriedenheit ist, komme ich zu dem Schluss, dass es diesen Afrikanern unmöglich gefallen kann, ihrem Land nur halb anzugehören. Irgendwann werden sie aufbegehren. Irgendwann werden sie das Afrika zurückverlangen, das sie früher kannten – das Afrika, das ihnen vertraut ist. Und sowohl die Engländer als auch die Holländer werden begreifen müssen, dass sie ihre Herrschaft hier nicht länger aufrechterhalten können. Während ich versuche, mit den Menschen dieses Ortes Freundschaft zu schließen, ihren ungeschriebenen Geschichten zu lauschen und gleichzeitig die Geschichten zu vergessen, die ich aus meinen Büchern kenne, glaube ich, allmählich Mr Ivanovs Einstellung zu der Frage zu verstehen, welche Vorteile es hätte, wenn Irland ein unabhängiges Land wäre. Ich kann das koloniale Wohlwollen, wie es Rudyard Kipling für sich in Anspruch nimmt, nicht länger akzeptieren. Ich habe die Beweise dafür, wie falsch er lag, an jedem einzelnen Ort gesehen, an dem ich Aufnahme fand – und sei es auch noch so kurz und widerstrebend geschehen.

Miss Alisa van Zijls Tagebuch: 1927

Mittwoch, den 30. März

Ich habe begonnen, meine Angelegenheiten in Ordnung zu bringen. Und während ich meine Sachen für die uns möglicherweise bald bevorstehende Reise zusammensuchte, fiel mir dieses Tagebuch hier in die Hände, das ich offenbar von 1912 bis 1915 geführt habe. Es umfasst die Zeit von meiner Abreise aus England bis zu dem Moment, an dem Bram und ich Gloria begegnet sind. Aus irgendeinem Grund habe ich dieses Tagebuch nie bis zur letzten Seite gefüllt, sondern stattdessen 1916 ein neues begonnen.

Ich kann dabei weder das Chaos noch die Ängste, die der Große Krieg ausgelöst hat, für meine Vergesslichkeit verantwortlich machen, denn anscheinend habe ich 1917 schon wieder ein neues Buch begonnen. In keinem dieser beiden Tagebücher wird erklärt, warum ich so plötzlich ein neues Buch benutzt habe. Möglicherweise habe ich damals das Tagebuch vergeblich gesucht. Das ist durchaus denkbar, denn ich musste lange nach den Tagebüchern suchen, die ich vor 1912 geführt habe. Anscheinend habe ich sie genauso leichtfertig ausrangiert wie dieses hier. Das macht mir große Sorge. Es kommt mir so vor, als hätte ich die üble Angewohnheit entwickelt, Geschichten zu beginnen und sie nicht zu Ende zu führen. Also ist es nur richtig, dass ich dieses Buch nun zu Ende führe. Das scheint mir ein passender Abschluss für meinen hiesigen Aufenthalt zu sein.

Und ich habe noch etwas gefunden, während ich meine Habseligkeiten durchsuchte, ganz unten in dem Koffer, den ich vor meiner Abreise nach Afrika gepackt hatte: die Bibel, die meine Mutter mir gab, als ich noch ein Kind war. Dort lag sie begraben, zusammen mit anderen vergessenen Relikten, wie etwa dem Fragment einer Geschichte über die Kinder des Himmelsgottes.

Ich erinnere mich gut an diese Geschichte. Ich hatte schon immer vorgehabt, sie fortzusetzen. Die Bibel hingegen war ein äußerst überraschender Fund. Ich hatte ihre Existenz so vollständig vergessen, dass ihr Auftauchen mir einen Schock versetzte. Aber wenn man bedenkt, wie fromm ich erzogen wurde, ist es nicht verwunderlich, dass ich bei der Sichtung der Bruchstücke und Fetzen meines Lebens auf Götter stoße, die ich vor langer Zeit begraben hatte.

Während ich dort stand und die Bibel in der Hand hielt, wurde mir bewusst, dass vierzehn Jahre verflogen sind, seit ich England verlassen habe. Meine Jugend ist an mir vorübergezogen. Jetzt, da mich meine Misserfolge und das am Horizont heraufziehende mittlere Lebensalter haben bitter werden lassen, frage ich mich: Wo ist die Zeit hingegangen? Was habe ich in meinem Leben erreicht?

Es ist nicht leicht, auf das eigene Leben zurückzuschauen und festzustellen, dass nicht besonders viel davon übrig bleibt, das irgendeinen Wert hätte. Als ich hierherreiste, als ich in dieses Tagebuch schrieb, da war ich so voller Ideen, voller Lebenskraft und Hoffnung. Ich kann kaum glauben, dass ich einmal so simple Träume hatte wie den, nach Indien zu reisen, die Samurai zu sehen, eine Heimat zu finden, Afrika zu finden – den Himmel zu finden.

Ach, der Himmel! Das war ein derart flüchtiger Traum, dass er davonflatterte, sobald ich seine Flügelspitze berührte. Kaum war es mir gelungen, einen Blick auf ihn zu erhaschen, da verpuffte er schon, wie ein Phantom, das aus einem Flüstern entstand. Ich hatte mich viel zu leicht davon begeistern lassen. Ein kleiner Vorgeschmack hatte gereicht, um mich einzulullen, und die Jahre waren verflogen, bis diese Bibel mich mit Spott und Hohn überschüttete und wieder wachrüttelte. Warum bin ich nicht nach Westafrika gereist? Das ist doch gewiss der Ort, an dem sich der Himmel befindet, oder? Ich hätte diesen sprichwörtlichen einen Schritt weiter gehen sollen, um an meinem Himmel festzuhalten, und sei es auch nur für die Dauer eines Herzschlags. Denn falls ich ein wenig länger daran festgehalten hätte, wären die Jahre gewiss langsamer verflogen, langsamer und behutsamer, und die Zeit würde nicht so schwer auf mir lasten.

Wie dem auch immer sei – Bram hat vorgeschlagen, dass wir Südafrika verlassen. Jamaika, England, die Sowjetunion … Er sagt, wir können überallhin gehen, wo ich hinmöchte, ganz gleich, wohin. Wir könnten Yuri besuchen, es wäre bestimmt interessant, das neue Russland zu sehen. Ich muss es nur sagen, und schon sind wir auf und davon. Ich könnte endlich nach Westafrika reisen. Wäre das nicht großartig?

Aber wäre das nicht andererseits nur wieder ein weiteres, vollkommen nutzloses Unterfangen? Sind die Nationen Westafrikas nicht in ihre ganz eigenen kolonialen Probleme verwickelt? Wenn ich dorthin zöge, wäre ich dann zu Hause? Die Frage meiner afrikanischen Identität lässt sich nicht auf meine

Haut reduzieren. Man hat mich hier in dieser Hinsicht unter die Lupe genommen und für nicht echt befunden. Also bleibt es bei der Frage: Wenn ich jetzt nach Westafrika ginge, wäre ich dann zu Hause?

Das alles ist ziemlich frustrierend, denn Europa hat mich bereits so vollständig abgewiesen, wie ich es meinerseits zurückgewiesen habe. Ich kann mich nicht als Engländerin bezeichnen. Aber Afrika erkennt mich ebenso wenig an. Das bedeutet, dass ich auch keine Afrikanerin sein kann, weder im Süden noch im Westen dieses Kontinents. Und wenn ich – eine Frau so schwarz wie Kohle, die dennoch tief in die europäischen Sitten und Gebräuche eingetaucht ist –, wenn ich kein Volk finden kann, das mich voll und ganz akzeptiert, wie ist es dann erst um das Schicksal meiner Mulattenkinder bestellt? Ich kann nirgendwo sonst hingehören, weil das Blut dieses Ortes durch meine Adern fließt. Und ich kann hier nicht hingehören, weil dazu mein Blut nicht ausreicht.

Wenn ich, eine Frau so schwarz wie Kohle und doch so vertraut mit den europäischen Sitten, gezwungen bin, zwischen diesen Widersprüchen hin und her zu balancieren, was wird dann erst mit meinen Kindern geschehen? Sie haben die Haut ihres Vaters nur zur Hälfte geerbt. Was wird mit ihnen geschehen? Die Welt ist voller Orte, an denen sie an ihnen zugewiesenen Stellen sitzen oder sein oder gehen müssen, aber was viel wichtiger ist: Sie ist voller Orte, an denen sie nicht sein dürfen. Große Orte, kleine Orte … so viele Orte, über die ganze Welt verstreut, überall verstreut, und diese kleinen Mädchen müssen all diese Regeln im Kopf behalten.

Ich habe sie mit meiner Haut verflucht. Ich habe sie mit meiner Haut zu Flüchtlingen gemacht. Ich habe sie selbstsüchtig in eine Welt hineingeboren, in der es zahllose Männer gibt, die in irgendwelchen Räumen sitzen und entscheiden, wer das eine sein darf und das andere nicht, Männer, die sich die Welt so zurechtbiegen, wie es ihnen gefällt. Südafrika bildet in dieser Hinsicht keine Ausnahme. Es ist ein sehr kompliziertes Land, ein Land, das man nur schwer verstehen kann. Und doch sind die Ursachen, die uns an diesen Punkt gebracht haben, so einfach und grundlegend, dass sogar ein Kind eine fundierte Analyse dazu anstellen könnte. Ich kann mich zwar nicht als Expertin zu diesem Thema bezeichnen, aber es reicht immerhin zu folgender Theorie: Die mächtigeren Zivilisationen benutzen immer wieder dieselbe Strategie, um ihre schwächeren Gegenspieler noch mehr zu schwächen. Es kann mit etwas so Simplen wie einem Feld beginnen. Einem Feld, das für eine ganz bestimmte Lebensweise steht. Nur ein Feld. Gloria hat mir das einmal erzählt.

Es beginnt mit einem Feld, das einem Volk nicht mehr gehört. Also flieht das Volk und zerstreut sich in alle Winde, um Nahrung zu finden. Das Feld ist verloren, und die Menschen des Stammes entwickeln sich weiter. Aber sie entwickeln sich zu gut weiter. So gut, dass sie jetzt in einen Raum beordert werden, in dem mächtige Männer sitzen und Entscheidungen treffen. Deshalb muss sich auch die Strategie weiterentwickeln, mit der man diese Menschen beraubt. Ihnen muss etwas anderes geraubt werden.

Und so muss diesem Volk der Zerstreuten, die eben erst den Raum der Entscheidungen betreten haben, ganz einfach ihr Selbstwertgefühl weggenommen werden. War das nicht der Grund, warum jene mächtigen Männer diesen Raum überhaupt gebaut haben? Sollte der Raub des Feldes nicht genau das verhindern – dass Personen wie die Zerstreuten diesen Raum betreten? Nun, das ist nicht schlimm, es lässt sich ganz leicht wieder in Ordnung bringen. Schließlich besteht eine der fundamentalen Eigenschaften der Evolution darin, sich Fehler zunutze zu machen. Sie hämmert so lange auf diese Fehler ein, bis sie zur Perfektion werden, sie beutet sie aus, um unvorhergesehene und unerwünschte Resultate zu vereiteln. Falls der Stamm sich erneut weiterentwickeln sollte, muss ihm etwas anderes geraubt werden und wieder geraubt und noch einmal geraubt und geraubt und geraubt werden. Und so geht es immer weiter.

Bram sagt, wir bräuchten uns keine Sorgen zu machen, weil wir verheiratet sind und weil wir die notwendigen Dokumente haben, um das zu beweisen. Er sagt, das Unsittlichkeitsgesetz sei einfach nur eine leichtfertige Extravaganz, die sich das Parlament leiste, und es sei viel zu abstrakt, um sich auch nur im Geringsten auf unser Leben auszuwirken. Für mich klingt das so, als würde er den Kopf in den Sand stecken. Man kann die südafrikanische Regierung zweifellos vieler Gräueltaten anklagen, aber der Leichtfertigkeit kann man sie nicht bezichtigen. Wenn man eines über sie sagen kann, dann das: Es handelt sich um eine überaus gründliche Organisation. So etwas wie ein abstraktes Gesetz, das sich nicht auf die Existenzen der Menschen auswirken soll, gibt es nicht. Abram muss das zumindest vermuten, denn als er erfuhr, dass das Gesetz verabschiedet wurde, ist er ebenso in Panik geraten wie ich. Er muss wissen, dass etwas so Simples wie der Raub eines Feldes eines Tages damit enden kann, dass eine Frau in die Wüste verbannt wird, die sich im Innersten ihrer eigenen Gesellschaft ausbreitet. Schließlich haben wir genau auf diese Weise Gloria kennengelernt.

Also kann das Gesetz nur der Anfang sein. Es schafft die Grundlage zu etwas sehr viel Größerem. Es kann mit etwas so Simplem wie einem Feld beginnen. Und dann nimmt es Fahrt auf und windet und verzwickt und entwickelt sich, bis eines Tages ein Mädchen in ein Land hineingeboren wird, dessen Bürgerin es nicht sein darf.

Aber ich nehme an, ich kann mich damit beruhigen, dass wir verheiratet sind. Ich kann mich der Aufgabe widmen, meine Angelegenheiten in Ordnung zu bringen und diesem Ort Lebewohl zu sagen. Es ist seltsam. Ich hatte gar nicht gemerkt, dass ich begonnen hatte, ihn als Heimat anzusehen. Und ich muss gestehen, dass es mich traurig macht, ihn verlassen zu müssen.

Mittwoch, den 6. April

In der Nacht hat es geregnet. Es scheint, als wollte selbst der Himmel darüber weinen, wie bitter mein Leben geworden ist. Es weht ein kalter Wind, und es ist dunkel geworden, und doch habe ich das Bedürfnis, mich unter diese Trauerweide zu setzen und meine Sorgen wegzuschreiben.

Jetzt, da ich hier sitze, bläst der Wind noch ein wenig kälter, und es sammeln sich noch mehr Wolken am Himmel. Ich gehöre nicht zu den Menschen, die den Zufälligkeiten der Natur irgendeine Bedeutung beimessen, aber es kam mir zumindest für einen kurzen Moment so vor, als würden sich die Winde im Rhythmus meiner eigenen Stimmung drehen, dahintreiben und auf- und wieder abflauen, als würde die Welt weinen, weil ich es tat, weil sie sich meinem Willen beugte.

Seit ich dieses Tagebuch gefunden habe, hat es mich gänzlich in seinen Bann gezogen. Noch mehr als das: Ich sehe mich gezwungen, hinsichtlich meiner Vergangenheit einige Dinge zu überdenken. Das ist sowohl ein Segen als auch ein Fluch. Auf der einen Seite traue ich meinem Gedächtnis nicht mehr, weshalb mir dieses Tagebuch gute Dienste leistet. Zum Beispiel hatte ich meinen Aufenthalt auf der *Black Swan* in ganz anderer Erinnerung. Auch meine erste Begegnung mit Bram hatte ich anders im Gedächtnis. Ich erinnere mich nicht einmal mehr an die Hälfte dessen, was wir zueinander gesagt haben, und das, woran ich mich tatsächlich zu erinnern glaubte, war entweder eine Vereinfachung oder eine Verzerrung der Tatsachen.

Es erfüllt mich mit Bedauern, dass ich so viel vergessen habe. Ich habe viel zu lange einen Groll gegen Bram gehegt, so lange, dass ich vergessen habe, wie sehr ich ihn liebe. Ich würde gerne sagen, dass meine Ressentiments daher rühren, dass er hier solche Freiheiten genießt – Freiheiten, die mir vorenthalten bleiben. Ich würde gerne sagen, dass er grausam geworden ist, denn das würde es leichter machen, ihm weiterhin zu grollen. Ich würde gerne sagen, dass er mich betrogen hat. Ich würde so vieles gerne sagen, aber das kann ich nicht, denn es wäre nicht wahr. Ich weiß nicht, wann es passiert ist, aber irgendwann im Verlauf unserer Ehe habe ich angefangen, ihm zu grollen.

Wir haben uns auseinandergelebt, und ich wusste einfach nicht mehr, wie ich mich in seiner Gegenwart ungezwungen verhalten sollte. Nein, das ist nicht genau, was ich meine, aber besser kann ich nicht erklären, wie ich mich gefühlt habe. Ich muss davon ausgehen, dass mein Gedächtnis durch die Fehlschläge, die ich erlitten habe, und durch die Zeit, die vergangen ist, getrübt wurde.

Ich bin so dankbar, meine damaligen Gedanken wiedergefunden zu haben. Das hat mir ein wenig Frieden geschenkt. Es macht mir das, was ich jetzt tun muss, ein wenig leichter. Das mag jemandem, der mich nicht kennt, gefühllos oder willkürlich erscheinen, aber ich weiß, dass ich an einem Punkt angelangt bin, an dem ich nicht mehr weitergehen kann. Ich habe so lange versucht durchzuhalten, aber ich bin müde. Bram hat mir für eine Weile Erleichterung verschafft, aber jetzt bin ich müde.

Ich bin für ihn zu einer Last geworden. Er glaubt sogar den Gerüchten. Er glaubt, ich hätte ihn mit Yuri betrogen und unser Eheversprechen gebrochen. Auch wenn ich das nicht getan habe, habe ich dennoch das Gefühl, ihn um Vergebung bitten zu müssen, als müsste ich irgendein Verbrechen bereuen, ganz egal welches, irgendeines. Ich könnte ihn bitten, und Bram würde mir vergeben. Er vergibt mir immer. Immer.

Aber diese Krankheit, die mich verschlingt, wird niemals Ruhe geben. Während der flüchtigen Momente, in denen ich klar im Kopf bin, kann ich Bram noch ungehindert lieben, doch bald schon wird die Dunkelheit meinen Verstand, mein Herz und sogar mein Lächeln verschlingen. Sie wird sich immer weiter in mich hineinfressen und fressen und fressen, bis mein Herz ganz und gar vergiftet ist. Es wird wieder so kommen, dass er mich hasst, und sein Hass wird mich erneut fast in den Wahnsinn treiben. Mit der Zeit wird sich meine Traurigkeit immer tiefer in mein Herz hineingraben, und seine Liebe wird dahinschwinden, wieder aufblühen und wieder dahinschwinden. Und so wird sich unsere Tragödie auf ewig fortsetzen.

Ich konnte meinen Töchtern die Bürde meiner Haut nicht ersparen, aber ich muss ihnen *dies* ersparen. Ich kann sie nicht zurücklassen. Man würde sie verstoßen. Die eine Tragödie könnten sie vielleicht überleben, aber nicht beide gleichzeitig.

Es bricht mir das Herz, denn ich will nicht schwach sein. Doch die Dunkelheit, die mein Herz verschlungen hat, wächst immer weiter und weiter, sät neue Samen. Und diese neuen Samen wachsen und beginnen den Angriff wieder von vorn. Oh, wie ängstigt mich das – zu leben um des Lebens willen! Wie schnell meine Nutzlosigkeit in Dunkelheit mündet, die unermüdlich wütet – tief, tief in meine Haut hinein, bis nichts anderes mehr übrig bleibt. Jemand, der mich nicht kennt, könnte leicht zu der Überzeugung gelangen, dass die grundlegende Prämisse für meine Entscheidung im Tod selbst liegt. Aber in Wahrheit will ich nicht sterben. Ich will nur, dass der Schmerz aufhört. Ich will meine Ruhe.

Meine Mutter hat einmal zu mir gesagt, es sei eine unverzeihliche Sünde, sich selbst zu töten. Nachdem ich eine Weile darüber nachgedacht hatte, kam ich zu dem Schluss, dass ich die entsprechenden Worte mit eigenen Augen sehen musste. Plötzlich bekam meine alte Bibel wieder einen Nutzen. Ich suchte nach dem Vers, der den Selbstmord verdammt. Nach ein paar Stunden merkte ich, dass mir nie wirklich klar gewesen war, wie umfangreich dieses Buch ist. Es ist so dick, und ich musste feststellen, dass es unendlich mühsam (und letztendlich unmöglich) war, den genauen Vers zu finden, nach dem ich suchte.

Ich habe auch nach einem Vers gesucht, der die Scheidung verurteilt, aber nach weiteren zwei Stunden ohne irgendwelche Erkenntnisse gelangte ich zu dem Schluss, dass der Fehler, den ich in meiner Jugend beging, indem ich mich gänzlich von der Religion abkehrte, schwerwiegender war, als ich gedacht hatte. Daher suhle ich mich auch – besiegt von meiner eigenen Apathie – in einem alten Tagebuch, das ich irgendwann einmal ausrangiert hatte.

Ich hatte geplant, die Tagebücher, die ich über die Jahre geführt habe, meinen Eltern zukommen zu lassen, damit sie verstehen, wie und warum ich an diesen Punkt gekommen bin. Aber ich habe entschieden, dass mein Elend, das sich auf so widernatürliche Weise und so hartnäckig eingenistet hat, hier ein Ende finden muss, mit meinem Tod. Ich muss meine Kinder mit mir fortnehmen. Ich muss alles mit mir fortnehmen, was ich nur kann.

Etwas anderes, das mich vollkommen vereinnahmt, ist dies: Ich versuche, mir das Gesicht meines Vaters in Erinnerung zu rufen, seine Stimme, die Geschichten, die er kurz vor seinem Tod erzählt hat, das strahlende Lächeln, mit dem allein die majestätische Sonne sich messen konnte, die dunkle Haut, die im Licht glitzerte, das Hinken auf seinem linken Bein, sein fast buckliger Rücken, während er durch die Plantage lief, der Geruch von Schweiß, der ihm stets anhaftete – ich versuche, mich an die ganz gewöhnlichen Dinge zu erinnern. In seinen Augenwinkeln bildeten sich Falten, wenn er lächelte, denn er war alt, und die Sonne hatte stets auf ihn niedergebrannt. Diese Dinge stehen, wie ich glaube, am Anfang. Aber die Zeit will sie mir rauben.

[Anmerkungen zu den Eintragungen vom Mittwoch, dem 6. April]

Gloria hat mir heute eine sehr seltsame Frage gestellt. Sie hat gefragt, ob meine Mutter oder mein Vater oder gar beide gestorben seien, während noch eine unvollendete Aufgabe auf sie gewartet habe. »Oder eine Großmutter oder ein Großvater oder überhaupt jemand in einem der Stämme, denen Sie möglicherweise angehören«, sagte sie. Ich antwortete, dass ich darauf keine Antwort habe, woraufhin sie nachdenklich nickte, sich auf die Unterlippe biss und zurück in die Küche ging.

Ich hielt das für vorübergehende Neugier, aber wenn ich jetzt darüber nachdenke, hat sie anfangs, nachdem sie zu uns kam, viele solcher seltsamen Fragen gestellt. Etwa, ob ich jemals in Betracht gezogen hätte, die Mädchen nach einer Großmutter zu nennen, die es irgendwo in meiner Vergangenheit gegeben habe.

Wie auch immer, ich denke schon den ganzen Tag darüber nach, und es wurde mir klar, dass mein Vater mir nie all die anderen Geschichten erzählt hat, die zu erzählen er mir versprochen hatte. Außerdem ist er nie nach Afrika gereist. Doch kommen mir diese Dinge nicht unbedingt wie unvollendete Aufgaben vor. Es scheint sich lediglich um Dinge zu handeln, zu denen mein Vater einfach nicht mehr gekommen ist, genau wie ich nicht mehr dazu gekommen bin, die Samurai zu besuchen oder nach Westafrika zu reisen.

Was mir jedoch Sorgen bereitet, ist der Umstand, dass ich diesen Traum mit den Schattenhänden und den Schlangen das letzte Mal, unmittelbar bevor ich England verließ, hatte. Seitdem hatte ich zwar andere furchteinflößende Träume (wie zum

Beispiel den mit dem tollwütigen Hund oder den, in dem ich von einer Python verschlungen werde). Auch sie kehren immer wieder, so wie es alle meine Träume tun. Aber den Schattentraum hatte ich das letzte Mal irgendwann zwischen Anfang Januar und dem 27. März 1912. Diesen Umstand habe ich damals in diesem Tagebuch vermerkt. Es ist schon seltsam – als ich Bram heiratete, dachte ich, er könnte vielleicht meine Heilung sein. Jetzt wird mir klar, dass das genauso falsch wie naiv war.

Es kommt mir albern vor, aber ich frage mich, ob etwas so Simples wie, wenn man einem Kind eine Geschichte verspricht und sie dann nicht erzählt oder wenn man in das Land seiner Vorfahren zurückkehren will und es dann nicht tut – ob das so folgenschwer sein kann, dass auch noch die nächste Generation davon heimgesucht wird. Habe ich, indem ich hierherkam, unabsichtlich ein viel schwerwiegenderes Erbe angetreten, als ich das vorhersehen oder begreifen konnte? Habe ich irgendein kosmisches Schicksal erfüllt, von dem mir nicht einmal bewusst war, dass ich mich ihm unterworfen hatte? Und drängt sich da nicht die logische Schlussfolgerung auf, dass ich zwar das eine Schicksal erfüllt habe, aber dadurch ein anderes Schicksal nicht erfüllen konnte? Das ist ziemlich beängstigend, wenn ich ehrlich bin. Es läuft mir bei diesem Gedanken kalt den Rücken hinunter.

Ich weiß nicht, was das alles zu bedeuten hat, aber jetzt, da ich am Ende angelangt bin, habe ich das Gefühl, es sei wichtig zu verstehen, warum und wann der Traum begonnen hat, warum er aufgehört hat und was er bedeutet. Oh, wie sehr wünschte ich mir, ich könnte mit Bram über diese Dinge reden.

Wenn ich doch nur meine früheren Tagebücher noch hätte. Dann könnte ich ganz am Anfang beginnen und prüfen, ob ich etwas übersehen habe. Meine eigene unvollendete Aufgabe

Das kleine schwarze Buch

Dort endeten Alisas Worte. Abrupt. Unvollständig. Voller düsterer Prophezeiungen.

Abram gelangte zu dem Schluss, dass er das Buch besser nicht angerührt hätte. Es wäre besser gewesen, alles, was es enthielt, in der Vergangenheit zu belassen. Dort gehörte auch Alisa hin – in die Vergangenheit. Aber genau wie das Brandmal, das Afrika auf ihrer Haut hinterlassen hatte, streckte sie durch die Zeit hindurch ihre Fangarme aus – mit ihrem Gift, ihrer Schönheit und ihrem Geruch –, um ihn zu ergreifen. Sie war wie ein Geist, der sich weigerte, ihn loszulassen, wie eine Krankheit, für die es kein Heilmittel gab. Jedenfalls keines, das er kannte. Die Zeit war gewiss kein solches Mittel. Sie war in sich selbst zusammengestürzt und hatte ihn eingeholt. Er konnte weder das Schicksal ändern, das sich bereits erfüllt hatte, noch die Regeln der Zeit. Er war nur ein Mensch.

Selbst im Tod versuchte sie, ihn mit ihrer Angst anzustecken. Sie versuchte, ihren eigenen Wankelmut auf ihn zu übertragen. Jetzt würde er sich für den Rest seines Lebens fragen müssen, worin ihre unvollendete Aufgabe bestanden hatte und ob sie, ohne es zu wollen, einen Fluch entfesselt hatte. Ach, Alisa. Warum konnte sie nicht einfach in ihrem Grab Ruhe finden? Sie hatte eine so fürchterliche, niemals wiedergutzumachende Verheerung angerichtet. Konnte sie ihn denn jetzt nicht in Frieden lassen?

Es hatte eine Zeit gegeben, da hatte sie ihm gern von ihrer Kindheit erzählt. Sie hatte von den heißen Sommertagen erzählt, an denen ihre Haut in Schweiß gebadet gewesen war, von dem Geschmack überreifer Mangos und von einem seltsamen Gewürz, das ihr Vater immer in ihr kümmerliches Essen getan hatte. »Ich würde gerne glauben, dass ich glücklich war«, hatte sie gesagt. »Ich würde gerne glauben, dass ich das alles nicht bloß geträumt habe.« Aber später hatte sich das Blatt gewendet, und am Ende konnte sie ihm nicht einmal mehr etwas so Simples wie die Einzelheiten eines Traumes erzählen. Sie hatte alles in sich verschlossen, bis ihr nichts anderes übrig blieb, als mit den Schatten, von denen sie verfolgt wurde, Freundschaft zu schließen.

Das kleine schwarze Buch hatte ihm ihren Kummer und ihre Ängste so unmittelbar offenbart, dass er am Ende seiner Lektüre von Reue überwältigt wurde. *Was ist aus meinem Leben geworden?*, fragte er sich. Er wünschte, die Wände würden seinen Schrei zurückwerfen – würden sich ihm mit ihrer stoischen Gegenwart entgegenstrecken, ihn in ihre Arme schließen und die verhängnisvolle Sinnlosigkeit anfechten, von der Alisas Erzählung geprägt war. Aber die Wände schwiegen, denn auch sein Schrei war lautlos gewesen, und das Einzige, von dem der Raum erfüllt war, waren die Souvenirs aus Johannes' Jugendzeit.

Es gab keinen Platz für Trauer. Durch Selbstmitleid war nichts zu gewinnen und auch durch Reue nicht. Abram schloss das Buch.

Fünfter Teil

Die Kinder des Himmelsgottes

Marula

Die Sonne hatte den Zenit längst überschritten. Um den Anstand wenigstens einigermaßen zu wahren, kletterte Abram endlich doch aus dem Bett. Er ging zum Fenster und schaute nach draußen, wo ein Marulabaum seine Blätter und die letzten noch übrig gebliebenen Früchte abwarf.

Dido war mit ihren Spielkameraden zum Fluss gegangen, wo es offenbar ein paar verspielte Äffchen zu sehen gab. Wenn Dido und ihre Freunde – zwei Bauernjungen namens Justice und Maleka – sich nicht gerade von den Geheimnissen des Flusses bezaubern ließen, setzten sie sich mit Vorliebe unter den Marulabaum und sammelten die heruntergefallenen Früchte auf. Sie schmeckten süß, sagte Dido und fügte hinzu, sie könne sich nicht erinnern, jemals etwas so Saftiges gegessen zu haben.

Josephina hatte ihnen erzählt, dass die Früchte, wenn man sie fermentiert und dann destilliert, ein alkoholisches Gebräu ergeben. »Wie heißt denn das Getränk?«, fragte Abram. Wie sich herausstellte, gab es auf diese Frage zwei Antworten. Das Getränk hieß Maroela Mampoer auf Afrikaans und hatte eine vollkommen andere Bezeichnung (die Abram prompt vergaß) in Josephinas Muttersprache. Sie hatte schüchtern gelächelt, als sie das erzählte, und auf ihre Hände gestarrt, als betrachte sie dort ein faszinierendes Schauspiel. »Ich mache dieses Getränk für Baas Joubert, wenn die Früchte reif sind«, sagte sie auf Afrikaans. »Wenn Sie möchten, kann ich auch etwas für Sie machen, Sir. Ich werde den Kindern sagen, sie sollen Früchte sammeln.« Mit diesen Worten vollführte sie einen respektvollen Knicks mit dem rechten Knie und kehrte dann wieder zu ihrer Arbeit zurück.

Seitdem hatten die Kinder ihre Vormittage damit verbracht, eimerweise Marulafrüchte zu sammeln. Dido, der nicht klar geworden war, dass es sich um Alkohol handelte, sagte: »Wir müssen Miss Josephina bitten, uns zu zeigen, wie sie dieses Getränk herstellt. Ich werde noch mehr Früchte sammeln, und die können wir dann mitnehmen. Dann können wir das trinken, egal, wo wir sind.«

Abram lachte. »Es ist so ähnlich wie Wein«, sagte er. »Kinder dürfen so etwas gar nicht trinken.«

Dido verzog nachdenklich das Gesicht. »Miss Josephina ist wie du, nicht wahr?«, fragte sie. »Nur, dass sie ihren Wein nicht verkauft, sondern den Leuten schenkt, die sie lieb hat. Sollen wir ihr sagen, dass sie ihn verkaufen soll? Dann müssten sie und ihr Mann nicht mehr in dieser kleinen Hütte leben.«

»Ja«, sagte er und lächelte die Dinge fort, die er ihr gegenüber noch nicht über die Lippen brachte. Wie zum Beispiel die Tatsache, dass Josephina kein Unternehmen gründen konnte. Es würde ihr das Herz brechen.

Dido war nach diesem Gespräch voll unschuldiger Freude zu dem Baum gerannt und hatte sich ein paar Früchte einverleibt, bevor sie mit der Arbeit begann. Abram ging jetzt selbst zu dem Baum hinüber und hob ein paar noch grüne Marulafrüchte auf. Sie waren bitter, doch er zog sie den reifen, gelben vor. Es lagen auch zahlreiche Kerne zwischen den auf dem Boden zerstreuten Früchten. Man legte die Kerne in die Sonne zum Trocknen, sobald man das Fruchtfleisch gegessen hatte, so hatte man es ihm erklärt. Im Winter konnte man sie dann knacken und die darin befindlichen Nüsse essen oder sie einpflanzen, um noch mehr Bäume zu ziehen. Oder die Kinder gruben kleine Löcher in die Erde und spielten ein Spiel damit, bei dem die Steine wie Schachfiguren aus den Löchern heraus- und wieder hineinbewegt wurden. Zumindest hatte Abram das so verstanden.

Er hockte sich hin, um ein paar Früchte aufzusammeln, die noch nicht verfault waren. Dabei konzentrierte er sich so auf seine Arbeit, dass er Josephina nicht kommen sah.

»Guten Tag, Sir van Zijl«, grüßte sie.

Obwohl ihre Stimme und ihr Verhalten so zurückhaltend und behutsam waren wie immer, hatte ihr Kommen ihn dennoch erschreckt. »Dir auch einen guten Tag, Josephina«, sagte er und richtete sich auf.

»Darf ich Ihnen etwas zu essen bringen?«

»Danke, Josephina, aber jetzt nicht.«

»Soll ich das Essen für später aufheben?«

»Ja, das wäre nett. Danke.«

Er rechnete damit, dass sie gehen und ihn sich selbst überlassen würde, wie sie es immer tat, nachdem sie ihm einen guten Tag gewünscht und ihm das Essen gebracht hatte. Doch diesmal ging sie nicht. Stattdessen verschränkte sie nervös die Finger ineinander und sah sich um. Schließlich sagte sie: »Soll ich nachsehen, ob Baas Joubert Ihre Gesellschaft wünscht?«

Abram lächelte sie an. Sie musste gespürt haben, wie unwohl er sich in Johannes' Gesellschaft fühlte. Aus der Art, wie sie den Kopf schüttelte, schloss er, dass sie sich gerade selbst rügte dafür, dass sie so offen und unaufgefordert über ihren Arbeitgeber gesprochen hatte.

»Der Norden des Transvaals ist kein Ort, an dem man Schätze findet, Sir«, sagte sie unvermittelt. »Niemand kommt hierher.

Alle gehen fort. Sie gehen nach Johannesburg, wo das Gold angeblich auf der Straße liegt. Sie gehen zum Kap und in die Natal-Provinz und aufs Meer. Sie gehen nach Norden, nach Uganda oder in andere Länder. Sie gehen alle fort. Dies ist kein Ort, an dem Reisende verweilen. Wir, die wir hierbleiben, haben es nur mit unseren Kühen und Feldern zu tun, und mit der Ernte, die wir einfahren. Andere Neuigkeiten hören wir nicht.

Deshalb hat Baas Joubert auch so viele Bücher. Ich selbst habe nicht die Gabe, in so vielen verschiedenen Sprachen zu lesen. Aber ich weiß, dass die Geschichten aus den Büchern keine Geschichten der Lebenden sind. Sie, Sir, sind ein lebendiger Mensch und … manchmal ist es besser, die Dinge der Welt von den Lebenden zu erfahren. Darf ich an seiner Stelle fragen, ob Sie vielleicht ein wenig Zeit in seiner Gesellschaft verbringen möchten?«

»Nein, danke, Josephina«, sagte er.

Daraufhin zog sie sich wieder in ihre Unterwürfigkeit zurück, neigte den Kopf und spielte mit ihren Händen, wie das ihre Angewohnheit war. »Ich muss zurück an die Arbeit«, sagte sie und wandte sich zum Gehen.

»Kann ich dich etwas fragen?«, hielt Abram sie auf.

»Ja, Sir«, antwortete sie und wandte ihm wieder ihr Gesicht zu.

»Weißt du, ob John …« Abram wusste plötzlich nicht mehr, was er sagen sollte. Er wusste nicht, wie er diese Fragen stellen konnte, ohne Johannes' Geheimnis zu verraten, falls es noch immer ein Geheimnis war. Er räusperte sich und nahm sich einen Moment Zeit, um seine Gedanken zu sammeln. »Hat er irgendwelchen Damen von den benachbarten Farmen den Hof gemacht?«

Zum ersten Mal, seit sie sich kannten, sah Josephina Abram direkt in die Augen. Ihr Blick war panisch, und sie hielt die Lippen zusammengepresst, als könnte sie allein durch die Willenskraft ihrer Knochen das Geheimnis zermalmen, das zwischen ihnen in der Luft schwebte. Er könnte ihr sagen, dass es nicht wichtig war, dass sie gehen konnte, aber dann würde er in jenem fortwährenden Zustand des Nichtwissens verharren, den Alisa so beklagt hatte. Also wartete er ab, bis sie selbst das Schweigen brach, das sich zwischen ihnen ausgebreitet hatte.

Josephina hatte knapp außerhalb des Schattens gestanden, den der Baum warf. Um ihm zu antworten, trat sie aus dem warmen Sonnenschein und kam näher heran. Die Äste über ihnen wiegten sich im Wind, hierhin und dorthin, und mit ihnen wiegten sich die Blätter, manche sanft, andere mit schicksalhafter Endgültigkeit, um im nächsten Moment die sichere Obhut des Baums zu verlassen und auf die Erde hinabzufallen.

»Soweit ich weiß, Sir«, sagte Josephina, »wurde niemandem der Hof gemacht.«

»Dann weißt du auch, dass John seine Isolation selbst gewählt hat. Ich weiß, dass du es gut meinst, Josephina. Du willst ihn vor etwas bewahren, das du für Einsamkeit hältst, aber das ist keine Einsamkeit. Johns Herz wird von Hass verzehrt. Er hasst alles und jeden. Er hasst sich selbst, auch dann, wenn er gar keinen Grund dazu hat. Er wagt es nicht, diesen Hass aufzugeben, aus Angst, er könnte zu einem schwächeren Menschen werden. Es ist keine leichte Sache, so einen Mann zu lieben, Josephina, und auf immer und ewig in der Bitterkeit mit festzustecken, in der er sich suhlt.«

»Das mag schon sein.« Josephina lächelte ihr zahnloses Lächeln. Sogar in ihrem relativ fortgeschrittenen Alter hatte sie große Ähnlichkeit mit einem Kind. Ihr schüchternes Wesen verstärkte diesen Eindruck noch, und ihre Angewohnheit, den Kopf auf die linke Seite zu legen, weil sie auf einem Ohr taub war, ließ sie immerzu neugierig wirken.

»Aber, Sir«, fuhr sie fort. »Dies ist kein Ort für Reisende. Ich bin alt geworden, und nur die Ernten, die Jahr für Jahr eingefahren werden, sagen mir, wie viel Zeit vergangen ist. Mittlerweile sind mir selbst meine Feinde zu Freunden geworden. Ich sehe sie bei Sonnenaufgang und bei Sonnenuntergang, und im Winter sagen wir zueinander: ›Oh, die Luft ist kalt, kalt, kalt.‹ Die Winde erheben sich, und wir sagen zueinander: ›Oh, die Winde sind rau, rau, rau.‹ Man lebt sein Leben und hasst ein Gesicht, aber wenn der nächste Morgen kommt, sucht man dieses Gesicht und sagt: ›Oh, das Land ist vertrocknet. Diese Hitze und dieser Staub, sie töten meine Haut. Ich sage dir – sie vergiften mein Blut. Wir brauchen den Regen. Wir brauchen ihn jetzt sofort.‹ Es kommt eine Zeit, da siehst du in dieses Gesicht und weißt tief in deinem Herzen, dass du es nicht mehr hassen kannst. An einem Ort wie diesem wird ein Feind zu einem Freund. Und falls dieser Freund weiterzieht, wachst du morgens auf und stellst fest, dass du das Lied deiner Sorgen niemandem mehr vorsingen kannst. Sie lasten immer schwerer auf deinem Herzen. Es ist nicht leicht, einen Mann zu hassen und auf ewige Zeiten in der Bitterkeit mit festzustecken, in der er sich suhlt.«

Sie zuckte mit den Schultern, vielleicht, um sich ein Gefühl der Sinnlosigkeit einzugestehen, das sie sich nicht erklären konnte. Dann lachte sie peinlich berührt. »Dieser Ort ist meine Heimat, Sir. Selbst wenn ich es nicht wollte, muss ich diesen Ort lieben. Ich habe kein anderes Zuhause. Hier gehöre ich hin.

Wenn die Menschen, die hier wohnen, sich in Bitterkeit suhlen, dann spüren wir das alle. Es vergiftet uns alle.«

Das bezaubernde Funkeln in ihren Augen verschwand, und ihr Lächeln wurde von den Falten ihres Alters verschlungen. Eine plötzliche Traurigkeit, die zuvor noch nicht da gewesen war, breitete sich auf ihrem Gesicht aus. Für einen flüchtigen Augenblick erinnerte sie ihn an Alisa. »Ich muss zurück an meine Arbeit«, sagte sie.

»Falls es dir möglich ist, Josephina, dann sieh doch bitte nach, ob Baas Joubert sich über meine Gesellschaft freuen würde«, sagte Abram.

»Das werde ich, Sir«, antwortete sie und wandte sich zum Gehen. »Das werde ich.«

Die Sonne glitt immer weiter nach Westen. Abram hielt es für das Beste, seinen Bart zu stutzen, sich ordentlich zurechtzumachen und Alisas Tagebuch zuunterst in seinen Koffer zu packen.

Wie Orion, der Jäger, vom Horizont verschlungen wurde

Falls jemand behaupten wollte, Johannes Joubert würde denen, die sich seiner Ansicht nach ihm gegenüber etwas hatten zuschulden kommen lassen, nur sehr selten und mit äußerstem Widerwillen vergeben, so würde dieser Jemand entsetzlich untertreiben und der Sturheit dieses Mannes großes Unrecht tun. Johannes Joubert war davon überzeugt, in allem recht zu haben. Und je mehr Zeit verstrich – so sah Abram das zumindest – desto unwiderruflicher machte er es sich in einem beleidigten Märtyrertum bequem. »Der Verkauf deines Anwesens läuft großartig, alter Freund«, sagte Johannes in diesem Moment. »Bald wirst du frei sein.«

Doch das stimmte natürlich nicht. Abram bezweifelte, dass er sich jemals von den Banden befreien würde, die ihn an Kapstadt fesselten. Dieser Ort war zwei Jahrzehnte lang seine Heimat gewesen. Dido war dort geboren worden, und auch Emilia. Und obwohl Alisa den Ort am Ende gehasst hatte, war er auch ihre Heimat gewesen. Er lehnte sich in seinem Sessel zurück, nahm einen Schluck aus seiner Teetasse und verzichtete um der Höflichkeit willen auf einen Widerspruch. Stattdessen sagte er: »Dieser Alfred Aaron de Pass, der Mann, der das Anwesen kaufen will, hat vor, den Weinanbau fortzuführen. Und er möchte das Herrenhaus restaurieren.«

»Ja«, sagte Johannes und schwieg einen Moment, um einen Zug aus seiner Pfeife zu nehmen. »Aber ich muss sagen, es war ziemlich fahrlässig von dir, die Abwicklung deines Vermögens vollständig in die Hände von Eingeborenen zu geben. Es ist durchaus möglich, dass Mr de Pass erst später als geplant aus Windhoek wegkann. Gott weiß, was deine Angestellten in der Zwischenzeit für ein Chaos veranstalten.«

»Ich vertraue meinen Leuten«, sagte Abram.

»Natürlich tust du das«, sagte Johannes und wedelte sich mit der Hand den Rauch aus dem Gesicht. »Wie auch immer« – er hustete –, »bist du dieses endlose Warten nicht leid?«

»Nein. Ich wusste, dass es eine Weile dauern könnte. Was mir Sorgen macht, ist die Möglichkeit, dass ich gefasst werde.« Er nippte wieder an seiner Teetasse. Josephina hatte den Tee vor einer Weile serviert – vor einer etwas zu langen Weile, dachte Abram. Während er dem leidenschaftlichen Lobgesang gelauscht hatte, den Johannes auf seine riesigen Tomatenfelder angestimmt hatte, war der Tee kalt geworden. Er war eine Mischung aus Rooibossorten, von denen Josephina ihm versichert hatte, dass sie sich sowohl im Geruch als auch im Geschmack stark von denen unterschieden, die am Kap wuchsen. Wie er erfreut feststellte, hatte Josephina recht gehabt. Aber Johannes war kein großer Freund von Tee, und so kam es, dass Abram den Kampf gegen die riesige Kanne allein aufnehmen musste. Und weil er ein höflicher Mensch war, fühlte er sich verpflichtet, sie auszutrinken.

Er hatte festgestellt, dass ihm das Teetrinken von Zeit zu Zeit dabei half, seine Gedanken zu ordnen. Vielleicht hatte Josephina deswegen darauf bestanden, dass er diese neue Sorte ausprobierte. Falls er wolle, könne er gern etwas davon auf seine Reise mitnehmen, hatte sie gesagt. Nachdem er seiner strapazierten Kehle mit dem Getränk ein wenig Linderung verschafft hatte, sagte er: »Weißt du, John, diese Entfremdung zwischen uns beiden war von Anfang an sehr bedauerlich. Meinst du nicht, es wäre an der Zeit, sie zu überwinden? Ich bin zu dir gekommen als ein Mann, der all seiner Überzeugungen beraubt wurde, und du hast mich trotz deiner Überzeugungen bei dir aufgenommen. Haben wir nicht allein dadurch bewiesen, wie überflüssig unsere langjährige Feindseligkeit ist?«

Johannes antwortete nicht sofort. Es folgte ein Schweigen, das mit Dingen gefüllt war, die keiner der beiden Männer aussprechen konnte. Es war die Art von Schweigen, die schon öfter zwischen ihnen geherrscht hatte – lang anhaltend, verstörend und von Sehnsucht durchsetzt. Abram entschied, dass es an der Zeit war, den Versuch einer Unterhaltung aufzugeben und sich in den ihm zugewiesenen Wohnbereich zurückzuziehen. Mittlerweile war Dido bestimmt vom Fluss zurückgekehrt, und er wollte die lustigen Geschichten hören, die sie zu erzählen hatte. »John«, sagte er, trank den Rest seines Tees aus und stellte die Tasse mitsamt der Untertasse vor sich auf den Tisch, »ich muss zu meiner Tochter zurück. Ich wünsche dir noch einen schönen Abend.«

»Nein, nein«, sagte Johannes und hob die freie Hand. »Setz dich. Bitte. Ich wollte dich nicht vor den Kopf stoßen. Du hast mich mit deinen Worten einfach nur überrascht.«

Abram setzte sich wieder. Aber als er feststellte, dass es nichts mehr zu sagen gab, ließ er sich durch die Stille und die Dämmerung und den Tee von einem Gefühl der Zufriedenheit einlullen. Es war ein willkommenes Gefühl. Von dem Moment an, als er Alisas Tagebuch gelesen hatte, war er von den Gedanken an sie vollkommen vereinnahmt und von Schuldgefühlen und zahlreichen anderen Gefühlen heimgesucht worden, die ihm das Herz bluten ließen.

Plötzlich durchbrach Johannes das Schweigen. »Düfte ich einen Moment lang unverschämt werden, mein Freund?«, fragte er.

Abram lächelte in sich hinein. »Nur zu, John.«

Johannes ließ seinen Blick in die Ferne schweifen, dorthin, wo der Himmel in diesem Augenblick in einer leuchtenden Zeremonie den Sonnenuntergang feierte. Ein Kuhhirte trieb in den letzten Sonnenstrahlen seine Herde heim. Er war ein sehr dünner Mann, mit bloßem Oberkörper, und hielt mit der rechten Hand einen Stock in die Höhe, um die Tiere leiten zu können. Während sie näher kamen, wirbelten der Kuhhirte und seine Herde eine gewaltige Staubwolke auf, die in die Höhe stieg. Die Tiere brüllten, erst nur einzelne, dann immer mehr, und bei jedem Schritt, den sie machten, läuteten die Glocken, die ihnen um die Hälse hingen. Es war das Lied des Sonnenuntergangs. Die Sonne sank tiefer und versteckte sich hinter dem Rücken des Kuhhirten, während dieser sich den Schweiß von der Stirn wischte und heimwärts marschierte, um dort seinen Durst zu stillen. Oder zumindest nahm Abram dies an. »Wie weit haben es die Kühe zu ihrer Weide?«, fragte er Johannes.

»Walter, der Kuhhirte, treibt sie immer zu dem Streifen Buschland in der Nähe des Sees.«

»Was ist für dich leichter zu verwalten – das Vieh oder die Tomatenfelder?«

Johannes seufzte tief, bevor er antwortete. »An diesem Ort ist nichts leicht«, sagte er. »Es gibt Jahre mit einem guten Sommer, und es gibt Jahre der Trockenheit. Und es kommt einem immer so vor, als wären die guten Jahre die kürzeren. Die Dürrejahre erinnern uns daran, dass hier nichts überlebt außer der Hitze und dem Staub. Hat es dir Freude gemacht, Wein anzubauen?«

Abram sah nach draußen und beobachtete Walter auf seinem Heimweg: Der Hirte gelangte in diesem Moment an eine Weggabelung, bog in die Straße ab, die zu den Quartieren der Bediensteten führte, und entfernte sich vom Herrenhaus. Auf einen Pfiff, einen Ruf und das Schwenken seines Stocks hin folgten ihm die Tiere, deren Namen er allesamt kannte, und ließen sich von ihm nach Hause führen.

»Ich habe immer gern den Geschichten gelauscht, die die Feldarbeiter erzählt haben«, sagte Abram. »Ich habe die Schönheit der Rebfelder genossen. Der Wein selbst war nichts Besonderes, nicht annähernd so gut wie das, was das Groot-Constantia-Gut keltert. Aber ich habe ihn als eine Art Vermächtnis angesehen und hatte gehofft, meine Töchter würden seinen Anbau eines Tages fortführen und ihn mit der Zeit – und einer größeren Leidenschaft – verbessern. Ich war gut, wenn es um die Finanzen ging, obwohl ich auch hier nicht gerade behaupten kann, diese Arbeit geliebt zu haben. Sie war notwendig. Aber geliebt habe ich sie nicht, glaube ich.«

»Und doch hast du sie nicht aufgegeben.«

»So wie du an diesem Ort voller Hitze und Staub nicht aufgibst. So wie alle Menschen hier nicht aufgeben.«

»Vielleicht sollten wir uns rasch zu den Goldfeldern von Johannesburg aufmachen.«

»Der Krach allein würde uns in den Wahnsinn treiben.«

»Vielleicht. Aber jetzt werden wir nie erfahren, ob es sich nicht vielleicht doch gelohnt hätte.«

»Damit kann ich leben«, sagte Abram.

»Was meine Unverschämtheit angeht, Bram: Darf ich dich fragen, warum du dich nie von Alisa hast scheiden lassen? Warum hast du all diese Jahre ihre Bitterkeit ertragen?«

Mittlerweile waren Walter und sein Vieh nicht mehr zu sehen. Sie waren am Ende ihrer Reise angelangt. Nur der aufgewirbelte Staub und die Hufspuren erinnerten daran, dass sie hier vorübergezogen waren. Der Staub tanzte im Leuchten der Abenddämmerung, zusammen mit den letzten Sonnenstrahlen, die erstarben und verblassten, um dann zum Schluss noch einmal in einem zähen Kampf aufzuflimmern. Abram empfand den Anblick plötzlich als ermüdend und wandte sich entnervt ab. Schließlich sagte er: »Ich habe sie geliebt.«

Auch wenn es nur sehr wenige gewesen waren, so hatte es doch Tage gegeben, an denen sie ihre Töchter geliebt hatte. Tage, an denen sie unter den Sternen gestanden und in die Nacht hinaus gelacht hatte. Tage, an denen sie zu ihm gesagt hatte: *So, wie ich bin, so will ich nicht sein*. Abram spürte, wie ihm die Tränen in die Augen stiegen. »Ich habe sie geliebt«, wiederholte er.

Johannes kehrte ihm den Rücken zu und kramte in der Schublade eines Schränkchens, das neben seinem Sessel stand. Als er sich wieder umdrehte, hatte er einen neuen Tabakbeutel in der Hand. Er klopfte die Asche aus seiner Pfeife, stopfte sie mit dem frischen Tabak, hustete und zündete sich mit zitternder Hand die Pfeife an. »Und sie?«, fragte er, nachdem er einen Zug genommen hatte. »Was war der Grund dafür, dass sie nicht gegangen ist?«

»Sie hätte sich von mir scheiden lassen können, ja. Und vielleicht wollte sie das auch. Aber wo hätte sie dann hingehen sollen?«

Mittlerweile hüllte die abendliche Dunkelheit sie ein, doch Abram konnte immer noch den nachdenklichen Ausdruck in Johannes' Augen erkennen. »Ihr wart unwiderruflich miteinander verbunden.«

»Ja«, murmelte Abram. Es hätte natürlich noch mehr dazu zu sagen gegeben. Alisas Traurigkeit war wie eine Krankheit gewesen. Sie war in Zyklen gekommen, wie die Jahreszeiten oder die Phasen des Mondes. Den einen Tag war sie glücklich gewesen und hatte vor Freude Luftsprünge gemacht. Am nächsten Tag hatte sie sich geweigert, die Dunkelheit ihres Zimmers zu verlassen. Also waren auch Abrams Gefühle in Zyklen verlaufen: Er liebte und hasste sie. Und sie, die sie in der Falle ihres eigenen Wahnsinns gefangen war, liebte und hasste ihn ihrerseits. Sie war leichter zu verstehen, wenn man sie aus dieser Warte betrachtete. Das hätte er zu Johannes sagen sollen. Aber diese Dinge gehörten allein ihm und Alisa, und auch Dido, die den Schmerz ihrer Mutter in ihrer Haut und ihrem Herzen trug und in einem kleinen schwarzen Buch mit verbranntem Rücken. Es war nicht recht, diese Dinge mit Johannes zu teilen. Sie waren heilig. Johannes würde sie mit seinem Hass vergiften.

Es klopfte an der Tür, und Josephina trat ein. Sie hatte eine Laterne in der Hand, die sie auf die Fensterbank stellte. »Ihr Essen ist serviert, Baas«, sagte sie. »Und Ihres auch, Sir.«

»Danke, Josephina«, sagten die beiden Männer gleichzeitig.

»Ist Dido zurückgekehrt?«, fragte Abram.

»Ja, Sir. Gerade erst.« Sie machte einen flüchtigen Knicks und verließ dann den Raum.

»Also gut«, sagte Johannes und stand auf. Er nahm die Pfeife aus dem Mund. »Ich nehme an, morgen wird ein weiteres Telegramm eintreffen. Bis zum Ende der Woche ist die ganze Geschichte in trockenen Tüchern. Ich denke, du wirst wie geplant abreisen können. Wenn das alles wäre, Abram, dann würde ich mich jetzt gerne meiner Mahlzeit widmen.«

Abram erhob sich ebenfalls. »Danke für deine Hilfe, John«, sagte er. Und mit diesen Worten verließ er den Raum und ging zur Küche.

»Oh, Papa!«, rief Dido, als sie ihn eintreten sah. »Jetzt siehst du wieder gut aus!«

Abram kicherte. »Findest du?«

»Ja.« Sie lächelte. Ihre Haut war an manchen Stellen dunkler als an anderen. Von Schlamm und Staub, wie Abram klar wurde. Es geschah oft, dass sie von oben bis unten mit Schmutz überzogen war, wenn sie nach Hause kam. Und oft musste Abram sie dazu überreden, ein Bad zu nehmen, denn nach dem Abendessen schlief sie schon bald ein. Und immer bettelte sie dann: »Bitte, Papa, lass mich doch erst ein bisschen schlafen. Dann bade ich auch ganz bestimmt.«

»Wenn du mit dem Essen fertig bist, dann nimm doch bitte sofort ein Bad«, sagte Abram. »Sonst wird das Wasser kalt.« Er setzte sich neben sie, kitzelte sie unter den Achseln und sagte: »Das kalte Wasser wird dir auf der Haut kribbeln, hier und da und da und da und da auch, und dann wirst du mir nichts, dir nichts zum Eisklotz.«

Dido lachte, wand und verrenkte sich und versuchte, ihm zu entwischen. Doch vor lauter Lachen schaffte sie es nicht, und er fand noch mehr Stellen, an denen sie kitzelig war, sodass sie in ein noch heftigeres Lachen ausbrach. »Bitte, Papa, bitte, hör auf!«, sagte sie. »Ich gehe ja. Ich verspreche es.«

»Also gut«, sagte er und griff nach dem Besteck, das Josephina für ihn gedeckt hatte. »Aber vergiss nicht: Falls du dein Versprechen brichst, werde ich dich aus dem Schlaf kitzeln!«

»Das würdest du nicht tun!«

»Du wagst es, mich herauszufordern?«, sagte er. Doch es gelang ihm nicht, das Lächeln aus seinem Gesicht und das Lachen aus seiner Stimme zu verbannen.

Dido lächelte so breit, dass man fast alle ihre Zähne sehen konnte, und schüttelte den Kopf. »Nein.«

»Gut. Und jetzt erzähl mir, was du heute gemacht hast.«

Sie stürzte sich in eine Geschichte über eine Wassergöttin namens Mamolapi, von der es hieß, sie sei teils Fisch, teils Mensch.

»Wie eine Meerjungfrau?«, fragte Abram.

»Ja. Aber Mamolapi lebt im Fluss, nicht im Meer. Sie hat viele Kinder. Aber diese Kinder wurden ihr alle gestohlen, weißt du. Seitdem sucht sie nach ihnen. Wenn sie etwas entdeckt, das wie Wasser aussieht, zum Beispiel ein Haus mit einem Dach aus Wellblech, das im Licht der Sonne leuchtet, dann wird Mamolapi dieses Haus zerstören, weil sie glaubt, die Leute darin hätten ihre Kinder gestohlen und würden sie dort in dem vorgetäuschten Wasser verstecken.«

Er hörte zu, während die Geschichte von Mamolapi in die Geschichte eines Monstermannes namens Mphukudu überging – ein großer, bleicher Mann, der Menschen raubte, die niemand je wiedersah – und dann in die tragische Geschichte eines Mädchens und ihrer aufsässigen Schwester, deren Namen Abram sofort wieder vergaß. Und so ging es immer weiter und weiter, mit einer derart mühelosen Hingabe, wie nur Dido sie aufbringen konnte.

Wie gewöhnlich verschmolzen ihre Worte miteinander, ohne Punkt und Komma und ohne sich dem Zwang irgendwelcher Regeln zu beugen. Alles, was sie sagte, verschmolz zu einem einzigen langen Wort, und sie hielt nur inne, um Luft zu holen. Vielleicht dachte sie ja, ganz wie ihre Mutter, dass irgendwann eine Zeit kommen würde, in der ihr die, die ihr jetzt noch zuhörten, nicht mehr zuhören würden und dass sie ihre Zuhörer daher in ihren Bann ziehen musste, solange sie noch die Gelegenheit dazu hatte.

Abram lauschte, während sie die Legenden, von denen sie erzählte, behutsam mit ihrer eigenen Fantasie verwob. »Das ist alles sehr faszinierend«, sagte sie und schwieg einen Moment, um sicherzugehen, dass er auch zuhörte. »Warte, ich erzähle dir, was Mamolapi sonst noch alles kann.«

Er nickte. Sie wandte sich kurz ihrem Teller zu und bestand dann plötzlich darauf, dass sie ihm, bevor sie weiter von Mamolapi erzählte, unbedingt, absolut *unbedingt* die verschiedenen Methoden aufzählen musste, anhand derer man erkennen konnte, ob eine Heuschrecke essbar ist oder nicht.

»Es gibt da einen Ameisenhügel«, sagte sie, »drüben am Flussufer, aber eigentlich ist es gar kein Ameisenhügel, sondern einfach nur eine Stelle, an der es Termiten gibt. Und dort, ganz in der Nähe, sagt Justice, kann man die leckersten Heuschrecken finden. Morgen gehen wir hin, und er zeigt mir, wie man sie fangen kann. Er sagt, das sei ganz einfach, aber er hat auch behauptet, er könnte einen Affen fangen, und das war gelogen. Nicht einmal Maleka kann einen Affen fangen. Maleka kann sehr schnell laufen, weißt du.« Dann entschied sie, dass sie zu müde war, um noch weiterzuerzählen, gähnte und sagte: »Papa, ich glaube, ich bin jetzt müde. Und ich muss noch baden. Ist es in Ordnung, wenn wir morgen weiterreden?«

»Soweit ich weiß, fangen Geschichten nicht an zu schimmeln, wenn man sie nicht sofort erzählt.«

»Ich verspreche, dass ich mir merke, was ich dir schon erzählt habe und was noch nicht.« Sie glitt von ihrem Stuhl herunter, küsste ihn auf die Wange und sprang davon, um ihr Bad zu nehmen. »Gute Nacht!«, rief sie noch, bevor ihre kleine Gestalt durch die Küchentür verschwand.

»Gute Nacht!«

Als diese Worte verhallt waren, blieb Abram in einer Stille zurück, die nur von dem Zirpen der Grillen unterbrochen wurde, das gelegentlich aus der Dunkelheit herüberschallte. Er aß den Rest seines Abendessens – Brathähnchen und Kartoffeln – mit Genuss auf und trat dann in die Dunkelheit hinaus. Hier und da schallte der Ruf einer in der Nähe verborgenen Eule durch die Nacht, und in der Ferne funkelten die Sterne. Ein Wechsel der Jahreszeiten kündigte sich an. Die Welt drehte sich weiter, und mit jeder Drehung gingen die Sterne auf und wieder unter.

Abram stellte sich in die Nähe des Marulabaums und schaute und lauschte in die Dunkelheit. In den tiefen Schatten regte sich das nächtliche Leben. Es brummte und jaulte und sang sein Elend hinaus, sein Elend, seine Freude und seine Geheimnisse. Es versteckte sich scheu, es kroch und krabbelte, und es sang das Lied der Nacht. Und immer noch funkelten die Sterne über ihm, und der Mond wanderte über den Himmel, von einem Horizont zum anderen, und folgte der Sonne auf ihrem Pfad. Doch sein Licht reichte nicht aus, um die Wesen zu enthüllen, die im Verborgenen krochen und krabbelten.

Von den Hütten, in denen die Bediensteten wohnten, stieg Rauch auf. Er trug den Geruch von Gewürzen, Wurzelgemüse und anderen Zutaten mit sich, die die Bewohner in ihre Töpfe geworfen hatten. Abram fragte sich, ob auch die Farmarbeiter dem nächtlichen Leben lauschten und sein Lied hörten oder ob sie sich für solch triviale Geheimnisse nicht interessierten.

Aber eigentlich war ihm das gleich. Er wollte die Stimmung

und den Rhythmus in sich aufnehmen, von denen dieser Ort erfüllt war. Er wollte die Geheimnisse einatmen, die untrennbar mit all jenen Wesen und Elementen verwoben waren, die aus diesem Flecken Erde hervorgegangen waren, Geheimnisse, die ihnen über die Jahrhunderte hinweg in einem ewigen Zyklus gegeben und genommen und wiedergeschenkt wurden. Er schloss die Augen und lauschte den Geräuschen der Nacht: dem leisen Läuten einer Kuhglocke, der Stimme einer Frau, die ihre Kinder zum Essen rief, dem Flattern und Flirren und Treiben eines jeden Geschöpfs.

Es waren simple Dinge, die sich ihm hier offenbarten, Dinge, wie sie das Leben mit sich brachte, Erinnerungen, Echos aus seiner Jugendzeit. Flüchtige, wunderschöne Erinnerungen, die ihm zu entgleiten drohten. Seine Gedanken kehrten zu Alisas Tagebuch zurück. Es kam ihm vor, als habe sie ihn verkrüppelt. Ja, es stimmte, er hasste sie. Aber was diese verkohlten, verschmierten Seiten nicht sagten – denn jene Geschichten hatte dasselbe Feuer gestohlen, das auch sie gestohlen hatte –, war, dass er sie gleichzeitig liebte. Selbst zum Schluss hatte er sie noch geliebt. Aber sie war tot. Er konnte ihr diese Dinge nicht mehr sagen. Sie war tot.

Allein und im Schutz der Dunkelheit geborgen, hielt Abram die Tränen nicht länger zurück, die ihm in die Augen tragen. Er schloss die Augen und hob die Hände zum Himmel. »Verzeih mir, Alisa«, flüsterte er. »So wie ich bin, so will ich nicht sein.«

Die Tränen flossen ungestüm an seinen Wangen herab und gruben sich mit ihrer Hitze und ihrem Salz in seine Haut. Eine Weile – er wusste nicht, wie viel Zeit verstrich, aber es dauerte sehr viel länger als ein Herzschlag – blieb er dort unter dem Baum stehen und ließ seinen Tränen freien Lauf.

Der Schmerz überwältigte ihn. Schmerz, Schmerz und noch mehr Schmerz. Sein Herz blutete und blutete immer weiter. Es fühlte sich an, als würde es nie ein Ende nehmen. Abram versuchte, jene Dinge aus seiner Jugend festzuhalten, die ihm zu entgleiten drohten. Sie entzogen sich ihm. Sie wirbelten durch die Nacht, verschmolzen mit ihr, entflohen seinem Gedächtnis – trieben immer weiter fort, außerhalb seiner Reichweite, zusammen mit dem Rauch und den Geschöpfen, die im Verborgenen krochen und krabbelten.

Er konnte die Erinnerungen nicht fangen. Er konnte sie nicht noch einmal durchleben, und er konnte sie auch nicht zuunterst in seinen Koffer packen, unter seine Kleider und Dokumente, die er schon für die bevorstehende Reise verstaut hatte. Also atmete er tief ein und spürte, wie die Tränen versiegten. Er senkte die Hände und wischte sich die Tränen aus dem Gesicht. Für einen kurzen Moment spürte er, dass ihn jemand beobachtete. Doch als er sich umdrehte, war niemand da. Sein Herz klopfte schneller. Als er sich erneut umdrehte, sah er Dido in der Tür stehen.

Sie kam zu ihm gerannt, und er hob sie hoch und schloss sie in seine Arme. Schlaftrunken barg sie ihren Kopf in der Rundung seines Halses und gähnte, doch sie blieb wach.

Zusammen starrten sie schweigend in den Nachthimmel hinauf und sahen zu, wie Orion, der Jäger, vom Horizont verschlungen wurde und wie das Kreuz des Südens hinaufstieg und die baldige Ankunft einer kälteren Jahreszeit verkündete. Als es immer später und später wurde und die Luft immer kühler, setzte Abram seine Tochter sanft auf die Erde und nahm ihre Hand. Zusammen gingen sie zu ihrer Hütte hinüber, um ihren müden Knochen ein wenig Ruhe zu gönnen.

Die Geschichte der Regenkönigin

Bram und das Mädchen standen am Fenster. Johannes hatte sich große Mühe gegeben, die Kleidung zu beschaffen, die das Mädchen jetzt trug: ein weißes Hemd und Jacke und Hose, die fast dieselbe Farbe hatten wie ihre Haut. Wenn er sie nicht kennen würde, hätte er sie für einen Jungen halten können. Sie lächelte, als er den Raum betrat. Es war ein angespanntes, aber dennoch hübsches Lächeln. »Guten Morgen«, sagte er.

Bram und das Mädchen grüßten im Chor zurück. Als Nächstes brachte Bram hastig eine Dankes- und Abschiedsrede hervor: »Das war's dann, wie man so sagt. Du bist uns ein echter Freund gewesen, John, ein echter Freund in der Tat. Wir wollen dir jetzt unseren Dank sagen, und dann müssen wir aufbrechen.«

Johannes verspürte plötzlich ein unwiderstehliches Verlangen nach seiner Pfeife. Er ging zu der Schublade hinüber, holte sie heraus und zündete sie mit großer Geduld an, so wie er das immer tat. Er spürte, wie die Augen seiner Gäste unverwandt auf ihn gerichtet waren, vielleicht voller Bewunderung, vielleicht auch voller Abscheu. Es war ihm egal. Das Einzige, wonach es ihn verlangte, war die Erleichterung, die ihm jenes erste Rauchwölkchen verschaffte. Nachdem ihm diese endlich vergönnt war, sagte er zu Bram: »Ich bin froh, dass ich helfen konnte, alter Freund. Ich nehme an, es ist gewährleistet, dass ihr die Grenze sicher überqueren könnt und dass euch dort drüben jemand erwartet.«

»O ja«, sagte Bram. »Gloria und die Nonnen sind uns eine große Hilfe gewesen. So wie du natürlich auch.«

»Ich nehme an, du hast entschieden, wohin ihr gehen werdet.«

»Noch nicht.« Bram legte den Arm um die Schultern des Mädchens und schien sie dazu aufzufordern, etwas zu sagen. Zumindest kam es Johannes so vor.

Das Mädchen sagte in ihrem Singsang: »Vielen Dank, Mr Joubert. Sie sind sehr freundlich zu uns gewesen, so freundlich …«

Johannes lachte erstaunt. »Freundlich, sagst du?«

»Nun ja«, fuhr sie fort, während ihre Stimme ein wenig zitterte. »Sie haben mir die Geschichte der Regenkönigin erzählt. Und Sie haben sie gut erzählt, Sir. Ich habe mich darüber gefreut.«

Das Mädchen sah aus, als spreche es im vollen Ernst. Johannes verspürte ein seltsames Glücksgefühl bei diesen Worten. »So wie ich das in Erinnerung habe«, sagte er, »haben wir gerade in dem Moment aufgehört, als die Geschichte in eine Sackgasse geraten war. Darf ich fragen, ob sich deine Meinung zu diesem Thema geändert hat?«

»Das weiß ich noch nicht so recht. Kann ich Ihnen auch eine Frage stellen?« Während sie sprach, stieg sie mit dem rechten Fuß auf ihren linken Fuß, legte den Kopf schief und sah Bram an. Vielleicht wollte sie sein Einverständnis einholen, doch das würde Johannes nie erfahren. Alles, was er sehen konnte, war das wachsende Interesse des anderen Mannes an ihrer Unterhaltung.

»Das kannst du«, sagte Johannes, nachdem er einen Zug aus seiner Pfeife genommen hatte.

»Hat der Häuptling seine Tochter jemals wiedergesehen?«

Johannes sah Bram an. »Hast du einen Moment Zeit, alter Freund? Es wäre besser, wenn ihr euch setzen würdet.«

Bram nickte dem Mädchen zu, und sie setzten sich beide hin, wobei das Mädchen sich auf den Schoß ihres Vaters setzte. »Aber wir dürfen den Zug nicht verpassen«, sagte Bram.

Johannes nahm seinen Platz neben der Pfeifenschublade ein, schlug das linke Bein über das rechte, legte die freie Hand in den Schoß und räusperte sich. »Mach dir da mal keine Sorgen, mein Freund«, sagte er. Und an das Mädchen gewandt sagte er: »Wo waren wir stehen geblieben?«

»Sie haben mir erzählt, dass die Magie der Königin ihr nicht in das Tal ihres Vaters folgen konnte«, sagte das Mädchen. »Und Sie haben auch erzählt, dass der Vater der Königin dem Tode nahe war. Und dann haben wir … äh … dann sind wir in eine Sackgasse geraten. Sie haben mich gefragt, ob ich die Geschichte verstanden habe.«

»O ja, ich erinnere mich«, sagte Johannes. »Ich nehme an, ich sollte an dieser Stelle weitermachen: Nachdem ich den Häuptling getroffen hatte, verließ ich sein Tal. Ich ging in den Süden, wo seine Tochter regierte. Dort kam ich in ein anderes Tal, das dem Tal des alten Häuptlings sehr ähnlich war. Die einzige Währung, die das dortige Volk benutzte, war ihr Vieh, und auf diesem Wege knüpften diese Leute auch ihre gesellschaftlichen Bande. Es waren einfache Menschen, deren Hütten aus Dung und Schlamm gebaut waren. Doch ihre Felder waren üppig. Ich traf mich mit dem Häuptling dieses Tals. Er war ein jüngerer Mann, der in dem sagenumwobenen Jahr einer reichen Ernte geboren worden war. Sein Volk nannte ihn deshalb den Gesegneten. Er lud mich in seine Hütte ein, und als wir uns in ihrem

Innern befanden, fragte ich ihn nach der Regenkönigin. ›Ich bin gerade auf dem Weg zu ihr, um sie zu besuchen‹, sagte ich. Der junge Häuptling fragte, was ich über die Königin wisse. Voller Stolz erzählte ich ihm die Geschichte, die mir der ältere Häuptling aus dem Norden erzählt hatte. ›Sehen Sie, guter Mann‹, sagte ich, ›ich weiß eine Menge über sie. Ich möchte sie nur mit eigenen Augen sehen und Zeuge ihrer Wunder werden.‹

Der Häuptling lachte. Ich muss zugeben, dass ich einen kurzen Moment lang dachte, er sei verrückt. Dann hörte er genauso abrupt zu lachen auf, wie er angefangen hatte, stampfte mit seinem Häuptlingsstab auf die Erde und reichte mir eine Münze. Es war ein Zweischillingstück, das im Jahr 1849 geprägt worden war. Auf der einen Seite war das gekrönte Haupt Königin Viktorias zu sehen und auf der anderen vier Wappen.

Der Häuptling zeigte auf Königin Viktoria und sagte: ›Mir sind Geschichten über diese Frau erzählt worden. Von Männern wie Ihnen, von Missionaren und Jägern. Man behauptete, dass diese Frau, die Ozeane von mir entfernt und mir vollkommen unbekannt war, mit großer Tatkraft daran arbeite, mich aus Schmutz, Unwissenheit und Barbarei zu erretten. Nun sagen Sie mir, werter Besucher, haben Sie sich mit dieser Frau getroffen? Hat sie Ihnen diese Mission übertragen?‹

Aufgrund dieser Worte gelangte ich zu der Überzeugung, dass sein Volk ihn besser verrückt statt gesegnet nennen sollte. Ich dankte ihm für seine Gastfreundschaft und bat, mich verabschieden zu dürfen. Aber er stampfte erneut mit seinem Stab auf die Erde und sagte: ›Ich werde Ihnen einen Führer mitgeben, der Sie zum Regenvolk bringen wird, wenn es das ist, was Sie wollen.‹ Als ich sah, dass er wieder freundlich war, brachte ich mein Bedauern darüber zum Ausdruck, so schnell verärgert gewesen zu sein. ›Ich bin kein Engländer‹, erklärte ich. ›Wenn man mich für einen solchen hält, empfinde ich das als Beleidigung.‹

Danach saßen wir noch sehr lange zusammen. Ich merkte, dass er ein Mann war, der leicht zum Lachen zu bringen war. Als es an der Zeit war, verabschiedete ich mich von ihm. Und eine Woche später gelangte ich an mein Ziel – das Reich des Regenvolks. Die Regenkönigin empfing mich huldvoll in ihrem Thronsaal. Selbstverständlich fragte ich sie nach ihrem geheimnisvollen Talent, Regen zu schenken. Ich nehme an, es war ebenso selbstverständlich, dass sie daraufhin nur höflich lächelte und mir sagte, dies sei ein Geheimnis, das nur ihr eigenes Volk kennen dürfe. Als Nächstes fragte ich sie, ob sie ihren Vater vermisse, ihre Heimat und ihr Volk und alles, was sie gewesen war, bevor sie ihren Thron bestiegen hatte.

Sie fragte mich: ›Welcher Vater? Welche Heimat? Welches Volk? Welche Geschichte über meine angebliche Tragödie hat Sie veranlasst hierherzureisen?‹ Bestürzt fragte ich sie, ob sie denn in den Jahren, die auf ihre Entführung folgten, die Einzelheiten ihres früheren Lebens vergessen habe. Aber sie wollte erneut wissen: ›Welches Leben meinen Sie?‹ Daraufhin erzählte ich ihr die Geschichte, die mir der alte Häuptling erzählt hatte. Die Königin nickte nachdenklich. Dann breitete sich ein Schweigen zwischen uns aus, das immer länger und länger wurde. Und gleichzeitig wuchsen und wuchsen meine Zweifel.

Sie betrachtete mich voller Mitleid, als wollte sie mir mit ihrem Blick eine tiefgründige Weisheit vermitteln. Die Ruhe, mit der sie meiner Verwirrung begegnete, verunsicherte mich, und ihre Hoffnung, dass ich ihre stumme Nachricht verstehen würde, ängstigte mich. Also saßen wir dort, unberührt vom Geschehen der Welt, für eine Zeit, die sich wie eine Ewigkeit anfühlte.

Doch nach einer Weile, inmitten dieser unheimlichen Stille, wurde ich endlich aus dem langjährigen Nebel meiner Unwissenheit gerissen. Als sie sah, wie die Erkenntnis der Wahrheit mein Gesicht veränderte, lächelte sie wissend. Es war das erste Mal, dass ich auf ihrem Gesicht einen solchen Ausdruck sah. Es war wunderschön, so schön und so selten wie die Gabe, die ihr zu eigen war. Ich war wie verzaubert von ihrem geheimnisvollen Wesen und nickte, um zu zeigen, dass ich begriffen hatte.

Dann verließ ich ihr Tal. Auf der Heimreise überquerte ich die Berge, in denen der junge Häuptling herrschte. Ich dankte ihm für seinen weisen Rat und reiste weiter zu dem alten Häuptling, dem ich ebenfalls dankte. Und so endet die Geschichte … soweit ich weiß.« Als er geendet hatte, stellte er fest, dass sowohl Bram als auch das Mädchen von seiner Geschichte gefesselt waren.

»Diese Reise, die du da unternommen hast, John«, fragte Bram, »war das, bevor oder nachdem ich Alisa geheiratet habe?«

»Danach.«

»Und hast du dort Josephina gefunden?«

»Ja.«

»Warum hast du mir das nie erzählt?«

Nachdem Johannes und Bram sich zerstritten hatten, war Bram zusammen mit seiner Frau in den Norden gereist. Johannes war ihnen gefolgt und ebenfalls in den Norden gegangen. Er wollte verstehen, warum Bram so leichtfertig eine Freundschaft verraten konnte, die so viel überstanden hatte, eine Freundschaft, die selbst ein Krieg, die Hindernisse politischer, ideologischer und religiöser Überzeugungen und noch so unendlich viel mehr nicht hatte zerstören können. Johannes hatte versucht, alles nachzumachen, was Bram unternahm, denn er glaubte, wenn er ihn auch nur für eine Sekunde verstehen könnte, würde das den Schmerz, ihn zu verlieren, erträglicher machen.

Johannes war tief in das Wesen Afrikas eingetaucht. Und hatte dabei festgestellt, dass er diesen Ort liebte. Als Erstes versuchte er es mit der Jagd, musste jedoch erkennen, dass ihm das ganz und gar nicht zusagte. Danach vertiefte er sich in den Weinanbau und in das Kaufmannswesen und in die Geschichtswissenschaft und lauter andere Dinge, in die sich auch sein Freund vertieft hatte. Im Laufe dieser zahlreichen Vertiefungen war er mehreren Ureinwohnern begegnet, die er später in seinen Dienst nahm, so wie es auch Abram getan hatte. Dann, als er befand, sich nun genug vertieft zu haben und dass es an der Zeit sei, wieder in sein eigenes Selbst zurückzukehren, dachte er über sein gebrochenes Herz nach und stellte fest, dass es sich noch nicht gebrochen genug anfühlte. Es musste noch sehr viel mehr schmerzen. Schließlich begriff er, dass er ein Mann war, der einen anderen Mann liebte. Ein Mann, der, obwohl er einen anderen Mann liebte, dennoch erkannte, wie verwerflich das war.

Und weil Johannes niemals von einer einmal gefassten Überzeugung oder einem einmal geschmiedeten Plan abwich, beschloss er, sich in ein neues, ganz eigenes Unterfangen zu vertiefen. Er verbannte sich in das Transvaal und widmete den Rest seines Lebens der Buße. Bram konnte er das alles natürlich nicht erzählen. Schließlich war Bram derjenige gewesen, der ihre Freundschaft zerstört hatte. Er würde es nicht verstehen.

Aber trotz seiner Entschlossenheit spürte Johannes, wie ihn die in zahllosen Jahren angewachsene Trauer unter sich begrub und ihn so kalt und bloß und allein zurückließ wie einen leeren Himmel. Er sog den Pfeifenrauch tief ein und sagte dann lediglich: »Weil ich es so wollte.« Er hätte gern noch mehr gesagt. Er fühlte sich wie ein Mann an der Schwelle zu einer Offenbarung. Sie war greifbar, aber weil er ein Dummkopf oder ein Feigling war, ließ er sie entschlüpfen. Diese Gelegenheit würde nie wiederkehren, das wusste er. Aber er konnte nichts dagegen tun. Verzweifelt, voller Angst und in der vergeblichen Hoffnung, er könne Bram mit seinen Worten auf alle Zeiten in dem Gewirr aus Banden festhalten, das sie verknüpfte, fügte er hinzu: »Die Dinge sind nicht immer so einfach, wie du sie darstellen willst, Bram. Wir müssen gewisse Regeln befolgen, wenn wir in eine neue Zeit eintreten und dabei die Chance bewahren wollen, als unabhängiges Land mit einem zivilisierten Volk zu existieren. Die Welt ist gespalten, nicht durch dich und mich und auch nicht durch die Machthabenden. Es war die Natur, die sie gespalten hat.

Die Trennlinie, die zwischen einem Elternteil und einem Kind besteht, und auch die zwischen Herrn und Untergebenem ist unverzichtbar und darf nicht aufgehoben werden. Auch wenn wir mit überlegener Intelligenz gesegnet und so zivilisiert sind, wie es nur möglich ist, so sind wir doch eine Rasse, die sich einer existenziellen Bedrohung gegenübersieht. Es ist unsere Pflicht, diejenigen, die weniger Glück hatten als wir, von der Barbarei zu befreien, von ihrer Primitivität, ihrer Götzenanbetung und allen anderen Formen der Lasterhaftigkeit. Hättest du den gesamten Kontinent bereist, so hättest du das auch erkannt.

Es muss zwar ein Kontakt hergestellt werden – denn wie sonst könnte die Großzügigkeit zum Tragen kommen, zu der uns die reichlichen Gaben befähigen, mit denen wir gesegnet wurden –, doch er muss auf den kleinstmöglichen Nenner beschränkt werden. In einer Welt, in der jegliche Trennung aufgehoben ist, in der ein Untergebener wie ein Gleichgestellter mit seinem Herrn verkehren darf – wie sollen wir in einer solchen Welt erfolgreich sein? Sag mir das, alter Freund. Man kann nicht beides gleichzeitig sein. Man muss entweder Führer oder Gefolgsmann sein, entweder ein zivilisierter Mensch oder eben nicht, und wenn man beide Rollen gleichzeitig spielen will, kann das nur scheitern. Du hättest auf mich hören sollen, Bram. Du hättest von Anfang an auf mich hören sollen. Es kann kein zweites Europa geben. Afrika muss vor der Homogenität gerettet werden«, beendete er seine Rede und nahm einen Zug aus der Pfeife, während er auf einen Widerspruch wartete.

Doch Bram nickte nur und sagte: »Dann muss ich mich aus dieser Schlacht zurückziehen, in dem Wissen, dass sogar du, John, der du mich von ganzem Herzen geliebt hast, dich am Ende von mir losgesagt hast. Aber ich danke dir dafür, dass du uns Zuflucht gewährt hast. Und ich hoffe, dass wir, wenn wir uns das nächste Mal begegnen, es immer noch als Freunde tun. Auf Wiedersehen.«

Mit diesen Worten stand Bram auf und ergriff die Hand seiner Tochter. Sie war immer noch von der Auseinandersetzung fasziniert, die gerade zu Ende gegangen war, und sagte: »Ich verstehe, Mr Joubert. Ich glaube, ich hätte auch verstanden, wenn Sie mir beim ersten Mal die ganze Geschichte erzählt hätten. Es ist eine gute Geschichte. Ein bisschen traurig, aber ich glaube, sie gefällt mir. Danke, dass Sie sie mir erzählt haben.« Sie lächelte so strahlend und unschuldig, dass Johannes sie für einen kurzen Moment ins Herz schloss.

»Und was glaubst du zu verstehen?«, fragte er sie.

Doch es war nicht das Mädchen, das antwortete, sondern sein Vater. »Es ist sehr simpel. Die Königin war sowohl Mythos als auch Wahrheit«, sagte Bram. »Der alte Häuptling war nicht ihr Vater, aber die Geschichte, die er erzählt hat, war wahr. Die Königin gehörte allen Menschen ihres Volkes und keinem von ihnen. Du, der du nur ein Durchreisender warst und dem ihre Wahrheiten daher fremd waren, wolltest nur simple Wahrheiten hören. Aber bei einer Legende gibt es nichts Unverfälschtes, und ihre Geheimnisse gehörten ihnen allein, und nicht dir. Du bist derjenige, der hätte zuhören sollen. Du bist derjenige, der nicht verstanden hat.«

»Das ist alles gut und schön«, sagte Johannes. »Aber ich möchte hören, was das Mädchen denkt.«

Didos Stirn legte sich in nachdenkliche Falten. Endlich kam sie zu einem Schluss: »Ich glaube, mein Vater hat recht.«

»Das glaubst du?«, fragte Johannes mit einem Lächeln.

»Ja, das glaube ich«, murmelte sie.

»Dann denke ich, dass wir die Dinge am Ende so sehen, wie wir sie sehen wollen, Dido«, sagte Johannes. »Du sagst, etwas kann gleichzeitig wahr und falsch sein? Ich sage, dass das nicht geht. Wer von uns beiden hat wohl recht und wer hat unrecht?«

»Ist das denn wichtig?«, fragte sie.

»Das ist es«, antwortete er. »Das ist es sehr wohl.«

Das war das Ende. Und obwohl Bram versprochen hatte, dass sie sich wiedersehen würden, wusste Johannes, dass in diesem Moment ihre Freundschaft endete. Wenn sie sich das nächste Mal sahen, dann würden sie das nicht als lebendige Männer tun, sondern als gequälte, umherirrende Geister. Oder vielleicht hatten die Theisten ja auch recht, und es gab tatsächlich einen Himmel. Vielleicht existierte irgendwo jenseits dieser Welt eine andere, bessere Welt. Und dort, inmitten der Sterne, würden sie sich vielleicht wiedersehen.

Er hatte das Gefühl, noch etwas sagen zu müssen. Aber er spürte, dass er es nicht konnte. Der Blitz der Erleuchtung, der ihn durchfahren hatte, verflüchtigte sich, schneller und immer schneller, in tiefste Tiefen hinein, die zu erkunden er niemals wagen würde. Er räusperte sich. »Auf Wiedersehen«, sagte er.

»Auf Wiedersehen«, sagten Bram und das Mädchen.

Und so geschah es, dass Johannes von einem Moment auf den anderen die Zeit ausging.

An der Weggabelung

In Abrams Augen funkelten Tränen, doch sie blieben ungeweint. Er hatte sich zu einem günstigen Zeitpunkt seiner Jugend in Südafrika niedergelassen. Er hatte das Land geliebt. Und eines Tages war er plötzlich gezwungen gewesen, all diese Zufriedenheit und das Glück, das er dort empfunden hatte, zurückzulassen, und hatte nur seine Tochter und die wenigen ausgewählten Dinge mitnehmen können, die Alisas Feuer nicht zum Opfer gefallen waren.

Wenn man aus einem Ort fliehen muss, dann ist das so, als würde man das eigene Herz mitsamt seinen Wurzeln ausreißen und es achtlos in salzige Erde pflanzen, dort, wo nichts mehr wächst. Das war es, was er in diesem Moment fühlte. Er ging zu dem wartenden Auto hinüber, während er Didos Hand in der seinen hielt. Der Fahrer begrüßte sie mit einem Lächeln und versicherte ihnen, dass er ein guter und verlässlicher Fahrer sei. Josephina schloss Dido in die Arme. Dann löste sie sich aus der Umarmung, klagte darüber, wie dunkel Didos Haut geworden sei, und fügte hinzu: »Du wirst mir fehlen, Dido. Ich werde dich nicht vergessen.«

»Sie werden mir auch fehlen.«

»Sei nicht traurig«, fuhr Josephina fort. »Geh nicht mit wehem Herzen. Vergifte dir deinen Weg nicht mit Tränen.«

Die Abschiedsszene wurde plötzlich von den beiden Jungen unterbrochen, mit denen Dido sich angefreundet hatte – Justice und Maleka. Sie waren ganz außer Atem, weil sie gerannt waren. Daraufhin sagte Josephina: »Siehst du, wie sehr du geliebt wirst, Dido? Wie viel Freude du uns gebracht hast und welchen Schmerz deine Abreise uns bereitet?« Josephina wandte sich Abram zu. Ihr Gesicht wurde ernst, und sie senkte scheu den Kopf. »Möge der Weg, der vor Ihnen liegt, ein leichter sein, Sir«, sagte sie.

»Und mögest du ein leichteres Leben führen, Josephina«, sagte er.

Maleka und Justice, denen die Angst vor Abram und ihre Traurigkeit die Sprache verschlagen hatte, winkten einfach nur. Schließlich sagten sie noch: »Hab eine gute Reise!«

Dido winkte zurück. »Habt ein gutes Hierbleiben!«

Mit diesen Worten stiegen Abram und Dido endlich in das Auto ein. Als sich die Tür schloss, flüsterte Abram: »Leb wohl, John. Ich werde dich vermissen.«

Doch Johannes stand hinter dem Fenster seines Arbeitszimmers, rauchte seine Pfeife und blies den Rauch auf die Fensterscheibe, wodurch er das Glas beschmutzte, sein Blickfeld vernebelte und seine ohnehin schon angegriffene Kehle noch stärker reizte. Er konnte Abram unmöglich gehört haben. Das Auto fuhr los, beschleunigte und bog an der Weggabelung auf den Schotterweg ab, der von der Farm wegführte.

Im Westen, so hatte Dido erzählt, gab es einen Termitenhügel, und hinter dem Termitenhügel lag ein Feld, wo man die fettesten Heuschrecken finden konnte. Hinter dem Feld, so hatte sie gesagt, stand ein namenloser Baum, wo ein Mann wohnte, der so riesig war, dass man sein Gesicht nicht sehen konnte. Man sagte, er könne mit dem Kopf die Wolken berühren.

»Er ist ein Geistermann, weißt du«, sagte Dido, während ihre Augen umherhuschten, als fürchtete sie, das Gespenst könnte in der Nähe sein. »Seine Haut ist grau vor Tod, seine Augen sind schwarz vor Bosheit, und seine Zähne sind rot vor Blut. Er frisst Kinder. Maleka hat gesagt, ich solle auf keinen Fall in die Nähe dieses Ortes gehen. Er hat gesagt, ich solle den Blick von diesem Ort abwenden.« Hastig wandte sie die Augen von jenem berüchtigten Ort ab, damit der Geistermann nicht glaubte, sie wolle ihn herausfordern, und seinen bösen Blick auf sie warf.

***

In den Bäumen und Höhlen in der Nähe des Flusses lebte eine Gruppe von Tieren, die von allen nur die Flussaffen genannt wurden. Nicht weit davon, am Fuß des Berges, gab es eine Weggabelung, und wenn man dort nach rechts abbog statt nach links, kam man an einem einsamen Jakarandabaum vorbei, der jedes Jahr sehr spät blühte – wie alles an diesem Ort –, und wenn man dem Pfad weiter folgte, gelangte man schließlich zu einem heiligen Affenbrotbaum.

In der Nähe dieses Baums stand ein Mann. Der Mann fand, der Baum sehe so aus, als stünde er auf dem Kopf. Seine dünnen, hungrigen Äste krallten sich in den Himmel wie Wurzeln. Der Mann litt unter einer motorischen Sprechstörung, die ihm die Aussprache von R-Lauten erschwerte. Er hätte den Baum lieber anders beschrieben, um das Wort »Wurzeln« zu vermeiden, aber ihm fiel kein anderes Wort ein. So ein Baum war eine ziemlich heikle Sache, aus zahllosen anderen Gründen.

Zum Beispiel – und zu diesem Thema hatte der Mann zahlreiche Debatten geführt – konnte man nicht *hinter* einem Baum stehen, da der Baum ja gar keine Vorderseite hatte. Aber jetzt, in diesem Augenblick, das musste er zugeben, stand er vielleicht tatsächlich hinter dem Baum.

Von Süden her kam ein Auto gefahren, über den Schotterweg, der von der Joubert-Farm herführte. Für gewöhnlich kam aus dieser Richtung eine Gruppe von etwa fünf Kindern. Die Kinder bogen an der Weggabelung immer nach links ab und folgten dem Pfad zum Fluss, wo es die verlockende Aussicht gab, die berühmten Flussaffen zu Gesicht zu bekommen. Aber an diesem Vormittag erwartete der Mann ein Auto, dessen Passagiere ein weißer Mann und ein Mulattenmädchen waren. Zumindest hatte das der Telegrafist behauptet. »Ah«, rief der Mann, als er das Auto sah. Er musste das Tal rasch verlassen. Er musste so bald wie möglich die Beamten an der Grenze alarmieren.

***

Im selben Moment waren zwei Kinder auf dem Weg zu dem Termitenhügel, um Heuschrecken zu suchen. Einer von ihnen, der jüngere, sah plötzlich einen Mann, der in diesem Moment hinter einem Baum hervortrat. Der Junge bekam Angst. Einen Moment lang blieb er wie erstarrt stehen.

Sein Bruder war verärgert, denn das passierte jedes Mal, wenn ihre Mutter sie losschickte, um etwas zu erledigen. Dann bummelte sein jüngerer Bruder stets herum. »He! Los, gehen wir weiter!«, sagte er und klatschte in die Hände. Der kleinere Junge, der den großen bleichen Mann gesehen hatte, wurde aus seinem Schockzustand gerissen. Er nickte zu dem Affenbrotbaum hinüber und sagte zu seinem großen Bruder: »Mphukudu hat sich hinter diesem Moboyo da hinten versteckt.«

Als der ältere Bruder hinsah, war der Mann verschwunden, und der kleinere Junge wurde unsicher, ob er ihn tatsächlich gesehen hatte. Ein Vogel flatterte in den Himmel auf, als wäre er von einer kreuchenden, fleuchenden Gegenwart aufgeschreckt worden. Ein weiterer Vogel folgte dem ersten, und bald war die Stille der Savanne von lauter Wesen erfüllt, die vor etwas flohen, das die Jungen nicht sehen konnten.

Da sie beide Angst bekommen hatten, rannten sie rasch nach Hause. Als sie ihrer Mutter erzählten, warum sie heimgekehrt waren, ohne eine einzige Heuschrecke zu fangen, schlug sie die Hände über dem Kopf zusammen. Dann sog sie den Atem durch ihre Zähne ein und sagte: »Also wirklich. Andere Frauen bekommen Kinder geschenkt. Ich hingegen wurde bestraft. O weh! Welche Ahnen habe ich erzürnt? Bitte sagt es mir, damit ich mir eine Kuh suchen und schlachten kann, bevor ich noch verrückt werde.« Leider war keine Kuh aufzutreiben. Stattdessen sah sie sich gezwungen, zur Hütte der Nachbarin hinüberzugehen und dort um etwas Gemüse zu bitten, das diese in einem schmalen Beet anbaute.

»Sind deine Söhne denn heute nicht zum Termitenhügel gegangen?«, fragte die Nachbarin. Die Mutter musste nun die ihr auferlegte Strafe noch einmal durchleben und der Nachbarin erzählen, was ihren Kindern angeblich widerfahren war. Als sie damit fertig war, brach die Nachbarin in ein langes und ausgiebiges Gelächter aus. »Ah«, sagte die Nachbarin, »wissen deine Söhne denn nicht, dass Mphukudu nur eine Geschichte ist, die von den Älteren erzählt wird, um den Kindern Angst einzujagen, damit sie sich nicht zu weit von zu Hause entfernen?«

Die Mutter bejahte dies und meinte, ihre Kinder müssten dies eigentlich auch wissen. Das sollten sie wirklich, ja! Aber war es nicht so, dass sie selbst, während andere Mütter Kinder geschenkt bekommen hatten, stattdessen bestraft worden war, weil sie irgendeinen unversöhnlichen Ahnen erzürnt hatte? Sie zuckte niedergeschlagen mit den Schultern und ging zum Gemüsebeet.

***

Ein ganzes Stück weiter, weit weg von der Frau, die nach Salatblättern suchte, die nicht zu viel Sonne abbekommen hatten und nicht bitter schmeckten, waren Abram und Dido in den tropischen Gürtel und dessen nebelverhangene Hänge hineingefahren. Der Nebel war so dicht, dass man nicht besonders weit nach vorn oder nach hinten sehen konnte. Samson, der Mann, der das Auto fuhr, versicherte ihnen, dass diese Art von Wetter hier in den Bergen sehr oft herrsche. Sie bräuchten sich deswegen keine Sorgen machen, sagte er. Er sei schon sehr oft unter solchen Bedingungen gefahren.

Was Abram Sorge bereitete, war jedoch nicht der Nebel, sondern die scharfen Kurven, mit denen die Straße gespickt war. Es gab sehr viele davon, und sie tauchten unvermittelt auf, und oft kam es ihm so vor, als würde das Auto am Rand des Abgrunds entlangtaumeln. In solchen Momenten wurde Samson ganz still vor Konzentration. Abram, der an Alisas düstere Prophezeiungen dachte, bekam Angst, und Dido, die in der Nähe des Fensters saß, versuchte zu erkennen, wie nah sie am Rand des Berges waren.

»Die Bäume sind so hoch, und die Blätter sind so dick«, sagte sie. »Es sieht gar nicht wie Herbst aus. Es sieht nicht wie Kapstadt aus.« Abram brummte zustimmend.

Als Samson sie schließlich aus dem Nebel herausfuhr und die Kurven aufhörten, seufzte Abram erleichtert auf, während Dido sich enttäuscht in ihren Sitz zurückfallen ließ. Die Bäume, an denen sie nun vorbeikamen, waren dünner und kürzer und ließen die herbstwelken Blätter hängen. Wie lange stehen diese Bäume wohl schon hier?, fragte Abram sich. Wie tief haben sich ihre Wurzeln mit der Erde verwoben und in den Untergrund hineingegraben? Oder waren die Wurzeln im Lauf der Zeit der Fäulnis anheimgefallen? Und wenn man diese Bäume mit den Wurzeln ausreißen und an einem anderen, weit entfernten Ort wieder einpflanzen würde, würden ihre Wurzeln genauso schnell wachsen und sich in den Boden hineingraben, oder würden sie verfaulen? Während das Auto weiterfuhr, wurden die Bäume immer dünner und dünner und immer kürzer und kürzer. Ihre Kronen wurden immer flacher, und die üppige Vegetation, die in dem eben durchquerten Tal geherrscht hatte, verschwand hinter ihnen in der Ferne. Vor ihnen erstreckte sich die trockene dürre Fläche der Savanne und breitete weit ihre Arme aus.

Hier gab es wilde Hunde und Kaninchen, Vögel, die nicht fliegen konnten, zahllose Grillen und ein paar verirrte Antilopen und Schlangen. Es waren einsame, ungezähmte Tiere, die von einem Ort zum anderen wanderten, die jagten oder gejagt wurden oder sich irgendwo ausruhten, um ihrem hitzegeplagten Fell eine Pause von der erbarmungslosen Sonne zu gönnen. Mitten in diesem kargen Ödland fanden sich Oasen des Lebens. Doch in den Gebieten, in denen Dürre herrschte, starb alles Lebendige sehr viel schneller als anderswo. Die Blätter waren brauner und welker, ganz so, als wehten die Herbstwinde hier rauer. Oder vielleicht hatte auch die Sommersonne heißer gebrannt.

Die Tiere, die es in diesen Gebieten gab, versteckten sich. Sie überließen die Ebenen den wandernden Menschen, die von da nach dort zogen – die vor etwas flohen oder nach etwas suchten. Manche trugen Schuhe an den Füßen, andere nicht, aber jeder von ihnen trottete sicheren Schrittes dahin, um der Armut zu entkommen.

Sie schleppten ihre gesamten Habseligkeiten mit sich, die sie in Papier oder Stoff verpackt und dann mit Stricken zusammengebunden hatten und die sie nun in riesigen Stapeln balancierten. Die Frauen trugen Kinder auf ihren Rücken und Paketstapel auf den Köpfen und folgten den Männern, die ihre Lasten mit den Händen trugen. Allen klebten die Kleider am Leib. Die Sonne brannte auf sie herab, bis ihnen der Schweiß und das Salz aus den Poren liefen und ihre verschlissene Kleidung durchnässten.

Sie gingen nach Süden. Abram stellte sich vor, die Männer würden in Züge steigen und zu den Minen fahren. Die Frauen würden ihnen folgen. Oder vielleicht gab es auch eine Farm in der Nähe, wo man ihnen Arbeit versprochen hatte. Das nördliche Transvaal war offenbar schon viele Jahre lang nicht besonders freundlich mit ihnen umgesprungen. Vielleicht dachten sie, in den Minen würde es ihnen besser ergehen.

Er stellte sich vor, er könne das Trippeln ihrer Füße hören, stellte sich die unwirtlichen Orte vor, die sie hervorgebracht und dann auf der salzigen Erde ausgesetzt hatten, über die sie jetzt wanderten. Er fragte sich, welche Schätze sie wohl mit sich führten und ob es sich dabei tatsächlich um Schätze und nicht um Bürden handelte. Und er fragte sich, ob sie sich wohl auch Fragen über ihn stellten.

Bemitleideten sie ihn, weil er im Gegensatz zu ihnen auf dem Weg in den Norden war? Manche reckten die Hälse, um einen

Blick in das vorbeifahrende Auto zu werfen. Doch sobald sie ihre Neugier befriedigt hatten, gingen sie weiter nach Süden, immer weiter nach Süden, an den Affenbrotbäumen und den Hügeln vorbei, und drehten kein einziges Mal die Köpfe nach dem traurigen weißen Mann um, der ein schwarzes Kind in seinen Armen hielt. Bald schon lichteten sich die dichten Reihen der Menschen, und es gab nur noch vereinzelte Nachzügler. Diese trugen weder Lasten, noch folgten ihnen Frauen und Kinder. Sie gingen mit noch rascheren Schritten und verschmolzen noch schneller mit dem Horizont als die, die vor ihnen gekommen waren. Der Umstand, dass ihr Leben von keinerlei Lasten behaftet war, beschleunigte ihre Flucht.

Schnell, viel zu schnell verschwanden sie in der Ferne.

Das Blatt des Weidenbaums

Das Blatt, das vom Wechsel der Jahreszeiten welk geworden und eben erst vom höchsten Ast herabgefallen war, trieb sanft in der Brise dahin. Es landete auf dem Teppich, den seine gefallenen Kameraden gewebt hatten.

Die Hüterin des Weidenbaums war fort. Sie war von den Flammen gestohlen worden. Ihre Pilgerfahrt war zu Ende. Für eine kurze Zeit hatte es eine andere Hüterin gegeben, die die Namen der Sterne aufgesagt hatte, so wie es die Menschen aus dem Süden taten. Zwar lebte sie noch, diese zweite Hüterin, so erzählte der Wind, doch hatte auch sie ihren Posten verlassen und war von der Straße fortgestohlen worden, die sie an weit entfernte, unbekannte Orte geführt hatte.

Ein Echo hallte herüber, ein Ruf von ihr. Es war eine Kinderstimme. Sie flehte, man möge ihr irgendwo auf der Welt Zuflucht vor einem namenlosen Volk gewähren, das sie bedrohte. Der Wind der singenden Stimmen hörte den Ruf. Er kam zufällig in diesem Moment über einen alten Hügel am Rand eines Kontinents geweht. Da er der Wind der singenden Stimmen war, hatte er die Pflicht, die Kinderstimme einzufangen, bevor sie forttrieb. Der Wind trug das Echo hierhin und dorthin, von diesem Berg zu jenem, zu den Himmeln und den Tälern und den Flüssen, zu den Bäumen, den fallenden Blättern und anderen verfaulenden Dingen, zurück und immer weiter zurück in der Zeit und dann wieder in die Gegenwart.

Die Ohren, die er suchte, waren zerstreut. Sie waren an diesem Ort und an jenem, unter dieser Erde und jener Erde, diesem Volk verpflichtet oder jenem, jedem Ort oder keinem verpflichtet, jedem Gott oder keinem Gott, zu nichts und zu allem. Der Wind wusste dies und trug die Stimme hierhin und dorthin und wieder zurück.

Geduldig ließ er die Kinderstimme an jedem Ort und in jeder Zeit erschallen, die es gab. Er nahm auch die antwortenden Stimmen in sich auf, zusammen mit dem Echo, das sie erzeugten. Er hörte ihnen zu, hörte sich jede Geschichte und jedes Gerücht an, lauschte den Namen, die man den bis dahin namenlosen Menschen gab, irgendwo auf der Welt. Er blies stärker und hob das Blatt von seiner Ruhestätte auf. Im gleichen Moment schraubte sich der Staubteufel im verbrannten Giebel des Ostflügels in die Höhe. Dort lag die Asche, eingebettet in den Sand. Der Teufel grub die Asche aus und trug sie nach Norden und nach Westen, und dann noch einmal nach Norden und Westen, an einen Ort, der früher einmal unter vielen Namen bekannt gewesen war, aber jetzt Westafrika hieß. Flüsternde Stimmen erzählten von einem Volk, das früher einmal mit diesem Ort verbunden gewesen war. Vor Jahrhunderten war es von den Strömungen des Atlantiks gestohlen und in alle Winde zerstreut worden. Den Angehörigen dieses Volks waren die Namen ihrer Ahnen verloren gegangen. Es wurde zu einem Volk der Waisen. Aber die Gebeine jener Ahnen ruhten noch immer in den Felsspalten des Landes, das ihre Wiege gewesen war.

Dorthin reiste der Wind. Er sammelte den Staub- und Ascheteufel in sich auf. Zusammen wirbelten sie durch die Dünen der Wüste, durch die Pfade der Hügel und die Strömungen der Winde, die ihrerseits an diesen oder jenen Ort wanderten. Hierhin und dorthin bahnte sich der Wind der singenden Stimmen seinen Weg. Mit leisem Flüstern und Pfeifen verkündete er sein Kommen, und alle anderen Winde hörten ihm zu. Manche von ihnen erbaten sich ein wenig von der Asche und versprachen, diese Gabe an Orte zu tragen, von denen andere Gerüchte erzählten, dass auch dort die Wiege eines Volkes gestanden habe. Der Wind dankte ihnen und wirbelte davon.

Endlich gelangte die Asche an jenen fernen Ort, an dem die trauernden Seelen der Ahnen warteten. Dort gab es eine Stätte, eine Festung, wo man verweilen und die Endlosigkeit des Meeres betrachten konnte. Das Meer dehnte sich immer weiter aus und nahm kein Ende, so wie auch die Reise der Sklaven kein Ende genommen hatte. Jemand hatte die Idee gehabt, diesem Ort einen Namen zu geben. Man nannte ihn die Pforte ohne Wiederkehr. Denn wenn man diese Schwelle erst einmal überquert hatte, würde man nie wieder hierher zurückkommen, so hieß es.

Aber man kann einem Ort keinen Namen geben. Zumindest sagte das der Wind. Ein Ort gehört sich selbst. Wenn du ihm zuhörst, wird er dir seinen Namen und seine Götter und seine Vergangenheit zuflüstern. Er ist ein Ding der Ewigkeit, und die Menschen sind so flüchtig und sterben so schnell dahin. Wie kann sich da ein Mensch dazu aufschwingen, einem Ort einen Namen zu geben? Das ist auch der Grund dafür, warum Völker, die keinen Fluss haben, keinen Flussgott haben können. Und Völker, die niemals einen Adler gesehen haben, können keinen Adlergott haben. Aber bist du jemals einem Volk begegnet, das noch nie von den Kindern des Himmelsgottes gehört hat? Oder einem Volk, das nicht irgendeine Geschichte davon erzählt, wie der Himmel entstanden ist? Die San wussten all das, sagte der Wind, aber die anderen Menschen hatten den San schon seit sehr langer Zeit nicht mehr zugehört.

Also schlüpfte der Wind durch jene Pforte, durch die Pforte ohne Wiederkehr, und traf dort auf eine Geschichte, die sich die Menschen nur noch flüsternd erzählten. Der Wind wehte durch die Pforte und wirbelte und sauste und wirbelte umher, um das uralte Volk jenes Ortes herbeizurufen.

Eine Brise kam vom Meer herübergeweht – als Willkommensgruß, sagte der Wind. Die verwobenen Stimmen riefen nun lauter, riefen heilige Worte und sangen heilige Lieder. Sie klaubten die Asche aus dem Wind. Sie wirbelten und pfiffen und zischten, bis der Wind schließlich erkannte, dass die Reise nun zu Ende und seine Aufgabe erfüllt war. Die Kinderstimme war endlich zu Hause.

Die Echos erhoben sich und verstummten wieder, ein stetiger Rhythmus. Sie brachen in Gelächter aus, in Sprechchöre und Gesänge und verkündeten ein Gewirr aus Geheimnissen, die das Blatt des Weidenbaums unmöglich kennen konnte. Vor Freude über die Rückkehr der Kinderstimme riefen sie den Namen des Kindes jeder Zeit und jedem Ort zu, den es gab, durch die flüsternden Winde hindurch, durch alle Welt, hierhin und dorthin und wieder zurück. Dort in der Ferne, auf einem alten Hügel am äußersten Rand eines Kontinents, fanden sie die Seele, die von den Flammen gestohlen worden war. Sie fanden das Kind, das mit ihr zusammen gestohlen worden war. *Willkommen zu Hause*, sagten sie. So erzählte es der Wind.

Und das Blatt des Weidenbaums, verwelkt und verdorrt, zerschlagen vom Staub und der Mühe und dem Wirbeln der Straße, ließ sich sanft zur Erde hinabgleiten. Dort fand es Ruhe.

Dank

Es hat viele Jahre gedauert, dieses Buch zu schreiben, und es bedurfte vieler Aufenthalte an fremden Flughäfen und in fremden Städten. Es war ein sehr einsamer Prozess, aber ich habe ihn keineswegs allein bewältigt. Ich möchte folgenden Personen meine tiefste Dankbarkeit ausdrücken, ohne die ich dieses Projekt nicht hätte verwirklich können:

Bridget Impey, Nadia Goetham und dem gesamten Team von Jacana dafür, dass sie mich ab und zu auf den Boden der Tatsachen geholt haben, während ich meinen Traum verwirklichte. Xuejun Jian dafür, dass er mir in meinem Wahnsinn Gesellschaft geleistet hat und diese unwirklichen Träume mit mir geträumt hat. Wenn du mir bei meinen Besuchen in Kapstadt nicht Unterschlupf in deinem Haus gewährt hättest, wäre dieses Buch nie zustande gekommen. Xolile Mtembu dafür, dass sie den ersten Entwurf gelesen hat. Wenn du mir nicht neue Hoffnung gegeben hättest, hätte ich aufgegeben. Und meiner Familie muss ich wohl auch danken, auch wenn sie mich noch immer dazu zwingen, das Geschirr zu spülen … Dieses Buch ist von ihrer Liebe erfüllt, und ihre Namen finden sich darin wieder.

Anmerkung der Autorin

Mein Roman *Wir Zerrissenen* spielt zwischen dem Beginn des Kolonialismus und dem »offiziellen« Beginn der Apartheid 1948. In dieser turbulenten Zeit wurden wegweisende Gesetze der Rassentrennungspolitik, wie der Natives Land Act von 1913 und der Immorality Act von 1927, verabschiedet.

Obwohl diese Gesetze auf den ersten Blick nichts miteinander zu tun zu haben scheinen, bedingten sie sich doch gegenseitig und verfestigten in Südafrika eine systemische Diskriminierung, die die Mehrheit der Bevölkerung über vier Jahrzehnte lang aktiv lähmen sollte. Mein Roman schildert die gesellschaftspolitischen Umstände, die zu dem perfekt konstruierten System der Apartheid führten.

Mit dem Natives Land Act beispielsweise wurde der Schwarzen Bevölkerung Südafrikas ihr Land entzogen. Als Nebenprodukt zerstörte das Gesetz ihre Kultur auf grundlegende und unwiderrufliche Weise. Die Schwarzen konnten keine Subsistenzlandwirtschaft mehr betreiben, da sie in trockene Gebiete umgesiedelt wurden. Da sie dadurch nicht mehr wie ihre Vorfahren ihren Lebensunterhalt bestreiten konnten, wurde es einfacher, sie als billige Arbeitskräfte auszubeuten – in den Minen von Johannesburg, auf Farmen oder in Haushalten von weißen Familien. Die langen Jahre der Vertreibung haben ein so starkes Erbe hinterlassen, dass bis heute eine der häufigsten Fragen, die sich Südafrikaner*innen gegenseitig stellen, wenn sie sich zum ersten Mal begegnen, lautet: »Woher kommst du?« Für Südafrikaner*innen beinhaltet die Frage nach der geografischen Herkunft auch die Geschichte ihrer Familie, denn fast niemand von uns stammt aus den Orten, die wir heute Zuhause nennen.

Deshalb schildere ich die Schicksale einzelnen Menschen und zeige, wie sie die sich verändernde Landschaft eines Ortes erlebten, den ihre Vorfahren einst Heimat nannten – und wie sie sich schließlich in diese neue Welt einfügten, welche Opfer sie bringen mussten und welches Vermächtnis sie hinterließen.

So bin ich etwa stolz darauf, die Reise von Mmakoma zu erzählen. Sie ist eine ältere Frau vom Stamm der Balobedu aus dem heutigen Limpopo, eine Wanderarbeiterin auf einer Weinfarm im heutigen Westkap. Ich habe mich ihrer Geschichte aus drei Perspektiven genähert. Erstens reflektiert sie über die Zerstörung ihrer Kultur durch die Kolonialherrschaft. Zweitens gehört sie zu einem Stamm, der selbst im heutigen Südafrika kaum bekannt ist, was mir nicht nur die Möglichkeit gab, die Charaktere zu diversifizieren, sondern auch den Leser*innen die Gelegenheit bietet, etwas über ein Volk zu erfahren, das sie vielleicht nicht kennen. Drittens verdeutlicht die Geschichte von Mmakoma als Vertriebene die Komplexität der Apartheid-Gesetze.

Ein mächtiges Werkzeug dieser Politik der Unterdrückung und Diskriminierung ist die Sprache. Um den allgegenwärtigen und alltäglichen Rassismus dieser Zeit zu verdeutlichen, lasse ich auch meine Figuren in einer Sprache sprechen, die für diese Zeit leider so selbstverständlich war. Denn sie verdeutlicht, dass es von einer diskriminierenden Zuschreibung zu einem Gesetz oft nur ein kleiner Schritt ist.

Rešoketšwe Manenzhe